Evelyne Okonnek
wuchs im Schwarzwald auf, studierte Germanistik und Spanisch und arbeitete nach verschiedenen Jobs ein paar Jahre in einer Werbeagentur. Ihr Debütroman »Die Tochter der Schlange«, für den sie 2006 den Wolfgang-Hohlbein-Preis erhielt, entstand während einer einjährigen Arbeitspause, in der sie sich voll und ganz dem Schreiben widmen konnte. Sie lebt und arbeitet in Nehren bei Tübingen.

Von Evelyne Okonnek bisher erschienen:
Die Tochter der Schlange

Evelyne Okonnek

Das Rätsel der Drachen

UEBERREUTER

Für Liselotte Okonnek-Erhardt,
eine wahre Löwenmutter,
der ich so viel verdanke

ISBN 978-3-8000-5322-3

Umschlaggestaltung von Nele Schütz Design, München,
unter Verwendung einer Illustration von Stephen Hickman, Agentur Schlück

Druck: CPI Moravia Books GmbH
1 3 5 7 6 4 2

Ueberreuter im Internet: www.ueberreuter.at

Umhüllt Finsternis alles Sichtbare, führt nur die Eine dich hindurch

Sie setzte ihr Leben aufs Spiel, um ihr Kind zu schützen. Doch all ihre Wehrhaftigkeit, ihr Mut und ihre uralte Magie halfen nicht gegen die Gier der Eindringlinge, die keine Regeln, kein fremdes Territorium respektierten. Wie so viele Mütter vor und nach ihr verlor sie den Kampf, aber dieses eine Mal hielt die Welt für einen Herzschlag den Atem an und die Elemente gerieten in Aufruhr. Der Himmel selbst schien in wilde Raserei zu verfallen, Blitze spalteten Berggipfel und Stürme wurden entfesselt, sogar an weit entfernt liegenden Ufern. Die Schlächter wurden von den Wellen verschlungen, jedoch nicht, ohne ihr tödliche Wunden zugefügt zu haben. Bevor sie Land erreichte, verlor sie alle Kraft. Sie starb mitten in ihrem tiefen Fall und versank im Meer. Mit sich nahm sie jahrtausendealtes Wissen. Ihre Tochter aber lebte.

*

Ihre Locken wogten wie Seegras um das bleiche kleine Gesicht. Die weit aufgerissenen Augen waren blicklos. Khandir sah seine Schwester in den Fluten versinken und schreckte hoch. Beinahe wäre er aus der Hängematte gefallen. Zitternd strich er sich die schweißnassen Haare aus dem Gesicht, die Kleider klebten an seinem Körper. Es war lange her, dass er zuletzt von ihr geträumt hatte, doch der Albtraum hatte nichts von seiner Wucht verloren. Seine Hand tastete unwillkürlich nach der kleinen Figur, die an einem Lederband unter seiner Tunika hing. Seine Finger umklammerten das fein geschnitzte Holz. Khandir hatte das Gefühl, keine Luft zu bekommen. Rasch band er sein langes Haar im Nacken zusammen und stolperte an Deck. Dort war alles ruhig. Zu ruhig, wie ihm sofort auffiel, obwohl er noch in seinem Schrecken gefangen war. Das erste Tageslicht hatte einen grünlichen Schimmer, das Meer lag flach wie ein Spiegel. Die blutroten Segel hingen schlaff an den Masten, das Schiff hatte an Fahrt verloren und dümpelte im stillen Wasser. Khandir ging hinüber zur Reling, an der zwei Männer standen. Der alte Morag starrte in den Dunst am Horizont und zog die Stirn in Falten.

»Was seht Ihr?«, wollte Khandir wissen.

»Etwas lauert da draußen.« Morag machte eine unbestimmte Handbewegung. »Zuerst sind die Delfine in der Bugwelle weggeblieben, dann die immer hungrigen Möwen.«

Khandir konnte mit dieser Bemerkung nichts anfangen, aber der Steuermann wusste genug von der Seefahrt, um die Zeichen zu deuten. Der Alte mit dem steifen Bein kannte das Meer wie kein anderer. Aus diesem Grund hatte Khandir ihn angeheuert. Es kümmerte ihn nicht, dass ihm niemand sonst Arbeit geben wollte. Morag war trotz seines Alters und seiner Behinderung recht kräftig, aber vor allem sein Wissen war für Khandir kostbar.

Seit sie vor zwei Wochen den Hafen von Diccur verlassen hatten, waren sie ohne weitere Zwischenfälle heimwärts gesegelt. Doch jetzt schien sich das Blatt zu wenden. Im Osten wurde das Licht von schnell aufziehenden, dunklen Wolken verschluckt. Neriman, der Kapitän, zupfte unruhig an seinem dünnen Bart. Er war erst achtzehn und der jüngste Kapitän in der Geschichte der Seefahrt. Aber er konnte immerhin auf zehn Jahre Erfahrung mit dem Meer zurückblicken. Gerade acht Jahre alt hatte er als Schiffsjunge angeheuert, nachdem sein Vater, ein Fischer, eines Tages von dem unberechenbaren Meeresgott Doros verschlungen worden war.

Zielstrebigkeit, Umsicht und eine natürliche Autorität zeichneten ihn aus, die ihm schnell Respekt unter seinen Kameraden verschafften und seinen Aufstieg beschleunigten. Trotzdem hätte er wohl noch lange darauf warten müssen, ein eigenes Schiff zu befehligen, wenn Khandir nicht seine ungewöhnliche Begabung gesehen und ihn kurzerhand zum Kapitän seines Handelsschiffs befördert hätte. Der Kaufmann erkannte in Neriman seine eigene Hartnäckigkeit und Wendigkeit wieder, die ihm unter widrigen Bedingungen den erfolgreichen Ausstieg aus einem vorbestimmten Leben ermöglicht hatten. Neriman würde sich durchsetzen, daran konnte kein Zweifel bestehen. Auch weil er Morag an seiner Seite hatte. Der alte Steuermann besaß genug Weisheit, seine durch Erfahrung gewonnene Überlegenheit nicht gegen den jungen Kapitän, der sein Sohn hätte sein können, auszuspielen.

Khandir hatte immer noch Schwierigkeiten zu atmen, als würde etwas die Luft aus der Atmosphäre saugen, bevor sie seine Lungen erreichte.

»Es ist höchste Zeit«, murmelte Morag.

Neriman nickte und eilte in seine Kajüte. Gleich darauf kam er mit einem Bündel zurück. Hastig löst er die rote Kordel, die es zusammenhielt, während er zur Mitte des Decks lief. Morag folgte ihm, nahm die Gegenstände aus dem Bündel heraus und legte sie auf den Boden vor den großen Mast: einen vierarmigen Leuchter nebst Kerzen, ein Räuchergefäß, einen Beutel mit getrockneten Kräutern, eine große Muschel und einen verzierten Dolch mit gezackter Schneide aus massivem Silber. Neriman breitete unterdessen den Stoff des Bündels – ein kreisrundes Stück schwarzer Seide – auf den Planken aus. Sorgfältig ordneten die zwei Männer die für das Opfer bestimmten Dinge um den Kreis herum an, die

Mitte blieb leer. Das war der Raum, zu dem sie ihre Gebete schicken würden, damit sie sich in alle Richtungen verteilten. Khandir hatte sich auf einem zusammengerollten Schiffstau niedergelassen und beobachtete die beiden. Er sah, wie Neriman den Arm ausstreckte und den Ärmel seiner schwarzen Jacke zurückschob. Morag packte ihn und ritzte mit seinem Entermesser einen kleinen Schnitt in das Handgelenk. Der Kapitän hielt die Hand über das silberne Messer, das Kizrah geweiht war, dem stolzen Gott des Lichts, der im Zentrum des Himmels auf seinem Thron saß und Blitze schleuderte auf alle, die sein Missfallen erregt hatten. Blut tropfte auf das blank polierte Metall. Neriman bewegte die Hand nach rechts und hielt sie über die große Muschel. Sein Blut rann in ihr weißes Inneres. Blut für Doros, den wankelmütigen Meeresgott, damit er seinen Hunger nicht auf andere Weise stillte und die Besatzung in die Tiefe zog. Dann presste Neriman die Finger der anderen Hand auf die Wunde, um die Blutung zu stillen. Morag zündete inzwischen die Kerzen an für Jerish, den aufbrausenden Herrn der Winde, und die getrockneten Kräuter in dem Räuchergefäß für Nanish die Milde in ihrem Wolkenkleid. Beide Männer knieten nieder und drückten die übereinandergelegten Hände auf ihr Herz, um zu den vier Göttern der Seefahrt zu beten. Ein Windstoß blies drei der Kerzen aus. Das bedeutete nichts Gutes. Khandir seufzte. Würzig riechender Rauch drang in seine Nase. Er überlegte, ob er sich Neriman und Morag anschließen sollte, konnte sich aber nicht dazu durchringen. Selbst nach über siebzehn Jahren waren ihm die unzähligen Götter der Stadt, die ihn als Flüchtling aufgenommen hatte, fremd geblieben. Nur zu Yannah, der schwarzen Göttin des Chaos und Namenspatronin seiner neuen Heimat, hatte er Zugang gefunden, hatte sie ihm doch das Leben gerettet. Er war Kaufmann, der Umgang mit den Göttern, die lebensbedrohende Unwetter über ihn hereinbrechen lassen konnten, gehörte nicht zu seinem Alltag. Obwohl er Besitzer eines stattlichen Schiffes war, fand er keinen Gefallen am Dasein eines Seemanns, im Gegenteil, er hasste und fürchtete das Meer. Nur wenn er neue Handelspartner suchte, reiste er mit. Khandir verließ seinen Beobachtungsposten und lief an der Reling entlang hin und her. Unruhe trieb ihn vorwärts. Bald darauf beendeten Neriman und Morag ihre Zeremonie und packten die heiligen Gegenstände sorgfältig wieder ein. In der Zwischenzeit war auch der letzte Mann an Deck gekommen. Die Matrosen rollten Seile zusammen und vertäuten alles, was noch lose herumlag. Es war ein Rennen und Eilen, doch jeder schien genau zu wissen, wo er anpacken musste.

Ihr Ziel, der heimatliche Hafen, lag westlich von ihnen, doch jetzt zog auch von dort eine schwarze Wolkenwand herauf und es wurde immer dunkler. Sturm aus zwei entgegengesetzten Richtungen zur selben Zeit hatte nicht einmal der alte Morag erlebt, das war gegen alle Naturgesetze, die er kannte. Er spuckte aus und wandte sich an Neriman: »Wir sollten die Segel reffen.«

»Jetzt schon?«

Morag nickte. »Es dauert nicht mehr lange und der Zorn der Götter wird über uns hereinbrechen. Wir müssen uns beeilen, wenn wir die Segel behalten wollen.«

Neriman fragte nicht weiter und brüllte seine Befehle über Deck. Als alle in Bewegung waren, schaute er Khandir an. »Es wäre besser, wenn Ihr in Eure Kajüte geht, dort seid Ihr sicher.«

Und niemandem im Weg, dachte der Kaufmann und rührte sich nicht vom Fleck. Sollte das Schiff sinken, wollte er die Möglichkeit haben, um sein Leben zu schwimmen und nicht unter Deck jämmerlich ersaufen. Der Wind frischte plötzlich auf und zerrte an dem letzten Segel, das nicht eingeholt worden war, damit sie manövrierfähig blieben. Dann erstarb er, genauso plötzlich. Die See wurde wieder glatt. Die Luft schien sich gelb zu färben und für einen Augenblick meinte Khandir Schwefel zu riechen. Dann verschluckte Dunkelheit das Tageslicht.

Der Schrei eines Matrosen durchschnitt die Stille. Er zeigte nach oben. Auf der Spitze des Mastes tanzten kleine Flammen. »Jerishs Zorn«, flüsterte der Kapitän und griff nach dem silbernen Amulett des geflügelten Gottes der Winde, das er um den Hals trug. Morag humpelte zum Steuerrad, schob den Mann dort beiseite und rief: »Bindet mich fest!« Kaum war das geschehen, schleuderte Kizrah die ersten Blitze vom Himmel und Jerish schien leibhaftig über das Wasser heranzurasen. Khandir musste sich gegen den heulenden Wind lehnen, um nicht umgeworfen zu werden. Er hatte Mühe, Nerimans Befehle zu verstehen, doch seine Männer arbeiteten mit einer fieberhaften Selbstverständlichkeit, die aus oft geübten Handgriffen geboren war und die sie dem drohenden Unheil trotzig entgegensetzten. Wieder zuckte ein Blitz und erhellte die angespannten Gesichter der Menschen auf dem jetzt wild tanzenden Schiff. Nun stimmte auch Nanish die Milde in das göttliche Spiel mit ein und ließ ihre Tränen vom Himmel strömen. Doros, der unergründliche Gott des Meeres, schob Welle um Welle heran, eine größer als die andere. In der Kombüse lag der Koch auf dem Boden und betete mit Inbrunst, während Kessel und Holznäpfe um ihn herumflogen. Die Ladung im Bauch des Schiffes ächzte in ihren Stricken. Khandir hoffte, dass alles fest genug gezurrt war. Fast hätte er gebetet und ließ es doch sein. Diese wütenden Götter würden ihn, den Ungläubigen, nicht erhören. Er stellte sich vor, Nanish und Kizrah saßen auf ihrem Wolkenthron und beobachteten ihr Schauspiel.

Die Stürme aus Ost und West prallten aufeinander und vereinigten sich zu einem einzigen brüllenden Orkan. Mit Leichtigkeit trieben sie das Schiff vor sich her. Der erste Maat wurde von Bord gespült, seine Schreie vom Wind verschluckt. Bevor Khandir Entsetzen spüren konnte, riss ihn die nächste Welle von den Füßen und schleuderte ihn über Deck. Hart prallte er mit dem Kopf gegen die Reling, doch als er danach greifen wollte, glitt das Schiff einen Wellenberg hinab und der Bug senkte sich gefährlich. Khandir rollte über die Planken gegen ein Bündel Taue, das er nicht zu fassen bekam, denn schon ging es steil die nächste Welle hinauf und der Bug hob sich himmelwärts. Undeutlich nahm Khandir durch die spritzende Gischt wahr, dass er beinahe senkrecht auf das Heck zustürzte, bis ihn etwas aufhielt. Blitze erhellten die Wand der Kapitänskajüte. Die Tür schien zum Greifen nah. So schnell er konnte, stemmte er sich hoch und kroch vorwärts, doch nicht rasch genug. Wieder neigte sich das Schiff in die andere Richtung. Es gab nichts, woran er sich hätte festhalten können. Hilflos rutschte er über das nasse Holz. »Yannah, hab Erbarmen!«, schrie er gegen das Tosen an. Würde ihm die fremde Göttin ein zweites Mal ihre Gunst gewähren? Zur Antwort brach das Meer über ihn herein. Yannah die Allesverschlingende schien mit den Göttern des Unwetters im Bunde zu sein. Salzwasser drang ihm in Mund und Nase. Er ruderte mit den Armen, während er verzweifelt nach Luft rang. Auf einmal stießen seine Finger gegen etwas Weiches. Geistesgegenwärtig klammerte er sich mit aller Kraft daran fest. Er hatte das Bein des Steuermanns erwischt, der an das Ruder gebunden war. Das

Wasser lief ab und Khandir sog Luft in seine brennenden Lungen. Im Stillen ein Dankgebet an Yannah schickend, umschlang er mit beiden Armen die Beine des alten Seemanns, der seine ganze Geschicklichkeit aufbot, um Schiff und Mannschaft heil durch das tobende Meer zu führen. Nachdem er unerwartet Halt gefunden hatte, wurde Khandir ruhiger. Wenn jemand einen Weg durch diese nasse Hölle fand, dann war es Morag.

Niemand konnte später sagen, wie lange der Sturm sie herumgeschleudert hatte. Die Dunkelheit nahm ihnen jedes Gefühl für Zeit. Wind und Wellengang hatten sich gelegt, der Regen hatte aufgehört. Aber der Himmel blieb hinter einer dunklen Wolkendecke verborgen, die alles in Zwielicht tauchte. Sie hatten vier Männer verloren: Drei waren über Bord gegangen, einen Matrosen hatte eine herunterbrechende Rahe erschlagen. Es gab Knochenbrüche und Platzwunden zu versorgen, doch das Schiff hatte standgehalten, nicht einmal der Hauptmast war gebrochen. Der alte Morag kauerte in sich zusammengesunken auf den Stufen zum Oberdeck. Man hatte ihn vom Ruder losgebunden und ließ ihn in Ruhe, bis er sich von seiner Erschöpfung erholt hatte.

Khandir saß ein Stück entfernt gegen die Kapitänskajüte gelehnt. Ein Matrose hatte dem Kaufmann die vom Salzwasser brennende Kopfwunde versorgt. Seine zahlreichen Prellungen schmerzten, aber Khandir war trotzdem dankbar. Dankbar, auch dieses Mal überlebt zu haben und nicht auf dem Grund des Meeres zu liegen. »Yannah sei gepriesen«, murmelte er wieder und wieder. Wie gut, dass er trotz der Kosten entschieden hatte, das Schiff schwarz streichen und die Segel rot einfärben zu lassen. Es waren die Farben Yannahs und Khandir war davon überzeugt, dass sie Glück brachten. Deshalb trug er auch die traditionelle Tracht, schwarz mit einem breiten Gürtel aus gefälteltem rotem Stoff, obwohl ihm die Farben zu seiner hellen Haut und den blonden Haaren nicht standen. Das störte ihn nicht, solange seine Erscheinung sauber und ordentlich war. Im Moment war er allerdings nass bis auf die Knochen, sein Hemd blutig und zerrissen, doch er bemerkte es nicht. Seine Aufmerksamkeit galt Neriman, der mit einigen Männern an der Reling stand und aufgeregt gestikulierte. Auch Morag hatte sich dazugesellt. Khandir fühlte sich zu zerschlagen, um aufzustehen und nachzufragen, was los sei, vermutlich konnte er sowieso nichts tun. Nach einer Weile kletterte einer der Männer zum Mastkorb hinauf. Neriman und Morag gingen zum Oberdeck. Als sie an Khandir vorbeikamen, unterrichtete der Kapitän ihn kurz, dass sie nicht wussten, wo sie sich befanden. In dem Orkan hatten sie jede Orientierung verloren und es sah nicht so aus, als ob sich die Wolken verziehen und die Sonne freigeben würden oder in der Nacht die Sterne, nach denen sie sich richten könnten. Es blieb ihnen nichts anderes übrig, als abzuwarten.

Vier Tage später brach die dicke Wolkendecke auf. Zur selben Zeit entdeckte der Matrose im Ausguck dunkle Umrisse am Horizont, dem Stand der Sonne nach östlich von ihnen. Neriman war besorgt. Im Osten befand sich ein Archipel aus unzähligen Inseln, manche nicht viel größer als ein Fels, der von allen Seefahrern gemieden wurde, zu gefährlich waren die Untiefen. Konnte der Sturm sie so weit abgetrieben haben? Das würde bedeuten, dass sie eine beträchtliche Wegstrecke von bekannten Küsten entfernt waren. Einige Stunden später hatten sie Gewissheit. Vor ihnen erhoben sich schroffe Basaltspitzen aus dem Meer, aufgereiht wie die Stacheln eines riesigen Ungeheuers.

»Die Dracheninseln«, murmelte Morag und spuckte auf die Planken. Die Mannschaft hatte sich an Deck versammelt und starrte schweigend auf die Felsen. Khandir wusste nicht, warum die Stimmung so angespannt war, er hatte noch nie von diesen Inseln gehört. Er wandte sich an den Kapitän: »Was hat es damit auf sich?«

»Wir sind erheblich vom Kurs abgekommen. Unsere Vorräte reichen noch eine Woche, aber wir brauchen mindestens drei, um an eine uns bekannte Küste zu gelangen.«

»Wir können doch auf diesen Inseln nach Wasser und Essbarem suchen. Ich bin sicher, dort lässt sich etwas finden.« Khandir war verblüfft über den ungläubigen Ausdruck, den sein Vorschlag auf Nerimans Gesicht hervorrief. »Habe ich etwas Falsches gesagt?«

»Ihr wisst nichts über diese Inseln?« Neriman wartete Khandirs Antwort gar nicht erst ab. »Niemand hat sie je betreten. Jedes Schiff, das ihnen zu nahe kam, ist zerschellt.« Er zog den Kaufmann mit sich zur Reling und deutete auf die Wasseroberfläche. »Das Meer ist hier voller heimtückischer Fallen: unberechenbare Strömungen, scharfkantige Felsen und plötzlich auftretende, heftige Windböen.«

»Aber habt Ihr nicht gesagt, unsere Vorräte gehen aus?«

»Das Essen müssen wir gut einteilen und Wasser ... nun, vielleicht haben wir Glück und es regnet.«

Khandir legte den Kopf in den Nacken und betrachtete den stetig aufklarenden Himmel. Dann drehte er sich zu Neriman um und sah ihm ernst ins Gesicht. »Der Sturm um diese Jahreszeit war sehr ungewöhnlich, nicht wahr?« Der Kapitän nickte zögernd. Khandir wartete einen Augenblick und sagte dann leise, aber mit Nachdruck: »Wie könnt Ihr auf Regen hoffen – in der Trockenzeit!«

Leichte Röte zeigte sich auf Nerimans Wangen. »Ich werde das Schiff nicht aufs Spiel setzen!« Er ballte die Hände im Zorn.

Khandir spürte, wie auch in ihm Wut hochstieg. Er betrachtete den jungen Kerl, dessen dunkle Augen blitzten, und wäre ihm am liebsten über den Mund gefahren. Dies war sein Schiff! Aber er war nicht umsonst bekannt für sein Verhandlungsgeschick und so sagte er ruhig: »Im Augenblick sieht unsere Zukunft recht finster aus. Ich frage mich, ob man nicht manchmal gezwungen ist, etwas scheinbar Aussichtloses zu wagen, um seinen Hals zu retten. Wir sollten alle Möglichkeiten gut durchdenken.«

»Wir könnten versuchen, mit einem der Beiboote zur nächstgelegenen Insel zu rudern«, mischte sich Morag ein.

»Und wer wäre so verrückt, diese Fahrt zu unternehmen?«, fragte Neriman. »Ich werde niemanden dazu zwingen.«

»Ich würde mitgehen, um einen Weg durch die Felsen zu suchen«, brummte der Alte. »Ehrlich gesagt ersaufe ich lieber wie eine Ratte, als hier in Sicherheit zu verdursten.«

»Ihr habt recht, Neriman, da der Ausgang dieses Unternehmens mehr als ungewiss ist, wie ich Eurer Miene ansehe, sollten wir wirklich nur Freiwillige auswählen!« Khandir wurde lauter, um von allen gehört zu werden. »Ich werde Morag begleiten!« Er achtete nicht auf das erstaunte Gemurmel rings umher. »Wer von euch ist mutig genug, mit uns zu kommen? Oder verrückt genug, wie der Käpt'n sagen würde«, fügte er schmunzelnd hinzu. Vereinzeltes Lachen ertönte. Khandir nutzte den kleinen Stimmungsumschwung. »Nun, wer möchte noch seine Nachkommen in Ehrfurcht erstarren lassen, weil er die berüchtigten Dracheninseln betreten hat?«

»Wenn wir dabei unser Leben lassen, werden wir keine Nachkommen haben!«, rief der junge Gehilfe des Kochs.

»Das ist richtig. Wenn du verdurstest, allerdings auch nicht!« Khandir verschränkte die Arme über der Brust. »Männer, ich bin nur ein Kaufmann. Ich habe euch sehr wohl feixen sehen, wenn ich hier über Deck stolperte. Trotzdem werde ich es wagen.« Er verlieh seinem Tonfall einen Anflug von Pathos. »Sollte der Tod mich holen wollen, werde ich ihm mit stolz erhobenem Haupt entgegengehen, anstatt zitternd auf ihn zu warten!«

»Es klingt, als wolltet Ihr die Götter herausfordern.« Neriman kniff die Augen zusammen.

»Das habe ich ganz sicher nicht vor! Aber da Ihr von den Göttern sprecht, haben sie nicht ihr Spiel mit uns getrieben und uns einen Orkan geschickt, wie ihn noch nie ein Mensch gesehen hat? Und war da nicht die eine, Yannah, die uns gerettet hat?«

»Yannah? Wie wollt Ihr wissen, dass sie es war?«

»Dieses Schiff ist ihr geweiht. Ich bete zu ihr in höchster Gefahr. Ich vertraue ihr«, sagte Khandir mit fester Stimme. »Sie wird uns führen.«

»Diese Göttin ist immer für eine Überraschung gut!«, murmelte Neriman vor sich hin, aber er sagte nichts weiter, als sich eine Handvoll Männer um Khandir und Morag scharte. Dann ging alles sehr schnell. Neriman ließ Anker werfen. Zwei leere Fässer und einige Säcke wurden in ein Beiboot geschafft und zu Wasser gelassen. Die Männer kletterten hinunter und ergriffen die Ruder. Sie zogen sie vorsichtig durch die Wellen, ohne ein Geräusch zu machen, als hätten sie Angst, ein schlafendes Untier zu wecken. Die Strömung packte sie und wollte sie aufs offene Meer hinaustreiben. Es kostete sie sehr viel Kraft, den Kurs auf die ihnen am nächsten gelegene Insel zu halten. Morag saß ganz vorne im Bug und schaute angestrengt ins Wasser. Er lotste sie links und rechts um spitze Felsen aus hellem Gestein herum, die dicht unter der Oberfläche lauerten. Khandir lief ein Schauer über den Rücken, sie sahen wirklich aus wie Zähne in einem aufgerissenen Maul. Er war froh, dass der alte Steuermann seine Anweisungen nur flüsterte. Trotzdem erzeugten Morags Worte ein unheimliches Echo, als sie den steilen Basaltwänden der Insel näher kamen. Die frische Seeluft schien sich zu verdichten und Khandir spürte ein seltsames Prickeln auf der Haut. Er zog unwillkürlich den Kopf ein. Gleich darauf musste er sich an der Bordwand festklammern, denn das Meer wurde plötzlich von unzähligen Wirbeln aufgewühlt, die das Beiboot auf schaumgekrönten Wellen tanzen ließen. Morag stieß seine Befehle in schneller Folge hervor. Die Männer versuchten keuchend, die nötigen Richtungswechsel auszuführen. Khandir rechnete damit, jeden Augenblick ein hässliches Knirschen zu hören. Gebannt starrte er auf das Wasser, das sich nach und nach beruhigte. Kurz bevor sie in den Schatten der Insel glitten, meinte er, unter sich etwas aufleuchten zu sehen. Es dauerte nur einen Augenblick, vielleicht war ein Sonnenstrahl von einer metallenen Oberfläche zurückgeworfen worden. Gleich darauf schien aus der Tiefe eine dunkle Wolke hervorzuquellen, die eigenartige Schlieren bildete. Er wollte gerade Morag darauf aufmerksam machen, als ein dünner, klagender Laut, wie der Schrei eines Kindes, die Luft zerriss. Khandir stockte der Atem, wie eine Woge überflutete ihn die Erinnerung an das hilflose Wimmern seiner sterbenden Schwester. Sein Puls beschleunigte sich. Für einen Moment schloss er die Augen und zwang sich, ruhig durchzuatmen. Aus einem ihm unerklärlichen Grund fühlte er den Schrei nicht als Bedrohung. Nein, es war ein Klang von Verzweiflung und Verlorenheit darin gewesen. Plötzlich bemerkte er, dass Morag sich mit fragendem Blick zu ihm umgedreht hatte. Das Gesicht des Alten war blass, eine Hand lag auf dem Griff seines Entermessers.

»Wollt Ihr immer noch an Land?«, fragte er Khandir kaum hörbar.

Dieser hatte sich inzwischen gefasst und nickte. »Jemand ist in Not. Wir sollten uns beeilen.«

Morag schaute ihn zweifelnd an. »Es heißt, die Inseln sind unbewohnt. Wer oder besser was wird uns dort erwarten?«

»Wir werden es herausfinden!« Aus Khandir sprach Entschlossenheit. Seine Finger krampften sich um das Holzpüppchen unter seinem Hemd. Dieses Mal würde sein Versuch, Leben zu retten, nicht vergebens sein. Kurze Zeit später fühlte er sich bestätigt, als einer der Matrosen seitlich von ihnen einige auf den Wellen treibende, angesengte Planken entdeckte. Jetzt war er sicher, auf der Insel Schiffbrüchige vorzufinden. Möglich, dass Morag zu dem gleichen Schluss gekommen war, jedenfalls erhob er keine weiteren Einwände. Aufmerksam das Wasser betrachtend leitete er die Männer um die Insel herum, in der Hoffnung, auf der anderen Seite eine flachere Stelle zu finden, an der sie anlegen konnten. Tatsächlich hatte der Westwind das Gestein hier stärker verwittern lassen. Sie fanden eine winzige Sandbucht und zogen das Beiboot auf den schmalen Strand. In der ihn umgebenden Felswand war ein Absatz, auf den sie sich hinaufziehen konnten. Von dort aus formten sich Felsblöcke zu riesigen Stufen, als hätte man eine Treppe für Giganten in den Berg gehauen. Sie ließen Morag, der mit seinem steifen Bein nicht gut klettern konnte, bei dem Boot zurück und machten sich an den Aufstieg, wobei sie die Fässer an Seilen mit sich nach oben zogen. Am Himmel war jetzt keine Wolke mehr zu sehen. Die Sonne brannte auf ihrer Haut und der

Schweiß lief ihnen in Strömen herunter. Endlich hatten sie die Anhöhe erreicht.

»Bei Nanish, hoffentlich gibt es hier irgendwo Wasser!«, sagte jemand.

Vollkommen abgelenkt von dem Schrei hatte Khandir beinahe vergessen, was sie ursprünglich auf der Insel suchen wollten. Die Worte des Matrosen machten ihm seinen eigenen Durst bewusst. Er ließ seine Blicke über die Felswüste vor ihnen wandern. Der schwarze Basalt wurde von Adern eines hellen Gesteins durchzogen, die sich in verschlungenen Mustern über die Wände des Tales vor ihnen wanden. Vereinzelt bildeten Flechten einen mageren Bewuchs. Dies sah nicht sehr vielversprechend aus.

»Lasst uns das Tal durchqueren, viele Möglichkeiten haben wir nicht.« Als Khandir keinen Widerspruch erntete, ging er voran.

Wind heulte um schroffe Felsen und begleitete ihren Marsch mit einem schrillen Lied. Immer wieder blickten sie sich um, doch es gab nichts weiter zu sehen. Am Ende des Tales befand sich ein schmaler Durchgang zwischen senkrechten Wänden, gerade breit genug für zwei Mann. Sie zögerten, unsicher, ob sie diesem Pfad folgen sollten. Nach kurzer Beratung entschieden sie, es zu wagen. Die beiden Matrosen an der Spitze hielten ihre Entermesser gezückt und schritten wachsam voran. Doch kaum waren sie zwischen den Felswänden, blieben sie abrupt stehen und begannen sich am ganzen Leib zu kratzen. Mit verwirrtem Gesichtsausdruck sahen sie sich um. Khandir konnte nichts Bedrohliches erkennen und eilte zu ihnen. Sobald er den Durchgang betreten hatte, spürte er, wie sich die feinen Härchen auf seinen Armen aufstellten und zwei Schritte weiter prickelte seine Haut wie zuvor im Boot, nur sehr viel stärker.

Er bemerkte, dass ihm auch das Atmen wieder Mühe bereitete, als wäre die Luft so dicht und schwer wie Wasser geworden. Fast hatte er das Gefühl, eine Barriere durchbrechen zu müssen. Zuerst blieb er stehen, doch als nichts geschah, drückte er sich an den beiden Männern vorbei und ging weiter. Die anderen folgten ihm widerwillig. Der Pfad wand sich durch den Fels, wurde zu einer windstillen Schlucht. Obwohl es bergauf ging, entfernte sich der Himmel über ihnen mehr und mehr und es wurde dunkler um sie herum. Khandir sah erstaunt, dass das Gestein an manchen Stellen wirkte, als wäre es geschmolzen und im Fließen wieder erstarrt. Einmal wehte ihm der stechende Geruch von Ruß in die Nase. Ob dieser Ort vulkanischen Ursprungs war? Er würde Neriman oder den alten Morag danach fragen. Als ihre Füße Asche aufwirbelten, wussten sie, dass Menschen auf dieser Insel waren. Sie hatten sich offensichtlich an diesen windgeschützten Ort zurückgezogen, um ihre Lagerfeuer anzuzünden. Hier und da sahen sie die weiß leuchtenden Aschehäufchen, doch es blieben die einzigen Anzeichen, dass sie nicht alleine waren.

Nach einer scharfen Biegung öffneten sich unverhofft die Felswände zu beiden Seiten und sie sahen hinab in ein zweites Tal, größer noch als jenes, aus dem sie gekommen waren. Zu ihrer Freude breitete sich in seiner Mitte ein See aus, umsäumt von Wiesen. Im Hintergrund waren Büsche und sturmzerzauste Bäume zu sehen, die sich um den Fuß eines mächtigen Berges scharten. Zwei Adler umkreisten seine Spitze, die aussah, als wäre sie unter einem Blitzschlag in der Mitte zerborsten. Außer den beiden Raubvögeln konnten sie kein Lebewesen entdecken. Aber sie waren ein Hinweis, dass es auch andere Tiere geben musste. Mit neuer Zuversicht stiegen sie den sanft abfallenden Hang hinab. Ihre Laune hob sich noch mehr, als einer der Matrosen auf einem Stück schlammigen Untergrunds die Abdrücke von Bergziegen fand. Diese gab es auch in dem Gebirge rund um ihre Heimatstadt Yannah und sie waren, neben allerlei Geflügel, der Hauptfleischlieferant. Die Anspannung der Seeleute löste sich. Aufgeregt begannen sie, sich gegenseitig mit wilden Jagdgeschichten aus ihrer Jugend zu übertrumpfen. Khandir ließ sie gewähren, er sah keinen Grund, warum sie sich ruhig verhalten sollten, aber seine Gedanken waren bei dem Schrei, den sie im Boot gehört hatten. Ob es noch andere Täler gab? Sie waren weiter östlich gewesen, als sie ihn vernommen hatten. Der Schrei eines Kindes wäre nicht kräftig genug, große Entfernungen zu überbrücken, selbst wenn der Wind günstig stand. Nun, sie würden dieses Rätsel lösen, doch zuerst füllten sie die Fässer im See. Khandir entledigte sich seiner Kleider und ließ sich ins Wasser gleiten. Es war eiskalt und eine Wohltat nach ihrem schweißtreibenden Aufstieg. Einige der Männer taten es ihm gleich, andere wollten lieber gleich die Gegend erkunden. Als er sich erfrischt fühlte, zog Khandir Hose und Stiefel an und wusch sein verschwitztes Hemd, so gut es ohne Seife ging. Er breitete es auf einem Felsen aus, die Sonne würde es rasch trocknen. Unterdessen nahm er einen der Säcke und lief zu dem kleinen Wäldchen hinüber. Wie erhofft fand er einen Baum mit Früchten. Sie glichen Äpfeln, waren aber wesentlich kleiner, ausgesprochen hart und sauer. Er pflückte sie trotzdem, vielleicht konnte der Koch ein Mus daraus herstellen. Ein Matrose kam und teilte ihm mit, dass sie im ganzen Tal weder Menschen noch Ziegen gefunden hätten. Jetzt würden sie ausschwärmen, um die restliche Insel abzusuchen. Khandir war einverstanden und versprach, ihnen zu folgen, sobald er den Sack gefüllt habe.

Nach getaner Arbeit brachte er seine Ausbeute zu den

Fässern, zog sein noch feuchtes Hemd an und brach ebenfalls auf. Außer zerklüfteten Felsen gab es nichts zu entdecken, wie er bald feststellen musste, auch keine Schiffbrüchigen. Khandir fragte sich, ob das Klagen eine Täuschung gewesen sei, vielleicht verursacht durch den Wind. Da er von der Jagd nicht viel verstand und seinen Gefährten keine große Hilfe war, beschloss er umzukehren und am See auf die anderen zu warten.

Auf dem Rückweg über die Wiesen gab plötzlich der Boden unter ihm nach und er rutschte mit dem rechten Bein in eine Felsspalte, die unter dem Gras verborgen gewesen war. Als er sich von dem Schreck erholt hatte, bemühte er sich, seinen eingeklemmten Fuß zu befreien. Es gelang ihm nur, indem er erst aus seinem Stiefel schlüpfte und diesen dann anschließend herauszog. Zu seiner Erleichterung war nichts gebrochen oder verstaucht, er hatte nur eine hässliche Prellung am Knöchel, die schmerzte, wenn er das rechte Bein belastete. Langsam humpelte er zu dem See zurück. Weil er jetzt sorgfältig auf den Untergrund achtete, bemerkte er etwas, das neben einem Stein lag. Er hob es auf und betrachtete das merkwürdige Ding. Von der Form und Beschaffenheit her hätte es eine abgebrochene Schuppe von einem Reptil sein können. Doch die Größe und vor allem die Farbe sprachen dagegen. Aus der Tiefe eines glänzenden Schwarz drang ein rotes Strahlen, das regelrecht zu glühen begann, sobald die Sonne darauf fiel. Khandir staunte, solch ein Farbenspiel hatte er noch nie gesehen. Er steckte seinen Fund ein, bestimmt würde Morag etwas darüber wissen.

An ein Fass gelehnt setzte er sich ans Ufer und ließ seinen Fuß in das eisige Nass hängen. Der Schatten der Bäume wäre ihm lieber gewesen, aber die Kälte tat seinem verletzten Knöchel sicher gut. Er hoffte, dass er nicht anschwoll, sonst würde er nicht mehr in seinen Stiefel kommen. Die Vorstellung, den Weg zum Boot barfuß zurücklegen zu müssen, behagte ihm gar nicht. Missmutig starrte er auf den See hinaus. Das Glitzern der Sonne auf der Wasseroberfläche blendete ihn und er schloss die Augen.

Er musste eingeschlafen sein, denn als er sie wieder öffnete, war die Sonne hinter dem Berg verschwunden und das Tal lag im Schatten. Der Wind, zuvor angenehm kühl, ließ ihn jetzt frösteln. Sein Fuß hatte eine bläuliche Farbe angenommen und fühlte sich taub an. Erschrocken winkelte er das Bein an und massierte vorsichtig seine eisigen Zehen. Dann versuchte er seinen Stiefel anzuziehen. Es kostete ihn einige Mühe, sein Knöchel war doch dicker geworden und der Druck des Leders verursachte stechende Schmerzen. Khandir unterdrückte ein Stöhnen. Es half nichts, ohne Schuh wollte er den Weg zurück nicht laufen.

Der Klang eines eigenartigen Liedes direkt neben ihm ließ ihn erstarren. Als er den Kopf drehte, blickte er in das Gesicht eines kleinen Mädchens, aus dessen Mund seltsam kehlige Töne quollen, die sich zu einer fast dissonanten Melodie verbanden. Khandir blinzelte, im ersten Moment glaubte er eine Erscheinung vor sich zu haben. Doch sie löste sich nicht auf, sondern ließ unbeirrt ihren Gesang erklingen, der ihm Schauer über den Rücken jagte. Sie mochte etwa vier, höchstens fünf Jahre alt sein, Kleidung trug sie nicht. Ihre Haut war kupferfarben und er meinte ein Kind der Daaressal aus dem Süden vor sich zu haben. Doch ihre kurzen schwarzbraunen Locken hatten einen intensiven roten Schimmer, der bei jenem Volk nicht zu finden war. Das Auffallendste aber waren ihre Augen, deren warmes Gelb wie durchsichtiger Bernstein war und die in ihrem dunklen Gesichtchen regelrecht zu leuchten schienen. Er hatte das

Gefühl, hineingezogen zu werden in diese Augen, in ihrer Tiefe zu ertrinken. Nichts konnte er vor diesem Blick verbergen, sein Innerstes lag offen ausgebreitet vor ihr. Khandir schluckte und schüttelte den Kopf, um sich aus diesem Bann zu lösen. Es war nur ein Kind. Vermutlich jenes, dessen Ruf sie gehört hatten.

»Ich tu dir nichts!« Seine Stimme klang heiser und er räusperte sich.

Die Kleine unterbrach ihren Gesang, sagte aber nichts. So behutsam er sie auch ausfragte und in welchen Sprachen er es versuchte, er bekam keine Antwort. Ob sie ihn nicht verstand? Während er noch überlegte, sprach sie ein einziges Wort: »Sylat!«

War das ihr Name? Mehr konnte er ihr nicht entlocken. Sie schaute ihn unverwandt an und schien keine Angst vor ihm zu haben, aber sie blieb stumm.

»Ist schon gut, meine Kleine«, murmelte er und breitete die Arme aus in der Hoffnung, sie würde diese Geste verstehen. Zu seiner Erleichterung hockte sie sich hin und kuschelte sich an ihn. Er schloss ganz sacht die Arme um sie. In dieser Haltung blieben sie sitzen, bis die Matrosen mit vier erlegten Ziegen zurückkehrten. Die Männer wunderten sich nicht wenig über das Kind in Khandirs Armen, nachdem sie die ganze Insel durchkämmt und außer etlichen Bergziegen niemanden gefunden hatten.

»Erstaunlich, dass ein so winziges Ding so laut rufen kann!«, lachte einer. Sie überlegten, wie das Kind auf die Insel gelangt sein könnte, schien es doch zu klein, die Stufen, auf denen sie den Berg erklommen hatten, zu bewältigen.

»Wir sollten aufbrechen, bevor es dunkel wird«, drängte Khandir. Er stand auf und war überrascht, dass der Schmerz in seinem Knöchel nachgelassen hatte. Trotzdem bat er einen der Matrosen, das Mädchen zu tragen. Er wollte seinen Fuß nicht zu sehr belasten. Doch das Kind durchkreuzte seinen Plan. Es klammerte sich an ihn und ein tiefes Grollen erklang, sobald der Mann versuchte es anzufassen. Zuerst konnten sie das Geräusch nicht zuordnen, aber schnell bestand kein Zweifel mehr, es kam aus dem Mund der Kleinen. Die Männer wichen zurück, Khandir konnte Misstrauen, vereinzelt sogar Furcht in ihren Augen erkennen. Nachdenklich schaute er das Mädchen an, das die Arme um sein linkes Bein geschlungen hatte. Nein, auch wenn es einige seltsame Töne von sich geben konnte, es war eindeutig ein Kind. Er konnte beim besten Willen keine Gefahr in ihm sehen. Kopfschüttelnd beugte er sich nach unten, löste seinen Klammergriff und nahm es auf den Arm.

»Du bist ganz schön wählerisch, meine Kleine«, sagte er und zerzauste ihr das Haar. »Wir werden sehen, wie weit wir beide kommen.« Er wollte loslaufen, da trat ihm ein Matrose in den Weg.

»Frauen und Kinder auf einem Schiff bringen Unglück. Und dies da wird uns alle untergehen lassen!«

Khandir hob nur die Augenbrauen und ging um den Mann herum den Abhang hinauf. Wie konnte man nur so abergläubisch sein! Halb rechnete er mit mehr Widerstand, aber die Männer hatten wohl nicht vergessen, dass er der Besitzer des Schiffes war. Die Kleine in seinem Arm legte vertrauensvoll ihren Kopf auf seine Schulter. Er konnte ihren heißen Atem an seinem Hals spüren.

»Ich werde auf dich aufpassen«, flüsterte er ihr ins Ohr und strich zärtlich über ihren Rücken.

Der Abstieg hinab zum Boot war mühevoll, beladen wie sie waren mit Fässern, Ziegen und dem Kind. Der alte Morag rief ihnen immer wieder zu, sie sollten sich beeilen, und er hatte recht mit seiner Ungeduld. In der Dunkelheit würden sie die Strecke zurück zum Schiff nicht bewältigen. Unten angekommen verstauten sie hastig ihre Last und legten ab. Das Beiboot lag schwer beladen tief im Wasser und sie kamen nur langsam voran. Zu ihrer Überraschung gab es auf dem Rückweg keine Wirbel oder andere unerklärliche Begebenheiten. Nur die spitzen Felsenzähne gähnten im Abgrund unter ihnen. Morag hatte seine Sorgenfalten auf der Stirn, aber er schaffte es, die Männer sicher um alle gefährlichen Stellen herumzulotsen. Wieder einmal war Khandir froh, seinem Gefühl vertraut und den alten Seemann angeheuert zu haben. Es dämmerte bereits, als sie endlich das Schiff erreichten. Neriman und die restliche Mannschaft wunderten sich nicht wenig über das Kind, vor allem nachdem sie hörten, dass es ganz allein auf der Insel gewesen war. Um einen erneuten Ausbruch von Aberglauben zu vermeiden, zog sich Khandir mit dem Mädchen in seine Kabine zurück. Er kramte eines seiner Hemden aus seiner Truhe und kleidete die Kleine damit an. Es war ihr viel zu groß, aber wenn er die Ärmel hochkrempelte, einen Strick um ihre Taille schlang und das Hemd etwas nach oben schob, damit sie nicht darüber stolperte, ging es gerade eben. Ihr schien es zu gefallen. Sie lief vorsichtig hin und her und schaute immer wieder an sich herunter mit einem zufriedenen Ausdruck auf ihrem Gesichtchen. Er war gespannt, was seine Frau zu diesem ungewöhnlichen Mitbringsel sagen würde. Bestimmt würde sie das Mädchen in ihr Herz schließen. Auch ohne dass sie darüber sprachen, wusste er, Rhenild litt sehr unter ihrer Kinderlosigkeit. Sie bekam immer einen bitteren Zug um den Mund, wenn sie die Söhne und Töchter ihrer Freunde beobachtete. Vor Jahren schon hatte sie jede Hoffnung auf Schwangerschaft aufgegeben. Nun würde alles anders werden, im Geiste hörte er Kinderlachen durchs Haus schallen.

Ein leises Klopfen an der Tür riss ihn aus seinen Gedanken. Der Gehilfe des Kochs brachte auf Nerimans Geheiß etwas zu essen und Wasser. Das Mädchen stürzte sich mit Heißhunger auf den Braten, das Brot verschmähte es. Lediglich zu einem verschrumpelten Apfel ließ es sich noch überreden. Nachdem sie alles bis auf den letzten Rest verspeist hatten, spürte Khandir die Müdigkeit in seinen Knochen. Aus den Bewegungen des Schiffes und den Geräuschen konnte er entnehmen, dass sie Anker gelichtet hatten. Mit einigen Decken baute er in einer Ecke seiner Kajüte ein behelfsmäßiges Lager, doch die Kleine wollte sich nicht hinlegen. In seiner Verzweiflung nahm er sie schließlich mit in seine Hängematte. Sie schmiegte sich an ihn und ihre Hand strich unablässig über den Anhänger unter seinem Hemd. Er zog ihn hervor, nahm die Kette aber nicht ab. Er konnte sich nicht davon trennen, doch die Kleine schien zufrieden damit zu sein, ihre Finger folgten vorsichtig den Konturen der hölzernen Figur. Dann legte sie die Arme um seinen Hals und schlief ein. Ihr Zutrauen berührte ihn. Er beschloss, sie Sylat zu nennen, was immer das bedeutete. Vielleicht war es wirklich ihr Name.

Vollkommen erschöpft von seinem Ausflug war Khandir in einen tiefen Schlaf gefallen. So tief, dass ihn auch leiser Gesang mitten in der Nacht nicht weckte. Am nächsten Morgen wachte er erfrischt auf, Sylat hatte die Augen schon geöffnet. Gut gelaunt sprang er aus seiner Hängematte, das Mädchen fest an sich gepresst, und drehte sich mit Schwung mehrmals um sich selbst, bevor er die Kleine auf dem Boden abstellte. Erst als er sich gewaschen hatte und in seine Stiefel schlüpfen wollte, fiel ihm sein Fuß wieder ein. Verblüfft starrte er auf seinen Knöchel. Die Prellung war verschwunden! Khandir rieb sich mit beiden Händen das Gesicht. Hatte er sich den Vorfall nur eingebildet? Nein, dazu war der Schmerz zu heftig gewesen und auf dem Tisch lag noch der Tiegel mit der Salbe, die Morag ihm gegeben hatte. Khandir war ratlos, wie konnte das sein? Alles Nachdenken brachte ihm keine Erklärung. Aber nach einem Blick auf Sylat entschied er sich, den anderen nichts davon zu erzählen. Er wollte kein Gerede über Hexerei.

Wie von Neriman vorausgesagt, brauchten sie drei Wochen, bis sie eine kleine Küstenstadt im äußersten Zipfel von Diccur erreichten. Dort erneuerten sie ihre Vorräte und brachen wieder Richtung Heimat auf. Khandir verbrachte seine Zeit damit, sich um das Kind zu kümmern, das er insgeheim schon als sein eigenes betrachtete. Die Zuneigung schien gegenseitig zu sein, denn Sylat wich nicht von seiner Seite. Es störte ihn nicht, dass sie ihn unentwegt betrachtete, als wollte sie ihn bis ins kleinste Detail erforschen. War er nicht ein Unbekannter für sie? Auf diese Weise würde sich das schnell ändern. Sie schien rasch begriffen zu haben, dass Sylat von nun an ihr Name war – oder er war es tatsächlich schon immer gewesen. Er zeigte ihr das Schiff und die alten Karten in der Kapitänskajüte. Es fiel ihm auf, dass sie oft die Nase kraus zog und schnüffelte wie ein kleiner Hund. Eine ulkige Angewohnheit, fand er. Ihre Neugier kannte keine Grenzen, sie kroch noch in den hintersten Winkel, Ratten und Staub konnten sie nicht schrecken. Khandir musste oft Hemden waschen lassen auf dieser Fahrt. Jeden Abend schrubbte er die Kleine gründlich und kämmte ihre Locken aus, die sich zu widerspenstigen Nestern verwirrten. Es war nicht zu fassen, wie schmutzig so ein kleines Kind werden konnte! Die Mannschaft machte Witze über sein mütterliches Verhalten, aber es scherte ihn nicht. Er war viel zu glücklich, ganz unerwartet eine Tochter bekommen zu haben, und Sylat hatte sowieso nur Augen für Khandir. Er versuchte, sie mit dem einen oder anderen der Besatzung vertraut zu machen, jedoch erfolglos. Von dem dicken Koch war sie gar nicht begeistert, obwohl sie gebannt zusah, wie er eine der Ziegen zerlegte. Neriman erntete trotz aller Bemühungen, sie mit Zauberkunststücken zum Lachen zu bringen, nur einen skeptischen Blick. Aber den alten Morag mochte sie offensichtlich. Sie hielt still und gab keinen Laut von sich, wenn er ihren Kopf tätschelte. Andere durften ihr nach wie vor nicht zu nahe kommen, aber sie legten es auch nicht darauf an. Niemand war erpicht darauf, das unheimliche Grollen hervorzurufen. Im Verlauf ihrer Heimreise lernte Khandir, dass sein Zögling alle Nahrung außer Fleisch und gelegentlich einer Frucht verweigerte. Nun, mit diesen Vorlieben konnte er leben. Dass sie ihm wie sein Schatten folgte, würde sich hoffentlich mit der Zeit geben.

*

Etliche Seemeilen entfernt glitt ein anderes Schiff durch die Wellen mit Kurs auf Daaressal, ein Land im tiefen Süden. Auch dieses Schiff hatte es durch den Sturm viel zu weit nach Osten verschlagen, aber die Besatzung hatte überlebt. Da die Vorräte ohnehin knapp wurden, war niemand glücklich, einen Schiffbrüchigen aus dem Meer gefischt zu haben. Überdies war dieser Mann eine entsetzliche Nervensäge. Die ersten Tage lag er stöhnend in einer Hängematte. Der Kapitän wunderte sich, dass seine Haut an Gesicht und Händen zu mächtigen Blasen aufgeworfen war. Die Leute aus Daaressal waren sonst nicht so sonnenempfindlich. Nachdem er sich erholt hatte, erzählte Suumal, wie er sich nannte, eine ungeheuerliche Geschichte, wie er auf den Dracheninseln einen Drachen gejagt hätte. Nur habe dieser leider sein Schiff versenkt. Einzig er habe sich mit einem Beiboot retten können. Die Blasen seien Brandblasen vom feurigen Atem des Ungeheuers. Der Kapitän schnaubte nur verächtlich, dieser Narr hatte wirklich zu viel Sonne abbekommen. Jeder wusste schließlich, dass man sich diesen Inseln nicht einmal nähern konnte. Doch Suumal beharrte darauf, seine Geschichte nicht erfunden zu haben. Die Männer lachten ihn aus, aber er blieb hartnäckig dabei. Als seine wilden Behauptungen kein Ende nahmen, packte den Kapitän die Wut und er drohte damit, ihm die Zunge herausschneiden zu lassen, wenn er nicht sein Lügenmaul halte. Suumal verstummte für den Rest der Fahrt und verzog sich finster blickend unter Deck.

In Sarrinam, der größten Hafenstadt von Daaressal, angekommen löschten sie die Ladung. Erst als sie den Laderaum ausfegten und die Luken schlossen, fiel ihnen auf, dass Suumal verschwunden war. Der Kapitän war zornig, dass sich dieser Verrückte klammheimlich verdrückt hatte, andererseits war er froh, ihn so einfach losgeworden zu sein. Zwei Wochen später, sie waren schon längst wieder auf See, vermisste er einen kleinen Beutel mit Goldtalern, den er in seiner Kajüte versteckt hatte. Aber er dachte bereits nicht mehr an Suumal.

Zur selben Zeit erregte ein Mann in den Hafenkneipen Sarrinams Aufsehen, der behauptete, auf den Dracheninseln gewesen zu sein. Natürlich glaubte ihm niemand und einige Tage lang ließen sich die Leute von seinen Geschichten unterhalten. Dann begannen sie sich zu langweilen und schließlich wurden sie verärgert, weil der Mann keine Ruhe gab. Man fing an, nach seiner Herkunft zu fragen, um Licht in diese Angelegenheit zu bringen. Suumal, so war angeblich sein Name, hielt sich bedeckt. Dies erregte ihr Misstrauen und sie stellten Nachforschungen an. Obwohl er eine Narbe mitten auf der Stirn hatte, gelang es ihnen nicht, herauszufinden, woher er stammte. Schließlich kam das Gerücht auf, er sei ein entflohener Sklave und die Narbe würde er tragen, weil er sich die Tätowierung seines Herrn ausgebrannt habe. Bevor sie sich vergewissern konnten, tauchte Suumal in den verschlungenen, dunklen Gassen der Stadt unter.

*

»Myzlat, sie lebt!«

»Wie kannst du so sicher sein?«

»Ich fühle es.«

»Ihr seid noch nicht verbunden, Tych.«

»Aber einander versprochen.«

»Das ist nicht dasselbe, Tych.«

»Ihre Seele gehört mir! Willst du das leugnen, Myzlat?«

Wer bringt dich durch alle Gefahren ans Ziel?

Sechs Wochen später stand Khandir mit Sylat an der Reling. Vor beinahe drei Monaten war er nach Diccur – Hauptstadt des gleichnamigen Landes und östlicher Nachbar von Rikant – aufgebrochen. Und jetzt lag vor ihnen ihr Ziel: Yannah, die Allesverschlingende, ein winziger Stadtstaat am Rande des mächtigen Landes Rikant. Yannah war eine Stadt des Chaos und doch sichere Heimat. Weithin zu sehen leuchtete der Rote Palast, Wohnsitz des Fürsten, mit seinen fünf Wehrtürmen. Ebenfalls rot gestrichene Häuser, die Türen und Fensterläden in Schwarz gehalten, drängten sich darum herum und überzogen die Abhänge rings um die tief eingeschnittene Bucht bis weit hinauf ins Gebirge, das eine unüberwindliche Grenze zu Rikant bildete und dieses vom Meer abschnitt. Nicht zum ersten Mal dachte der Kaufmann, dass die Stadt von weitem einer blutenden Wunde ähnelte, die ein zorniger Gott in die mächtigen Berge geschlagen hatte. Es gab nicht viel fruchtbaren Boden, aber die Bewohner nutzten geschickt jedes Fleckchen für den Anbau von Obst und Gemüse. Im Lauf der Zeit waren sie kunstfertige Fischer geworden und ihre Kaufleute verschifften den Stockfisch auf Umwegen über Diccur bis ins ferne Hinterland von Rikant.

Auf dem schmalen Küstenstreifen rings um den Hafen häuften sich zwischen teilweise heruntergekommenen Lagerhäusern aus Stein windschief zusammengenagelte Hütten und Gebilde, die nicht einmal diesen Namen verdienten. Es gab keine befestigten Wege durch dieses Gewirr, nur gewundene Trampelpfade, die ein ums andere Mal unverhofft vor einer Bretterwand endeten. An diesem Ort fand sich nur zurecht, wer dort geboren und aufgewachsen war. Zumeist waren dies Menschen, die wie Khandir vor siebzehn Jahren mit dem großen Flüchtlingsstrom aus Bhrandelia im Westen gekommen waren, um dem Krieg dort zu entgehen. Yannah, zwei Jahrhunderte zuvor selbst von Flüchtlingen aus Rikant gegründet, hatte sie großzügig aufgenommen. Doch die Neuankömmlinge hatten sich nie in die bestehende Gesellschaft eingefügt. Sie lehnten die bunte Götterwelt und die fremdartigen Sitten ihrer Gastgeber ab und blieben unter sich. Der Mangel an Baugrund auf den Hügeln und die Armut der bhrandelischen Flüchtlinge hatten dazu geführt, dass sich unterhalb der Stadtmauer ein Elendsviertel bildete. Während weiter oben über die Hänge eine beständige Brise vom Meer her wehte, war die Senke windgeschützt. Die Dunstglocke aus verwesenden Fischabfällen und Exkrementen wurde nur selten von einem kräftigen Sturm vertrieben. Jeder, der in Yannah an Land ging, strebte danach, das Hafenviertel so schnell wie möglich zu verlassen. Khandir war der Einzige, der sich jedes Mal die Zeit nahm, auf seine Umgebung zu achten, sobald er das Schiff verließ. Während die Besatzung damit beschäftigt war, die Ladung zu löschen und die Waren in sein Lager zu schaffen, nahm er Sylat an die Hand. Langsam gingen sie den Kai hinunter und die gepflasterte Straße entlang, die nach oben auf das große Tor zustrebte. Die Kleine sog prüfend die Luft ein. Missbilligung legte sich über ihr Gesichtchen. Khandir musste lachen.

»Hier in diesem Gestank habe ich einmal gelebt, mein Kind«, erklärte er ihr, nicht sicher, ob sie ihn verstand. Aber im Grunde hatte er es mehr für sich selbst gesagt. Es war ihm wichtig, sich stets daran zu erinnern, woher er kam und was er erreicht hatte.

»Wie du war ich ganz allein.« Zärtlich streichelte er Sylat, die ihn mit großen Augen ansah, über die Wange. »Aber du hast jetzt mich. Dein neues Zuhause wird dir gefallen! Sieh mal, ich wohne inzwischen ganz dort oben.« Er zeigte nach Westen. »Das letzte Haus am Rand der Klippen, das mit dem Türmchen.«

Diesen kleinen Turm hatte er vor einiger Zeit als Erinnerung an sein Elternhaus anbauen lassen und sein Arbeitszimmer darin eingerichtet. Viele Türmchen an Gebäude zu setzen war die übliche Bauweise in Bhrandelia, seiner ursprünglichen Heimat, die von einfallenden Barbaren aus dem Westen vollkommen zerstört worden war. Mit dreizehn Jahren war er hier unten im Hafenviertel gestrandet, der Krieg hatte ihm den Vater genommen und die Flucht zuerst die Mutter, dann die Schwester entrissen. Monatelang hatte er in einem dumpfen Schmerz gefangen und ohne Ziel gelebt. Doch es war ihm gelungen, seine Lethargie abzuschütteln und sich an die neuen Gegebenheiten anzupassen. Bis heute hatte er sich mit dem Verlust seiner Familie nie ganz abgefunden, aber die Trauer hielt ihn nicht mehr fest im Griff. Sie begleitete sein Leben als leise Melodie im Hintergrund. Mit Fleiß und unnachgiebiger Zielstrebigkeit hatte er erst den Aufstieg vom Straßenjungen zum Straßenhändler und im Lauf der Jahre zum angesehenen Kaufmann in Yannahs alteingesessener Gesellschaft geschafft. Er war der einzige Bhrandelier, der es so weit gebracht hatte, und überzeugt, dass er diesen Erfolg der Göttin Yannah verdankte.

Vor ihnen öffnete sich das dunkle Maul des Stadttores. Die Wachen ließen die beiden unbehelligt passieren. Sie folgten der Straße, die sich in langen Windungen den steilen Hang hinaufschlängelte. Sylat bestaunte mit offenem Mund die vielen Menschen, die hier unterwegs waren; auf dem Kopf trugen sie Körbe mit allerlei Waren. Die Frauen schmückten silberne Armbänder mit kleinen Glöckchen, die unentwegt klingelten. In den meisten Fenstern hingen Käfige, in denen bunte Vögel zwitscherten und sangen. Die schrillen Rufe der Straßenhändler und das Kreischen der Kinder trugen mit dazu bei, einen dichten Klangteppich zu weben. Hin und wieder mussten sie auf die Stufe eines Hauseinganges ausweichen, um einen der schmalen Eselskarren vorbeizulassen; die Gassen waren eng in Yannah. Ab und zu öffneten sie sich zu einem mit Buschwerk und Blumen bepflanzten Platz, in dessen Mitte sich stets kleine kreisrunde Gebäude befanden, ähnlich einem etwas kurz geratenen Turm. Anders als die einheitlich blutrot gestrichenen Häuser waren sie in verschiedenen Farben und mit Symbolen bemalt. Oben, unterhalb des Daches, wurden sie von einem Band aus schmalen schießschartenartigen Fenstern umsäumt, den Eingang verhängte ein schwarzes Stück Stoff.

»Dies sind Tempel, Sylat. An der Farbe kannst du erkennen, welchem Gott sie geweiht sind«, erklärte er dem Mädchen. »Siehst du, dieser da, der gelbe, ist für Kizrah und die goldenen Zickzacklinien stellen die Blitze dar, die er vom Himmel schleudert.« Sylat zeigte auf den Tempel und trippelte aufgeregt auf der Stelle. Khandir lächelte und fuhr fort: »Es gibt viele Götter in Yannah. Wir kommen gleich an einem blauen Tempel mit grünen wellenförmigen Linien vorbei, der ist für Doros, den Gott des Meeres. Viele Tempel sind Jerish geweiht, sie sind weiß und unregelmäßig mit jeweils zwei schwarzen Linien bemalt, die wie die Silhouette eines fliegenden Vogels aussehen. Jerish, der Gott der Winde, ist neben Yannah der meistverehrte, da er für die Fischer und Kaufleute wichtig ist. Ohne Wind schaukeln ihre Segelschiffe hilflos auf Doros' Wellen. Für Yannah gibt es nur einen einzigen Tempel im Zentrum der Stadt, er ist der höchste und blutrot gestrichen, wie die übrigen Häuser. Aber jedes Gebäude besitzt einen Innenhof und dort ist ein Altar für die Göttin aufgebaut.« Die Augen der Kleinen leuchteten hell, sie schien ihre Freude an seinen Erläuterungen zu haben. Khandir beschloss, ihr die alten Mythen vorzulesen, die er im Lauf der Jahre in einem dicken Buch gesammelt hatte, um die für ihn neue Welt der hiesigen Götter kennenzulernen.

Sie gingen weiter, aber sie kamen nicht schnell voran in dem Gewimmel. Khandir störte das nicht, obwohl er sich freute, heimzukommen. Er liebte diesen Weg, auf dem es so viel zu sehen und zu hören gab. ›Ich bin nicht weniger neugierig als Sylat, sie kommt ganz nach mir‹, dachte er schmunzelnd. Die gelben Augen des Mädchens glühten und er konnte ihre Aufregung spüren. Ihr Hemd war nach unten gerutscht und sie stolperte über den Saum. Kurz entschlossen suchte Khandir einen Laden auf und kaufte passende Kleidung für seine Tochter. Obwohl dieses Kind nie lächelte, kannte er es inzwischen gut genug, um zu merken, dass es sich über die schönen neuen Sachen freute. Er hatte unter anderem ein Samtkleidchen in Himmelblau gewählt und ihr angezogen. Es bildete einen schönen Kontrast zu ihrer kupferbraunen Haut und war außerdem Rhenilds Lieblingsfarbe. Der Spiegel in der Ecke hatte gleich beim Eintreten Sylats Aufmerksamkeit erregt und nun stand sie da und beugte sich vor, um sich eingehend zu betrachten. Dann drehte sie sich um und rannte mit ausgestreckten Armen auf Khandir zu, der sie lachend hochhob. Sie legte ihre kleinen Hände auf seine Wangen und presste ihre Stirn gegen seine. Bernsteinfarbene Augen blickten in blaue und Khandir spürte, wie sein Herz ganz weit wurde.

Beschwingt von diesem Gefühl erklomm er den steilen Hügel, Kind und Einkäufe mit Leichtigkeit tragend. Schneller geworden bog er in die ruhigere Seitengasse ein, die zu den westlichen Klippen führte, an deren Rand er sein Haus gebaut hatte. Doch als er sich seinem Zuhause näherte, überfiel ihn plötzlich eine Vorahnung und er blieb stehen. Um zu begreifen, was ihn aufgehalten hatte, schaute er sich das Gebäude genauer an. Es besaß, wie die meisten Häuser hier, drei Stockwerke und war um einen winzigen Innenhof gebaut. Doch Khandir hatte damals zwei Grundstücke erworben und sich den Luxus gegönnt, aus dem zweiten einen Garten zu machen, der von einer hohen Mauer gegen neidische Blicke geschützt war. Eine Gruppe Spatzen tschilpte auf der Mauerkrone. Alle Fensterläden waren wie sonst auch geschlossen, um die Innenräume kühl zu halten.

Er wollte gerade weitergehen, da sah er es: Ein Tuch war an die Haustür genagelt und wehte im Wind. Beklommenheit erfüllte ihn, als er das Zeichen für einen Todesfall sah. Khandir starrte auf den Stoff. Grau, die Farbe der Trauer. Grau wie der Nebel, der aus dem Meer kam und in dem die Seelen der Toten aufstiegen und sich mit dem Wolkenkleid von Nanish der Milden verwoben, um eines Tages wieder auf die Erde hinabzuregnen. Das war es, was die Bürger von Yannah glaubten. Für Khandir war Grau ein unvorstellbares Nichts. Mit weichen Knien näherte er sich seinem Zuhause und klopfte an. Nunna, die Dienerin seiner Frau, öffnete mit verweinten Augen. Als sie Khandir erblickte, begann sie zu schluchzen. Dies genügte, um seine schlimmsten Befürchtungen zu bestätigen. Rhenild hatte ein sehr inniges Verhältnis zu der jungen Frau gehabt, diese war mehr für sie als eine Bedienstete.

Zögernd betrat Khandir sein Haus. In der Eingangshalle setzte er Sylat ab und ließ sein Bündel achtlos zu Boden gleiten. Er hörte die Erklärungen seines Verwalters, der herbeigeeilt war, aber die Worte erreichten sein Inneres nicht. Zwei

Wochen nach seiner Abreise war im Hafenviertel eine Sumpffieberepidemie ausgebrochen und hatte sich schnell über die ganze Stadt ausgebreitet. Rhenild, die es sich nicht hatte nehmen lassen, Tag und Nacht die Kranken zu versorgen, war nicht verschont worden und ausgezehrt von Erschöpfung einen schnellen Tod gestorben. Auch der Verwalter war sichtlich bewegt, aber Khandir fühlte nichts, er sehnte sich nur nach Stille. Ohne jemanden anzusehen, ging er nach oben. Seine kluge, umsichtige Rhenild, sie konnte nicht fort sein. Das Schlafzimmer war leer. Vor dem Zimmer seiner Frau hielt er kurz an, trat aber nicht ein. Wie ein Geist wanderte er eine Zeit lang durchs Haus. Es zog ihn zum Turm, er kam ihm wie ein Zufluchtsort vor. Eingeschlossen in seinem Arbeitszimmer dachte er daran, dass er noch auf dem Markt in Diccur nach einem Geschenk für seine Frau gesucht hatte, während sie bereits in graues Tuch genäht auf einer Totenbarke auf das Meer hinausglitt.

Es war längst Nacht geworden und dunkel im Raum, als er in dem Sessel am Fenster wieder zu sich kam und bemerkte, dass Sylat zu seinen Füßen kauerte und seine Beine umklammerte. Er bückte sich und nahm das Kind auf den Schoß.

»Du hast das alles auch erlebt, nicht wahr?«, flüsterte er und drückte ihren kleinen, warmen Körper fest an sich. Sylat begann leise zu singen. Die ungewöhnlich tiefen Töne vibrierten durch seinen Leib und hatten eine tröstliche Wirkung. Sacht wiegte er das Mädchen in seinen Armen, bis sie beide eingeschlafen waren.

Als der Morgen dämmerte, kündigten die fünf Turmwächter im Roten Palast mit ihren riesigen Trommeln den neuen Tag an. Das Dröhnen drang in alle Winkel, um auch noch den letzten Schläfer zu wecken. Khandir erhob sich benommen aus seinem Sessel und sorgte dafür, dass Sylat ein Frühstück bekam. Er selbst hatte keinen Hunger und strich unruhig durch die Gänge. Dann betrat er ein letztes Mal das Zimmer seiner Frau. Er betrachtete den großen, himmelblau gestrichenen Raum, in dem sich nur ein Sessel am Fenster befand. Hierher hatte sich Rhenild zurückgezogen, wenn sie Ruhe benötigte oder von Heimweh nach Bhrandelia geplagt wurde. Das Blau der Wände erinnerte sie an den weiten Himmel in ihrer Heimat, der das flache Land dort überspannte. In der Enge Yannahs und den mit Möbeln und Zierrat vollgestopften Häusern ihrer Freunde glaubte sie manchmal zu ersticken. Khandir ging zögernd zu dem Sessel hinüber und strich mit dem Zeigefinger über den blauen Samt des Polsters. Ganz schwach konnte er den Duft von in der Sonne getrocknetem Gras riechen. Rhenild stopfte ihr Kissen immer wieder neu mit Heu aus, auch dieser Geruch war eine Erinnerung an früher. Khandir hatte auf einmal das Gefühl, mit seiner Frau auch die letzte Verbindung zu seiner alten Heimat verloren zu haben. Abrupt verließ er das Zimmer und verriegelte die Tür. Wie von Sinnen durchsuchte er das Haus und sammelte alle blauen Gegenstände ein, selbst Sylats neues Kleidchen. Voll beladen ging er an den verdutzten Dienstboten vorbei nach draußen und um das Haus herum zu den Klippen. Dort warf er alles hinab ins Meer, zuletzt den Schlüssel zu Rhenilds Raum, während er in ihrer alten Heimatsprache seinen plötzlich aufwallenden, ohnmächtigen Zorn dem unbewegten Meer entgegenbrüllte. Das Blau des Himmels erschien ihm wie Hohngelächter und er floh in sein Arbeitszimmer.

Danach begegnete Khandir dem Verlust seiner Frau mit dem gleichen Verhalten, das er sich die letzten zwei Jahrzehnte angewöhnt hatte: Er stürzte sich in Arbeit. Jetzt, ohne Rhenilds Unterstützung, gab es mehr denn je zu tun. Außerdem war da noch Sylat, die seine Zuwendung brauchte, oder er die ihre – manchmal war er sich nicht sicher, wer mehr auf wen angewiesen war. Sie lernte ungeheuer schnell, ihre Neugier war unersättlich und er war stolz auf ihre rasche Auffassungsgabe. Nach kurzer Zeit hatte er das Gefühl, sie verstünde fast alles, was er sagte. Zwar wollte sie immer noch nicht sprechen, aber sie gab durch Nicken und Kopfschütteln zu erkennen, dass sie genau wusste, was er von ihr wollte. Sich allein waschen und anziehen konnte sie längst. Nur das Kämmen übernahm immer noch er, denn er mochte es, in Ruhe ihre Locken zu entwirren. Es war ihr Ritual am Morgen, bevor sie gemeinsam frühstückten. Sylat wollte auch zu dieser frühen Stunde nur Fleisch. Sie konnte unfassbare Mengen verdrücken. Khandir wunderte sich, wie sie dabei so klein und schmächtig blieb. Ihrer Gesundheit wegen bestand er darauf, dass sie zu jeder Mahlzeit einen Apfel oder eine andere Frucht aß, und ließ sich nicht einmal durch ein Grollen umstimmen. Wenn es sein musste, konnte auch er ein Dickkopf sein.

Abends hatte er es sich zur Gewohnheit gemacht, mit Sylat in seinem Sessel im Arbeitszimmer zu sitzen und ihr vorzulesen. Sie liebte die Geschichten von den verschiedenen Göttern über alles, ihre gelben Augen leuchteten hell, wenn sie von ihren Abenteuern und Heldentaten hörte. Jedes Mal, wenn Khandir sie bat, ein Buch auszusuchen, schleppte sie den dicken Folianten mit den alten Sagen herbei. Besonders Kizrah auf seinem Wolkenthron hatte es ihr angetan. Sie zischte jedes Mal, wenn Khandir berichtete, wie er seine Blitze schleuderte, und ließ ihr Grollen ertönen wie fernen Donner. Dann klatschte sie in die Hände und hopste aufgeregt auf seinen Knien herum, bis er sie lachend festhielt und ihr einen Kuss auf die Nase drückte. Zum Abschluss des Abends sang sie ihm eines ihrer seltsamen Lieder. Er nannte es ihr

Gute-Nacht-Lied, denn wie ein solches spendete es ihm Wärme und Trost. Lag er kurz darauf allein in seinem Ehebett, erschien die Nacht nicht mehr gar so dunkel und einsam.

Ungefähr alle zehn Tage kam Neriman abends zum Essen, sofern er nicht auf See war. Khandir, der den jungen Mann sehr mochte, hatte eines Tages damit angefangen, ihn regelmäßig einzuladen, nachdem er ihn zu seinem Kapitän berufen hatte. Anfangs eher, um sich mit ihm in zwangloser Atmosphäre unterhalten zu können und ein Vertrauensverhältnis herzustellen. Später, weil er diese Gespräche genoss. Für Rhenild und ihn war Neriman beinahe so etwas wie ein Sohn geworden. Trotzdem hielt er nach außen hin immer einen gewissen Abstand zu ihm, um ihr Verhältnis nicht unnötig kompliziert zu machen – schließlich war Neriman sein Untergebener. Sylat, die sich schon auf dem Schiff von seinem Charme nicht hatte beeindrucken lassen, schien ihre Meinung nicht zu ändern. Sie beobachtete ihn wie eine Katze eine Maus und seine Versuche, mit ihr zu reden oder gar Scherze zu machen, ließ sie ungerührt über sich ergehen.

Das Verhalten des Mädchens entsprach auch sonst nicht dem, was er von den Töchtern seiner Freunde kannte. Sie freute sich, wenn Khandir ihr ein neues Kleid oder ein buntes Haarband mitbrachte, aber von sich aus schien sie kein Verlangen danach zu verspüren, wenn er mit ihr durch die Läden ging. Sie schaute die schönen Dinge mit der gleichen Aufmerksamkeit an wie eine Ratte oder einen räudigen Hund. Mit Puppen oder anderem Spielzeug wusste sie nichts anzufangen, sie ließ es unbeachtet in ihrem Zimmer liegen. Aber sie folgte ihrem Ziehvater wie eh und je und beobachtete jeden seiner Handgriffe. Nach wie vor wich sie anderen Menschen aus, aber wohl nicht aus Angst, denn sonst war sie unerschrocken, wie ihm die Dienstboten berichteten.

Als sie begriffen hatte, dass Khandir ganz sicher wiederkehrte, wenn er fortging, fing sie an, das Haus zu durchstöbern, und wagte sich bis in die hinterste Ecke des Gewölbekellers. Niemand wusste, wie sie sich dort im Dunkeln zurechtfand, und keiner traute sich, sie davon abzuhalten. Der finstere Blick, den sie aufsetzen konnte, war allen unheimlich und sie waren froh, wenn sich das Kind selbst beschäftigte. Oft stand sie einfach nur in der Mitte eines Raumes und schaute sich alles ganz genau an, als wolle sie sich jede Einzelheit einprägen. Die Einrichtung entsprach nicht dem üblichen überladenen Stil in Yannah. Sie war einfach gehalten und erzeugte ein Gefühl von Weite. Nirgendwo hingen Bilder, weder gemalte noch gewebte, und es gab keine Teppiche auf den mit blank gescheuerten Schiffsplanken belegten Böden. Khandir hatte durch seinen Beruf zwar die Möglichkeit, viele Kunstgegenstände aus fremden Ländern zu erwerben, doch es stand nichts herum. Kommoden und Tische waren poliert, bis sie glänzten, aber leer. Nur im Empfangssaal im Erdgeschoss gab es eine Glasvitrine, in der einige Dinge ausgestellt waren. Sylat betrachtete sie oft. Und immer wenn ihr Blick auf die kleinen Skulpturen aus geschnitztem Bein fiel, begann sie zu grollen, bis sie sich schließlich abwandte, um einen anderen Bereich des Gebäudes zu erforschen. War das Haus, wie es in der Stadt Brauch war, außen in Rot und Schwarz gehalten, so herrschten innen andere Farben vor. Die Möbel waren aus dunkelbraun gebeiztem Holz gezimmert, die Polster und Vorhänge aus moosgrünem Samt genäht und die Wände in einem lichten Ocker gestrichen. In manchen Räumen hatte man den Eindruck, sich in einem sonnendurchfluteten Wald aufzuhalten, noch verstärkt durch die üppig wuchernden Pflanzen in Tontöpfen.

Nachdem sie das Haus von oben bis unten erkundet hatte, nahm sich Sylat den Garten vor. Eines Tages beobachtete Khandir, wie sie dort auf den fetten Hauskater stieß, der längst keine Mäuse mehr jagte, sondern sich vom Koch verwöhnen ließ. Kaum hatte das Tier, das in der Sonne lag, Sylat erblickt, sträubte sich ihm das Fell. Es sprang mit einem Satz auf, machte einen Buckel und fauchte. Sylat schaute es unbeeindruckt an und kletterte auf den großen Baum. Von seinem Wipfel aus konnte man gerade eben über die Mauerkrone auf das Meer hinaussehen. Khandir war nicht sehr begeistert von Sylats Kletterei, er fand es zu gefährlich, doch er brachte es nicht übers Herz, ihr das zu verbieten. Er stand unten, bereit sie aufzufangen, falls sie das Gleichgewicht verlor und herunterfiel. Plötzlich schien etwas ihre Aufmerksamkeit zu erregen. Sie beugte sich vor und rutschte dann den Ast entlang, der sich unter ihrem Gewicht immer weiter nach unten bog. Khandir wollte sie davon abhalten, der Ast konnte jederzeit brechen, und rief: »Sy…« Weiter kam er nicht, denn im selben Augenblick schnellte Sylats Hand vor und sie fing einen großen Käfer mit grün schillernden Flügeln und steckte ihn in den Mund. Ihre spitzen Zähnchen bissen auf den harten Panzer und Khandir hörte ein leises Knacken. Es schüttelte ihn, als er zusah, wie sie das Insekt genüsslich verspeiste. So hatte sich das arme Kind also auf der Insel am Leben erhalten. Natürlich, es wäre nicht in der Lage gewesen, Bergziegen zu jagen, und Früchte aß es nicht gerne. Mitleid packte ihn und er fragte sich nicht zum ersten Mal, wie lange das Mädchen allein überlebt hatte.

Der Kater war seit Sylats Eindringen in sein grünes Reich übellaunig und gereizt. Sobald sie in Sichtweite kam, fauchte er und verkroch sich unter die Büsche. Ein paar Tage später wurde er vermisst. Der Koch suchte ihn überall, sogar im Keller. Er konnte sich nicht erklären, wo sein Liebling sich noch verborgen halten könnte. Mit gerunzelter Stirn betrachtete der Koch die Gartenmauer. Nein, sie war zu hoch und die Katze zu dick. Er schüttelte ratlos den Kopf und zog sich bedrückt in seine Küche zurück. Das Tier blieb unauffindbar und für lange Zeit fiel niemandem auf, dass die Keller als Einzige in der Stadt rattenfrei waren.

War Khandir zu Hause, saß er im Turmzimmer und arbeitete sich durch Berge von Schriftstücken und Verträgen. Sylat pflegte dann unter den Schreibtisch zu kriechen und hockte, ohne einen Mucks von sich zu geben, zu seinen Füßen. Sie war so still, dass er ihre Anwesenheit manchmal vergaß. Einer seiner Besucher bekam einmal einen gehörigen Schrecken und behauptete, ihn hätten glühende Augen unter dem Tisch angestarrt. Khandir ging nicht weiter darauf ein, er war viel zu verärgert über die dreiste Art des Mannes. Der hatte ihm einen wichtigen Kunden mit unlauteren Mitteln abspenstig gemacht und Khandir wollte sich eigentlich mit ihm aussprechen. Ihm lag nichts daran, mit seinem größten Konkurrenten in Unfrieden zu leben. Doch dieser schien sich keiner Schuld bewusst, im Gegenteil, im Verlauf des Gesprächs wurde er immer angriffslustiger. Khandir konnte seinen wachsenden Zorn kaum noch verbergen. Außerdem irritierte ihn das Aussehen seines Gastes. Während er selbst wie gewöhnlich schlicht gekleidet war, trug der Mann eine schwarze Jacke aus glänzender Seide, die mit Rubinen bestickt war, und seinen kahlen Schädel bedeckte eine schwarze Kappe, deren Rand rote Daunen zierten. Bei jeder Bewegung funkelte es und die Federchen wehten neckisch. Khandir ertappte sich wiederholt dabei, dass er auf die Kostümierung seines Gegners starrte, ohne auf dessen Rede zu achten. Dieser schien Khandirs Zerstreutheit zu bemerken, was ihn nur noch mehr anstachelte. Der Glatzkopf geriet vollkommen außer sich und schleuderte

Khandir wutentbrannt entgegen, dass er nichts als Abschaum aus dem Hafenviertel sei. Plötzlich unterbrach ein tiefes Grollen seinen Ausbruch. Der Mann wurde kreidebleich und rannte schreiend aus dem Raum. Ein rotes Federchen schwebte sacht zu Boden. Khandir sah ihm verblüfft hinterher. Dann fing er an, schallend zu lachen, bis er sich die Tränen aus dem Gesicht wischen musste. Sylat kam unter dem Schreibtisch hervorgekrochen und musterte ihn. Er hob sie hoch und nahm sie auf den Schoß.

»Was für ein merkwürdiger Kerl!«, sagte er zu ihr und sie nickte.

Später erfuhr er, dass sein Konkurrent überall in der Stadt verbreitete, er hätte seinen Höllenhund auf ihn gehetzt. Khandir war nicht sonderlich beunruhigt, die Leute wussten, dass er keinen Hund hielt. Aber er dachte doch darüber nach, ob sich ein aufgewecktes Kind stundenlang reglos unter einen Tisch kauern sollte, und versuchte Sylat dazu zu bewegen, ihre Zeit sinnvoller zu verbringen. Er kaufte ihr einen Ball und schickte sie zum Spielen in den Garten.

Zwei Stunden später klopfte es an seine Tür. Mit verlegenem Gesicht stand sein Verwalter vor ihm.

»Was ist geschehen?«, fragte Khandir ungeduldig, als der Mann offensichtlich keine Worte fand.

»Ich habe vergessen, Euch das hier zu geben. Es lag monatelang in einer Schublade meines Sekretärs.« Der Verwalter legte einen schwarz glänzenden Gegenstand vor ihn hin, der in der Abendsonne rot aufleuchtete. »Ein Diener hat es in einer Eurer Hosen gefunden. Ich wollte es Euch bringen ... aber der Tod Eurer Frau ... alles war durcheinander«, stotterte er hilflos.

Nicht alles, sondern ich war durcheinander, sag es doch geradeheraus!, dachte Khandir und nahm das schimmernde

Ding in die Hand. Diese merkwürdige Schuppe, die er auf der Insel gefunden hatte! Wollte er nicht Morag danach fragen? Er hatte es in den vier Monaten, die er nun schon wieder zurück in Yannah war, wirklich gründlich vergessen. Doch jetzt musste er das Gespräch mit dem Alten erneut verschieben, Morag war vor zwei Tagen mit Neriman in See gestochen.

»Es ist nur ein Andenken.« Mit einer Handbewegung entließ er seinen zerknirschten Verwalter, der offensichtlich erleichtert zur Tür eilte. Dort blieb er noch einmal stehen.

»Ach, noch etwas, Herr. Der Ball, sie hat ihn flach gedrückt. Niemand hat es gesehen, aber er wird wohl nicht wieder hüpfen.« Damit huschte er aus dem Zimmer. Khandir seufzte und drehte die Schuppe, oder was immer es war, unschlüssig hin und her. Da er nicht wusste, wen er außer Morag fragen könnte, verstaute er das rot glühende Ding in einer seiner Schubladen, nur um es später ein weiteres Mal zu vergessen. Dann machte er sich auf den Weg in den Garten.

Sylat war noch immer dort, verdrossen klatschte sie wieder und wieder den zerquetschten Ball an die Mauer. Khandir verschränkte die Arme vor der Brust.

»Du kannst aufhören. Ich habe verstanden!«

Sylat schaute ihn mit zusammengezogenen Augenbrauen an.

»Was hast du gegen den Garten?«, fragte er sie. Seine Tochter schüttelte den Kopf und starrte vorwurfsvoll auf den Ball.

»Aha, es ist also nicht der Garten! Du magst dieses Spiel nicht, oder?« Khandir zog sie mit sich zu einer Bank, wo er sie auf den Schoß nahm. »Du kannst doch nicht den ganzen Tag zu meinen Füßen sitzen. Oder bist du etwa ein kleiner Hund?« Sylat sah ihn empört an. »Siehst du! Dann ist es besser, du spielst ab und zu hier draußen«, sagte Khandir lächelnd. »Gibt es denn gar nichts, was dir gefallen würde?«

Das Mädchen überlegte einen Augenblick und zeigte dann auf den Baum.

»Bei Jerish, das ist nicht gerade das, was ich mir unter einem Zeitvertreib für kleine Mädchen vorstelle.« Khandir schüttelte resigniert den Kopf. »Also gut, wenn du mir versprichst, vorsichtig zu sein, dann darfst du meinetwegen klettern.«

Sylat nickte heftig und sah zufrieden aus. Wieder musste Khandir lächeln. Seine Kleine konnte ihn um den Finger wickeln. »Geschickt und kräftig bist du ja. Das liegt bestimmt an den Äpfeln. Vielleicht solltest du morgen zum Frühstück zwei davon essen!« Sylat sah ihn misstrauisch an und er zwinkerte. Erleichterung zeigte sich in ihrem Gesicht und ihre Augen funkelten. Er strich ihr die Locken aus der Stirn. Mitten in dieser Bewegung griff Sylat nach seiner Hand und schnupperte daran. Für einen Augenblick schien sie zu erstarren, dann spannte sich ihr kleiner Leib und sie stieß einen hohen klagenden Laut aus, der ihm durch Mark und Bein fuhr.

»Was ist mit dir? Was hast du gerochen?«, fragte Khandir erschrocken, aber sie hatte die Augen zusammengekniffen und rührte sich nicht. Er versuchte herauszufinden, was sie so erschüttert hatte, doch Sylat sank einfach in sich zusammen. Es blieb ihm nichts weiter übrig, als sie in die Arme zu schließen und sanft hin und her zu wiegen. Lange saßen sie auf der Bank. Erst als mit der Dämmerung ein kalter Wind vom Meer her durch den Garten fegte, gingen sie ins Haus. Dieser unerwartete Ausbruch beschäftigte Khandir später noch sehr. Da er von sich selbst wusste, wie blitzartig ihn manchmal Erinnerungen an schreckliche Erlebnisse von früher überfielen, vermutete er, Sylat sei dasselbe geschehen. Nun, ihre Vergangenheit konnte er nicht ändern, aber er würde versuchen, ihr so viel Geborgenheit zu geben, wie es in seiner Macht stand.

In derselben Nacht schreckte er hoch ohne zu wissen, was ihn geweckt hatte. Unruhig stand er auf und ging hinüber in Sylats Zimmer. Ihr Bett war leer. Zuerst nahm er an, sie würde im Haus umherstreifen, aber sie war nirgends zu finden. Seine Unruhe wuchs und er weckte die gesamte Dienerschaft. Gemeinsam suchten sie alles ab, Sylat blieb verschwunden. Das Schloss der Haustür war, wie nachts üblich, verriegelt. Sie musste doch irgendwo versteckt sein! Khandir spürte inzwischen nackte Angst in seinen Eingeweiden. Er drehte eine dritte Runde durch den Garten. Es hatte einen kräftigen Regenguss gegeben und Wasser tropfte von den Zweigen der Büsche. Fast im selben Moment, in dem er in der Erde vor der großen Mauer den Abdruck von einem kleinen Fuß sah, hörte er ganz leise aus der Ferne ihren Gesang. Sie war auf der anderen Seite! Er fand sie unbekleidet mit geschlossenen Augen und singend am Rande der Klippen stehen. Als er sie erleichtert in die Arme schloss, öffnete sie blinzelnd die Augen und schaute ihn verwirrt an. Sie schien nicht zu wissen, wo sie war, erstaunt sah sie sich um. Sollte seine Tochter schlafwandeln? Khandir machte sich Sorgen. Und wie oft war sie wohl schon, wenn alle schliefen, alleine auf den Klippen gewesen? Wie war sie überhaupt dorthin gelangt? Die Eingangstür war doch abgeschlossen. Deshalb war ja niemand auf den Gedanken gekommen, sie könne sich außerhalb des Hauses aufhalten.

»Sylat, wie hast du hierhergefunden?«, fragte Khandir das Mädchen. Es sah ihn mit einem ratlosen Ausdruck im Gesicht an und zuckte die Schultern. »Du kannst dich wirklich nicht erinnern?« Sylat schüttelte den Kopf. Er glaubte ihr, anscheinend hatte er richtig vermutet und seine Tochter war eine Schlafwandlerin. Trotzdem erklärte das nicht, wie sie aus dem Haus gekommen war, aber es gab Dringenderes. Das Mädchen war vom Wind ganz ausgekühlt, Khandir wickelte es in seine Jacke und trug es zurück ins Haus. Drinnen rubbelte er Sylats feuchtes Haar trocken, steckte sie ins Bett und packte sie unter einen Berg Wolldecken. Er ließ eine heiße Milch mit Zimt und Honig bringen, die sie zwar nicht trinken wollte, aber Khandir setzte sich durch. Als sie eingeschlafen war, saß er noch lange an ihrem Bett und dachte über das Geschehene nach. Er wollte Sylat ungern nachts in ihrem Zimmer einsperren, deshalb würde er eines der Mädchen bitten, künftig bei ihr zu schlafen. Vielleicht Nunna, sie hatte einen leichten Schlaf. Außerdem war sie nicht gerade schüchtern und ließ sich am wenigsten von seiner Tochter beeindrucken. Er hatte schon bemerkt, dass seine Dienstboten Sylat möglichst aus dem Weg gingen. Leider wusste er nicht, was er dagegen tun konnte, und hoffte, das würde sich mit der Zeit ändern, wenn sie sich an das Mädchen gewöhnt hatten. Bestimmt würden sie merken, was für ein liebenswertes kleines Ding Sylat war, trotz ihres manchmal ungewöhnlichen Verhaltens.

Am nächsten Morgen war Sylats nächtlicher Ausflug nicht das einzige Gesprächsthema. Der Koch hatte Neuigkeiten vom Markt mitgebracht. Aufgeregt erzählte er von einem Vorfall im Hafenviertel. Ein Betrunkener, der versucht hatte, gegen Mitternacht einen Straßenjungen zu erschlagen, über den er gestolpert war, war zwei Stunden später ermordet aufgefunden worden. Man entdeckte seine Leiche mit abgerissenem Kopf in einer der Sackgassen. Das Kind, das er angegriffen hatte, meldete sich, aber es konnte nur berichten, dass es ihm gelungen war, sich von dem wütenden Mann loszureißen und zu fliehen. Was danach mit dem Trunkenbold geschehen war, wusste es nicht. Zeugen gab es nicht, aber jedem leuchtete ein, dass ein Junge niemals in der Lage gewesen wäre, eine solche

Tat zu verüben. Im Grunde besaß kein Mensch solche Kräfte, aber irgendjemand musste es gewesen sein.

Die folgenden Tage wurde in der ganzen Stadt gerätselt, was mit dem Toten geschehen war. Khandir hatte etwas Mühe, diese Aufregung nachzuvollziehen, schließlich waren in diesem Stadtteil Tote nicht eben selten. Sicher, die Umstände waren außergewöhnlich, den meisten schienen sie besonders grausam, aber im Krieg hatte er weitaus verstörendere Taten gesehen und niemand hatte sich darum gekümmert. Und in mancher Hinsicht ähnelte der Kampf ums Überleben im Hafenviertel einem Krieg, auch wenn sich das die Menschen oben in der Stadt hinter ihrer Mauer nicht recht vorstellen konnten. Jemanden umzubringen war seiner Meinung nach immer Unrecht, ob man ihm nun noch den Kopf abriss oder nicht.

Er wusste, Rhenild hätte ihn verstanden, doch sie war nicht mehr bei ihm und so behielt er seine Gedanken für sich. Aber er achtete noch mehr darauf, Sylat entsprechend zu erziehen. Er wollte, dass sie begriff, wie wichtig es war, das Leben zu schätzen, das eigene und das der anderen. Deshalb dehnte er ihre gemeinsamen Abendstunden aus und redete mit ihr, nachdem er aus ihrem Lieblingsbuch vorgelesen hatte, und sie hörte zu. Wie immer hatte er das eigentümliche Gefühl, dass sie ihn genau verstand. Sie nickte zustimmend oder abwägend und schien sich keinen Augenblick zu langweilen, obwohl es für ein Kind doch teilweise harte Kost war, was er ihr da unterbreitete. Im Gegenteil, er gewann den Eindruck, dass sie es mochte, wenn er sie forderte. Schon länger hatte er festgestellt, dass ihre Augen immer dieses ungewöhnliche Leuchten bekamen, wenn etwas ihre volle Aufmerksamkeit erregte.

Die Menschen kamen im Verlauf der Woche wieder zur

Ruhe und glaubten, es handle sich bei dem Toten um eine Ausnahme. Leider irrten sie sich, es sollte weitere ungewöhnliche Morde außerhalb der Stadtmauer geben. Khandirs Dienstboten hatten die Einzelheiten einer neuen Tat aufgeschnappt und besprachen diese lautstark in der Küche. Nunna berichtete, die Besitzerin eines Bordells sei bis zur Unkenntlichkeit verbrannt aufgefunden worden. Sie hatte in ihrem Haus zwei junge Mädchen, fast Kinder noch, festgehalten und mit Schlägen dazu gezwungen, Freier zu bedienen. Die Nachbarn vermuteten, dass Rache im Spiel sein könnte, die Mädchen kamen als Mörderinnen allerdings nicht in Frage, man entdeckte sie eingesperrt in einer Kammer. Die Frau blieb nicht die Einzige, die einem Feuer zum Opfer fiel. In den folgenden Wochen loderten mitten in der Nacht, wenn alle schliefen, in mancher Hütte Flammen auf und die Menschen hatten Mühe, die Brände zu löschen, bevor sie auf andere Behausungen übergriffen. Am anderen Tag wurden verkohlte Leichen in den rauchenden Trümmern entdeckt. Auch wenn die Toten keine unbescholtenen Bürger gewesen waren und manche Untat in ihrem Leben begangen hatten, die Menschen begannen, sich mehr und mehr zu fürchten, die Gerüchteküche oben in der Stadt brodelte. Wenn Khandir einen Geschäftspartner aufsuchen musste, sah er unterwegs, wie sich überall in den engen Gassen Einwohner versammelt hatten und miteinander flüsterten. Selbst ohne bewusst zu lauschen, bekam er mit, dass jeder eine andere Einzelheit zu erzählen wusste, und sonst wurde flugs etwas hinzugedichtet. Die Glöckchen an den Armbändern der aufgeregt gestikulierenden Frauen bimmelten laut wie nie zuvor. Mehr als einmal schüttelte Khandir verwundert den Kopf über die fantasievollen Geschichten. Auch die Händler versorgten ihre Kunden in aller Farbigkeit mit Nachrichten. Jeder Botengang dauerte jetzt doppelt so lange, teils weil man kaum durch die verstopften Gassen kam, teils weil es in den Läden nicht vorwärts ging. Khandir wartete geduldig und dachte, im Fall eines Alarms würden die Soldaten vermutlich in dem Gewimmel stecken bleiben.

Als würde ihnen das Treiben missfallen, bescherten die Götter der Stadt einen Sommer wie nie zuvor. Es war ungewöhnlich schwül und stickig und selbst oben an den Hängen herrschte manchmal Windstille. Die Bewohner der prächtigen Gebäude dort stöhnten plötzlich unter den gleichen Unannehmlichkeiten wie die Menschen unten im Hafenviertel. Manche banden Tücher vor die Nase, um dem Gestank nicht völlig ausgeliefert zu sein, schwitzten dafür aber umso mehr. Khandir verließ sein Haus nur noch, wenn es unumgänglich war, und stellte Überlegungen an, seinen Schreibtisch vorübergehend in die kühlen Kellerräume zu schaffen. Die drückende Hitze zerrte an den Nerven der Menschen und ihre temperamentvolle Art wich mehr und mehr einer angespannten Gereiztheit.

In dieser Stimmung verbreitete sich eines Morgens die Neuigkeit wie ein Lauffeuer, dass in der Nähe des Roten Palastes ein Ratsherr zerfetzt aufgefunden worden war, und die Stadt geriet in Aufruhr. Doch dieses Mal waren nicht nur die grässlichen Umstände Gegenstand der tumultartigen Gespräche: Tief verborgen in der Jackentasche des übel zugerichteten Leichnams fand man ein blutiges, mit einem Monogramm besticktes Wäschestück einer weiblichen Person. Groß war das Entsetzen, als kurz darauf ein Hauptmann der Stadtwache völlig außer sich meldete, er habe seine am Abend zuvor verschwundene Tochter erwürgt in einem Gebüsch gefunden, neben einem kleinen, Jerish geweihten Tempel, in den sie zum Beten hatte gehen wollen. Ihre Kleidung war zerrissen; sie war vor ihrem Ableben vergewaltigt worden. Es stellte sich heraus, dass die blutige Wäsche aus der Jackentasche des Ratsherrn ihre war, wie der schockierte Vater bestätigte. Aber wie war sie dort hineingekommen, fragte man sich. Hatte der bislang unbescholtene Mann das Mädchen auf dem Gewissen? War dieser verrückte Mörder aus dem Hafenviertel dahintergekommen und gar ein Rächer unschuldiger Opfer? Oder umgekehrt, der Bürger ein Zeuge der Ermordung des Mädchens und deshalb beseitigt worden?

Eines war gewiss, der Mörder hatte ungehinderten Zugang zur oberen Stadt. Und das erschütterte das Sicherheitsgefühl der dortigen Bewohner ganz erheblich, hatten sie sich doch zuvor hinter ihrer dicken Mauer außer Gefahr gewähnt. Der Fürst wurde bestürmt, endlich etwas zu unternehmen. In großen Gruppen fielen die Reichen der Stadt in seinen Herrschaftssitz ein, nicht so herausgeputzt wie sonst und auch nicht ganz so vornehm zurückhaltend. Ungewohnt aufgeregtes Geschrei tönte durch den ehrwürdigen großen Saal, in dem er seine Gäste empfing, und ließ die Spiegel erzittern. Der Fürst, ein braver Mann, der bisher seine Amtsgeschäfte zu aller Zufriedenheit versehen hatte, war so ratlos wie seine Untertanen. Nachts schlossen diese sich ängstlich in ihre Häuser ein und beteten zu ihren Göttern. Viele Hühner ließen Yannah zu Ehren ihr Leben und ihr Blut durchfeuchtete die Erde um die Altäre in den Innenhöfen. Die Leibwache des Fürsten verstärkte die Stadtwache und patrouillierte bis zum Morgen durch die Straßen.

Sie konnten ein neues Opfer nicht verhindern. Eine junge Frau wurde von dem Mörder aufgespürt, nachdem sie heimlich ein uneheliches Kind geboren, dieses gleich nach der Geburt erstickt und in den Abwasserkanal geworfen hatte. Angst hatte sie anschließend gepackt, sie fürchtete, beobachtet worden zu sein, und beichtete alles ihrer Schwester. Diese fand sie am folgenden Morgen in Stücke gerissen in ihrem Zimmer. Niemand konnte sich erklären, wie der Mörder in das verschlossene Haus gekommen, geschweige denn in der Lage gewesen war, unentdeckt sein grausiges Werk zu verrichten.

Dieses Eindringen trotz verriegelter Tür beunruhigte nun auch Khandir aufs Höchste. Als Sylat, bewacht von Nunna, längst in ihrem Bettchen lag, lief er noch in seinem Arbeitszimmer hin und her und fand keine Ruhe. Nicht um sich selbst hatte er Angst, aber um seine Tochter. Würde er auch sie verlieren wie alles, was er geliebt hatte? Kalter Schweiß stand ihm auf der Stirn und er zermarterte sich den Kopf nach einem Weg, sein Anwesen noch sicherer zu machen. Niemand hatte bisher enträtseln können, was hinter diesen Taten steckte. Es blieb nur, darauf zu hoffen, der Mörder würde irgendwann einen Fehler begehen. Und er selbst wollte, wie so viele in den letzten Tagen, der Göttin des Chaos ein Opfer darbringen.

Als ihn im Morgengrauen die Trommeln der Turmwächter weckten, fühlte er sich vollkommen zerschlagen. Aber er sprang aus dem Bett und begann den Tag wie gewohnt. Nachdem er Sylat das Haar gekämmt hatte, gingen sie hinunter in das große Speisezimmer. Nach dem Frühstück gab er Anweisungen, zusätzliche Schlösser für die Türen aufzutreiben, auch wenn diese nur noch für unverschämte Summen zu haben waren, und sie dann sofort anzubringen. Sylat hörte ihm mit gerunzelter Stirn zu.

»Wir werden jetzt die große Göttin um Schutz für unser Heim bitten«, wandte er sich an seine Tochter.

Er nahm Sylat mit in den Hof und erklärte ihr das Ritual für Yannah. Der Koch würde ein Huhn bringen, das sie schlachten würden, um sein Blut über den Altar aus schwarzem Granit und die Erde darum zu gießen. Sylat nickte und sie warteten. Der Koch kam nicht. Als Khandir nachschaute, fand er ihn wild mit den Armen wedelnd durch die Küche hüpfen. Das Huhn war entwischt und rannte um sein Leben, immer um den großen Tisch herum und darunter hindurch, wenn ihm der Mann zu nahe kam. Khandir wollte dem Koch zu Hilfe eilen, war aber auch nicht wendig genug. Zu zweit versuchten sie es in die Enge zu treiben, doch das Federvieh bewies ungeahnte Schläue. Es rannte gackernd durch die Küche, bis Sylat ihm blitzschnell in den Weg sprang, es packte und ihm den Kopf abriss. Blut sprudelte über ihr Kleid. Der Koch, sonst nicht sehr zimperlich, erbleichte und übergab sich in die Spüle. Khandir musste heftig schlucken und hätte seinem Koch beinahe Gesellschaft geleistet, aber er zwang sich tief durchzuatmen. Er nahm seiner Tochter den Kadaver aus der Hand, drückte die Halsschlagader zusammen und lief in den Hof. Dort ließ er das restliche Blut über den Altar fließen und gab den schlaffen Körper dann einem der Knechte, damit er selbst die Hände frei hatte, um niederknien zu können und zu beten. Als er fertig war, hatte sich sein Magen beruhigt. Das wurde aber gleich wieder durch den Anblick Sylats zunichtegemacht, die den Kopf des Huhns immer noch in der Hand hielt und gedankenverloren auf den Altar starrte.

»Liebes, bitte bring dem Verwalter diesen Kopf da«, konnte er gerade noch hervorstoßen, bevor er flüchten musste. Was der Verwalter mit dem Hühnerkopf sollte, darüber war er nicht mehr in der Lage nachzudenken.

Später wollte er den Vorfall nur noch vergessen. Dabei half ihm, dass er unerwartet Probleme bekam. Sein größter Konkurrent bereitete ihm mehr und mehr Unannehmlichkeiten. Er hatte keine Ahnung, welcher Dämon diesen plötzlich ritt und warum er versuchte, Khandir nicht nur wie sonst zu übertrumpfen, sondern seine Geschäfte mit hinterhältigen Lügen dauerhaft zu zerstören. Es schien Khandir ratsam, Nachforschungen anzustellen. Zum Glück hatte er seine gut unterrichteten Quellen. Was er herausfand, versetzte ihn zuerst in Erstaunen und dann in heillosen Zorn.

Der Mann hatte kürzlich geheiratet. Seine Braut hatte Khandirs Wege vor ungefähr zehn Jahren gekreuzt, als er gerade seine ersten geschäftlichen und gesellschaftlichen Erfolge feierte, und war eine Kusine des Fürsten. Sie hatte ihm einst schöne Augen gemacht, aber er hatte das nie ernst genommen und es für ein Spiel aus Langeweile gehalten. Nie hätte er geglaubt, ein junger, aufstrebender Kaufmann wie er könne eine gute Partie für eine so vornehme Dame sein, die zudem noch zwölf Jahre älter als er war. Außerdem missfiel ihm ihre verächtliche und verschwendungssüchtige Art sehr und er hatte Rhenild bereits die Ehe versprochen. Später erfuhr er von Freunden, die Dame habe getobt, als sie von seiner Heirat erfuhr, und ihn zur Hölle gewünscht, weil er sie wegen einer aus dem Hafenviertel verschmäht und sitzen gelassen hatte. Er war der Meinung gewesen, sie habe ihren Irrtum sicher irgendwann eingesehen und ihn längst vergessen. Bis vor kurzem war sie ledig geblieben und jetzt sah es so aus, als würde sie immer noch Khandir dafür verantwortlich machen und wolle sich nun endlich rächen. Vielleicht hatte sie in ihm ihre letzte Hoffnung gesehen, nicht als alte Jungfer zu enden, ein Schicksal, auf das keine Frau in Yannah erpicht war, denn unverheiratet zu sein wurde als Schande betrachtet. Es bereitete ihm Mühe, sich in solch verquere Gedankengänge hineinzuversetzen. Vollkommen ratlos aber war er, wie er diesem fehlgeleiteten Hass begegnen sollte. Wieder einmal lief er in seinem Arbeitszimmer auf und ab, ohne zu einem Schluss zu kommen. Er hielt erst inne, als ihm auffiel, dass Sylat in der Zwischenzeit hereingekommen war und ihn beobachtete. Er riss sich zusammen, auch wenn es ihm schwerfiel, seine Wut zu zügeln, und versuchte sich seiner Tochter und ihrem Götterbuch zu widmen. Es tat ihm gut, denn Sylat gelang es auch heute, ihn durch ihren Gesang zu besänftigen und zu erfreuen. Beinahe unbeschwert ging er zu Bett.

Noch bevor es dämmerte, polterten Soldaten an die Eingangstür. Nachdem der Hausverwalter geöffnet hatte, stürmten sie an ihm vorbei nach oben und durchsuchten die Räume. Als sie Khandir fanden, brüllten sie, er sei festgenommen. Dieser war kaum weniger verdattert als die übrigen Hausbewohner und begriff nicht, was vor sich ging. Während er sich hastig anzog, klärte ihn ein Hauptmann auf. In der Nacht war das Anwesen seines Konkurrenten samt Lagerhalle niedergebrannt. Der Mann hatte überlebt, weil er bei einem Freund gewesen war und Karten gespielt hatte. Seine Ehefrau jedoch war in den Flammen umgekommen. Alles sah nach der Handschrift des verrückten Mörders aus und nun hatte man endlich einen Verdächtigen. Jeder wusste von dem Streit zwischen den beiden Kaufleuten. Es nützte Khandir nichts, dass er seine Unschuld beteuerte, er wurde gepackt und in aller Eile die Treppe hinuntergeschleift. Während die Soldaten ihn mit sich durch die Gassen zogen, machte er sich Sorgen um seine Tochter, die er nirgends gesehen hatte. Vermutlich hatte sich Nunna mit ihr im Zimmer verbarrikadiert. Er nahm kaum wahr, wie die wenigen Menschen, die schon so früh unterwegs waren, stehen blieben und ihn angafften. Er fragte sich, wie Sylat seine Verhaftung aufnehmen würde, wenn sie davon erfuhr? Würde sie verstehen, was vor sich ging? Um sein eigenes Schicksal war er nicht besorgt, denn er glaubte, dass sich bald alle Anschuldigungen aufklären würden.

Zielstrebig folgten die Soldaten dem Weg zum Roten Palast. Sie betraten das prächtige Gebäude, doch statt zum großen Saal zu gehen, wandten sie sich nach rechts. Sie liefen endlose Gänge entlang, bis sie zu einer schweren Eichentür kamen. Dahinter ging es eine Wendeltreppe hinab. Es wurde dunkel, Khandir konnte nicht richtig sehen, wohin er trat, und stolperte mehrmals. Statt ihm zu helfen, stieß sein Hintermann ihn unsanft vorwärts. Khandir begann sich zu fragen, wohin die Soldaten ihn brachten. Bald darauf bekam er die Antwort. Sie waren unten angekommen und er sah Gitterstäbe vor sich. Jetzt begriff er endlich: Sie schafften ihn in das alte Verlies tief unter dem Palast. Khandir war überrascht. Normalerweise wurde man bei einem Vergehen in den Kerker neben dem Gerichtsgebäude gebracht und es schien, als ob er hier der einzige Gefangene war. Vor sich sah er eine geöffnete Zelle, die nichts als ein wenig Streu enthielt.

»Warum bringt Ihr mich hierher?«, fragte er den Hauptmann.

»Ihr hättet Euch nicht an einer Verwandten des Fürsten vergreifen sollen!«, knurrte dieser und gab ihm einen Stoß, dass er durch die Tür flog und hart zu Boden stürzte. Für einen Augenblick war er benommen. Dann hörte er, wie Metall auf Metall schlug und Schlüssel rasselten. Schritte entfernten sich und mit ihnen das flackernde Licht. Finsternis umfing ihn. Khandir beschlichen erste Zweifel, ob sich die Gerechtigkeit durchsetzen würde. Aber er zwang sich, an einen guten Ausgang dieser verfahrenen Geschichte zu glauben, es half niemandem, wenn er in Mutlosigkeit versank. Er richtete sich auf, kniete sich in das faulige Stroh und schickte seine Gebete an Yannah.

In der Dunkelheit verrann die Zeit unendlich langsam. Niemand kam, um nach ihm zu sehen. Vielleicht wollten sie ihn mürbe machen, um ihn zu einem Geständnis zu zwingen. Seinem Hunger nach zu urteilen mochte der Tag längst vergangen sein, womöglich auch die Nacht. In der Ferne erklang ein leises Rauschen und Gluckern, dem Gestank nach musste es sich um den Abwasserkanal des Gebäudes handeln. Welche Ironie, dass es in den Eingeweiden des prächtigen Bauwerks nicht anders riecht als im Hafenviertel, dachte Khandir. Durst quälte ihn. Kein anderes Geräusch durchdrang die Stille. Ab und zu schlummerte er ein und schreckte wieder hoch, nur um sich immer noch im Kerker wiederzufinden. Wie mochte es seiner kleinen Sylat ergehen? Ein leises Rascheln hier und da verkündete ihm, dass die Ratten ihn entdeckt hatten. Er zog die Beine an und schlang die Arme um seine Knie. Eigentlich war er nicht furchtsam, aber seine Nerven wurden merklich dünner. Sein trockener Hals kratzte und er hatte das Gefühl, seine Zunge wäre geschwollen und würde am Gaumen kleben. Er versuchte zu schlucken, aber das war schmerzhaft. Wie lange konnte ein Mensch ohne Wasser überleben? Hin und wieder glaubte er das dumpfe Dröhnen der Trommeln zu vernehmen, die einen neuen Tag ankündigten, aber vielleicht war es auch nur sein eigener Herzschlag. Die Dunkelheit verwirrte allmählich seine Sinne. Ihm war schwindlig und er sank in sich zusammen. Es dauerte lange, bis er das jämmerliche Stöhnen als sein eigenes erkannte. Furcht krallte sich in sein Herz.

»Yannah, hilf!«, ächzte er mit letzter Kraft und glitt in einen von Albträumen erfüllten Schlaf.

Ein schrilles Pfeifen und Quietschen, das aus tausend Kehlen und verschiedenen Ecken zu kommen schien, schreckte ihn auf. Er spürte mehr, als dass er hörte, wie Dutzende von Ratten in eine Richtung rannten, und zwar weg von ihm. Dann hörte er nichts mehr, so sehr er sich auch anstrengte.

Einmal meinte er glühende Augen zu sehen und brach in hysterisches Gelächter aus, weil ihm sein ausgedörrtes Gehirn solch einen Streich spielte. Die nächsten Stunden verbrachte er damit, sich einen Reim darauf zu machen, konnte sich aber das Erlebte nicht erklären. Irgendetwas hatte diese Biester vertrieben, aber was? Unversehens war er vor Erschöpfung wieder eingeschlafen. Als er das nächste Mal aufwachte, hatte er Äpfel in seinem Schoß liegen. Hätte er sie nicht mit den Händen greifen können, er hätte an seinem Verstand gezweifelt. Gierig biss er hinein. Die Säure brannte auf seinen rissigen Lippen und seiner Zunge, aber der Saft linderte seinen unerträglichen Durst. Vielleicht war es ein Geschenk von Yannah der Unergründlichen. Er verzehrte die Früchte dankbar mit Stumpf und Stiel. Jetzt, da seine Gedanken nicht mehr unentwegt um Nahrung kreisten, sann er über sein weiteres Schicksal nach. Würde man ihn, den Bhrandelier, zum Sündenbock machen? Seine Verdienste und seine gesellschaftliche Stellung vergessen? Er hatte geglaubt, die Achtung der Menschen hier errungen zu haben, aber wie sicher konnte er darauf bauen? Hatte er nicht selbst im Krieg erlebt, wie schnell Gerechtigkeit und Ehrfurcht vor dem Leben von der Angst ums eigene Überleben verdrängt wurden? Es hatte allen Anschein, dass man ihn hier unten langsam verrotten lassen wollte. Er merkte, wie erneut Furcht in ihm aufstieg, und versuchte verzweifelt, sich nicht davon niederdrücken zu lassen.

Khandir dachte zunächst an Einbildung, als er ein entferntes Klirren, dann das Knarren einer schweren Tür und schließlich Schritte hörte. Doch es waren tatsächlich Soldaten, die ihn aus dem Gefängnis holten und nach oben schafften. Khandir hätte weinen können vor Erleichterung, war aber schnell abgelenkt durch die ungewohnte Helligkeit, die schmerzhaft in seine Augen stach. Er fand sich blinzelnd vor dem Thron des Fürsten wieder, der ihm mit knappen Worten erklärte, seine Unschuld sei erwiesen und er sei frei. Khandir war immer noch zu verwirrt, um Fragen zu stellen, als ihn die Wache draußen vor dem Saal seinem Verwalter übergab. Dieser schleppte seinen vor Kraftlosigkeit schwankenden Herrn mehr, als dass er ihn stützte. Beim ersten Brunnen, an dem sie vorbeikamen, stillte Khandir endlich seinen Durst. Um seine Tränen der Erleichterung zu verbergen, wusch er sich das Gesicht.

»Yannah sei Dank!«, stieß er hervor und dann: »Sylat! Was ist mit Sylat?«

»Der Kleinen ist nichts geschehen. Sie wartet auf Euch«, beruhigte ihn sein Verwalter.

Khandir sah ihn erleichtert an. Er fühlte sich vom Wasser erfrischt und drängte nach Hause. Doch sein Körper war geschwächter als sein Wille. Immer wieder mussten sie Rast machen und der Verwalter nutzte die Pausen, um von den Ereignissen der letzten Tage zu berichten. Ja, er war vier Tage lang eingesperrt gewesen. Seine Freunde und Geschäftspartner hatten sich mit allen ihnen zur Verfügung stehenden Mitteln für ihn eingesetzt. Khandir fiel ein Stein vom Herzen, als er dies vernahm. Es war nicht mehr wichtig, dass ihre Bemühungen umsonst gewesen waren. Der Fürst hatte davon nichts hören wollen. Er war überzeugt, den Verantwortlichen für sämtliche Untaten in seinem Kerker festgesetzt zu haben. Zuerst wallte Empörung in Khandir auf über dieses Verhalten. Aber dann fiel ihm ein, unter welchem Druck der Fürst gestanden hatte. Und schließlich wurde der Mann bald eines Besseren belehrt, denn die Brände gingen auch während Khandirs Haft unvermindert weiter, selbst das Gerichtsgebäude wurde ein Opfer der Flammen. Man hatte sogar den Eindruck, es wurde schlimmer, die Stadt brannte an verschieden Ecken und es gab mehrere Tote in jeder Nacht. Als wollte der Mörder allen deutlich machen, dass sie den Falschen eingesperrt hatten. Auch wenn es widersinnig und ganz gegen sein Gewissen war, Khandir spürte ein leises Gefühl von Dankbarkeit.

Zu Hause schloss er Sylat in die Arme, die auf ihn zustürzte, sobald er durch die Türe wankte.

»Ich hab dich so vermisst, Liebes«, flüsterte er, während er sie an sich drückte. Sie nickte und rieb ihre Wange an seiner. Vorsichtig ließ er sie wieder herunter, weil ihm auf einmal vor Schwäche die Knie zitterten. Der Verwalter und ein Knecht nahmen ihn unter die Arme und halfen ihm nach oben. Ein Mädchen bereitete ihm ein Bad, während Khandir Essen und Trinken hinunterschlang. In seinem Badezuber schlief er beinahe ein. Mit letzter Kraft schleppte er sich ins Bett, um erst wieder am nächsten Nachmittag zu erwachen. Doch dann opferte er als erste Handlung nach seiner Rückkehr der Göttin Yannah eine Ziege. Neben ihm stand Sylat und beobachtete gebannt, wie er mit einem scharfen Messer dem sich heftig wehrenden Tier die Halsschlagader öffnete und das Blut über den schwarzen Altar spritzen ließ.

»Rot und Schwarz«, murmelte er. »Die Farben der Göttin. Es lebe Yannah!«

In ein inbrünstiges Dankgebet versunken bemerkte er nicht, wie sich das Gesicht seiner Tochter verzerrte.

*

In Daaressals Hafenstadt Sarrinam herrschte die gleiche drückende Hitze wie in Yannah, doch anders als dort war dies ein ganz gewöhnlicher Sommer. Enge Straßen schlängelten sich in einem verwirrenden Muster um den Hafen. Die Luft roch nach Staub und Seetang. Gebäude aus ockerfarbenem Lehm wechselten sich mit palmblattgedeckten Marktständen ab, die sich in jeder freien Ecke drängten. Man konnte dort Berge von dunkelgrünem Stoff für die übliche Kleidung finden, ob Seide oder Baumwolle. Es gab auch fertig genähte Kleidung. Männer wie Frauen trugen lange, schmale Mäntel über weit geschnittenen Hosen und ein Tuch um den Kopf als Schutz gegen die stechende Sonne. Wer es sich leisten konnte, behängte sich mit goldenen Ketten und Anhängern, auch hier gab es keinen Unterschied zwischen Mann und Frau. Aber den Männern war es vorbehalten, einen Ring im linken Nasenflügel zu tragen und die Augen mit dunkelgrüner Farbe, hergestellt aus Kohle und zerriebenem Malachit, zu umranden. Neben den Tuchwaren fand man getrocknete Fische und Früchte, Schüsseln und Kessel aus Kupfer, Geschirr aus gelb glasiertem Ton sowie Salz und einen scharfen roten Pfeffer, der Besuchern aus fernen Ländern die Tränen über das Gesicht laufen ließ. Halbwüchsige saßen im Schatten der Hauseingänge, vor sich Säcke mit getrocknetem Kameldung und Kuhmist, den sie sammelten und zum Befeuern der Kochstellen für ein paar armselige Kupfermünzen vertrieben. Ochsenkarren zogen mit Wasser gefüllte Holzfässer und die Kutscher priesen lautstark das kostbare Nass an. In winzigen Werkstätten und Schmieden wurden Kupferwaren und Goldschmuck hergestellt und ziseliert. Rauch waberte durch die Sträßchen, reizte Nase und Augen. Die Häuser der reicheren Einwohner waren mit Flaggen in der Landesfarbe Grün geschmückt, auf denen eine gelbe Sonne aufgestickt war. Manch ein Fremder fragte sich, wie man ausgerechnet Grün hatte wählen können, das in einem solchen Kontrast zu den endlosen Steinwüsten stand, die das Landesinnere beherrschten.

Die Küste war dicht besiedelt, kleinere Dörfer wechselten

sich mit größeren Hafenstädten ab und die Bevölkerung wuchs unentwegt. Die Bewohner hatten gelernt, das Meerwasser weitgehend zu entsalzen, und lebten von Fischfang und Sklavenhandel. Ihre große Handelsflotte tauschte außerdem das in den östlichen Bergen gewonnene Kupfer, Gold und Silber sowie Malachit und Smaragde gegen Getreide und Gemüse aus den Ländern im Norden ein. Die reichlich vorhandenen Bodenschätze machten das Land trotz seiner Kargheit wohlhabend. Doch nur am Meer und rund um die Minen in den Bergen lebten Menschen. Schon ein paar Meilen von der Küste entfernt war die Erde trocken. Von der See gelangte keine Feuchtigkeit mehr dorthin und Regen war selten. Sonne und Wind verhinderten jegliches Pflanzenwachstum, bis auf vereinzelte ledrige, stachelbewehrte Knollen zwischen den Felsen.

Kaum jemand wagte sich in jene Ebenen, nur manchmal war ein entflohener Sklave verzweifelt genug, diese Richtung einzuschlagen. Von der Sonne gebleichte Knochen zeugten später von seinem vergeblichen Fluchtversuch. Aber vielleicht war der Tod dem Dasein als Leibeigener in Daaressal vorzuziehen, wo das Leben als Sklave hart war. Die Herren gingen mit einer unbarmherzigen Grausamkeit vor, die in früheren, entbehrungsreichen Zeiten das Überleben gesichert haben mochten. Heute hatten sich die Umstände zum Besseren gewendet, das Verhalten der Menschen jedoch nicht. Prügelstrafe war an der Tagesordnung, wurde ein Sklave von seinem Besitzer aus einer momentanen Gereiztheit totgeschlagen, kümmerte das niemanden. Es gab genügend Nachschub. Um die Besitzverhältnisse kenntlich zu machen, wurde jedem Sklaven das Zeichen seines Herrn auf die Stirn tätowiert. Es war ein Muster aus Punkten und Strichen, das auch auf einer Tontafel über den Türen der Häuser prangte und verbreiteter war als der Name der Bewohner. Jeder konnte es auf Anhieb zuordnen, es war wie eine zweite Schrift, die neben der offiziellen existierte.

In einem der zahlreichen Hinterhöfe zwischen alten, undichten Fässern versteckt strich sich Suumal unentwegt über die Stirn – er war nervös. Er konnte Stimmen hören, die sich lautstark darüber stritten, was mit den Fässern zu geschehen hatte. Der Platz wurde gebraucht, er würde ein anderes Versteck aufsuchen müssen. Das sollte nicht weiter schwer sein, aber falls die Männer ihn entdeckten, könnte es brenzlig werden. Abgesehen davon, dass er hier nichts verloren hatte, fürchtete er Fragen nach seiner Narbe. Wohl hatte er sich seine Tätowierung auf der Stirn großflächig ausgebrannt, aber eine Verletzung an dieser Stelle blieb eine heikle Sache. Sie hatte bei seiner Ankunft im Hafen vor etlichen Wochen schon einmal Misstrauen erregt. Zwar konnte man so nicht mehr seinen früheren Herrn ausfindig machen, aber sobald jemand das Wort Sklave aussprach, würde die Jagd auf ihn eröffnet werden; auf Flucht stand Todesstrafe. Deshalb versteckte er sich tagsüber und zog nachts durch die stockdunklen labyrinthartigen Gassen, die er inzwischen kannte wie kein anderer. Die Stimmen kamen näher, Suumal zog das Tuch um seinen Kopf so tief wie möglich in die Stirn und machte sich bereit aufzuspringen, um den Überraschungsmoment zu seinem Vorteil zu nutzen. Drei Männer konnte er an den Stimmen ausmachen. Seine linke Hand griff nach dem Dolch, der unter dem Ärmel an seinem rechten Handgelenk befestigt war. Der schwere Griff aus Silber lag gut in der Hand. Er hatte das Messer zusammen mit Kleidung und einem Beutel Goldtaler einem Tuchhändler entwendet, der das Pech gehabt hatte, ihm ohne Begleitung in der Dunkelheit zu begegnen. Der Mann lag jetzt tief unten im Hafenbecken. Vermutlich waren nur noch Knochen und seine Stiefel von ihm übrig, denn es gab dort im Wasser Tallits, widerliche kleine Fische mit einer roten Rückenflosse und scharfen Zähnchen, die in Scharen über alles herfielen, was essbar war. Das seidene Gewand hatte Suumal gegen einfachere Kleidung und Nahrung eingetauscht, den Dolch jedoch behalten. Die Klinge war außergewöhnlich gut geschmiedet und schnitt durch Haut und Fleisch wie in weiche Butter. Vielleicht musste er die Waffe einsetzen, denn die Streithähne hatten sich geeinigt, dass sie die Fässer auf ihren Karren laden würden. Suumal überlegte nicht lange. Mit einem Satz schnellte er hoch und stieß nacheinander die drei Türme aus Fässern um, hinter denen er sich verborgen hielt. Krachend polterten die hölzernen Behälter über den Hof und rollten auf die drei Männer zu, die erst schreckerstarrt stehen geblieben waren und dann fluchend und schreiend zur Seite sprangen, um den Fässern auszuweichen. Suumal rannte indessen quer durch den Hof auf die Mauer zu. Dort hangelte er sich an einer eisernen Rankhilfe für eine verkümmerte Passionsblume nach oben. Flink bewegte er sich auf der Mauerkrone, die sich mit den Mauern der angrenzenden Gebäude zu einem schmalen, aber begehbaren Weg zwischen die Hinterhöfe hindurch zusammenschloss. Auf diese Weise war er schon längst verschwunden, als sich die Männer von ihrem Schrecken erholt hatten und daran dachten, die Verfolgung aufzunehmen. Schnell sahen sie ein, dass dies sinnlos war, und brachen stattdessen in einen neuen Streit aus über das Woher und Wohin des unerwarteten Eindringlings. Dieser huschte über leere Höfe, durch ein offenes Tor und zwischen Menschenmassen an Marktständen vorbei, den Kopf immer tief gesenkt. Es war schon dunkel, als er endlich eines seiner anderen Verstecke erreichte. Schnell kroch er unter das Boot und machte es sich auf alten Getreidesäcken bequem. Jemand hatte den morschen Kahn an Land gezogen und umgedreht, wohl um die leck geschlagenen Planken zu ersetzen, die Arbeit dann aber unterbrochen und nie mehr fortgesetzt. Jetzt war es ein Unterschlupf für Suumal geworden, den er gegen Ratten und streunende Hunde verteidigte. Durch die Löcher im Rumpf konnte er nachts die Lichter der großen Gebäude hinter dem Hafen sehen, Häuser reicher Handelsleute. Während er von gedeckten Tischen und seidenem Bettzeug träumte, schwor er sich ein ums andere Mal, in der Zukunft selbst Besitzer eines solchen Hauses zu sein. Niemals würde er sich mit einem Leben wie diesem hier abfinden! Zu deutlich erinnerte er sich noch an seine Kindheit, bevor seine wohlhabende Familie überfallen, ausgeplündert und in die Sklaverei verkauft wurde. Er wusste nicht, was aus seinen Eltern oder Geschwistern geworden war, und wagte auch nicht, nach ihnen zu suchen. Fragen waren in so einem Fall viel zu gefährlich.

In einer dieser Nächte lehnte sich Suumal zurück auf sein spartanisches Lager und betrachtete den Himmel durch die geborstenen Planken über seinem Kopf. Sein Blick wanderte die Sternbilder entlang und auf einmal durchzuckte ihn ein neuer Einfall. Vielleicht würde er gar kein Haus erwerben, sondern ein Schiff. Er setzte sich auf, in seinem Kopf überschlugen sich die Gedanken. Die Insel! Hätte er ein Schiff, könnte er zurück zu der Insel segeln. ›Lügenmaul‹, hörte er die Stimme des Kapitäns, der ihn damals aus dem Meer gefischt hatte, und das Lachen der Betrunkenen in den Hafenkneipen gellte wieder in seinen Ohren. Niemand hatte ihm geglaubt, aber er kannte die Wahrheit, er hatte sie mit eigenen Augen gesehen. Das kleine Mädchen fiel ihm wieder ein, das er für einen kurzen Augenblick vor seiner wilden Flucht von der Insel gesehen hatte. Er grübelte darüber nach, wie das

Kind auf die nur von Drachen bewohnte Insel gekommen war. Wie damals schon hatte er das deutliche Gefühl, dass sie der Schlüssel zu dem Geheimnis war. Durch sie würde er das Versteck der mörderischen Kreaturen finden. Aber dann wäre er vorsichtiger und würde als reicher Mann nach Daaressal zurückkehren. Oder sich vielleicht in einem anderen Land niederlassen. Doch zuvor brauchte er ein Schiff und eine Mannschaft, auf die er sich verlassen konnte. Er hatte auch schon eine Idee, wie er sich seine Männer zusammensuchen würde. Schließlich war er nicht der einzige entflohene Sklave in der Stadt. Aber der Einzige, der es schaffte, zu überleben. Nun, er würde dafür sorgen, dass er bald Gesellschaft hatte. Seine Geschicklichkeit und Schläue würden ihm die Ergebenheit der anderen sichern. Suumal griff nach dem Beutel unter seinem Hemd und klimperte mit den Goldmünzen. Er würde dafür sorgen, dass sie sich vermehrten. Ohne es zu ahnen, würden ein paar reiche Bürger hier in Sarrinam sein Schiff bezahlen. Übermütig geworden, pfiff er leise vor sich hin.

»Kannst du sie spüren?«

»Nein, aber ich höre sie singen.«

»Ruft sie nach dir?«

»Ich sage dir doch, sie singt!«

»Wo ist sie?«

»Der Wind will mir nicht sagen, woher er ihr Lied zu mir weht.«

»Du wirst sehen, eines Tages trägt er sie zu dir zurück.«

»Wann wird das sein, Myzlat? In tausend Jahren?«

»Was sind schon tausend Jahre, Tych!«

Nur wer schwach gewesen, besitzt es und selbst ein Bettler kann es verschenken

Fast drei Jahre waren vergangen, seit Khandir von seiner letzten Reise zurückgekehrt war, die sein Leben so sehr verändern sollte. Oft dachte er über die seltsamen Wege des Schicksals nach, das ihn seine Frau verlieren ließ und ihm gleichzeitig ein lang ersehntes Kind schenkte. Kurz nach seiner Verhaftung und Freilassung war er aus dem Schlafzimmer in eine kleinere Kammer umgezogen, weil er sich in dem großen Ehebett verloren fühlte. Trotz der vielen Arbeit, die er sich auflud, achtete er darauf, so viel Zeit wie möglich mit Sylat zu verbringen. Er hatte große Freude an ihr und sie schaffte es stets, die Einsamkeit, die an ihm nagte, zu lindern. Aber sie konnte ihm die Ehefrau nicht ersetzen und er ertrug immer noch keine blauen Farben in seinem Haus. Rhenilds Zimmer blieb weiterhin verschlossen und er hatte nicht vor, das jemals zu ändern. Ab und zu dachte er daran, wieder zu heiraten, und auch seine Freunde redeten ihm zu. Ihnen gefiel nicht, wie bleich und abgespannt er aussah, in sein Gesicht hatten sich tiefe Linien eingegraben.

»Du brauchst jemanden, der dir einen Teil der Verantwortung abnimmt, und eine Mutter für die Kleine«, pflegten sie zu sagen und luden ihn zu Abendessen oder Bällen ein. Meist kam er später als alle anderen, denn er wollte auf sein abendliches Ritual mit Sylat nicht verzichten. Sobald er eintraf, wurde er von jungen Frauen umringt, die ihn gerne als Ehemann eingefangen hätten. Gutwillig schaute Khandir sie sich genau an. Sie waren wesentlich kleiner als er. Als Bhrandelier von Geburt überragte er selbst die meisten Männer in Yannah um mehr als einen Kopf. Die Mädchen scherzten, kicherten und barsten vor Neuigkeiten. Jede Änderung in der Stadt wurde durchgesprochen, gleichgültig ob sie Kleidung, Nachbarn oder das Wetter betraf, allerdings waren die Nachbarn von besonderem Interesse. Die anwesenden Männer wurden zu Khandirs Erleichterung nur flüsternd und hinter vorgehaltener Hand kommentiert. Es war ein unaufhörliches Geschnatter und Wimperngeklimper, bis ihm der Kopf schwirrte. Er konnte sich beim besten Willen nicht vorstellen, diese Unruhe ständig um sich zu haben, und übte sich in freundlicher Zurückhaltung, um keine von ihnen zu ermutigen. Sobald es die Höflichkeit erlaubte, verabschiedete er sich und lief erleichtert durch die still gewordenen Gassen nach Hause. Anders als die meisten Bewohner hatte er keine Angst, nachts allein unterwegs zu sein. Die Brände und Morde waren selten geworden, hatten aber nie ganz aufgehört. Doch Khandir war mit seiner Aufmerksamkeit meist bei seinen Geschäften und schenkte den grausigen Nachrichten wenig Beachtung.

Nach reiflicher Überlegung hatte er seinem früheren Konkurrenten, der nach dem verheerenden Brand in seinem Haus und Lager mittellos war, eine Anstellung in seinem Hafenkontor verschafft. Khandir wollte nicht nachtragend sein, der Mann war von seiner Frau aufgehetzt worden und sie war jetzt tot. Doch es steckten nicht nur Großzügigkeit und der Wunsch, ein guter Mensch zu sein, dahinter, sondern auch ein wenig Berechnung. Dieser Akt verschaffte ihm wieder mehr Anerkennung, nicht zuletzt vom Fürsten, den hoffentlich ein schlechtes Gewissen ihm gegenüber plagte. Und die üble Luft im Hafen war die gerechte Strafe für die früheren Machenschaften des Glatzkopfs, während dieser ihm gleichzeitig verpflichtet war und seine Fähigkeiten jetzt in Khandirs Dienst stellen musste. Es bereitete ihm Genugtuung, wenn der Mann sich nun eilfertig vor ihm verbeugte. So hatte sich diese Intrige doch noch zum Guten gewendet und Khandir war der Göttin Yannah wieder einmal überaus dankbar.

An einem Frühlingsabend war er zum Ball beim Fürsten eingeladen. Dessen jüngste Tochter wurde in die Gesellschaft eingeführt und das war ein großes Ereignis im Leben eines Mädchens. Ihre wichtigste Aufgabe würde von nun an sein, nach einem Mann zu suchen, der sie heiratete. Khandir war froh, dass Sylat noch so klein war, überhaupt schob er den Gedanken, sie könnte ihn einmal verlassen, weit von sich. Er hatte nie verstehen können, dass ledig zu sein in Yannah als Schande galt und den Frauen ein selbstständiges Leben verwehrt blieb. Immer standen sie im Schatten der Männer, erst dem des Vaters und der Brüder, später des Ehemanns. Da war seine Rhenild aus anderem Holz geschnitzt gewesen, dachte er wehmütig, während er das laute Treiben betrachtete. Die meisten Gesichter kannte er, aber es waren auch neue darunter. Etwas abseits von der Menge sah er eine nicht mehr ganz junge Frau bei einer Gruppe schwatzender Mädchen stehen. Ihre Miene war ernst und in ihren Augen zeigte sich ein Ausdruck von Klugheit. Das gefiel Khandir. An ihrem bunten Kleid konnte er erkennen, dass sie unverheiratet war. Den Männern und Frauen der Stadt war es erst nach ihrer Hochzeit gestattet, Yannahs Farben zu tragen. Eine Schönheit war sie nicht. Zwar hatte sie ein ebenmäßiges Gesicht, aber sie besaß eine stattliche Adlernase, die selbst einem Mann nicht unbedingt zur Ehre gereicht hätte. Und sie war hochgewachsen, beinahe so groß wie er selbst, ihre Gestalt sehnig, mit einer kraftvollen Ausstrahlung – eine Frau, die sicher zupacken konnte und wollte –, während die zarten Frauen Yannahs dazu neigten, nach der Heirat rundlich und bequem zu werden. Nein, diese Frau konnte keines jener Püppchen sein, deren größtes Vergnügen darin bestand, zu tratschen und den Männern den Kopf zu verdrehen. Kein Wunder, dass sie noch ledig war. Wahrscheinlich war er ihr noch nie begegnet, weil sie sich entweder aus gesellschaftlichen Ereignissen nichts machte oder aber diese Zusammenkünfte mied, um nicht als Zielscheibe des Gespötts zu dienen. Unauffällig umkreiste er sie und zog Erkundigungen ein. Er fand heraus, dass sie Amylla hieß und die älteste Tochter eines Tuchhändlers war, dem er vor langer Zeit einmal Seide verkauft hatte. Khandir beschloss, diese alte Geschäftsverbindung wieder aufleben zu lassen und dem Mann den seltenen Goldbrokat anzubieten, den er in Diccur entdeckt hatte.

Es vergingen keine drei Wochen und er hatte dem Händler nicht nur mehrere Ballen des Stoffes verkauft, sondern auch zwei Einladungen zum Abendessen erhalten. Dabei unterhielt er sich ausgesprochen gut mit Amylla und sein erster Eindruck bestätigte sich. Sie war eine geistreiche Gesprächspartnerin, wenn auch zuweilen etwas scharfzüngig. Aber das störte ihn nicht. Rhenild hatte sich auch nie ein Blatt vor den Mund genommen und er zog Offenheit höflichem Liebreiz allemal vor. Amylla führte den Haushalt ihres verwitweten Vaters mit strenger Hand, aber Khandir beobachtete, dass sie sich den Bediensteten gegenüber gerecht und respektvoll verhielt. Auch das nahm ihn für sie ein. Der einzige Wermutstropfen war, dass sie nicht wie Rhenild und er aus Bhrandelia stammte, aber vielleicht war es besser, wenn sie seiner verstorbenen Frau nicht allzu sehr glich. Bei seinem zweiten Besuch sah er an der Speisenfolge und der Art, wie der Tisch geschmückt war, dass sie sich besondere Mühe gegeben hatte. Er begann sich Hoffnungen zu machen, dass er ihr nicht gleichgültig war. Nach einigen weiteren Abendessen entschied er sich, bei ihrem Vater um ihre Hand anzuhalten. Dieser war hocherfreut, er hatte nicht mehr damit gerechnet, dass ein Mann seine Tochter zur Frau nehmen wollte. Khandir bat um eine baldige Hochzeit, sollte Amylla in die Ehe mit ihm einwilligen. Der Tuchhändler war zu allem bereit, begierig sein Kind versorgt zu sehen. Außerdem war dieser Schwiegersohn eine ausgesprochen gute Partie.

Bei all seinen Überlegungen hatte Khandir gar nicht daran gedacht, Sylat einzuweihen. Er ging ganz selbstverständlich davon aus, dass sie glücklich sein würde, wieder eine Mutter zu haben. So wie er glücklich war, als Amylla seinen Antrag annahm. Freudestrahlend erzählte er seiner Tochter an jenem Abend von den Veränderungen, die auf sie beide zukommen würden. Das Mädchen nahm es ohne große Regung auf und musterte ihn, als wolle sie sein Innerstes ergründen. Dann legte sie den Kopf auf seine Brust und schien seinem Herzschlag zu lauschen. Khandir strich ihr sanft über den Rücken, während er ihr die Geschichte erzählte, wie Kizrah beharrlich sieben Jahre lang um die Göttin Nanish geworben hatte und ihr zuletzt einen Regenbogen schenkte.

»Nanish war so gerührt, dass sie gleichzeitig lachte und weinte. Nie hatte sie etwas Prächtigeres gesehen«, erklärte er ihr. »Sie verwahrt ihn in einer silbernen Truhe. Nur zu besonderen Anlässen holt sie ihn heraus und hängt ihn sich um. Aber dann staunen alle, auch wir Menschen.«

Sylat hob den Kopf und sah ihn fragend an. Khandir sagte lächelnd: »Natürlich hat sie Kizrah geheiratet. Wer kann schon einem Regenbogen widerstehen!« Zufrieden nickend schmiegte sich die Kleine in seine Arme und er merkte erst jetzt, dass er erleichtert war.

Es wurde eine ruhige Feier im kleinen Kreis. Nur die engsten Freunde der beiden und der Vater sowie die Geschwister von Amylla waren geladen. Weder Amylla noch ihr Bräutigam hatten Gefallen an rauschenden Festen, zudem war es Khandirs zweite Heirat. Trotzdem achtete er darauf, es für seine Zukünftige zu etwas Besonderem werden zu lassen, für sie war es schließlich das erste Mal. Er hatte es sogar geschafft, Sylat zu überreden, wie es Brauch war, Rosenblüten über die Braut regnen zu lassen, sobald sie nach der Zeremonie in Yannahs Tempel über die Schwelle ihres neuen Heims trat. Das Mädchen, das schnell als Erstes ins Haus geschlüpft und auf eine Leiter geklettert war, kippte zwar den Korb auf einmal über Amylla aus, aber diese lachte nur, als ihr der Schwall Rosenblätter auf den Kopf plumpste. Khandir schmunzelte, als er sah, dass seine Frau es mit Humor nahm. Er führte sie in den Saal, um das Festessen zu eröffnen. Während der Trauung im Tempel war er von den Bediensteten mit Hunderten von Blumen in allen Farben des Regenbogens geschmückt worden. Nicht nur die Braut war überwältigt, auch Sylat staunte mit offenem Mund. Khandir zwinkerte ihr zu und freute sich, als er an dem Glitzern in ihren Augen sah, dass sie verstanden hatte. Die Gäste nahmen an der großen Tafel in der Mitte des Raumes Platz und stürzten sich mit Begeisterung auf das verlockend aussehende Hochzeitsmahl. Der Koch hatte die besten und teuersten Speisen seines Lebens zubereitet. Stolz betrachtete er nach dem Essen die leeren Platten und Schüsseln. Tatsächlich waren die Gäste der Meinung, niemals so etwas Köstliches verzehrt zu haben. Zufrieden nippten sie an dem starken Dattelschnaps aus Daaressal, plauderten, lachten und lauschten den Singvögeln in den Käfigen am Fenster. Manch einer meinte sich mitten im Garten von Maylas, der Göttin des Wachstums und Herrin über Tiere und Pflanzen, zu befinden. Amylla saß neben ihrem Ehemann und strahlte. Ihre Wangen waren vom Wein aus Diccur gerötet und aus ihrer kunstvoll geflochtenen Frisur hatten sich einzelne Strähnen gelöst. Khandir zupfte eine verirrte Rosenblüte aus ihrem Haar und schenkte ihr einen Blick, der sie noch mehr erröten ließ. Ein fahrender Sänger wurde hereingeführt, der sie mit Balladen über die Götter unterhielt. Zwischendrin erzählte er Schwänke aus der Geschichte der Menschen in Yannah, während sich Braut und Bräutigam, wie es Sitte war, leise aus dem Saal stahlen und nach oben zurückzogen, wo Khandir einen bisher ungenutzten Raum für sich und seine Frau hatte herrichten lassen.

In den nächsten Tagen erkundete Amylla den neuen Haushalt und übernahm Stück für Stück ihre Pflichten. Innerhalb kürzester Zeit fand sie sich darin zurecht und behielt auch Khandirs Einladungen an Neriman bei. Sie mochte den Kapitän und freute sich auf seine Besuche. Mit Feuereifer stürzte sie sich in ihre Aufgabe, die Mutterrolle für Sylat zu übernehmen. Sie hatte feste Ansichten, wie die Erziehung eines Kindes auszusehen habe, die sich mit denen Khandirs weitgehend deckten. Deshalb war sie überrascht, als sich das Mädchen ihr widersetzte. Es ließ sich nicht von ihr versorgen, zog die Kleider nicht an, die sie ihm aussuchte, und aß nicht, was sie ihm vorsetzen ließ. Wollte Amylla ihm morgens die Haare entwirren, fauchte es und schlug ihr die Hand weg. Dasselbe geschah, wenn Amylla ihm wie Khandir abends eine Geschichte vorlesen wollte. Es weigerte sich, Amylla zur Hand zu gehen, die der Meinung war, man müsste ein Kind frühzeitig an die Arbeiten heranführen, die es später im Leben bewältigen musste. Alles wurde zu einem zähen Kampf, aus dem Sylat als Siegerin hervorging. Sie wollte nach Belieben im Haus umherstreifen, ungestört im Garten oder zu Khandirs Füßen unter dem Schreibtisch sitzen. Als dieser sah, dass seine Frau beherzt genug war, sich nicht von Sylats Grollen oder ihrem finsteren Blick einschüchtern zu lassen, versuchte er sich herauszuhalten. Er wollte den Streit nicht noch anheizen, indem er für eine von beiden Partei ergriff. Außerdem fehlte ihm die Muße, sich eingehender mit dem Problem zu befassen, denn jetzt, da er wieder eine Frau hatte, die ihn in den alltäglichen Dingen entlastete, widmete er sich mit neuem Eifer seinen Geschäften.

»Du wirst schon sehen, sie wird sich an dich gewöhnen. Sie ist nur eifersüchtig«, pflegte er seine Frau zu trösten, wenn sie ihm abends von ihren vergeblichen Versuchen, Sylat zu irgendetwas zu bewegen, berichtete. Amylla war nicht so sicher, aber es war nicht ihre Art, schnell klein beizugeben. Woche um Woche rang sie mit der widerspenstigen Tochter. Sie fühlte sich zunehmend ratlos. Manchmal war sie so erschöpft und ausgelaugt, dass sie sich mitten am Tag für eine Weile hinlegen und ruhen musste. Nachdem sie es lange ohne Erfolg mit Freundlichkeit, dann mit Bestimmtheit versucht hatte, glaubte sie schließlich, sich mit Strafen durchsetzen zu müssen. Sie sperrte Sylat in ihr Zimmer. Als alles ruhig blieb, dachte sie, das richtige Mittel entdeckt zu haben. Bis ein Diener das Mädchen im Garten fand. Es hatte sich an seinem in Streifen gerissenen und zusammengeknoteten Laken abgeseilt. Amylla blieb fast das Herz stehen, wie leicht hätte das Kind abstürzen und sich verletzen können. Sie wagte es nicht, Khandir davon zu erzählen. Verzagt zog sie sich in das Schlafzimmer zurück und starrte aus dem Fenster über das Meer. So sehr sie auch überlegte, ihr fiel nichts ein, was sie noch tun könnte, um das Vertrauen oder gar die Zuneigung ihrer Tochter zu gewinnen. Also beschloss sie zu kapitulieren und Sylat in Ruhe zu lassen. Vielleicht würde die Zeit für sie arbeiten, wenn sie einfach abwartete.

Ihre Geduld wurde bereits am folgenden Tag beim Mittagessen auf die Probe gestellt. Es war Khandirs Geburtstag und Amylla hatte sich zur Feier des Tages selbst um den Braten gekümmert. Nach einem alten Familienrezept hatte sie eine Gans mit einer Mischung aus Äpfeln, Brot und Kräutern gefüllt. Kross gebraten und duftend lag das Tier auf einer silbernen Platte in der Mitte des Tisches, argwöhnisch betrachtet von Sylat. Khandir lief das Wasser im Mund zusammen.

»Was für eine schöne Überraschung!«, sagte er und gab seiner Frau einen Kuss. Amylla war glücklich, dass es ihr gelungen war, ihm eine Freude zu bereiten. Keiner achtete auf Sylat, die sich mit gerunzelter Stirn vorbeugte und schnüffelte. Bevor die Gans noch von einem der Diener zerlegt werden konnte, packte Sylat sie mit beiden Händen und riss sie auseinander. Füllung und Fleischfetzen flogen in hohem Bogen auf die festlich gedeckte Tafel. Khandir war zuerst wie gelähmt von dem Anblick. Amyllas lautes Schluchzen weckte ihn aus seiner Erstarrung, er sah, dass sie völlig die Fassung verloren hatte.

»Raus!«, brüllte er Sylat an und nahm seine weinende Frau in die Arme. Amylla versuchte sich zusammenzureißen, aber es gelang ihr nicht. Die Anspannung der letzten Wochen hatte sie all ihre Kraft gekostet. In ihrem Bauch spürte sie einen ziehenden Schmerz. Als Khandir es nicht schaffte, sie wieder zu beruhigen, brachte er sie nach oben und ließ eine Heilerin kommen. Amylla entspannte sich, das Weinen ebbte ab und sie konnte schließlich Fragen beantworten. Als die Heilerin von Amyllas ständiger Müdigkeit erfuhr, wurde sie hellhörig. Eine eingehende Untersuchung bestätigte ihren Verdacht.

Unterdessen lief Khandir unten im Speisezimmer von großer Unruhe getrieben hin und her. Er nahm kaum wahr, wie die Diener den Tisch abräumten. Ihm wurde klar, dass Amyllas Zusammenbruch mit den unaufhörlichen Reibereien mit Sylat zusammenhing, und er machte sich Vorwürfe, dass er sich zu sehr herausgehalten hatte. Das musste sich ändern. Es konnte nicht angehen, dass seine Ehefrau von der Tochter tyrannisiert wurde.

Die Heilerin unterbrach seine Gedanken. Als sie von Amyllas Schwangerschaft berichtete, bekam Khandir weiche Knie und musste sich setzen. Mit offenem Mund starrte er sie an.

»So etwas kann geschehen in einer Ehe«, sagte die Heilerin schmunzelnd. »Amylla ist nicht krank und eine starke Frau. Aber es ist ihr erstes Kind und sie hatte vorhin leichte Wehen.« Ihr Gesicht wurde ernst. »Manchmal kann zu viel Aufregung dazu führen, dass eine Schwangere ihr Kind verliert. Ihr solltet darauf achten, dass sie genügend Ruhe hat. Und vor allem haltet Schwierigkeiten von ihr fern! Ich werde morgen wieder nach ihr sehen.«

Nachdem er die heilkundige Frau verabschiedet hatte, eilte Khandir ins Schlafzimmer. Amylla begrüßte ihn mit einem schüchternen Lächeln. Er setzte sich zu ihr und streichelte vorsichtig über ihren Bauch.

Am anderen Morgen suchte Khandir seine Tochter, die er nicht mehr gesehen hatte, seit er sie am Tag zuvor aus dem Saal geworfen hatte. Er fand sie an ihrer Lieblingsstelle, im Garten auf dem Baum.

»Sylat, komm herunter. Ich muss mit dir reden.« Sie folgte sofort und beide setzten sich auf die Bank. Während Khandir noch überlegte, wie er beginnen sollte, kletterte das Mädchen auf seinen Schoß und schmiegte sich an ihn.

»Ach Sylat«, seufzte Khandir und drückte sie. Warum nur war alles so gekommen? Für einen Augenblick überlegte er, ob er Fehler gemacht, sie verzogen hätte, wie einer seiner Freunde behauptete. Nein, die Entscheidung seiner Tochter, wem sie ihre Zuneigung schenkte, war schon immer rätselhaft gewesen. Und sie war darin sehr unnachgiebig und bestimmt. Er würde sie nicht zwingen können, ihre Meinung zu ändern. Aber das Wohlergehen seiner Frau hatte in den kommenden Monaten Vorrang.

»Amylla ist schwanger«, platzte er heraus. »In ein paar Monaten wirst du ein Geschwisterchen bekommen, Sylat. Wenn alles gut geht.« Khandir machte eine Pause, doch das Mädchen zeigte keine Regung. In einem strengeren Tonfall fuhr er fort: »Und das hängt auch von dir ab. Aufregung und Sorgen sind Gift für sie, und seit sie hier ist, hast du dir alle Mühe gegeben, ihr genau das zu bereiten. Das muss aufhören! Kannst du dich denn nicht damit abfinden, dass sie jetzt deine Mutter ist?«

Er wusste die Antwort, noch bevor Sylat heftig den Kopf schüttelte. »Nun gut, dann gibt es nur eine Lösung. Du wirst ihr aus dem Weg gehen, das Haus ist groß genug. Die Mahlzeiten nimmst du in deinem Zimmer ein. Wenn du etwas brauchst, kommst du zu mir.« Er legte ihr die Hände auf die Schultern und schob sie ein Stück von sich, um ihr in die Augen blicken zu können. »Sylat, du weißt, dass ich dich von Herzen gern habe. Aber ich liebe auch Amylla. Und ich werde alles tun, um sie und unser ungeborenes Kind zu beschützen, verstehst du?«

Sylat sah ihn lange an. Dann nickte sie. Khandir hoffte, sie hatte wirklich verstanden. Da er sie nicht zusätzlich bestrafen wollte, nahm er seine alten Gewohnheiten wieder auf: Morgens kämmte er ihr Haar und abends las er ihr eine Geschichte vor. Soweit er es beurteilen konnte, hielt sich seine Tochter an seine Anweisungen. Amylla kämpfte anfangs mit einem schlechten Gewissen, begann sich aber zusehends zu entspannen, als sie merkte, dass ihr Ehemann es nicht als Last empfand, sich um Sylat zu kümmern. Erst konnte sie es kaum glauben. Für einen aus Yannah gebürtigen Mann wäre es undenkbar gewesen, Frauenarbeit zu verrichten. Aber Khandir, der Bhrandelier, war anders und sie war den Göttern dankbar, die sie beide zusammengeführt hatten. Mit seiner ihr unverständlichen Abneigung gegen die Farbe Blau konnte sie umgehen und seine Arbeitswut wusste sie an den richtigen Stellen zu bändigen. Khandir nahm sich mehr Zeit für seine Familie. Im Haus kehrte so etwas wie Frieden ein. Oder zumindest ein Waffenstillstand, dachte Khandir hin und wieder.

Sechs Monate später war alles in hellem Aufruhr. Amylla lag seit zwei Tagen in den Wehen, aber die Geburt ging nicht richtig voran. Ein weiterer Tag verstrich und die Hebamme ließ die Heilerin kommen. Inzwischen war deutlich zu erkennen, dass das Kind falsch lag. Beide Frauen setzten ihr gesamtes Wissen ein, um der Gebärenden zu helfen, deren Kräfte merklich nachließen.

Khandir war unterdessen dem Wahnsinn nahe und auf dem besten Wege, seine Dienerschaft ebenfalls verrückt zu machen. Ziellos rannte er durchs Haus, stand jedem im Weg und gab allen widersprüchliche Befehle. Sylat hatte sich irgendwo verkrochen. »Yannah hilf«, sagte er unablässig, während ihn Angst um das Leben seiner Frau quälte. Das Kind war in diesem Augenblick zweitrangig. In seinem Arbeitszimmer sank er auf die Knie und betete laut um die Gunst sämtlicher Götter, die er kannte.

Gegen Mitternacht klopfte es an seine Tür. Er war so in seine Gebete vertieft, dass er es überhörte. Erst als ihm jemand eine Hand auf die Schulter legte, schreckte er hoch. Er wollte aufstehen, aber seine Beine waren eingeschlafen. Kniend empfing er die Nachricht der Heilerin, dass alles vorüber war.

Sie hatte die Hebamme bereits nach Hause geschickt, denn die Frau hatte nicht mehr geschlafen, seit sie gekommen war.

»Amylla?«, krächzte er.

»Sie ist vollkommen erschöpft und schläft tief und fest. Aber sie wird sich erholen: Ihr habt eine bemerkenswert starke Frau.«

Khandir schluckte und schloss die Augen. »Yannah sei Dank!«, flüsterte er. Dann fiel ihm etwas ein, er riss die Augen wieder auf und schaute die Heilerin fragend an.

»Ihr habt einen Sohn bekommen«, sagte sie leise. »Aber das Kind wird die Nacht nicht überleben. Es hatte die Nabelschnur um den Hals gewickelt und war schon ganz blau, als wir es endlich herausziehen konnten.«

Khandir gelang es, sich am Schreibtisch hochzuziehen. Schwankend stand er da und blickte ins Leere. »Seid Ihr sicher?«

»Ja. Es ist zu schwach, um zu trinken, und hat nicht einen Laut von sich gegeben. Ganz still liegt es in seinem Körbchen. Als wäre seine Seele bereits bei Nanish.« In der Stimme der Heilerin waren Trauer und Mitgefühl zu hören.

Khandir wusste, sie hatte alles getan, was in ihrer Macht stand. »Ich danke Euch!«, brachte er hervor.

»Ihr solltet Euch ausruhen«, antwortete sie und verabschiedete sich, nicht ohne zu versprechen, am anderen Tag nach Amylla zu sehen.

Schwerfällig wie ein Greis schleppte sich Khandir die Treppe hoch. Im Schlafzimmer war es warm, trotzdem lag Amylla unter einer dicken Decke. Ihr Gesicht war bleich und eingefallen. Er überzeugte sich, dass sie regelmäßig atmete, und wachte eine Weile über ihren Schlaf. Dann trat er zu dem Körbchen, in dem sein Sohn lag. Erschüttert betrachtete er das reglose Kind. Wie winzig es war! Zögernd streckte er die Hand aus, aber er hielt mitten in der Bewegung inne. Er wagte es nicht, dieses zerbrechliche Wesen zu berühren. Abrupt drehte er sich weg und setzte sich in den Sessel am Fenster. Dort starrte er in die Nacht hinaus, bis ihn der Schlaf überfiel.

Es dauerte lange, bis Khandir begriff, dass die seltsamen Töne keine Traumgebilde waren. Mühsam öffnete er die Augen. Etwas Glänzendes war vor ihm, tanzende Lichtpunkte, Feuer. Er schaute angestrengt und sein zuerst noch verschwommener Blick wurde klar. Das Fenster! Kerzenschein spiegelte sich auf dem Glas. Jetzt hörte er auch das Lied und wusste, dass Sylat für ihn sang. Wie oft hatte sie ihm auf diese Weise Trost geschenkt. Er wandte sich um und sah seine Tochter neben dem Körbchen stehen. Sie hatte ein Bündel im Arm, ein Bündel, aus dem eine kleine Hand herausragte. Eisige Kälte rann sein Rückgrat hinunter und lähmte ihn für einen Augenblick. Dann schoss er aus seinem Sessel und stürzte auf Sylat zu.

»Wie kannst du es wagen!« Seine Stimme überschlug sich.

Sylat sah ihn einfach nur an, sie schien nicht zu begreifen. Er streckte die Arme aus, wollte ihr das Kind entreißen und schreckte davor zurück, es anzufassen, wie schon zuvor. Stattdessen packte er seine Tochter bei den Schultern.

»Es wird sterben, Sylat«, schrie er. »Verstehst du denn nicht? Es wird sterben!«

Neben sich vernahm er ein Rascheln und sah aus dem Augenwinkel, dass Amylla wach geworden war und versuchte sich aufzurichten. Er kämpfte darum, seine Beherrschung wiederzuerlangen.

»Sylat, bitte leg es in sein Körbchen«, sagte er heiser.

Das Mädchen hob das Bündel hoch, als wollte sie es ihm übergeben. Im Zurückweichen hörte er plötzlich ein neues Geräusch. Er brauchte einen Moment, bevor er es erkannte.

Fassungslos starrte er auf den brüllenden Säugling im Arm seiner Tochter. Auf Sylats Gesicht lag ein zufriedener Ausdruck. Sie drehte sich um und ging zu Amylla, die sich inzwischen hochgerappelt hatte und ebenso ungläubig dreinschaute wie ihr Mann. Sylat legte ihr das schreiende Kind in den Schoß. Amylla betrachtete es verwirrt. Weder sie noch Khandir rührten sich, bis eine unbekannte tiefe Stimme sie aus ihrer Erstarrung riss.

»Pachiro will trinken!« Sylat hatte ihren ersten Satz gesprochen.

Der Säugling starb nicht in jener Nacht und auch nicht in der folgenden. Zum grenzenlosen Erstaunen von Hebamme und Heilerin klammerte sich der kleine Kerl zäh an das bisschen Leben in ihm. Ja, er schien schneller zu Kräften zu kommen als seine Mutter. Amylla musste noch eine ganze Weile das Bett hüten, aber sie stillte das Kind und wollte nichts wissen von einer Amme. Sylat wiederum wollte nicht zulassen, dass sich außer ihr irgendeiner um den Säugling kümmerte. Nachdem die Hebamme ihr auf Khandirs Bitte hin gezeigt hatte, wie man den Kleinen wickelte, gab sie ihn nicht mehr aus der Hand. Tag und Nacht trug sie ihn durchs Haus und sang ihm vor. Nur ihre Eltern durften Pachiro auf den Arm nehmen, aber es bereitete ihr sichtlich Unbehagen. Dem Säugling anscheinend auch, denn er schrie, sobald ihn jemand anders hielt, und beruhigte sich nur, wenn Amylla ihn stillte oder Sylat ihn wieder zu sich nahm. Amylla und Khandir kämpften mit wiederstreitenden Gefühlen von Dankbarkeit und Eifersucht. Sie hatten versucht, diese unvorhergesehene Wendung zu ergründen. Aber sie fanden weder heraus, warum ihr im Sterben liegendes Kind überlebt hatte, noch warum Sylat so entschlossen die Mutterrolle übernehmen wollte, sie war doch selbst noch ein Kind. Sie berieten ausgiebig, ob sie eingreifen sollten, entschieden sich dann aber dagegen. Es war für alle sichtbar, dass der Kleine unter Sylats Pflege gedieh und zufrieden war. Auch der Name, den sie ihm gegeben hatte, gefiel ihnen und so nannten sie ihn Pachiro. Es war ein bisschen ungewöhnlich, klang aber schön in ihren Ohren. Pachiro, so nannten die Seeleute eine plötzlich aufkommende, freundliche Brise, die das Schilf am Ufer zum Raunen und die Segel der Schiffe zum Tanzen brachte.

»Hört ihr, wie Pachiro in der Takelage singt?«, pflegten sie zu lachen, wenn ihnen der Windstoß das Haar zerzauste.

Zu Khandirs Überraschung wollte Sylat nach wie vor nicht mit ihm reden. Jetzt, da er wusste, sie konnte es, war er verstimmt, dass sie sich ihm verweigerte, vor allem da es keinen Grund dafür gab. So sehr er sich auch den Kopf zerbrach, es blieb ihm unverständlich. Besonders als er mitbekam, dass sie zu Pachiro sprach, wenn auch selten. Er lauschte ihrer Stimme, die beim Sprechen noch tiefer klang als beim Singen und ganz eigenartig vibrierte. Was für ein seltsames Mädchen!, dachte er und zum ersten Mal war er befremdet. Und wer hätte gedacht, dass ich einmal neidisch auf meine Tochter und auch auf meinen Sohn sein würde!

Vier Monate später hatte sich Amylla wieder erholt. Der Kleine hatte sich prächtig entwickelt und war ein munteres Kind. Er schlief wenig für sein Alter und hatte früher angefangen zu lächeln als andere Säuglinge. Wenn er wach war, brabbelte und gluckste er vor sich hin und spielte mit seinen Fingerchen, als würde er Sylat lustige Geschichten erzählen. Oft strich ihm Khandir über seine blonden Locken und fragte sich, was in seinem Köpfchen vor sich ging. Wie gegensätzlich doch meine beiden Kinder sind, äußerlich und vom Wesen her!, wunderte er sich. Und trotzdem hängen sie aneinander wie die Kletten.

Auch wenn es Amylla verletzte, dass ihr Sohn lieber bei seiner Schwester sein wollte als bei seiner Mutter, auf diese Weise hatte sie mehr Kraft und Zeit für ihre übrigen Aufgaben zur Verfügung als andere Mütter. Eines Abends waren alle im Garten. Amylla und Khandir saßen Arm in Arm auf der Bank. Sylat lag mit Pachiro unter dem Baum und betrachtete den Himmel, während der Kleine fröhlich krähte.

»Ich hätte nie gedacht, dass ich Sylat einmal dazu bringe, mir zu helfen«, sinnierte Amylla.

»Dazu bringe?« Khandir musste lachen. »Wer hat hier wen zu was gebracht? Unser unberechenbarer Dickkopf hat mal wieder sein ganz eigenes Süppchen gekocht! Meine Freunde haben schon immer gespottet, dass Sylat hier im Haus die Hosen anhat.«

»Ich bin gespannt, ob wir noch ein Haar in dem Süppchen finden werden«, nahm Amylla den Faden auf. Khandir betrachtete seine Kinder, die ganz selbstvergessen auf ihrer Decke lagen.

»Ich bin überzeugt davon, dass sie ihrem Bruder nie etwas zuleide tun würde. Wir beide könnten allerdings Probleme bekommen, sollten wir unseren Sohn einmal wegen irgendetwas bestrafen müssen. Das wird ein Kampf zwei gegen zwei. Und ehrlich gesagt möchte ich unsere Tochter nicht als Gegner haben.«

»Glaubst du, sie reißt dir den Kopf ab?«, fragte Amylla schmunzelnd.

Diese Bemerkung weckte eine längst vergessen geglaubte Erinnerung und für einen Moment fühlte sich Khandir unbehaglich.

»Nein«, sagte er nachdenklich. »Sie würde auch mir nichts

tun, das weiß ich tief in mir drinnen. Zwischen uns war von Anfang an eine besondere Verbindung. Warum, kann ich allerdings nicht sagen.«

Amylla, die seinen Stimmungsumschwung spürte, versuchte ihn zu necken: »Man sagt, Frauen seien ein ewiges Rätsel. Deine Tochter scheint ein Naturtalent zu sein!«

»Oh, ganz die Mutter!«, sagte Khandir und Amylla knuffte ihn in die Seite. Blitzschnell griff er nach ihrer Faust und drückte ihr einen Kuss auf den Handrücken.

»Ich finde übrigens, die Mutter schaut irgendwie müde aus. Ich glaube, sie muss sich hinlegen!« Mit diesen Worten trug er seine kichernde Frau nach oben.

*

Ein Sandsturm fegte aus der Wüste über Daaressal und trieb die Menschen in ihre Behausungen. Hustend versuchte Suumal, die Ritzen und Löcher seines Bootes zu stopfen, aber das war ein vergebliches Unterfangen. Der alte Kahn war zu verrottet. Höchste Zeit, dass ich mir ein anderes Versteck hier am Hafen suche, dachte er verdrossen. Der Schuppen in der Innenstadt wäre jetzt bestimmt angenehmer, wieso war er nicht rechtzeitig dort untergeschlüpft? Müßige Frage, er hatte sich die Gelegenheit nicht entgehen lassen wollen, den Hafenmeister, der alle vier Wochen mit seinen gesamten Einnahmen hier vorbeikam, abzupassen und zu erleichtern. Der Mann hatte seine Geschicklichkeit und seine Kräfte maßlos überschätzt. Wie konnte man nur so dumm sein und ohne Eskorte durch dieses Viertel laufen! Auch wenn der Kerl ein Riese gewesen war und viele allein schon durch seine Größe eingeschüchtert hatte, es gab immer jemanden wie Suumal, der gewiefter war. Der Hafenmeister hatte überhaupt keine Chance gehabt, als ihn die Wurfmesser in Hals und Herz trafen. Nun, da dieser auf dem Grund seines Hafens lag, wollte Suumal diese Gegend sowieso erst einmal für einige Zeit meiden. Der Sturm hielt ihn hier fest, aber zum Glück auch die anderen in ihren Häusern. Suumal gab es auf, seine Bleibe abzudichten, und band sich ein Tuch über Mund und Nase. Wieder galt es, den richtigen Moment abzuwarten, aber darin war er gut. Er würde noch vor allen anderen auf der Straße sein, bevor der Sturm ganz nachließ, und sich in Sicherheit bringen.

Suumal musste drei Tage warten, bis er sein Versteck verlassen konnte. Selten hatte ein Sandsturm so lange gedauert. Die Luft war immer noch geschwängert von feinen Partikeln, die das Atmen schwer machten und alles mit einer ockerfarbenen Schicht bedeckten. Suumal hinterließ Fußabdrücke auf seinem Weg und fluchte leise. Jetzt war es unumgänglich, dass er das Boot für lange Zeit mied. Er hoffte, dass seine Spur in den Basaren unter zahlreichen anderen verloren gehen würde. Aber noch war außer ihm niemand unterwegs. Er wagte es nicht, einen anderen Unterschlupf aufzusuchen, seine Fußabdrücke waren zu verräterisch. Also hieß es wieder warten. Zumindest war er weit weg vom Hafen. Er huschte in einen Torbogen und lehnte sich an die Wand. Ihm brannte der Hals und er hatte Durst, doch sein Wasserschlauch war schon seit gestern leer. Er rieb sich die geschwollenen Lider, denen der feine Wüstensand zusetzte. Sein Magen knurrte unüberhörbar. Er besaß zwar noch ein paar Datteln, konnte aber das Knirschen des Sandes zwischen seinen Zähnen beim Kauen nicht mehr ertragen. Außerdem glaubte er, sie würden ohne etwas Flüssigkeit in seinem ausgetrockneten Hals stecken bleiben. Was für ein elendes Land! Als wäre die Sklaverei nicht schlimm genug, schien auch noch die Natur den Menschen feindlich gesinnt. Ein Grund mehr, sich eine neue Heimat zu suchen. Diccur wäre vielleicht nicht schlecht. Er schloss die Augen und träumte ein wenig von der Stadt auf der anderen Seite des Meeres, von der er so viel gehört hatte. Es sollte Wälder geben in jenem Land. Es bereitete Suumal Mühe, sich das vorzustellen.

Plötzlich hatte er das unangenehme Gefühl, nicht mehr alleine zu sein. Als er die Augen öffnete, stand ein Mann vor ihm und betrachtete ihn stumm. Er war hager, fast ausgemergelt, und schien den Falten nach zu urteilen, die sein Gesicht durchfurchten, uralt zu sein. Aber er hielt sich aufrecht und strahlte eine Kraft aus, als wäre er noch jung. Suumal ließ sich seine Anspannung nicht anmerken und legte lässig eine Hand in die andere. So konnte er blitzschnell nach seinem Dolch im Ärmel greifen und dem Alten die Kehle aufschlitzen. Ob er Münzen bei sich hatte? Seine Kleidung ließ keine Schlüsse darüber zu, ob er wohlhabend war. Was wollte der Mann von ihm? Suumal war unbehaglich unter dem starren Blick, mit dem der Fremde ihn zu durchbohren schien. Besonders als ihm bewusst wurde, dass er die Augen des Mannes nicht erkennen konnte. Sein Blick glitt immer daran vorbei, als würde er an einer glatten Oberfläche abprallen. Was für ein Trick war das? Gleichzeitig spürte er, dass der Mann ihn ansah. Vermutlich überlegt er, ob auf meiner Stirn eine Tätowierung war, ich sollte ihn umbringen, bevor er Alarm schlägt, dachte er.

»Was für ein Sturm!«, seufzte Suumal, um den Alten abzulenken, während er die Finger seiner linken Hand langsam unter seinen rechten Ärmel und um das Heft seiner Waffe gleiten ließ. Er musterte kurz seine Umgebung, weil er sicher gehen wollte, keine Zeugen zu haben. Außer ihnen war niemand zu sehen. Er war im Begriff seinen Dolch zu ziehen, da ließ ihn die Antwort des Mannes erstarren.

»Du hast den Drachen gesehen. Was ist schon ein Sturm dagegen!«

Suumals Verblüffung war nur von kurzer Dauer. Vermutlich hatte der Alte seinen Geschichten in den Hafenkneipen zugehört, damals, kurz nach seiner Rückkehr von den Dracheninseln, und ihn wiedererkannt. Ein Grund mehr, ihn zu beseitigen. Warum nur hatte er den Mund nicht gehalten! Er war nach seinem Erlebnis auf den Inseln wie von Sinnen gewesen. Nie hätte er damit gerechnet, dass diese verrückte Fahrt auf solche Weise enden würde! Als er auf dem Schiff der Drachenjäger anheuerte, hatte er nur nach einer Möglichkeit gesucht, für einige Zeit aus der Stadt zu verschwinden, bis etwas Gras über seine Flucht gewachsen war und sein ehemaliger Herr seine Häscher zurückpfiff, die ganz Daaressal nach ihm durchkämmten. Die Drachenjäger und ihr Kapitän waren wilde Männer von undurchsichtiger Herkunft gewesen. Sie lebten nach ihren eigenen Gesetzen und stellten keine Fragen. Er hatte allerdings nie daran gedacht, selbst einer von ihnen zu werden, vor allem weil er insgeheim über seine Gefährten lachte und nicht an die Existenz von Drachen glaubte. Bis ihm einer leibhaftig gegenüberstand. Suumal überlief unwillkürlich ein Schauer, als er sich daran erinnerte. Diese grässlichen Augen!

»Sie durchschauen dich, können dein innerstes Wesen erkennen«, sprach der Fremde, als hätte er Suumals Gedanken gelesen. Dieser fröstelte. Er war sonst nicht leicht zu beeindrucken.

»Was wollt Ihr von mir?«, fragte er barsch, um seine Verwirrung zu überspielen. Der nächste Satz des Mannes verschlug ihm den Atem.

»Ja, das Kind ist der Schlüssel. Du hat es geahnt, nicht wahr?«

Suumal blinzelte. Das Kind? Träumte er? Es konnte nicht sein, dass der Alte von dem Kind auf der Insel wusste. Zumindest das hatte er nie jemandem erzählt. Verflucht, dieser Verrückte konnte in seinen Kopf hineinsehen!

»Wer seid ihr?«, flüsterte er.

»Daarob, der Magier.«

Diesen Namen hatte Suumal schon öfter gehört. Es hieß, Daarob sei hundertfünfzig Jahre alt und seine Fähigkeiten stellten alles in den Schatten, was man je von einem Zauberer gehört hatte. Mit einem Fingerschnippen konnte er Menschen verschwinden oder Diamanten aus dem Himmel regnen lassen. Suumal schluckte. Bisher hatte er das für Übertreibungen gehalten, aber jetzt war er nicht mehr so sicher. Doch was wollte Daarob von ihm? Zum ersten Mal war er vollkommen unschlüssig, wie er sich verhalten sollte.

»Eines Tages wirst du einer Frau mit gelben Augen begegnen, Suumal. Sie wird dich zum Ort deines Begehrens führen. Doch überlege gut, welchen Preis du zu zahlen bereit bist!« Mit diesen Worten drehte sich der Alte um und löste sich in einem Staubwirbel auf. Mit offenem Mund starrte Suumal die menschenleere Gasse hinunter.

*

»Sie hütet einen Schatz, Myzlat.«

»Das hält sie fern von dir.«

»Ich habe meinen nicht verteidigt, Myzlat.«

»Nicht jeder lässt sich einfach verstecken.«

»Ich dachte, wir wären zum Hüter geboren.«

»Du siehst, niemand kann seine Natur verleugnen, Tych!«

Sie allein wird die Zeit des Wartens erleichtern

Im Lauf der folgenden fünf Jahre hatte Amylla drei weitere Kinder geboren, alle Töchter, und die Erziehung der Mädchen beschäftigte sie vollauf. Inzwischen war sie nur noch froh, dass Sylat sich nach wie vor um Pachiro kümmerte, ihre Eifersucht war verflogen. Natürlich hätten auch Bedienstete ihre Kinder betreut, aber nie mit solcher Liebe wie sie selbst und ihre Älteste. Da Amylla längst alle Hoffnung auf eine eigene Familie aufgegeben hatte, bevor sie Khandir begegnete, wollte sie nicht, dass es ihren Kindern, die sie als großes Geschenk betrachtete, an etwas fehlte. Khandir teilte auch hier ihre Einstellung, vor allem da er aus seiner ersten Ehe wusste, wie bitter Kinderlosigkeit sein konnte. In den seltenen Augenblicken, in denen er sich gestattete, an Rhenild zu denken, war er traurig, dass nichts von ihr weiterlebte und sie nur noch Erinnerung war. Aber wenn er jetzt in seinem Arbeitszimmer saß, dann hörte er das ersehnte Kinderlachen und das Trappeln von kleinen Füßchen durchs Haus schallen.

Pachiro war inzwischen kaum noch im Haus zu halten. Er machte seinen Eltern große Freude mit seiner Fröhlichkeit, die nichts vertreiben konnte. Wie ein Windstoß fegte er durch die Gassen von Yannah und hinterließ ein Lächeln in den Gesichtern der Menschen, die ihm begegneten. Seine Unbekümmertheit bereitete Khandir manchmal Sorgen, es gab nicht nur Gutes in dieser Stadt, wie sein Sohn glaubte. Zum Glück ließ Sylat ihren Bruder nicht aus den Augen. Die beiden Kinder waren ein seltsames Paar, aber unzertrennlich. Das Einzige, was sie gemeinsam zu haben schienen, war ihre unstillbare Neugier. So sehr Khandir die Gegenwart von Pachiro schätzte, manchmal fand er seine unablässigen Fragen zu allem und jedem anstrengend. Vor allem wenn Neriman zum Abendessen kam und er sich mit ihm über Dinge austauschen wollte, die eher für Erwachsene von Interesse waren.

Als sein Sohn acht und seine jüngere Schwester Kindala sieben Jahre alt wurde, stellte Khandir einen Hauslehrer ein. Er fragte sich, wieso er bei Sylat nicht auf diese Idee gekommen war. Vielleicht weil er dachte, sie könne nicht sprechen. Die beiden Mädchen folgten ruhig dem Unterricht, während Pachiro den Lehrer mit seinen Fragen, die ständig vom Thema abschweiften, zur Verzweiflung trieb.

»Warum kannst du nie zuhören, wenn man dir etwas sagt. Ich meine, wirklich hören, Pachiro! Wieso verdrehst du immer alles?«, schimpfte der Lehrer ein ums andere Mal. Der gute Mann hätte sich die Haare ausgerauft, wenn Kindala mit ihrer praktischen Art ihren Bruder nicht immer wieder auf den Boden zurückgeholt hätte. Tatsächlich zeigte Kindala große Freude an Zahlen und löste mit Ausdauer die schwierigsten Rechenaufgaben.

»Du bist der geborene Kaufmann«, lobte der Lehrer sie, wohl wissend, dass ihr als Frau dieser Beruf verschlossen bleiben würde, aber er hoffte, damit Pachiros Ehrgeiz zu wecken. Doch dieser hatte seine liebe Mühe, den Erklärungen auch nur halbwegs zu folgen, und Neid auf das Können seiner Schwester war ihm völlig fremd. Es fiel ihm schwer genug, lange still zu sitzen, und der nüchternen Welt der Zahlen konnte er nichts abgewinnen. Es war ihm gleichgültig, wie viel Meter Stoff übrig blieben, nachdem man sieben von dreiundzwanzig Ballen verkauft hatte. Oder wie viele Säcke Getreide man verkaufen musste, um zehn Silberschalen aus Diccur zu erwerben. Wenn es nach ihm gegangen wäre, hätte er alles verschenkt, und wozu brauchte man Silberschalen!

Lesen lernte er nur, damit er nicht mehr darauf angewiesen

war, dass ihm andere Geschichten vorlasen. Jetzt konnte er sie sich selbst aus Büchern zusammensuchen. Viel lieber noch erzählte er sie aber weiter. Natürlich mit Veränderungen, da er vieles nicht spannend oder lustig genug fand. Wenn er mit Sylat in der Stadt unterwegs war, dauerte es nie lange, bis er Zuhörer fand, die sich um ihn scharten und seinen abenteuerlichen Geschichten lauschten. Ob andere Kinder oder Erwachsene, jeder hing gebannt an seinen Lippen.

Es vergingen wenige Wochen und Sylat begann sich im Unterricht für alle sichtbar zu langweilen. Sie stand auf und schaute aus dem Fenster oder blätterte durch sämtliche Bücher, die im Raum waren. Der Lehrer war verärgert über ihr mangelndes Interesse, bis er durch einen Zufall herausfand, dass sie offensichtlich bereits lesen, schreiben und rechnen konnte.

Er hatte ihr zwei unlösbare Aufgaben gestellt, um sie zu beschämen. Wie verblüfft war er, als das Mädchen ihm nach einer halben Stunde mehrere mit ausladender Schrift bedeckte Blätter auf den Tisch warf. Sie hatte nicht nur den Bericht über die Gründung Yannahs gelesen und in wenigen Sätzen punktgenau zusammengefasst, sondern auch ausgerechnet, wie viele Rollen Seil man für die Takelage eines Zweimasters brauchte. Nachdem er sich von seiner Überraschung erholt hatte, war er erst recht verstimmt und machte Khandir auf der Stelle Vorhaltungen, dass dieser ihn nicht darüber aufgeklärt hatte.

»Was soll ich dem Mädchen beibringen?«, fragte er ungehalten. »Sie stört meinen Unterricht und ich kann es ihr nicht verdenken. Was soll sie da auch anfangen, wenn sie schon alles weiß?«

Khandir war erstaunt, aber er kannte ihre ungewöhnlich rasche Auffassungsgabe. Sie musste es innerhalb kürzester

Zeit gelernt haben. Der Lehrer war davon nicht zu überzeugen und wollte auch von seinem Ärger nicht lassen. Khandir vermutete, dass ihm Sylat unheimlich war wie so vielen, und schlug vor, sie von dem Unterricht auszuschließen. Sein Gefühl hatte ihn wohl nicht getrogen, denn der Lehrer war augenblicklich einverstanden und schien hocherfreut. Er eilte zurück in den Unterrichtsraum und schickte Sylat sofort zu ihrem Vater. Zu Khandirs Erleichterung zeigte sich Sylat einsichtig, als er mit ihr redete und ihr vorschlug, in der Zeit auf ihrem Baum zu lesen oder etwas anderes zu machen, das ihr gefiel. Sie nickte zufrieden und zog sich gleich einen ganzen Arm voll Bücher aus seinen Regalen, mit denen sie im Garten verschwand. Der Einzige, der sich nicht so einfach in diesen unvorhergesehenen Lauf der Dinge fügte, war Pachiro. Khandir erlebte seinen Sohn zum ersten Mal wütend und rebellisch. Er wollte nicht ohne Sylat in dieser Folterkammer sein, wie er es nannte, und sah erst recht nicht ein, warum er dieses ganze Zeug lernen sollte, das ihn nicht im mindesten interessierte. Khandir redete geduldig auf ihn ein, und als das nicht half, versuchte er es mit Strenge. Aber Pachiro war nicht zu überzeugen. Sylat machte der Debatte ein Ende, indem sie ihren Bruder an der Hand nahm und mit sich zog. Was genau sie zu ihm sagte, fand Khandir nie heraus, doch der Junge gab klein bei und saß am nächsten Tag missmutig, aber folgsam vor dem Lehrer.

Halbwegs versöhnt damit, den ungeliebten Unterricht über sich ergehen zu lassen, war Pachiro erst, als Amylla den Einfall hatte, auch einen Musiklehrer für ihre Kinder anzustellen. Ohne zu zögern entschied er sich für eine Harfe von der Art, wie sie die fahrenden Sänger benutzten, und zum Erstaunen aller schien er das Spiel sozusagen im Schlaf zu lernen. Es flog ihm zu, als hätte er nie etwas anderes getan, während Kindala mit Ausdauer, aber ohne Begabung darum kämpfte, der gewählten Flöte etwas anderes als schiefe Töne zu entlocken. Mit Pachiros Harfe kam sie schon gar nicht zurecht. Die Musik, die sie damit erzeugte, klang, als hätte man einer Katze auf den Schwanz getreten, und der Lehrer bat sie mit schmerzlich verzogenem Gesicht, doch lieber wieder zur Flöte zu greifen.

Sylat hatte sich rundweg geweigert, irgendein Instrument zu lernen, und an Singen war gar nicht zu denken. Nicht einen Ton konnte der Musiklehrer ihrer Kehle entlocken. Sie starrte ihn so finster an, dass er sie fortan in Ruhe ließ und sich hauptsächlich Pachiro widmete. Dieser war der begabteste Schüler, den er je gehabt hatte, und nicht nur sein Harfenspiel war wunderschön, auch seine Stimme war außergewöhnlich für ein Kind seines Alters; es war eine Freude, ihm zuzuhören, und für den Jungen selbst war Musik das Paradies schlechthin. Es dauerte nicht lange, bis die Gäste seiner Eltern nach dem Essen regelmäßig eine Darbietung seiner Kunst erhielten. Khandir war stolz, wenn er die Ergriffenheit auf den Gesichtern seiner Besucher sah und sie den Jungen anschließend mit Lob überschütteten. Pachiro nahm es freundlich dankend auf, schien ihm aber weiter keine Bedeutung beizumessen. Khandirs Befürchtung, es könne ihm zu Kopf steigen, war unbegründet. Pachiro war vollkommen glücklich damit, seine Freude an dem Spiel teilen zu können, und verschenkte seine Gaben großzügig, ohne etwas dafür zu erwarten.

Mit der Zeit fand Pachiro heraus, dass er sich dem langweiligen Unterricht wenigstens ein Stück weit entziehen konnte, indem er in Gedanken Melodien komponierte und Verse für seine Lieder dichtete. Er war insgeheim schadenfroh, seinem ewig nörgelnden Lehrer ein Schnippchen zu schlagen. Nur wenn Khandir ihn wegen seiner mangelnden

Fortschritte im Rechnen tadelte, fühlte er sich etwas schuldbewusst, aber nie lange.

»Junge, wie willst du später meine Geschäfte übernehmen«, seufzte Khandir eines Tages, als er wieder einmal die fehlerhaften Rechenaufgaben seines Sohnes betrachtete. Pachiro schaute ihn mit großen Augen an.

»Aber Vater, ich will doch fahrender Sänger werden und in ferne Länder reisen!«, brach es schließlich aus ihm hervor.

»Das schlag dir aus dem Kopf! Dein Platz ist hier, du bist mein einziger Sohn«, antwortete Khandir ärgerlich.

»Warum kann das nicht Kindala machen? Sie liebt das. Unser Lehrer sagt immer, sie sei der geborene Kaufmann.«

»Was für ein Unsinn, Frauen werden nicht Kaufmann. Keiner würde sie respektieren und mit ihr Geschäfte machen wollen. Oder man würde sie dann gehörig übers Ohr hauen.«

»Kindala könnte niemand übers Ohr hauen! Sie kann schneller Kopfrechnen als der Lehrer«, beharrte Pachiro.

»Schluss jetzt, ich will nichts mehr davon hören! Geh in dein Zimmer und löse diese lächerlich einfachen Aufgaben!«

Pachiro wollte etwas erwidern, ließ es aber sein, als er sah, dass sein Vater wirklich zornig war, und zog sich zurück. Etwa eine Stunde lang versuchte er ernsthaft, sich den Zahlen zu widmen, dann schweiften seine Gedanken wieder in eine erfreulichere Richtung.

Die nächsten Jahre plagte sich der Lehrer damit ab, Pachiro wenigstens die Grundbegriffe der Buchführung beizubringen. Ohne Kindala, die mühelos alles lernte, was ihr Bruder nicht zu begreifen schien, wäre er verzweifelt. Auch die beiden kleineren Schwestern Rina und Beghild, die inzwischen alt genug für den Unterricht waren, hatten mit dem Rechnen keine Schwierigkeiten. Mit Geschichte hatte der Lehrer mehr Glück bei dem Jungen. Pachiro zeigte von Beginn an Interesse dafür, aber seine Angewohnheit, die Tatsachen auszuschmücken oder gar zu verdrehen, damit sie für ihn aufregender klangen, brachten den Lehrer wieder dazu, sich die Haare zu raufen.

»Nein, Pachiro, Derkun ist mit seinen Anhängern damals aus Rikant geflohen, weil sie verfolgt wurden und nicht weil sie herausfinden wollten, was hinter den Bergen liegt. Und sie haben sie auch nicht im Winter überquert, sondern im Frühjahr. Im Winter wäre es ihnen unmöglich gewesen, das Gebirge zu überqueren!«

»Derkun war groß, er hat seine Anhänger bestimmt auf die Schultern genommen und getragen«, schlug Pachiro vor.

»Nein, hat er nicht. Dort oben liegt der Schnee im Winter so hoch, dass sogar ein Mann von Derkuns Größe versinkt. Er wäre vielleicht stark genug gewesen einen zu tragen, aber doch nicht Hunderte von Menschen!«

»Dann ist er mehrmals gelaufen, bis er blutige Füße hatte und eine rote Spur im Schnee hinterließ. Oder riesige Drachen sind gekommen und haben sie auf die andere Seite getragen.«

»Drachen? Was für ein Unsinn, es gibt keine Drachen! Und Derkun war ein Held, auch wenn er im Frühjahr diese Reise gemacht hat, das brauchst du nicht noch aufzubauschen, Junge. Was glaubst du, warum vor oder nach ihm nie jemand gewagt hat, das Gebirge zu durchqueren!«

»Vielleicht weil Dämonen den einzigen Weg bewachen? Aber vor Derkun hatten sie solche Angst, dass sie sich verkrochen.«

Der Lehrer sah, dass dieses Kind zu jedem seiner Sätze eine neue Ungeheuerlichkeit dazudichtete. Pachiros Gedanken waren schon weitergeeilt.

»Und als er auf der anderen Seite ans Meer kam, traf er

die Göttin Yannah an. Sie war so wunderschön, dass er sich in sie verliebte und ihr einen Palast baute.« Versonnen lächelte Pachiro vor sich hin.

»Derkun hat nicht die Göttin getroffen, sondern die Stadt Yannah gegründet und sie nach der Göttin benannt«, berichtigte ihn der Lehrer.

»Warum nach Yannah?«, mischte sich Kindala ein.

Bevor ihr Bruder die Gelegenheit hatte, eine neue Geschichte zu erfinden, zitierte der Lehrer schnell aus der Mythologie: »Weil die Göttin die Allesverschlingende ist, die alles in sich aufnimmt. In ihr mischen sich sämtliche Unterschiede zu einem großen Ganzen, das aus dem Chaos Neues gebiert. Sie ist die Dunkelheit, aus der das Licht erwächst.«

»Das klingt aber schön!« Pachiro war entzückt.

»Es ist vor allem praktisch und erleichtert das Zusammenleben«, erklang die nüchterne Antwort des Lehrers. Aber der Junge hörte ihn schon nicht mehr. In seinem Kopf entstand ein neues Lied, ein Lied über die Göttin Yannah. Es würde bestimmt auch seinem Vater gefallen, dachte er und summte leise vor sich hin.

Das Lied gefiel nicht nur Khandir, sondern allen, die es hörten. In Windeseile breitete es sich aus und jeder in der Stadt pfiff oder sang es, bis es schließlich den Fürstenhof erreichte. Der Fürst war sehr erstaunt, als er erfuhr, dass dieses Lied, das ihm von morgens bis abends durch den Kopf ging, von einem Jungen komponiert worden war. Weil es ihm so viel Vergnügen bereitete und auch sehr passend schien, erklärte er es per Dekret zum offiziellen Lied der Stadt Yannah. Amylla und Khandir platzten beinahe vor Stolz, aber Pachiro war schon damit beschäftigt, eine Ballade über Derkun zu verfassen.

Eines Morgens, kurz vor seinem dreizehnten Geburtstag, stieß Pachiro im Flur auf Nunna und eine der Küchenhilfen, die sich aufgeregt über einen Mord unterhielten. Neugierig wie immer lauschte er und fragte sie aus. Die beiden antworteten bereitwillig, bis Amylla dazukam und ihnen Einhalt gebot. Verärgert schickte sie ihren Sohn zum Unterricht. Natürlich half das nicht, Pachiros Gedanken eine andere Richtung zu geben. Im Gegenteil, nun brannte er erst recht darauf, mehr zu erfahren, und kaum war der Unterricht vorbei, schlüpfte er zu seinem Vater ins Arbeitszimmer. Khandir war genauso unwillig wie seine Frau, über dieses Thema zu reden. Aber als sein Sohn hartnäckig blieb, erklärte er ihm das Gröbste, um ihn loszuwerden. Pachiro verschlug es die Sprache, als er von den Bränden und Morden erfuhr, von der die Stadt seit langer Zeit heimgesucht wurde. Sie waren in den letzten Jahren selten geworden und beschränkten sich hauptsächlich aufs Hafenviertel, hatten aber nie ganz aufgehört. Khandir wunderte sich, dass sein wissbegieriger Sohn noch nicht davon erfahren hatte. Andererseits hatte er es vielleicht gehört und in seiner Arglosigkeit für Schauermärchen gehalten. Mit seinen zwölf Jahren war der Junge gutgläubig wie ein Dreijähriger. Für ihn war die Welt voller Wunder und Schönheit. Dass der Mensch noch ein anderes, hässliches Gesicht besaß, hatte er nie wahrgenommen. Wahrscheinlich war er auch das einzige Kind in der Stadt, das sich nie mit seinen Geschwistern stritt. Nicht zum ersten Mal fragte sich Khandir, wie sich sein Sohn später einmal in der harten Geschäftswelt der Kaufleute durchsetzen sollte. Deshalb war er insgeheim froh, dass Pachiro damals, als Sylat nicht mehr zum Unterricht musste, aufbegehrt hatte. Zumindest ihm gegenüber hatte der Junge Rückgrat gezeigt und war für seine Sache eingestanden. Nachdenklich schaute er in Pachiros weit aufgerissene blaue Augen und überlegte, wie sein Sohn mit dieser neuen Sicht der Dinge umgehen würde. Im Moment schien er einfach nur überwältigt und verließ folgsam das Zimmer, als Khandir ihn dazu aufforderte.

Das Abendessen nahm Amylla allein mit den Kindern ein, ihr Mann musste zu einer längeren Besprechung unten im Hafenkontor. Pachiro war ungewöhnlich ruhig. Kein munteres Geplauder, Lachen oder unruhiges Wippen mit seinem Stuhl. Kaum waren die leer gegessenen Schüsseln und Teller abgetragen, bat er darum, auf sein Zimmer gehen zu dürfen, er sei müde. Als seine Mutter etwas später ein wenig beunruhigt nach ihm sah, schlief er tief und fest. Er wird doch nicht krank werden?, dachte sie besorgt und bat Nunna, in der Nacht nach ihm zu sehen. Das Dienstmädchen stellte fest, dass der Junge einen unruhigen Schlaf hatte, und musste ihn mehr als einmal wieder zudecken, weil seine Decke auf dem Boden lag. Er war nass geschwitzt, schien aber kein Fieber zu haben.

Pachiro erwachte im Morgengrauen zitternd vor Kälte. Die bunte Baumwolldecke lag unten auf den Holzdielen. Er beugte sich hinab, zog sie hoch und wickelte sich hinein. Nach einer Weile hörten seine Zähne auf zu klappern. Aber in seinem Bauch spürte er diesen Klumpen, wie gestern schon. Kalt und hart war er, als ob er einen Fels verschluckt hätte. Pachiro kniff die Augen zusammen und versuchte wieder einzuschlafen, aber es gelang ihm nicht. Er sah das Gesicht seines Vater vor sich, das so anders ausgesehen hatte, fremd und abweisend, als er mit ihm im Arbeitszimmer redete. Doch vor allem seine gepresste Stimme war Pachiros musikgeschulten Ohren aufgefallen. Genauso hatte seine Mutter geklungen, als sie Angst hatte, Kindala würde an dem Fieber sterben, das letzten Winter alle Kinder befallen hatte, Kindala aber am schlimmsten. Hatte sein Vater Sorgen? Wenn ja, musste das mit diesen schrecklichen Geschehnissen in der Stadt zu tun haben, schließlich hatten sie darüber gesprochen, als der Vater so merkwürdig wurde. Pachiro schlug die Decke zurück und stand auf. Er zog sich schnell eine Jacke über und schlich hinunter in die Küche. Der Koch war die geschwätzigste Person im ganzen Haus und würde ihm sicher bereitwillig alles mitteilen, was er wusste. Pachiro war überzeugt davon, dass sein Vater ihm längst nicht alles erzählt hatte.

Er hatte richtig vermutet. Nachdem der Koch seine Schlaftrunkenheit abgeschüttelt hatte, berichtete er ausführlich, was in den letzten Jahren geschehen war. Der Feuerdämon, wie ihn die Leute genannt hatten, wütete vor allem unten im Hafenviertel. Aber er hatte auch schon hier oben in der Stadt sein übles Werk verrichtet. Pachiro schauderte, als er sich vorstellte, der Dämon schlich nachts vielleicht auch durch ihre Gasse. Doch wie entsetzt war er erst, als er erfuhr, dass der Fürst einmal seinen Vater verdächtigt und eingesperrt hatte.

»Vier Tage war er unten in dem dunklen Verlies, ohne Essen und Trinken! Kaum zu glauben, dass ein Mensch das aushält!« Der dicke Koch wunderte sich darüber nach all den Jahren noch immer am meisten. »Der Fürst wollte ihn dort in der Finsternis einfach verrecken lassen.«

Es dauerte einen Augenblick, bevor Pachiro bewusst wurde, was er soeben gehört hatte. »Das kann er doch nicht machen!«, flüsterte er fassungslos.

»Natürlich kann er das, er ist schließlich der Fürst. Der kann deinen Vater jederzeit wieder einsperren, wenn er will.« Jetzt erst fiel dem Koch auf, wie bleich der Junge geworden war. Doch bevor er seine Worte abmildern konnte, platzte Nunna herein und das Gespräch wurde unterbrochen.

»Hier bist du also! Du hast mir einen schönen Schrecken

eingejagt!« Sie scheuchte Pachiro aus der Küche. »Du bist ja noch nicht einmal angezogen. Marsch, nach oben mit dir! Erst dann gibt's Frühstück!«

Pachiro verzichtete auf das Frühstück, er hatte keinen Hunger. Abwesend saß er neben Kindala im Unterricht. Der Lehrer, dem Nunna Bescheid gegeben hatte, dass der Junge sich nicht wohl fühlte, ließ ihn in Ruhe. Zum ersten Mal in seinem Leben sah Pachiro die Sonnenstrahlen nicht, in denen Staubkörnchen muntere Tänze aufführten, hörte nicht das Trillern der Singvögel und das Tschilpen der Spatzen draußen im Garten. Vor seinem inneren Auge breitete sich Schwärze aus, in der er nichts als die hastigen Atemzüge seines Vaters wahrnahm. Vier Tage ohne Licht. Jetzt wusste Pachiro, warum im Schlafzimmer seiner Eltern stets eine kleine Öllampe brannte. Er hatte geglaubt, sein Vater sei unbesiegbar und habe vor nichts Angst. Und innerhalb eines Tages lag seine Welt in Scherben, in die bunte Schönheit hatten sich hässliche schwarze Schlieren eingeschlichen. Oder waren sie immer schon da gewesen und er hatte es nur nie gesehen? Pachiro fühlte, wie alle Sicherheit sich verflüchtigt hatte. Er wusste nicht mehr, wer sein Vater wirklich war, hatte er doch einen wichtigen Teil von sich nie gezeigt. Und diese Stadt, die sein Zuhause war, wieso war ihm ihre dunkle Seite verborgen geblieben? Die Sätze seines Lehrers gingen ihm durch den Kopf: ›Warum kannst du nie zuhören, wenn man dir etwas sagt? Ich meine, wirklich hören, Pachiro! Wieso verdrehst du immer alles, so wie es dir gefällt?‹ Wie oft hatte der Mann ihm das gesagt, aber er hatte nie verstanden, was er damit meinte, und war darüber hinweggegangen. Zum ersten Mal in seinem Leben schämte er sich. Hatte er nicht auch seinen Vater im Stich gelassen? Es war gut möglich, dass dieser bereits versucht hatte, ihm von seinem schrecklichen Erlebnis zu erzählen. Aber vielleicht hatte er es auch gar nicht erst gewagt, weil er wusste, sein Sohn würde ihm nicht zuhören. Und was hatte der Koch gesagt? Jederzeit könne sein Vater wieder im Kerker landen. Warum dachte der Fürst auch nur einen Moment lang, sein Vater sei der Feuerdämon? Das war unvorstellbar! Und wenn er es einmal angenommen hatte, konnte es wieder geschehen. Ihm wurde eiskalt und er zitterte.

Kindala sah ihn besorgt an. »Pachiro, du hast Fieber. Willst du dich nicht lieber hinlegen?«

Er nickte und ging wie ein Schlafwandler aus dem Raum, die Erlaubnis des Lehrers wartete er nicht ab. Dann kroch er ins Bett, ohne sich vorher auszuziehen, und rollte sich zusammen. Am liebsten wollte er an nichts mehr denken, doch das hatte er viel zu lange getan. Jetzt, da ihm endlich die Augen geöffnet worden waren, um die Wirklichkeit zu sehen, gab es keinen Weg mehr daran vorbei.

Ein Geräusch riss ihn aus seinen Gedanken. Auf seinem Fensterbrett landete eine Seemöwe und pickte auf dem Holz herum. Wahrscheinlich war sie ärgerlich, weil sie nichts Essbares fand. Seit Pachiro gehört hatte, dass diese Vögel die Boten des Gottes Jerish waren und die Worte der Götter zu den Menschen trugen, legte er dort Futter für sie aus. Für sein Leben gern hätte er eine Botschaft der Götter bekommen, womöglich sogar eine von ihren Geschichten, eine, die noch niemand kannte. Wie sonst, wenn nicht durch die Möwen, konnten die Menschen von den Abenteuern der Götter erfahren und sie in ihren Büchern aufschreiben! Außerdem hatte er sich durch die Bedeutung seines eigenen Namens dem Gott des Windes schon immer besonders verbunden gefühlt. Pachiro setzte sich auf. Der Vogel flog weg. Der Junge stand auf und ging zum Fenster.

Unten in der Gasse spielten die Nachbarskinder Fangen.

Er sah ihnen zu, wie sie fröhlich kreischend umherrannten. Es wäre schön, alles zu vergessen und mit ihnen zu lachen. Aber das konnte er nicht mehr, nicht solange er damit rechnen musste, dass der Fürst seinen Vater noch einmal für einen Mörder hielt. Es musste eine Möglichkeit geben, das drohende Unheil abzuwenden, damit sein Vater wieder in Sicherheit leben könnte, ohne eine neue Ungerechtigkeit zu erfahren. Doch das ginge nur, wenn man den wahren Schuldigen erwischte. Pachiro wusste, dass bereits viele Menschen nach dem Feuerdämon gesucht hatten. Vielleicht hatten sie es falsch gemacht, etwas übersehen, so wie er. Die Stadtwache zum Beispiel hatte auch andere Dinge zu tun und war möglicherweise nicht aufmerksam genug. ›Alles muss man selbst machen!‹, kam ihm der Stoßseufzer seines Vaters in den Sinn, wenn einer von den Bediensteten einen Fehler gemacht hatte. Natürlich konnte sein Vater nicht selbst nach dem Dämon suchen, er hatte mehr als genug Arbeit. Es käme aber nur jemand in Betracht, für den es genauso wichtig war. Pachiro holte tief Luft. Nun, er kannte eine Person, der diese Angelegenheit auf der Seele brannte und die keine Ruhe haben würde, bis dieses Rätsel gelöst war: er selbst! Sicher, er wäre niemals in der Lage, einen Dämon zu besiegen, doch er müsste ja nur sein Versteck aufspüren und es der Stadtwache melden. Wenn er ehrlich war, hatte er Angst, doch das war nichts im Vergleich zu der Furcht, die ihn überkam, wenn er an das Verlies des Fürsten dachte. Niemals durfte er zulassen, dass sein Vater dort starb. Er zwang sich, die Gedanken an den finsteren Kerker zu verdrängen und stattdessen zu überlegen, wie er vorgehen sollte. Als Erstes musste er Sylat in seinen Plan einweihen. Pachiro war überzeugt davon, dass sie ihm helfen würde. Am besten wäre es, sie begännen ihre Suche im Hafenviertel. Dort wurden die meisten Morde verübt, und wie er vom Koch wusste, waren die Gassen dort ein einziges Labyrinth. Eine bessere Gegend, um sich zu verstecken, konnte ein Dämon gar nicht finden. Die Frage war nur, wie sie dorthin gelangen sollten, ohne dass ihre Eltern davon erfuhren. Pachiro war sicher, sie würden es ihnen verbieten, und durch das Stadttor kam niemand ungesehen. Als ihm nichts einfallen wollte, beschloss er Sylat aufzusuchen. Nun, da sein Unternehmungsgeist wieder erwacht und die Lähmung von ihm abgefallen war, fühlte er sich leichter.

Seine Schwester hockte oben auf ihrem Baum im Garten und las. Geschwind kletterte er hinauf zu ihr und erzählte ihr alles, was ihn bewegte. Dabei fiel ihm ein, dass Sylat die Zeit, in der ihr Vater eingesperrt war, miterlebt haben musste.

»Kannst du dich daran erinnern?«, fragte er sie. Sylat nickte und schnitt eines ihrer grimmigsten Gesichter. Das war ein gutes Zeichen. »Hilfst du mir, Sylat?« Seine Schwester nickte ohne zu zögern und fauchte wie eine Katze. »Soll das heißen, wir werden es dem Bastard schon zeigen?«, grinste Pachiro. An dem Funkeln in ihren Augen sah er, dass sie einverstanden war. Die letzte Hürde war genommen und Pachiro fühlte, wie ihm ein Stein vom Herzen fiel. Aufgeregt beugte er sich nach vorne und flüsterte: »Das Schwierigste wird sein, ungesehen ins Hafenviertel zu kommen. Ich habe mir schon den Kopf zerbrochen, wie wir das schaffen können, aber mir fällt nichts sein. Dir vielleicht?«

Sylat überlegte lange und schaute ihn dann prüfend an. Nach einer Weile schien sie einen Entschluss zu fassen, klappte ihr Buch zusammen und kletterte den Baum hinunter. Pachiro folgte ihr ins Haus. Das Mädchen legte das Buch auf eine Anrichte und lauschte. Nichts war zu hören. Leise schlichen die beiden durch die Gänge, Sylat immer voran. Sie hatten Glück und begegneten keiner Menschenseele. Pachiro wunderte sich, als seine Schwester ihn in den Keller führte. Sie zündete eine Laterne an und ging nach hinten in den Raum, in dem der Wein gelagert wurde. Dort öffnete sie eine Falltür im Boden. Lichtschein fiel auf eine steile Treppe, aber Pachiro konnte nicht erkennen, wohin sie führte. Leises Plätschern war zu hören und ein unangenehmer Geruch wehte zu ihnen hinauf. Er rümpfte die Nase. »Dort hinunter willst du? Warum, Sylat?«

Sie antwortete nicht, sondern stieg die Treppe hinab. Pachiro folgte ihr. Nachdem er ein paar Stufen gelaufen war, drehte sie um, ging zurück und schloss die Falltür. Pachiro bekam ein ziemlich mulmiges Gefühl, versuchte aber, sich nichts anmerken zu lassen. Er konnte sich schließlich nicht gleich am Anfang ihrer Suche von Furcht besiegen lassen. Tapfer legte er auch den Rest der Strecke zurück.

Sie gelangten an einen Kanal, in dem eine stinkende Brühe floss. Seitlich davon führte ein schmaler Pfad entlang. Rechts von ihnen konnte Pachiro einen Schacht in der Decke erkennen. Während er noch überlegte, wohin er führte, lief Wasser aus ihm heraus in den Kanal, obendrauf schwammen ein paar Gemüsereste. Die Küche, dieses Loch musste in die Küche führen! Er wollte Sylat fragen, aber sie war schon weitergelaufen. Schnell rannte er hinterher. Sie kamen an einem zweiten Loch in der Decke vorbei und Pachiro verzog das Gesicht. Dem Gestank an dieser Stelle nach zu urteilen, musste über ihnen der Abort sein. Er hielt sich die Nase zu und beeilte sich dort wegzukommen. Sie gelangten an eine Abzweigung. Ohne zu überlegen, ging Sylat nach links. Wie oft ist sie schon hier unten gewesen?, fragte sich Pachiro. Offensichtlich kannte sie den Weg. Sie kamen an weiteren Abzweigungen vorbei. Keine ließ Sylat zögern, ohne die geringste Unsicherheit folgte sie in der Dunkelheit einem

Weg, den nur sie erkennen konnte. Pachiro betete, dass die Lampe nicht ausging, die wenigstens ein bisschen Licht verbreitete. Er hatte sich sein Hemd nach oben über die Nase gezogen, es roch wirklich unerträglich hier. Ab und zu kamen sie an Schächten vorbei, in deren Wände eiserne Klammern eingelassen waren, an denen man hinaufklettern konnte. Oder hinab, aber wer wollte das schon. Pachiro schüttelte sich, doch seine Neugier wuchs. Beim nächsten Schacht zupfte er seine Schwester am Ärmel. »Sylat, wohin geht es da?«

»Nach oben. Wenn sie die Gassen fegen, öffnen sie die Schächte und kehren den Dreck hier herein.«

Pachiro staunte, das war ihm nie aufgefallen. Jetzt, als er darüber nachdachte, erinnerte er sich, wie sauber die engen Straßen in der Stadt waren. Eigentlich hätte überall Eselsmist herumliegen müssen von den vielen Karren. Oder anderer Unrat. Weil er mehr darauf achtete, merkte er auch, dass die Strecke leicht abschüssig war. Die Abzweigungen gingen entweder bergauf oder bergab. Endlich begriff er: Sylat führte ihn auf diesem unterirdischen Weg aus der Stadt hinaus! Wahrscheinlich würden sie unten am Meer landen. Seine Ohren glühten vor Aufregung und er war stolz auf seine findige Schwester.

Nach einer ganzen Weile stellte er fest, dass er richtig vermutet hatte: Der Kanal öffnete sich und unter ihnen toste das Meer. Pachiro starrte auf die schaumgekrönten Wellen. Wie sollte es jetzt weitergehen? Bevor er Sylat fragen konnte, hatte sie die Lampe auf dem Boden abgestellt und kletterte einen schmalen Sims entlang, der vom Kanal fort die Klippen hinaufführte. Es war nicht wirklich ein Pfad; für einen Erwachsenen wäre er nicht breit genug gewesen. Hin und wieder musste er einen großen Schritt über einen plötzlich gähnenden Abgrund machen oder sich mit Händen und

Füßen auf den nächsten Absatz hinaufhangeln. Als er oben ankam, war er außer Atem. Sylat, die auf ihn gewartet hatte, legte den Finger auf den Mund. Vor ihnen lagen die letzten Ausläufer des Hafenviertels. Er konnte schiefe, notdürftig aus Brettern zusammengenagelte Hütten erkennen. Unwillkürlich lief er einige Schritte darauf zu und blieb dann stehen. Niemand war zu sehen und die Luft hier draußen roch auch nicht besser als drinnen im Abwasserkanal. Als er weitergehen wollte, hielt ihn Sylat am Ärmel fest.

»Heute Nacht!«, sagte sie und zog ihn mit sich zurück zum Rand der Klippe.

Erst wollte er widersprechen, aber dann erkannte er, dass seine Schwester recht hatte. Im Dunkeln kämen sie eher unerkannt voran und außerdem war der Dämon im Tageslicht nie unterwegs. Die Klippe wieder hinabzuklettern war schwieriger als nach oben, doch endlich hatten sie es geschafft. Sylat nahm die Laterne auf und ging genauso zielsicher voran wie auf dem Hinweg. Pachiro versuchte sich den Rückweg einzuprägen, aber eine Abzweigung sah wie die andere aus und nach einer Weile wusste er nicht mehr, in welcher Reihenfolge sie links oder rechts abgebogen waren. Außerdem hatte er jegliches Gefühl für Zeit verloren. Er war erleichtert, als sie endlich die Treppe erreichten, die zum Weinkeller führte. Sylat lauschte, und als alles ruhig schien, öffnete sie die Falltür nach oben. Schnell schlüpften sie durch die Öffnung und schlossen die Türe wieder hinter sich. Sie durchquerten sämtliche Kellerräume, ohne jemandem zu begegnen. Sylat löschte die Lampe und stellte sie zurück an ihren Platz. Leise gingen sie durchs Treppenhaus hoch in Pachiros Zimmer. Jetzt erst merkte der Junge, wie angespannt er gewesen war.

»Woher kennst du diesen Weg?«, fragte er seine Schwester. Sie machte eine Handbewegung, als wäre das nichts weiter.

Pachiro selbst war die Falltür bei seinen Entdeckungsreisen durchs Haus nie aufgefallen. Aber er wusste aus Erfahrung, dass Sylat nichts entging. Wenn sie Verstecken spielten, war das unbequem, doch bei ihren Erkundungen im Hafenviertel würde es von Nutzen sein. Er fühlte neue Zuversicht, dass sie den Dämon früher oder später aufspüren würden, und schwor sich, niemals vorher aufzugeben.

»Sylat, wann gehen wir los? Am besten nach Mitternacht, wenn alle schlafen, oder?«, fragte er, und als seine Schwester nickte, fügte er hinzu: »Du musst mich wecken, falls ich aus Versehen einschlafe.«

Unten im Flur ertönte der Gong zum Abendessen und die beiden Kinder eilten hinab. Bei Tisch plauderte Pachiro wie gewohnt und Kindala war froh zu sehen, dass es ihrem Bruder wieder besser ging. Allerdings zog er sich auch heute sehr früh zurück, doch niemand dachte sich etwas dabei.

Pachiro schreckte hoch, weil ihn jemand unsanft an der Schulter rüttelte. Er hatte so tief geschlafen, dass er einen Moment brauchte, um richtig wach zu werden. Sylat stand vor ihm und im Mondlicht sah er, dass sie ihm Kleidung hinhielt. Es waren alte Sachen, aus denen er längst herausgewachsen war. Aber wer würde schon darauf achten, ob Ärmel und Hosenbeine zu kurz waren! Nur dass die alten Stiefel drückten, war unangenehm, aber nicht zu ändern. Schnell zog er sich an und sie huschten die Treppe hinunter. Sylat hatte ihn bei der Hand genommen, denn sie sah im Dunkeln wesentlich besser als er. In den Kellerräumen stolperte er mehrmals, dort war es vollkommen finster. Pachiro fragte sich gerade, wie Sylat noch etwas erkennen konnte, da hatte sie auch schon die Öllampe gefunden und angezündet. Weiter ging es, durch die Falltür und die Kanäle entlang. Der Weg erschien ihm kürzer als am

Nachmittag. Der Mond leuchtete so hell, dass er sich keine Sorgen machte, als Sylat ihre Laterne am Ausgang zu den Klippen zurückließ. Doch durch den nächtlichen Tau war der Fels rutschiger geworden und er musste mehr auf seinen Weg achtgeben. Es erforderte all seine Geschicklichkeit, auf dem nassen Stein nicht auszurutschen.

Er war erleichtert, als sie endlich oben ankamen und das Hafenviertel vor sich sahen. Vereinzelt flackerten Lichter, Fackeln oder kleine Feuerstellen. Schien die Gegend tagsüber verlassen, so waren jetzt viele Menschen zwischen den Hütten zu erkennen. Vorsichtig bewegten sie sich darauf zu. Sobald sie die Behausungen erreicht hatten, hielt sich Sylat im Schatten und Pachiro bemerkte, wie sie den Leuten auswich. Bald wurde ihm auch klar warum, handelte es sich doch meist um Betrunkene oder wild aussehende, in Lumpen gehüllte Männer und Frauen. Zu seiner Überraschung erblickte er auch zahlreiche Kinder. Doch er konnte sich nicht lange darüber wundern, denn knurrende, bellende Hunde entdeckten und verfolgten sie, bis Sylat sie mit einem Grollen vertrieb.

Mehr als einmal versank Pachiro bis zur Wade in einer schlammigen, stinkenden Pfütze und er war froh, seine alten Stiefel zu tragen. Hier stank es wie an dem Kanal unter ihrem Abort. Gleichzeitig wehte der Wind den Geruch von verwesendem Fisch und Seetang zu ihnen her. Während er immer wieder gegen heftigen Brechreiz kämpfte, fragte er sich, wie die Bewohner das aushielten. Das nächste Mal würde er sich ein Tuch um die Nase binden, nahm er sich vor.

Wege waren zwischen den Hütten nicht vorhanden. Sylat führte ihn kreuz und quer um Schlammlöcher, Verschläge und unheimliche Gestalten herum. Sie waren noch nicht weit vorgedrungen, da hatte er schon vollkommen die Orientierung verloren. Er hätte nicht mehr sagen können, in welcher Richtung die Klippen lagen. Unwillkürlich klammerte er sich an den Zipfel von Sylats Jacke, um seine Schwester in der Dunkelheit nicht zu verlieren. Ein Betrunkener stolperte auf sie zu und Pachiro machte einen Satz, als er nach ihnen greifen wollte. Dabei rutschte er aus und musste Sylats Jacke loslassen, um sich zu fangen. Als er wieder aufschaute, sah er den Mann gerade noch in hohem Bogen an sich vorbei in die aufgeweichte Erde fliegen.

»W-was war das?«, stotterte er verblüfft. Sylat schien nichts bemerkt zu haben, denn sie war schon ein paar Schritte voraus. Schnell schloss er auf, jetzt war keine Zeit, um dieses Rätsel zu lösen.

Weiter vorne konnte er eine Gruppe von Menschen sehen, die um ein Feuer herumstanden. Pachiro zählte sieben Männer und er stellte erstaunt fest, dass sie lange Haare trugen, die wie bei seinem Vater zu einem Zopf zusammengebunden waren und im Feuerschein ebenso hell wirkten. Auch zwei junge Frauen mit Zahnlücken und schmutzigen, zerrissenen Röcken waren dabei. Er beobachtete, wie sie Weinflaschen kreisen ließen und einen großen Klumpen herumreichten, von dem sie gierig abbissen. Am Boden lagen mehrere geöffnete Holzkisten. Eine war noch mit Flaschen gefüllt, die anderen leer. Ab und an zertrat einer von ihnen eine Kiste und warf die Bruchstücke in die Flammen. Glutfunken stoben in den Nachthimmel, bevor das Feuer aufloderte. Jemand grölte etwas in einer Sprache, die Pachiro nicht verstand, und andere lachten. Er blieb stehen und lauschte neugierig.

»Was sprechen sie da, Sylat?«, fragte er seine Schwester und hielt sie fest, als sie weitergehen wollte.

»Das sind Bhrandelier wie unser Vater. Sie feiern den erfolgreichen Diebstahl von Wein und Speck«, erklärte sie leise.

»Du kannst sie verstehen? Warum sprichst du mit Vater

nie so? Wo haben sie die Sachen denn gestohlen? Warum kommt die Stadtwache nicht und verhaftet sie?« Pachiro stellte Sylat eine Frage nach der anderen, ohne Luft zu holen. Selbst wenn sie gewollt hätte, wäre es ihr kaum möglich gewesen, zu antworten. In seiner Aufregung war er lauter geworden. Einer von den Männern schien das Wort ›Stadtwache‹ aufgeschnappt zu haben, denn er zuckte zusammen und wandte sich zu ihnen um. Pachiro sah erschrocken, dass seine linke Augenhöhle leer war. Mit seinem zusammengekniffenen rechten Auge musterte er sie und stieß dann seinen Nebenmann in die Seite. Als er mit dem Finger auf die beiden Kinder deutete, zog Sylat ihren Bruder hastig weiter. Rufe erklangen hinter ihnen und Pachiro glaubte schwere Schritte im Matsch zu hören, die rasch näher kamen. Nicht mehr lange und die Männer hätten sie eingeholt. Der Junge bekam es mit der Angst zu tun. Was würde man mit ihnen machen? Zu Hause wusste niemand, dass sie hier waren. Er strengte sich an, noch schneller zu laufen, doch in dem glitschigen Schlamm kamen sie nicht richtig vorwärts. Immer wieder glitt Pachiro aus und wäre gefallen, hätte seine Schwester ihn nicht festgehalten. Als er den Kopf drehte, sah er vier der Bhrandelier dicht hinter ihnen, ein fünfter war nicht weit weg. Plötzlich blieb Sylat stehen und drehte sich um. Sie schob ihren Bruder hinter sich und schaute die Männer nacheinander an. Diese verteilten sich in einem Kreis um die beiden Kinder. Der Älteste von ihnen zog einen Dolch aus seinem Stiefel und spielte damit herum, sein Mund verzog sich zu einem breiten Grinsen. Pachiro starrte abwechselnd auf das Messer und auf die schwarzen Zahnstümpfe des Alten. Als es ihm gelang, den Blick abzuwenden, sah er, dass zwischen den Bretterverschlägen und Hütten mehr und mehr Menschen auftauchten und sie beobachteten. Niemand von ihnen machte ein freundliches Gesicht. Seine Knie wurden weich und er hätte sich am liebsten an Sylat festgehalten. Aber er traute sich nicht, sich zu rühren. Seine Schwester schien unbeeindruckt wie immer und er bewunderte sie einmal mehr für ihren unerschütterlichen Mut. Er wusste von ihren Kinderspielen her, dass sie ungewöhnlich kräftig für ihre Größe war. Doch was konnte sie gegen so viele ausgewachsene Gegner ausrichten? Und vor allem, was hatten sie vor? Die fünf Männer redeten in ihrer Sprache miteinander, die Pachiro nicht verstehen konnte. Schließlich trat der Einäugige vor und radebrechte: »Kleine Mann sagen Stadtwache?«

Er hatte es also tatsächlich gehört und es missfiel ihm deutlich. Zum ersten Mal verwünschte sich Pachiro, weil er nicht den Mund gehalten hatte. Wieso musste er immer drauflosplappern ohne nachzudenken? Im Moment blieb er allerdings stumm, weil ihm die Angst die Kehle zusammenschnürte. Auch Sylat sagte nichts. Der Bhrandelier rückte näher, deutete auf seine Augenhöhle und sagte: »Stadtwache!«

Pachiro schluckte. Hieß das, der Mann hatte durch die Soldaten sein Auge verloren? Wie war das möglich? Die Worte des Kochs schossen ihm plötzlich durch den Kopf. Wenn der Fürst nichts dabei gefunden hätte, Pachiros Vater in seinem Verlies einfach sterben zu lassen, dann bedeutete ihm ein Auge vermutlich auch nicht viel. Aber als der Fürst damals Pachiros Lied gelobt hatte, war er ihm mit seinen roten Backen und Lachfältchen um die Augen wie ein freundlicher alter Herr vorgekommen. Und der Fürst hatte dem Mann das Auge ja nicht eigenhändig ausgeschlagen. Aber warum beging einer seiner Soldaten eine solche Tat? Pachiros Gedanken verwirrten sich mehr und mehr, er bemerkte kaum, was um ihn herum geschah. Da riss ihn Sylats Grollen wieder in die Gegenwart. Er sah, wie der Einäugige einen Satz zurück machte. An seiner Stelle rückte ein kräftig gebauter Mann vor, der dem Alten sein Messer entriss und drohend damit herumfuchtelte. Im nächsten Augenblick stürzte sich Sylat fauchend auf ihn. Mit dem Kopf voran stieß sie so heftig gegen seinen Magen, dass beide zu Boden fielen. Der Mann schnappte noch nach Luft, da hatte sich das Mädchen bereits aufgerichtet und hämmerte ihm die Fäuste mit solcher Wucht ins Gesicht, dass Blut aus seiner Nase spritzte. Bevor noch irgendjemand reagieren konnte, war sie schon wieder aufgesprungen und an der Seite ihres Bruders. Erneut grollte sie, lauter diesmal und ihre Augen leuchteten in der Dunkelheit. Selbst Pachiro, der das kannte, wurde etwas unheimlich zumute. Trotzdem war er überrascht, als er sah, dass die Männer zurückwichen. Sie machten wiederholt merkwürdige Zeichen mit den Händen, während sich der Mann auf dem Boden stöhnend die zertrümmerte Nase hielt. Sylat nahm ihren Bruder bei der Hand, durchbrach den Kreis und ging in aller Ruhe durch die Menge, die sich vor ihnen teilte. Niemand hielt sie auf, aber Pachiro hörte ein Murmeln und Flüstern, das sich in Wellen um sie herum auszubreiten schien. Wieder hatte er keine Ahnung, wohin ihn Sylat führte. Er nahm an, dass sie sich in Richtung Klippen bewegten. Zu seiner Verblüffung sah er nach einer Weile die Stadtmauer vor sich aufragen. Rechts von ihnen erblickte er die Feuer, die das große Tor erleuchteten. Wollte seine Schwester etwa da hindurch zurück in die Stadt? Bevor er sie fragen konnte, wandte sie sich nach links. Sie waren ein paar Schritte gelaufen, da zupfte er Sylat am Ärmel und flüsterte: »Wohin gehen wir?«

»Den Feuerdämon suchen.«

Pachiro verschlug es die Sprache. Er hatte geglaubt, sie würden so schnell wie möglich aus diesem Viertel verschwinden und sich in Sicherheit bringen. Wollte Sylat tatsächlich weiter hier herumspazieren, als wäre nichts geschehen? Erneut zerrte er an Sylats Ärmel. »Was ist mit den Männern, die uns verfolgt haben?« Seine Schwester zuckte mit den Achseln. Pachiros Stimme wurde drängender: »Auch die anderen Leute haben uns feindselig angeschaut. Ich glaube nicht, dass sie unsere Anwesenheit lange dulden werden.«

Sylat legte ihre Hände auf seine Schultern und sah ihn eindringlich an. Dann fragte sie nur: »Wie willst du einen Dämon stellen, wenn du dich schon vor den Menschen fürchtest?«

Pachiro spürte, wie er rot wurde, und hoffte, dass sie es in der Dunkelheit nicht sah. Natürlich wollten sie den Feuerdämon nicht stellen, sondern nur sein Versteck aufspüren, aber im Grunde hatte sie recht. Durch seine Schuld waren sie in Schwierigkeiten geraten und hatten sie bewältigt, oder besser gesagt, Sylat hatte es, und er wollte bereits aufgeben. Was war seine Entschlossenheit wert, wenn er sich wie ein kleines Kind verkriechen wollte? Und Sylat stürzte sich ohne zu zögern auf einen großen Mann, dabei war sie nur ein Mädchen! Pachiro schämte sich plötzlich für seine Feigheit. Eine schöne Hilfe war er für seinen Vater! Der Junge straffte die Schultern und sagte: »Gehen wir!«

Jetzt, da sein Ehrgeiz geweckt war, gab sich Pachiro große Mühe, auf seine Umgebung zu achten. Er wollte nicht wieder hilflos hinter Sylat hertrotten und alles ihr überlassen. Als er entdeckte, dass er die Stadtmauer zur Orientierung nutzen konnte, verlor er auch sein Gefühl für Richtung nicht mehr. Selbst in einiger Entfernung hob sie sich über ihnen als dunkles Band gegen den Sternenhimmel ab. Daran ließ sich erkennen, wenn sie sich zu den Klippen hin oder von ihnen weg bewegten. Und durch die weithin scheinenden Feuer des Tores konnte er ausmachen, ob sie nach Osten oder Westen gingen.

Mit der Zeit gewann er an Sicherheit und fühlte ein bisschen Stolz, weil er nun besser zurechtkam.

Je mehr er wusste, wo sie sich ungefähr befanden, umso eher konnte er andere Dinge wahrnehmen. Die Armut der Bewohner hier bedrückte ihn. Nicht nur dass ihre Kleidung meist lediglich aus Lumpen bestand und viele keine Schuhe trugen, auch die ausgemergelten Gesichter waren ein Zeichen, dass es an allem fehlte, was für ihn immer selbstverständlich gewesen war. Ein kleines Mädchen kaute weinend auf einem Stück Holz herum und er wünschte, er hätte wie seine jüngste Schwester Beghild etwas Gebäck in der Tasche.

Zwischen all den Hütten gab es ab und zu auch ein größeres Gebäude aus Stein, umso mehr je näher sie sich am Kai befanden. Vermutlich waren es Lagerhäuser, Pachiro zählte elf auf ihrem Weg. Manche wirkten verfallen, andere wurden offensichtlich noch genutzt. Bei diesen waren die unteren Fenster mit Brettern vernagelt und die Tore mit dicken Schlössern und Ketten versehen. ›Sie feiern den Diebstahl von Wein und Speck‹, hatte Sylat ihm erklärt, als sie auf die Bhrandelier am Feuer trafen. Ob sie in eines dieser Lager eingebrochen waren? Diese Gebäude schienen ihm auch geeigneter als Unterschlupf für einen Dämon als die schiefen Hütten. Er stupste Sylat an und deutete auf eines dieser Häuser.

»Meinst du, der Dämon könnte sich in so einem versteckt haben?«, flüsterte er.

Sie wiegte den Kopf nachdenklich hin und her. Doch dann sagte sie: »Wir werden ein anderes Mal nachsehen. Es ist höchste Zeit zurückzukehren.«

Kaum hatte sie diese Worte ausgesprochen, merkte Pachiro, wie müde er eigentlich war. Vor lauter Aufregung war ihm das bisher nicht aufgefallen. Ohne Widerspruch folgte er seiner Schwester zu den Klippen. Der Heimweg durch den Kanal erschien ihm endlos, weil er kaum noch die Augen offen halten konnte. Nachdem sie ohne weitere Zwischenfälle im Haus angekommen und in ihre Zimmer geschlichen waren, fiel er wie ein Stein ins Bett, nachdem er seine schmutzigen Kleider ausgezogen hatte. Bereits im Tiefschlaf, merkte er nicht mehr, wie Sylat sie einsammelte und mit einem Lappen den Schlamm von den Stiefeln rieb. Dann wickelte sie alles in eine alte Decke und versteckte das Bündel ganz unten in seiner Truhe.

Am nächsten Tag saß Pachiro reichlich übernächtigt im Unterricht, doch die Gedanken an das, was er im Hafenviertel gesehen und erlebt hatte, hielten ihn wach. Er hatte so viele Fragen, aber die meisten musste er für sich behalten, um sich nicht zu verraten. Eine jedoch ließ ihm keine Ruhe und er stattete seinem Vater bei der nächsten Gelegenheit einen Besuch in dessen Arbeitszimmer ab.

Khandir, der von unzähligen Papierstapeln und Auftragsbüchern umgeben war, sah nicht erfreut aus über die Störung. Wie üblich schien sein Sohn es nicht zu bemerken. Da es zwecklos war, ihn darauf hinzuweisen, entschied Khandir, ihm ein paar Minuten zu widmen, in der Hoffnung, ihn damit schneller wieder loszuwerden. Pachiro schlenderte zum Schreibtisch und fingerte an den Dokumenten herum, bis Khandir seine Hand festhielt.

»Was willst du, Junge? Ich habe nicht viel Zeit.«

Pachiro machte sich los und sah ihn unschlüssig an. Doch dann fasste er sich ein Herz. »Vater, was bedeutet das, wenn jemand mit den Händen diese Bewegungen macht?« Er hob seine linke Hand, tippte zuerst die Spitzen der drei mittleren Finger gegen die Stirn, legte dann kurz beide Hände auf Brusthöhe über Kreuz, um sie Khandir anschließend aufgerichtet entgegenzustrecken, die Handflächen nach vorne.

»Das ist in Bhrandelia das Zeichen gegen den bösen Blick. Wo hast du das gesehen?« Khandir war erstaunt, aber sein Sohn ging nicht auf seine Frage ein.

»Warum trägst du die Haare lang und in einem Zopf, Vater?«

»Das ist so Sitte in meiner alten Heimat.«

»In Bhrandelia? Aber wenn du doch jetzt in Yannah lebst, warum trägst du sie dann nicht kurz wie alle hier oben in der Stadt?«

»Weil ich in Bhrandelia geboren und aufgewachsen bin. Ich will meine Herkunft nicht verleugnen, sie ist ein Teil von mir«

»Ist deine Familie noch dort?«

»Nein, Pachiro, außer mir ist niemand mehr von ihnen am Leben.«

Die Augen des Jungen waren groß geworden. »Du hast nie davon erzählt, Vater. Warum sprichst du nicht über sie? Ist das nicht auch ein Teil von dir?«

»Manche Dinge sind schmerzhaft, mein Sohn, und dann versucht man zu vergessen.«

Pachiro dachte einen Moment lang darüber nach, dann schaute er seinen Vater stirnrunzelnd an. »Aber du hast es nicht vergessen, oder?«, fragte er leise.

Khandir schüttelte den Kopf, sagte aber nichts weiter. Und ganz gegen seine sonstige Art ließ Pachiro es auf sich beruhen. Dafür wollte er etwas anderes wissen:

»Warum lebst du hier oben und nicht im Hafenviertel wie die anderen Bhrandelier?«

»Ich habe sehr, sehr hart gearbeitet, um dort herauszukommen«, sagte Khandir ernst.

»Und die anderen Bhrandelier? Bedeutet das, sie wollen nicht arbeiten?«

»Bei Jerish, so einfach ist das nicht. Ich bin sicher, dort

unten würden viele einer Arbeit nachgehen, wenn sie sie nur finden könnten. Nein, Pachiro, ich habe auch Glück gehabt. Vielleicht stehe ich unter Yannahs Schutz. Aber wer weiß das schon!«

»Man braucht Arbeit und Glück, damit es einem gut geht?«

»Ich glaube, es ist eine Mischung von beidem. Aber nimm das nicht als Gewissheit, mein Junge. Das ist meine Sicht der Welt. Du wirst im Lauf der Jahre deine eigene Wahrheit finden, durch Erfahrung, durch deine Erfolge und deine Misserfolge. Aber zuvor lerne, genau hinzusehen und zuzuhören!«

Pachiro kaute auf seiner Lippe und schwieg. Khandir fragte sich wieder einmal, was im Kopf seines Sohnes vorging, aber jetzt war keine Zeit, um es herauszufinden. In einer Stunde kam Neriman und wollte die Papiere für seinen neuen Auftrag abholen. Diesmal galt es, in Diccur nicht nur Waren zu erwerben, um die alten Bestände aufzufüllen, sondern auch Seidenstoffe in einer ganz neuen Webart einzukaufen, deren Muster ihm vorlag. Sie würden am Fürstenhof sicher Abnehmer finden, aber er musste genau ausrechnen, wie viel Neriman den Webern in Diccur dafür bieten konnte, damit er noch Gewinn machte. Pachiro nickte folgsam, als sein Vater ihn bat zu gehen, und Khandir widmete sich wieder seinen Listen und Berechnungen.

Während ihr Mann sich mit Neriman besprach, saß Amylla mit ihren Kindern im Garten und wunderte sich über das anhaltende Gähnen ihres Sohnes.

»Pachiro, was ist mit dir? Hast du schlecht geschlafen?« Zur Antwort erhielt sie nur ein gedehntes »hmmm«.

»War das ein Ja oder ein Nein?«, hakte sie nach.

»Ein Ja.«

»Ein bisschen mehr will ich aber schon hören. Du kannst

doch sonst deinen Mund auch nicht halten«, sagte Amylla verärgert.

Ihr Sohn war feuerrot geworden. Er schaute sie nicht an, als er leise sagte: »Ich habe schlecht geträumt.«

»Und wovon?«

»Von dem Feuerdämon.«

Das klang beinahe trotzig und Amylla war unschlüssig, was sie davon halten sollte. Sie hatte versucht, diesen Klatsch im Haus zu unterbinden, und Pachiro wusste ganz genau, dass sie nicht darüber sprechen wollte. Der Junge schaute sie immer noch nicht an und zupfte an den Knöpfen seiner Jacke. Konnte es sein, dass er sie anlog? Sie nahm ihn beiseite, doch sie konnte nichts weiter aus ihm herausbekommen, und ungehalten schickte sie ihn schließlich auf sein Zimmer. Amylla fragte sich, was mit ihrem Kind auf einmal los war. Pachiro hatte noch nie etwas für sich behalten können, und wenn es zu seinem eigenen Schaden war. Und auf einmal war er fast so verschlossen wie ihre Älteste. Sie sah unwillkürlich hinüber zu Sylat, die ganz oben auf ihrem Baum saß und hinaus aufs Meer blickte. Zeigte sich jetzt etwa, dass sie einen schlechten Einfluss auf ihren Bruder hatte? Aber Sylat hatte nie gelogen. Amylla war sich inzwischen ganz sicher, dass Pachiro nicht die Wahrheit gesagt hatte, und das verstimmte sie. Plötzlich lachte sie auf. Natürlich log Sylat nicht, aber sie sagte auch nicht die Wahrheit. Das sture Ding sagte überhaupt nichts.

Pachiro stand oben an seinem Fenster und beobachtete die Kinder, die wie gewöhnlich draußen herumtobten, während er verdrossen mit dem Fuß gegen die Wand kickte. Warum konnte seine Mutter ihn nicht in Ruhe lassen! Sie hatte ihn ausgefragt, als hätte er ein Verbrechen begangen! Da verlangt sie von mir, ihr alles zu erzählen, und im selben

Atemzug wirft sie mir vor, ich kann nichts für mich behalten, dachte er und Wut stieg in ihm auf. Rina und Beghild kamen aus dem Haus und gingen mit einem Korb die Gasse hinunter. Er hörte – nicht zum ersten Mal –, wie sich die anderen über die beiden lustig machten.

»Rina, willst du dich nicht als Schiffsmast bewerben? Lang genug bist du ja!«, schrien sie. Rina, deren sehnlichster Wunsch es war, zur See zu fahren, seit sie alt genug war, um bei Nerimans Besuchen dabei zu sein, schenkte ihnen nur einen verächtlichen Blick. »Und die da wird deine Kanonenkugel!«, rief ein Mädchen und zeigte auf die kleine, pummelige Beghild. Es dauerte einen Augenblick, bevor Beghild zu begreifen schien, aber dann wurde sie rot. Ihre Augen füllten sich mit Tränen und sie blieb stehen. Rina packte ihre Schwester am Arm und zog sie mit sich fort. Pachiro ging aufgebracht im Zimmer hin und her. Sein Zorn hatte sich vergrößert, aber er richtete sich nicht gegen die Nachbarskinder, sondern gegen seine Schwestern. Warum mussten sie sich immer zum Gespött machen! Auch wenn er ahnte, dass er ihnen damit unrecht tat, er konnte nicht anders. Die ganze Welt war ungerecht! Mit Schwung knallte er den Deckel seiner Truhe zu, dass die Fensterscheiben leise klirrten.

Von diesem Tag an veränderte sich Pachiros Verhalten seiner Mutter gegenüber. Er zog sich zurück und kam nicht mehr zu ihr, um alles zu erzählen, was ihn beschäftigte. Fragen beantwortete er wesentlich knapper als sonst und sie hatte manches Mal den Eindruck, dass er ihr regelrecht aus dem Weg ging. Besorgt über diese Veränderung in seinem Wesen, sprach sie mit ihrem Mann darüber. Er teilte ihre Beunruhigung nicht.

»Der Junge wird erwachsen und nabelt sich von deinem Rockzipfel ab.«

»Von einem Tag auf den anderen? Nein, da stimmt etwas nicht!«

»Was soll da nicht stimmen? Ich glaube eher, du willst nicht wahrhaben, dass er kein kleines Kind mehr ist.«

Amylla schnappte empört nach Luft. »Wie bitte? Ich denke doch, dass ich im Gegensatz zu dir unsere Kinder sehr gut kenne und beurteilen kann, wann man eingreifen sollte. Du kannst dich nicht wieder wie bei Sylat ewig heraushalten!«

»Im Gegensatz zu mir, was soll das heißen?«, fragte Khandir erbost, der nicht bereit war, auf den Vorwurf mit Sylat einzugehen. Er hatte lange genug ein schlechtes Gewissen deswegen gehabt.

»Damit meine ich, dass du dich in deinem Arbeitszimmer vergräbst und wir dich kaum noch zu Gesicht bekommen. Wann hast du das letzte Mal mit deinem Sohn geredet?« Sie sah ihn herausfordernd an.

»Erst vor ein paar Tagen!« Khandirs Miene war eisig.

»Ach, und worüber habt ihr geredet?«

»Das geht dich nichts an.« Kaum waren ihm diese Worte herausgerutscht, merkte er an Amyllas verletztem Gesichtsausdruck, dass er zu weit gegangen war. »Es war ein Gespräch unter Männern«, versuchte er einzulenken. Sie schlang die Arme um ihren Oberkörper und schwieg. Khandir, sonst immer ein geschickter Verhandlungspartner, war ratlos, wie er dieses Gespräch wieder in ruhigere Bahnen lenken konnte. Unbeholfen meinte er: »Es wird Zeit, dass unser Sohn lernt, sich in Zurückhaltung zu üben. Er muss begreifen, dass die Welt ihn nicht mit offenen Armen empfangen wird. Seine Gutgläubigkeit kann ihm sonst noch zum Verhängnis werden.« Er hörte selbst, wie herablassend und belehrend das klang. Es war klar, dass diese Sätze Amylla nicht erreichten. Sie drehte sich um und ging wortlos aus dem Zimmer.

Das Abendessen verlief in gedrückter Stimmung. Sylat beobachtete ihre Eltern und ihren Bruder, die beharrlich schwiegen. Ihre drei Schwestern sprachen leiser als sonst miteinander. Plötzlich sprang Sylat auf, dass ihr Stuhl umkippte, und verließ den Raum. Pachiro schaute mit zusammengepressten Lippen auf seinen Teller, während sich die Mädchen erst erschrocken und dann verwundert ansahen, weil ihre Eltern so taten, als wäre nichts geschehen. Sobald das Essen vorüber war, saßen sie nicht wie sonst noch beieinander. Jeder stand so schnell wie möglich auf und ging seiner Wege.

Pachiro fand Sylat mit finsterer Miene in ihrem Zimmer.

»Was ist mit dir?«, wollte er wissen, doch sie fauchte ihn nur an und drehte sich weg. Verblüfft und auch ein wenig gekränkt ging er hinaus und über den Flur in sein eigenes Zimmer. So hatte er seine Schwester noch nie erlebt. Was war nur mit ihnen allen los? Er hatte wohl bemerkt, dass zwischen seinen Eltern eine ungewöhnliche Anspannung herrschte. Und er selbst fand auch nicht aus seiner Gereiztheit heraus. Seufzend legte er sich aufs Bett und starrte die Decke an.

Spät am Abend beendete Khandir müde geworden seine Arbeit für diesen Tag und rieb sich die Augen. Als er sich zu seiner Frau ins Ehebett legte, hörte er an ihrem Atem, dass sie noch nicht schlief. Doch er nahm sie nicht in den Arm wie sonst und auch sie rührte sich nicht.

In den nächsten Tagen gingen sie höflich, aber steif miteinander um und vermieden jede Bemerkung über das veränderte Verhalten ihres Sohnes. Das verunglückte Gespräch über ihn hatte einen feinen Riss in ihrem Verhältnis zueinander entstehen lassen, aber keiner von beiden verlor jemals wieder ein Wort darüber.

In derselben Nacht loderten die Brände im Hafenviertel so heftig wie schon seit Jahren nicht mehr. Pachiro, der am nächsten Morgen die Gespräche der Dienerschaft darüber belauschte, war entschlossener denn je, den Dämon zu finden. Er würde sich auch durch die Neugier seiner Mutter nicht davon abhalten lassen. Und sollte Sylat ihm nicht mehr helfen wollen, würde er notfalls auch alleine gehen. Doch seine Schwester schien wieder zugänglicher, nur ihr Blick war finsterer als sonst. Obwohl sie erst zögerte, als er vorschlug, in der Nacht ihre Suche fortzusetzen, nickte sie schließlich und weckte ihn, als es Zeit war, aufzubrechen.

Dicke Wolken verschluckten das Licht der Gestirne, als die beiden Kinder aus dem Kanal kamen und die Klippen erklommen. Es dauerte nicht lange und starke Regenfälle zwangen sie zum Umkehren. Schlammige Sturzbäche schossen zwischen den Hütten hindurch und rissen Pachiro fast die Beine weg. Hätte Sylat ihn nicht festgehalten, wäre er nicht lebend zum Kanal zurückgelangt. Auch dort war der Weg schwieriger geworden. Wasser drang von oben durch die Schachtdeckel ein und überspülte den schmalen Pfad neben der Abwasserrinne an vielen Stellen, was ihn gefährlich rutschig werden ließ. Als sie den Weinkeller erreicht hatten, spürte Pachiro Erleichterung, dass er nicht in die stinkende Brühe gefallen war. Er hoffte nur, dass der Feuerdämon es bei solch einem Wetter vorzog, in seinem Versteck zu bleiben und kein neues Unheil anzurichten.

Am nächsten Morgen gab es nach dem Frühstück Neuigkeiten für die Kinder. Khandir wollte zwei neue Lehrer für sie einstellen, die ihnen zusätzlich die Sprachen von Diccur und Daaressal beibringen sollten. Die beiden Länder waren die wichtigsten Handelspartner von Yannah und er war der Meinung, dass man bei Verhandlungen unbedingt die Sprache des Gegners beherrschen sollte, um bessere Ergebnisse zu erzielen. Den Mädchen würden diese Kenntnisse zwar nicht viel nützen, aber es konnte auch nicht schaden. Sylat ließ er die Wahl, ob sie daran teilnehmen wollte. Sie wollte – ungefähr eine Woche lang. Dann blieb sie weg und mochte auch ihrem Bruder nicht verraten, warum. Pachiro war gekränkt, aber da ihn etwas ganz anderes beschäftigte, vergaß er es schnell wieder. Es machte ihm Spaß, die neuen Sprachen zu lernen, nicht nur wegen der Aussicht auf Reisen. Er liebte ihren andersartigen Klang und die fremde Satzmelodie. Mit seinem feinen Gehör gelang es ihm in kürzester Zeit, sie nachzuahmen. Trotzdem verstand er die Entscheidung seines Vaters nicht ganz und er vermisste etwas, das ihm eigentlich wichtig erschien.

Nachdem alles Grübeln ihn nicht weiterbrachte, beschloss er nachzuhaken und klopfte bei seinem Vater an die Tür. Er merkte gleich, dass er ungelegen kam, wollte sich aber nicht abwimmeln lassen. Bevor Khandir ihn hinausbitten konnte, war er schon vor seinem Schreibtisch. Diesmal stand er auch nicht unschlüssig herum, sondern fragte seinen Vater geradeheraus: »Warum lernen wir nicht die Sprache der Bhrandelier?«

»Weil wir keine Handelsbeziehungen mit den Leuten aus dem Hafenviertel unterhalten«, kam Khandirs unwirsche Antwort.

»Und deshalb sind sie es nicht wert, dass ich sie verstehen lerne?«

Für den Bruchteil einer Sekunde sah Khandir seinen Sohn nur an, dann sprang er auf und versetzte ihm eine schallende Ohrfeige. Fassungslos hielt sich sein Sohn die brennende Backe, bevor er sich umdrehte und aus dem Zimmer lief. Khandir sank zurück in seinen Stuhl und starrte blicklos vor sich hin.

Pachiro war nicht nach oben gerannt, sondern aus dem

Haus. Er hatte das unbestimmte Gefühl, dass Sylat diese Tat seines Vaters nicht gut aufnehmen würde, und wollte ihr aus dem Weg gehen. Eine Einmischung von ihrer Seite konnte er jetzt nicht gebrauchen, zu sehr waren seine Gefühle in Aufruhr. Ziellos ging er durch die Gassen. Über den Platz vor dem wiederaufgebauten Gerichtsgebäude wand sich eine feierliche Prozession zu Ehren von Doros, dem launischen Gott des Meeres, der in den letzten Monaten mehr Fischerboote verschlungen hatte als üblich. Männer wie Frauen trugen dunkelblaue Umhänge, die mit grünen, wellenförmigen Bändern verziert waren. Jeder von ihnen hielt eine weiße Muschel in der Hand. Zwei Männer am Anfang des Zuges führten eine mit Seetang geschmückte weiße Ziege zwischen sich, die noch nicht ahnte, dass sie heute ihr Blut für Doros geben würde. Ein Kater jagte seinen Nebenbuhler und die beiden fegten zwischen den Beinen der Ziege hindurch. Diese machte einen Satz, riss sich los und rannte meckernd davon, die ganze Prozession in heller Aufregung hinterher. Pachiro nahm nichts davon wahr. Schließlich fand er sich vor einem Turm wieder, Yannahs Tempel. Er starrte auf die blutrote Farbe des Gebäudes und war drauf und dran hineinzugehen, da fiel ihm plötzlich ein, wie sehr sein Vater diese Göttin verehrte. O nein, er wollte seinen eigenen Gott! Mit diesem Gedanken drehte er um und marschierte den Berg hinauf.

Aus heiterem Himmel fiel ihm Neriman ein. Er dachte an die Abendessen mit dem Kapitän und daran, wie die ganze Familie ihn anhimmelte. Das hatte er nie recht verstehen können, er fand den Mann undurchschaubar, sein gewinnendes Lächeln berechnend. Anhimmeln – war es das wirklich? Nun, bei Rina war es gar keine Frage, sie betete Neriman förmlich an, aber auch sein Vater richtete seine gesamte Aufmerksamkeit auf den Gast und reagierte unwirsch, wenn Pachiro sich an dem Gespräch beteiligen wollte. Oft genug war er über diese Zurückweisung gekränkt, auch wenn er sich nichts anmerken ließ. Manchmal glaubte er sogar, dass sein Vater Neriman ihm vorziehen würde. War Neriman der Sohn, den sein Vater sich wünschte? Dieser Gedanke versetzte ihm einen Stich. Mehr und mehr Begebenheiten kamen ihm in den Sinn, in denen deutlich wurde, wie sehr Khandir seinen Kapitän schätzte. Auf den eigenen Sohn war er nur einmal so stolz gewesen, damals, als sein Lied über die Göttin Yannah beim Fürsten Gefallen fand. Brennende Eifersucht stieg in Pachiro hoch und vermischte sich mit all den dunklen Gefühlen, die die Ohrfeige seines Vaters in ihm ausgelöst hatte. In diesem Augenblick meinte er den Kapitän zu hassen, aber gleich darauf kippte es um in ohnmächtige Verzweiflung. Auf der Suche nach etwas, das ihm Halt gab in all dem inneren Durcheinander, rannte er die Gassen entlang, bis er zu einem weißen Turm kam. Der Anblick ließ ihn innehalten. Lange betrachtete er die stilisierten Vögel, die darauf gemalt waren. Ja, dachte er zufrieden. Hier ist der richtige Gott für mich: Jerish, Götterbote und wortgewaltiger Herr der Winde. Pachiro schob das schwarze Tuch, das den Eingang verhüllte, beiseite und betrat den Tempel. Es befand sich nichts darin, wie es in diesen geheiligten Stätten üblich war. Die Wände waren auch innen weiß getüncht, der Boden mit weißen Fliesen belegt. Genau in der Mitte hatte man für die Gläubigen einen Kreis aus schwarzen Fliesen angebracht. Pachiro betrat den dunklen Kreis und schaute nach oben. Über ihm war ein Kranz aus Licht, das durch die schmalen Fensteröffnungen fiel, die ganz oben um dem Turm herum angeordnet waren. Seine Brust schien sich zu öffnen und alles Schwere fiel von ihm ab. Er badete seine Augen in dem Licht und ließ seine Gedanken fliegen. Möglicherweise schwebten sie oben zu den Fenstern hinaus und zogen wie ein Schwarm Vögel über den Himmel, bis sie Jerish erreichten. Ich will singen, dachte er. Ich will wie du als Bote durch die Welt reisen und den Menschen Freude und Leichtigkeit bringen. Ich will sie alle verstehen und ihre Träume und Gedanken weitertragen. Unwillkürlich sank er auf die Knie, den Kopf in den Nacken gelegt. In seiner Versunkenheit merkte er nicht, wie die Zeit verging und draußen die Dunkelheit hereinbrach. Für ihn war immer noch alles mit Licht erfüllt. Vielleicht hatte auch Jerish selbst zu ihm gesprochen.

Beim Abendessen fehlten Khandir und Pachiro. Amylla nahm die Abwesenheit ihres Sohnes mit verkniffenem Mund zur Kenntnis; dass ihr Mann noch arbeiten musste, kam häufig vor. Sie bemerkte, dass Sylat sie mit gerunzelter Stirn anschaute. Als ob ich Bescheid wüsste, ausgerechnet ich!, dachte sie bitter und beeilte sich ihre Suppe zu löffeln. Heute würde sie diesen Blick nicht lange aushalten. Kindala und ihre Schwestern hatten die Köpfe tief über ihre Teller gebeugt und aßen schweigend. Früher als üblich beendeten sie ihr Mahl, sogar Beghild nahm sich keinen Nachschlag. Sie würde später heimlich in die Küche schleichen und vom Koch mehr als genug zugesteckt bekommen, da war sich Amylla sicher. Aber heute hatte sie nicht die Kraft, um dagegen anzugehen.

Schmerzen in Knien und Nacken machten Pachiro bewusst, dass er immer noch in Jerishs Tempel auf dem Boden kauerte und nach oben schaute. Es war stockfinster. Er erschrak, es musste schon spät sein und er hatte bestimmt das Abendessen verpasst. Mühsam richtete er sich auf und rieb sich die Beine. Sobald er einigermaßen laufen konnte, tastete er sich bis zum Eingang und eilte nach Hause. Dabei überfielen ihn trübe Gedanken und seine Hochstimmung verflog. Wieder einmal musste er seiner Mutter Rede und Antwort stehen und sie würde wütend auf ihn sein, weil er nichts erzählen wollte. Aber wie sollte er auch erklären, was im Tempel mit ihm geschehen war, er verstand es ja selbst kaum. Und die Ohrfeige seines Vaters? Darüber mochte er nicht einmal nachdenken.

Als er zu Hause ankam und durch die Haustür trat, sah er seine Mutter neben der Treppe auf einem Schemel sitzen. Sie war in eine Decke gewickelt und sah müde und traurig aus. Pachiro spürte einen Kloß im Hals. Am liebsten wäre er zu ihr gerannt und hätte sich in ihre Arme geworfen, so wie früher, als er klein war. Aber er rührte sich nicht.

»Mach das nie wieder!« Mit diesen Worten stand Amylla auf und ging nach oben, ohne ihn noch einmal anzublicken. Das traf ihn mehr als jeder Vorwurf. Schuldbewusst schlich er durchs Treppenhaus und hoffte nur, nicht auch noch seinem Vater zu begegnen. Oben angekommen sah er vor seiner Tür gelbe Augen in der Dunkelheit glühen. Das war auch nicht viel besser. Er tat so, als ahnte er nicht, warum sie auf ihn wartete.

»Ich will heute nicht gehen. Bin zu müde. Morgen wieder«, wisperte er und drückte sich an Sylat vorbei. Zu seiner Erleichterung folgte sie ihm nicht und er schlüpfte schnell ins Bett. Obwohl er erwartet hatte, lange wach zu liegen, war er wenig später eingeschlafen.

Irgendwann nach Mitternacht wurde Khandir von einem ungewohnten Geräusch aus dem Schlaf gerissen. Erst hielt er es für einen Teil seines Traumes. Sein Herz raste und er war schweißgebadet. Um sich zu beruhigen, stand er auf und ging zum geöffneten Fenster. Laue Nachtluft wehte um seine Nase und er holte tief Atem. Er wollte sich gerade umdrehen, da erklang es erneut von den Klippen her. Kurz glaubte er wieder das Brüllen des Orkans zu hören, der sein Schiff vor Jahren vom Kurs abgetrieben hatte. Wie sich sein Leben seitdem verändert hatte! Der Himmel war sternenklar. Hatte er den zornigen Schrei eines wilden Tieres gehört? Aber was für ein Tier gab solche Laute von sich? Khandir war versucht, an den Feuerdämon zu glauben, und spürte, wie sich ihm die Haare sträubten. Doch dann schalt er sich für diesen Unsinn, schloss das Fenster und ging zurück ins Bett. Seine rechte Handfläche prickelte, als hätte er seinem Sohn gerade erst die Ohrfeige gegeben. Doch das war Einbildung. Khandir zwang sich, nicht mehr daran zu denken, manche Dinge vergaß man besser. Aber er lag noch lange wach.

*

Der Mond stand hoch über Daaressal und warf sein Licht auf den Richtplatz der schlafenden Stadt Sarrinam. Die zwei Männer mit den federgeschmückten Zierhelmen, die den niedrigen Käfig mit den Gefangenen bewachten, saßen neben dem Galgen an einen großen Holzstoß gelehnt und spielten das traditionelle Beegat. Es war so hell, dass sie die Augen der aus Bein geschnitzten Würfel erkennen konnten, ohne eine Laterne anzuzünden. Ab und zu nahm einer von ihnen einen kräftigen Schluck aus der Wasserflasche, sehnsüchtig beobachtet von den zwölf nur mit einem Lendenschurz bekleideten Gefangenen. Hatten sie jetzt schon Durst, würden sie morgen schreckliche Qualen erleiden, sobald die Sonne vom Zenit auf sie herunterbrannte. Die Hinrichtung fand immer erst am frühen Abend statt, wenn es noch nicht zu dunkel für die Menge war, um alles gut sehen zu können, und die Luft schon etwas abkühlte. Und stets war es genau ein Dutzend Todgeweihter, die einer nach dem anderen gehängt und dann zusammen als Opfer für Daaressals Dämonen verbrannt wurden. Denn zwölf war die Zahl der dunklen Götter, die in der feurigen Tiefe des Tungaikraters hausten, des höchsten Berges im Land, und die sich sicher schon erwartungsvoll die Lippen leckten angesichts dieses Festmahls.

Ein paar Meter entfernt kauerte Suumal im Torbogen zum Hof einer seit Stunden geschlossenen Töpferei. Er überlegte, was wohl der Einsatz bei dem Spiel der Wächter war und ob sich in der Flasche tatsächlich nur Wasser befand oder eher verdünnter Kaktusschnaps. Aus ihren unmerklich fahriger werdenden Bewegungen und dem Gelächter meinte er ablesen zu können, dass sie es sich gut gehen ließen. Warum auch nicht? Nie hatte jemand versucht, verurteilte Sklaven zu befreien, und der ganze Platz war vom Mondlicht hell erleuchtet, sodass es mehr als verrückt gewesen wäre, etwas Derartiges zu unternehmen. Die Wachen sahen also keinen Grund, besondere Vorsicht walten zu lassen, und hatten ihre Speere achtlos auf den Boden neben sich gelegt. Genau damit hatte Suumal gerechnet.

Wie abgesprochen zuckelte kurz nach Mitternacht ein Ochsenkarren, beladen mit Wasserfässern, aus einer der Gassen über die freie Fläche an den Wärtern vorbei. Als der Wagen die beiden Männer fast erreicht hatte, schauten die sich den Kutscher genauer an und stellten schnell fest, dass es sich um eine Frau handelte. Einer von ihnen hob die Hand und sie hielt an. Behände sprang sie vom Kutschbock und ging mit wiegendem Schritt auf die Wächter zu. Dabei lächelte sie einladend. Suumal sah von seinem Versteck aus, wie sie mit den Männern schäkerte, ihr Lachen drang bis zu ihm hinüber. Sie machte ihre Sache gut, innerhalb kürzester Zeit kam sie mit einem der beiden im Schlepptau auf ihn zu. Wie doch die Aussicht auf einen Beutel Gold das Beste aus den Menschen herausholt, dachte Suumal und zog sich in den Hof zurück. Er kauerte sich hinter die großen Tontöpfe in der Ecke. Sobald die beiden in sein Blickfeld kamen, sah er, dass der Mann bereits den Mantel der Frau geöffnet und seine Hände unter ihre Tunika geschoben hatte. Nun nestelte er ungeduldig an den Bändern ihrer Hose.

Leise schlich Suumal von hinten an ihn heran. »Darf ich behilflich sein?«, erklang seidenweich seine Stimme im selben Augenblick, als sein Dolch den Weg in das Herz des Wächters fand. Ohne einen Laut sackte er zusammen, sein Körper zuckte noch, dann lag er still. Die Frau betrachtete ihn unbewegt. Suumal hatte auch kein Mitgefühl von ihrer Seite erwartet. Das Dasein als Dirne im Hafen verhärtete selbst die zartesten weiblichen Gemüter und die Aussicht, mit seinem Gold ein neues Leben beginnen zu können, trug sicher ein Übriges dazu bei.

»Du bist dein Geld wert«, flüsterte er heiser, packte sie und knabberte an ihrem Ohr. Der Duft von Jasminöl in ihrem Haar verursachte ihm Brechreiz, den er mühsam unterdrückte. Wut stieg in ihm auf. Sie rochen doch alle gleich. Die Frau schien nichts von seinem inneren Aufruhr zu bemerken und schmiegte sich kichernd an ihn. Doch als sie sich am Verschluss seiner Jacke zu schaffen machte, hielt er ihre Hände fest.

»Später, mein Täubchen, wir haben noch etwas zu erledigen.« Mit einem Schmollmund machte sie sich von ihm los, zog Mantel und Tunika aus, löste ihr Haar und ging zum Torbogen hinüber. Dort blieb sie stehen und winkte leise lachend den anderen Wächter zu sich heran. Dieser blickte sich zögernd um. Alles war ruhig, die Gefangenen hockten zusammengekrümmt auf dem Boden und schienen vor sich hinzudösen. Er verließ seinen Posten. Wenig später lag er tot neben seinem Kameraden. Während Suumal ihm den Helm abnahm und sich aufsetzte, zog die Frau ihre Kleider wieder an. Zusammen gingen sie hinaus und zu den Gefangenen hinüber. Die Wachen hatten keine Schlüssel dabeigehabt, aber es war für Suumal ein Leichtes, das alte Schloss zu öffnen. In den letzten Monaten hatte er so manche nützliche Fähigkeit vervollkommnet. Die Gefangenen waren wach geworden und schauten ihn verwirrt an. Er bedeutete ihnen, sich still zu verhalten und zu dem Karren zu gehen. Jetzt auf dem großen offenen Platz war Suumal doch angespannt. Einer der Männer, fast ein Kind noch, konnte sich nicht mehr aus eigener Kraft bewegen und wurde von zwei anderen mitgeschleppt. Sein ausgemergelter, mit Narben übersäter Körper war mitleiderregend. Suumal überlegte kurz, ob er ihn töten sollte, damit er sie nicht bei der Flucht behinderte, entschied sich dann aber dagegen. Er brauchte jeden Mann und würde noch eine Woche abwarten. Wenn der Junge sich bis dahin nicht erholt hatte, konnte er ihn immer noch loswerden.

Während seine Gefährtin für diese Nacht den Männern, bis auf zwei von ihnen, dabei half, in die leeren Wasserfässer zu steigen und die Deckel über ihnen zumachte, widmete sich Suumal dem Käfig. Er goss aus einer gefüllten Schweinsblase Blut über den Boden, verteilte ein paar angenagte Knochen und holte eine zerrissene Lederschnur aus seiner Jackentasche. Getrocknete Giftvipern waren daran aufgefädelt, der Schmuck eines Dämonen. Sorgfältig verriegelte er mit seinem Werkzeug das Schloss wieder. Dann sammelte er die Speere, Beegatsteine und -würfel sowie die Schnapsflasche ein und legte alles in den Wagen. Als er fertig war, gab er der Frau ein Zeichen. Sie stieg auf den Kutschbock und das Gefährt setzte sich langsam in Bewegung. An dem Torbogen hielt sie noch einmal an. Suumal war ihr mit den beiden noch übrigen Sklaven gefolgt und gemeinsam schafften sie die toten Wachen aus dem Hof und in die Fässer. Dann wurden auch die letzten befreiten Gefangenen wie die anderen versteckt. Langsam zuckelte der Karren vom Platz. Es würde dauern, bis er sein Ziel erreichte. Suumal hatte der Frau Anweisungen gegeben, Umwege zu fahren. Er selbst würde eine andere Richtung einschlagen. Ihr hatte er erzählt, er müsse noch etwas erledigen, aber in Wirklichkeit wollte er jedes Risiko vermeiden, vielleicht doch noch entdeckt zu werden. Allein war es ihm möglich, fast unsichtbar durch die Stadt zu schleichen, aber niemals zusammen mit einem großen Karren. Er warf einen letzten Blick auf die Hinrichtungsstätte. Der Mond stand groß und rund hoch oben am Himmel. Nur in den drei Nächten am und um den Vollmond herum würden sich die Dämonen, die den Sonnengott fürchteten, aus ihrem Krater wagen. Suumal sah die dunkle Blutlache, die weißen Knochen und die Kette in dem Käfig und lächelte. Man würde glauben, die Dämonen hätten es vorgezogen, ihr Opfer diesmal ungebraten zu verspeisen. Und die spurlos verschwundenen Wachen? Nun, sie würden in Zukunft am Hof der Dämonen dienen, nicht wahr?

Der Karren stand schon eine ganze Weile an der Hafenmole. Seine Fässer waren jetzt bis auf die beiden mit den toten Wachen leer. Suumal beobachtete ihn aus einiger Entfernung, bis er sicher war, dass die Frau allein auf ihn wartete. Als er neben den Kutschbock trat, fuhr sie zusammen, sie hatte ihn nicht kommen hören. Hastig steckte sie die Münze, mit der sie gespielt hatte, in ihren Beutel. Mit einem Satz war er neben ihr. Ein Lächeln breitete sich auf ihrem Gesicht aus, doch ihre Augen blieben kalt. Wie gut er diesen berechnenden Ausdruck kannte! Ob sich irgendwo eine fand, die nicht log, betrog und jeden ausnutzte, der ihr die

Gelegenheit dazu gab? Er neigte sich zu ihr, und als sie den Kopf hob, stieß er seinen Dolch in ihren Leib. Für einen winzigen Augenblick weiteten sich ihre Augen erstaunt, dann sank sie nach hinten und fiel auf die Ladefläche. Suumal kletterte ihr hinterher, fischte die goldene Münze, die er ihr als Vorschuss gegeben hatte, aus ihrem Beutel, sprang von der Ladefläche und machte die Ochsen los. Dann schob er den Karren mit den Leichen vom Kai ins Meer. Mit einem lauten Klatschen schlug er auf der Wasseroberfläche auf und versank. Suumal führte die Ochsen auf verschlungenen Wegen zu seinem Unterschlupf. Sie würden in der nächsten Zeit Nahrung für die Sklaven sein, bis diese wieder zu Kräften gekommen waren. Es ging doch nichts über eine sorgfältige Planung, dachte er zufrieden. Wieder war er seinem Ziel ein Stück näher gekommen.

*

»Das Feuer, ich spüre es, Myzlat!«

»Sie ist in Gefahr?«

»Da ist Zorn, sonst nichts.«

»Sie war schon immer wilder als du, Tych.«

»Ich hätte sie beschützen sollen!«

»Kann man den Sturm einsperren?«

»Hätte sie nur einmal Furcht verspürt, sie wäre nicht fort.«

»Sie wäre nicht, was sie ist, Tych.«

Unbequem und gefährlich, doch wie reich ist ihr Lohn

Beinahe drei Jahre suchten die Kinder nun schon im Hafenviertel nach dem Dämon. Das war eine lange Zeit, aber irgendwann würde sich der Dämon verraten, davon war Pachiro überzeugt. Er legte eine Ausdauer an den Tag, die ihm niemand zugetraut hätte. Der Junge, dessen Gedanken früher rast- und ziellos durch den Tag gewirbelt waren und der nie lange genug an einem Ort blieb, um ihn wirklich kennenzulernen, widmete sich hartnäckig seiner selbst gestellten Aufgabe. Die Sache ergebnislos abzubrechen kam für ihn nicht in Frage, auch wenn ihn manchmal Zweifel plagten. Er selbst konnte nicht so genau benennen, was ihn antrieb. Vielleicht die Hoffnung, wenn er den Dämon stellte, könnte er die Kluft überbrücken, die zwischen ihm und seinem Vater entstanden war. Aber es war wohl auch Abenteuerlust, die seinem innersten Wesen entsprach: der Reiz, aus seiner wohlbekannten Umgebung auszubrechen und einzutauchen in eine Welt, in der er nicht voraussehen konnte, was im nächsten Augenblick auf ihn zukam. Hier unten glich kein Tag dem anderen in seinem Ablauf, nichts war geplant. Alles folgte dem Rhythmus des Überlebens und dieser besaß keinen gleichmäßigen Takt. Und er lernte eine Seite des Lebens kennen, die seine Eltern sorgfältig von ihren Kindern abschirmten: Armut und Gewalt. Nicht dass er das vermisst hätte, aber er kam sich betrogen vor, betrogen um das wahre Gesicht der Welt.

Der Schock saß tief, als er noch am Anfang seiner Suche eines Nachts mit angesehen hatte, wie eine Mutter ihr Kind verprügelte, bis es wimmernd am Boden lag. Dagegen war die Ohrfeige seines Vaters nur ein Streicheln gewesen. Lange glaubte er, Schläge kämen nur im Hafenviertel vor, bis er eines Tages entdeckte, dass der vorlaute Sohn seiner Nachbarn sich manchmal deshalb so seltsam bewegte, weil er von seinem Vater zur Strafe grün und blau geschlagen wurde. Die Vergehen des Jungen waren in Pachiros Augen gering, mal hatte er seine Schwester geärgert, mal einen Apfel gestohlen oder seine Hose zerrissen. Umgekehrt konnte es der Nachbarsjunge kaum glauben, als Pachiro ihm erzählte, dass seine Eltern ihre Kinder nie schlugen – die Ohrfeige verschwieg er. Aber das Erstaunen seines Spielkameraden brachte ihn doch dazu, noch andere Kinder auszufragen. Ganz aufgewühlt kehrte er von seinem Erkundungsgang zurück. Die Abendsonne ließ das Rot der Hauswände aufleuchten und Pachiro betrachtete die Gasse, in der er wohnte, als hätte er sie noch nie zuvor gesehen. Nachdenklich schaute er die schwarzen zugeklappten Fensterläden an, die wie geschlossene Augenlider auf ihn wirkten. Er hatte herausgefunden, dass auch oben in der Stadt Prügel als Erziehungsmaßnahme dienten. Vielleicht nicht immer mit derselben Heftigkeit wie im Hafenviertel, aber genug um Pachiro ein Gefühl von Dankbarkeit zu schenken, dass seine Eltern anders dachten. Gleichzeitig erfüllte ihn Scham, weil er diese Dinge nie zuvor bemerkt hatte. Der Vorwurf seines Lehrers, dass er nicht richtig zuhöre, tauchte aus seiner Erinnerung auf. Und sein Vater hatte etwas Ähnliches gesagt: ›Lerne, genau hinzusehen und zuzuhören!‹ Pachiro seufzte und kam sich ganz klein vor, weil er taub und blind gewesen war. Aber er war auch wütend, ob auf sich selbst oder die Erwachsenen, die alles besser wussten, war ihm nicht klar. Um seinen Ärger loszuwerden, ging er nach oben in sein Zimmer, nahm seine Harfe und zupfte kräftig an den Saiten. Dazu sang er mit Absicht ganz laut und falsch, bis Kindala erstaunt den Kopf zur Tür hereinsteckte. Pachiro streckte ihr die Zunge raus und grölte weiter. Seine Schwester knallte empört die Tür wieder zu und Pachiro musste lachen. Noch nie hatte die ernsthafte Kindala die Fassung verloren.

An die Armut, die das Leben der Menschen außerhalb der Stadtmauer bestimmte, gewöhnte sich Pachiro nie. Beim Abendessen sprach er mit seinem Vater darüber, was dagegen zu tun sei. Das war nicht ganz einfach, ohne etwas von seinen nächtlichen Ausflügen zu verraten. Khandir versuchte ihm klar zu machen, dass ein Einzelner nicht viel ausrichten könne. Er selbst tue, was ihm möglich sei, aber es gelänge ihm nicht immer, Arbeit für diejenigen zu finden, die ihn darum baten. Und viele der Hafenbewohner wären in einer dumpfen Gleichgültigkeit versunken oder so voller Hass, dass man ihnen besser aus dem Weg ging. Pachiro war nicht sicher, ob sein Vater recht hatte, aber er konnte ihm auch nicht das Gegenteil beweisen. In seiner Hilflosigkeit stahl er aus der Vorratskammer Brot und Kuchen und steckte es den Kleinsten, die über seine Füße stolperten, zu. Sein schlechtes Gewissen aber blieb, erst recht, nachdem in der Küche das ungewöhnlich schnelle Schwinden der Vorräte auffiel, Beghild verdächtigt wurde und er selbst dazu schwieg.

Seit ihrem ersten Ausflug ins Elendsviertel waren sie nicht mehr behelligt worden. Im Gegenteil, die Bhrandelier gingen Sylat sogar aus dem Weg. Immer wieder sah Pachiro sie das Zeichen gegen den bösen Blick machen. Er schüttelte den Kopf über so viel Dummheit. Aber er sah auch die Vorteile. Bedenkenlos konnte er die Gegend durchstreifen und war dabei sicherer, als wenn er die gesamte Stadtwache dabei gehabt hätte. Aberglaube schien eine stärkere Waffe zu sein als ein Schwert. Doch wie pflegte sein Vater zu sagen? ›Alles hat zwei Seiten.‹ Was die Furcht der Leute vor seiner Schwester betraf, musste Pachiro ihm beipflichten. Denn der Nachteil daran war, dass es ihnen nicht gelang, einem der Hafenbewohner lange genug nahe zu kommen, um ihn auszufragen.

Ein paar Halbstarke hatten sich ab und zu herangewagt, vielleicht als Mutprobe. Doch sie konnten keine brauchbaren Informationen liefern. Als ihnen klar wurde, wonach Pachiro und seine Schwester suchten, staunten sie nicht schlecht. Aber statt Bewunderung ernteten die beiden nur Hohn, schließlich hatten die Bhrandelier selbst vergeblich nach dem Täter Ausschau gehalten. Pachiro ärgerte sich über den Spott, der durch Tonfall und Mimik deutlich genug wurde, auch ohne dass er ihre Sprache verstand. Doch Sylat schien es nicht zur Kenntnis nehmen zu wollen und brach zur nächsten Brandruine auf. Die beiden waren nämlich auf die Idee gekommen, dort nach Spuren zu suchen. In der Regel handelte es sich um Lagerhäuser, denn von den Holzhütten blieb nach einem Brand nicht viel mehr als Asche übrig.

Das Gebäude, das sie in dieser Nacht durchstreiften, hatte durch das Feuer bemerkenswert wenig Schaden genommen. Vielleicht war der Brand auch vom Regen schnell gelöscht worden, der seit zwei Tagen auf Yannah niederprasselte und das Wasser im Abwasserkanal so anschwellen ließ, dass sie fast nicht durchgekommen wären. Und kalte Tropfen rannen ihm auch hier unangenehm über den Nacken und unter seinem Kragen den Rücken hinunter. Missmutig starrte Pachiro auf die Pfützen, die den unebenen Boden bedeckten. Asche schwamm auf ihnen und bildete wolkige Muster. Wenigstens fliegt sie so nicht in der Luft und brennt in Nase und Augen, dachte der Junge. Er mochte diesen stechenden Geruch überhaupt nicht, der hartnäckig an ihm zu kleben schien, auch wenn sie die Ruinen längst verlassen hatten.

Vor ihm türmte sich ein Hindernis auf, ein Teil der

Decke war heruntergebrochen. Vorsichtig kletterte Pachiro über die zerborstenen Balken, um die steile Treppe zu erreichen, die in den zweiten Stock führte. Er fragte sich, was die Trümmer wohl bedeckten, und hoffte, dass sich kein Mensch darunter befunden hatte. Aber vermutlich nicht, denn das Gebäude war verwahrlost und er konnte sich erinnern, dass das Dach schon vor Ewigkeiten eingestürzt war. Es war als Lager inzwischen ungeeignet und er fragte sich, warum der Dämon es angezündet hatte.

»Warum brennt der Dämon eigentlich Lagerhäuser nieder?«, sagte Pachiro. Von seiner Schwester kam keine Antwort, aber das hatte er nicht anders erwartet. Er redete oft mit sich selbst, weil es ihm half, laut zu denken. »Um den Besitzer zu bestrafen?«, fuhr er fort und sah sich in den Resten der Halle um. »Aber das hier ist kein Verlust, es war sowieso nicht mehr zu gebrauchen. Was also wollte er hier bewirken?«

»Vielleicht war er wütend«, ertönte es aus Sylats Mund. Pachiro war erst überrascht, dass seine Schwester etwas gesagt hatte, und hielt es dann für einen Scherz.

»Ich dachte, das wären diese Wesen immer«, meinte er grinsend. Sylat neigte nachdenklich den Kopf. Sie hörte auf, zwischen den verkohlten Balken herumzustochern, und ging auf die Treppe zu. Ehe sichs Pachiro versah, war seine Schwester schon beinahe oben und er rannte hinterher. Die angesengten Stufen krachten und knirschten. Er hatte die letzte fast erreicht, da brach das Holz unter ihm durch und er verlor das Gleichgewicht. Pachiro stieß einen Schrei aus und ruderte mit den Armen, konnte sich aber nicht mehr fangen. Langsam kippte er nach hinten, überschlug sich und stürzte seitlich über das schadhafte Geländer nach unten. Er sah noch, wie Sylat einen gewaltigen Satz ihm hinterher machte, dann schlug er auf dem Boden auf, der weicher war, als er erwartet hatte. Trotzdem presste ihm die Wucht des Aufpralls die Luft aus den Lungen und es dauerte, bis er wieder atmen konnte. Nach einer Weile fiel ihm auf, dass die Erde unter ihm warm war und sich bewegte. Voller Angst rollte er zur Seite und landete in einer Pfütze. Hustend spuckte er das Wasser aus, das er vor Schreck verschluckt hatte, und rieb sich den Ruß aus den Augen. Als er aufsah, entdeckte er, dass Sylat neben ihm ausgestreckt war und er offensichtlich auf ihr gelegen hatte. Sie musste schneller unten angekommen sein als er selbst und ihn aufgefangen haben. Mit offenem Mund betrachtete er seine Schwester, die aufstand und sich schüttelte, als wäre nichts gewesen. Wie hatte sie das nur gemacht? Pachiro schaute nach oben zu dem Loch in der Treppe und wieder auf die Stelle, an der Sylat eben noch gelegen hatte. Der Boden war übersät mit zersplittertem Holz. Pachiro wurde übel, als ihm klar wurde, dass sie nur wie durch ein Wunder nicht davon durchbohrt worden waren. Dieser Gedanke ließ ihn aufspringen.

»Sylat, bist du verletzt?«, fragte er ängstlich. Seine Schwester schüttelte mit gerunzelter Stirn den Kopf. Pachiro wusste nicht, ob sie die Frage töricht fand oder seinen Sturz. Bevor er es herausfinden konnte, nahm sie ihn bei der Hand und führte ihn mit sanfter Gewalt aus dem Gebäude hinaus und zu den Klippen. Den ganzen Rückweg grollte sie vor sich hin und Pachiro zog das Genick ein. Er wollte lieber doch nicht wissen, über was sie sich so ärgerte. Aber eines konnte er mit Bestimmtheit sagen: Seine Mission war noch lange nicht beendet.

Das Einzige, was Pachiro mit einer ähnlichen Beharrlichkeit wie die Suche nach dem Dämon verfolgte, war seine Musik. Er verfasste Lied um Lied, die vollgekritzelten Notenblätter füllten bald sein ganzes Zimmer, und er hatte sich selbst das

Flötenspiel beigebracht. Doch am liebsten zupfte er immer noch auf seiner Harfe und sang dazu. Er hatte inzwischen den Stimmbruch hinter sich. Seine ehemals glockenhelle Stimme hatte einen tiefen, vollen Klang bekommen, der nicht weniger schön war. Beeinflusst durch das, was er im Hafenviertel gesehen hatte, waren seine Melodien und Texte melancholischer geworden. Aber immer noch hatten sie die Kraft, jeden zu berühren, der ihm zuhörte. Für Pachiro selbst war die Musik nach wie vor die Quelle eines Glücks, das ihm nirgendwo sonst geschenkt wurde. Nach all den bedrückenden Dingen, die er nachts im Hafen gesehen hatte, wurde ihm bewusst, wie kostbar das war. Aber er konnte es niemandem erklären, am wenigsten seiner ahnungslosen Familie. Sylat hätte es vielleicht verstanden, doch tagsüber verbrachten sie wenig Zeit miteinander, da er entweder Unterricht hatte, in seinem Zimmer Musik machte oder schlief, und bei ihren nächtlichen Ausflügen bot sich nicht die rechte Gelegenheit für solche Gespräche.

Was nie jemand erwartet hätte, aus Pachiro war ein ruhigerer, eher in sich gekehrter Junge geworden. Khandir schätzte die neue Nachdenklichkeit an seinem Sohn, seiner Mutter bereitete sie Sorgen, da sie die Ursache nicht kannte. Obwohl sie Pachiro beobachtete, gelang es ihr nicht, herauszufinden, was ihn so verändert hatte. Ihn zu fragen hatte sie längst aufgegeben, da er nur umso verstockter wurde, je mehr sie nachbohrte. Sie glaubte ihren Sohn endgültig verloren zu haben und hätte gerne einen Schuldigen dafür ausgemacht. Sylat hätte sich dafür angeboten, aber irgendwie wurde sie das Gefühl nicht los, dass sie ihre eigenen Schwierigkeiten mit ihrem Bruder hatte, denn die beiden klebten nicht mehr wie die Kletten aneinander. Natürlich wäre es ebenso zwecklos, Sylat darüber auszufragen.

Nachmittags saß Amylla jetzt oft im Schlafzimmer am Fenster. Seufzend widmete sie sich ihren Stickereien, an denen sie in letzter Zeit Gefallen gefunden hatte. Gerne hätte sie ihre Freude daran mit ihren Töchtern geteilt, doch die waren für eine solche Tätigkeit nicht zu begeistern. Kindala stürzte sich mit Hingabe auf alles, was mit Zahlen zu tun hatte, und hätte ihrem Vater am liebsten die Buchhaltung abgenommen, wenn er sie nur gelassen hätte. Rina träumte Tag und Nacht davon, Kapitän eines eigenen Schiffes zu werden, und knüpfte stundenlang komplizierte Seemannsknoten, wenn sie nicht Karten studierte, die sie Neriman abgeluchst hatte, und den Seeweg nach Sarrinam berechnete. Amylla ermahnte sich im Stillen achtzugeben, dass das Mädchen nicht eines Tages heimlich auf einem Schiff anheuerte. Ihre Jüngste war zwar häuslicher veranlagt, aber nur, solange es wenigstens entfernt mit Küche und Vorratshaltung zu tun hatte. Ihre freie Zeit verbrachte sie damit, Rezepte in ein Buch einzutragen, dessen Seiten fettig und voller klebriger Fingerabdrücke von Marmelade waren. Warum können meine Kinder nicht sein, wie alle anderen?, schoss es Amylla durch den Kopf. Aber dann schämte sie sich für diesen Gedanken und nahm sich vor, den morgigen Nachmittag mit ihnen zusammen im Garten zu verbringen. Es musste doch etwas geben, das allen gleichermaßen gefiel.

Es gelang ihr nicht, den guten Vorsatz nach ihren Vorstellungen in die Tat umzusetzen. Obwohl sie sich gemeinsam im Garten aufhielten, war jeder mit etwas anderem beschäftigt. Kindala hatte ihrem Vater eines seiner alten Rechnungsbücher abgeschwatzt und überprüfte die Ausgaben, ohne sich von ihrem Bruder stören zu lassen, der mit seinen jüngeren Schwestern am Brunnen saß und ihnen Geschichten erzählte. Sylat hockte wie immer auf ihrem Baum, als ob sie nicht dazugehörte. Amylla zerrte an ihrem Garn und verstand nicht, warum es sich heute so schwer durch den Stoff ziehen ließ. Sie hörte ihrem Sohn nur mit halbem Ohr zu. Nach einer Weile gab sie auf und legte die begonnene Stickerei beiseite. Verärgert beobachtete sie, wie Rina mit einem Grashalm spielte und ihre verflixten Knoten machte, und Beghild kaute schon wieder mit vollen Backen. Woher bekam dieses Kind nur den Kuchen? Sie hatte ihn doch persönlich weggeschlossen!

»Und warum bringt er die Menschen um?«, fragte Beghild mit großen Augen zwischen zwei Bissen. Amylla horchte auf.

»So ein Feuerdämon ist ein abgrundtief böses Wesen, das Freude daran hat, alles zu zerstören.«

Wie eine Furie schoss Amylla von ihrer Bank hoch und fiel über ihren Sohn her: »Habe ich nicht klar und deutlich angeordnet, dass in diesem Haus nicht über solche Dinge getratscht wird? Wieso kannst du deinen Mund nie halten? Du bist wie ein geschwätziges altes Weib!« Pachiro war kreidebleich geworden.

Innerhalb von wenigen Augenblicken entstand ein Tumult im Garten. Während Sylat fauchend vom Baum sprang, wollte Beghild weinend ins Haus flüchten, stolperte aber über ihre eigenen Füße und fiel hin. Kindala versuchte vergeblich, die laut heulende Kleine zu trösten. Rina stand wie erstarrt neben ihr und schaute ihre Mutter entgeistert an. Unterdessen stürzte Sylat grollend auf Amylla zu. Pachiro ging unwillkürlich dazwischen und schob sie in der Eile unsanft beiseite. Jetzt fauchte Sylat ihren Bruder an. Der wich erschrocken zurück, brüllte aber: »Lass sie in Ruhe!« Amylla rief empört: »Sie soll es nur wagen!« Pachiro fuhr herum und wie von Sinnen schrie er seine Mutter an: »Ich hasse dich!« und rannte davon. Plötzliche Stille legte sich über den Garten. Entsetzen stand in den Gesichtern ihrer Töchter, nur Sylat schien wieder unbewegt. Amylla selbst ging mit einem versteinerten Ausdruck ins Haus.

Als Khandir, der von alldem keine Ahnung hatte, spätnachts aus dem Hafenkontor nach Hause kam, war alles ruhig. Amylla stellte sich schlafend. Sie wollte nicht, dass er ihre rot verweinten Augen sah.

Am anderen Ende des Flures saß Pachiro auf seinem Bett und ballte die Fäuste. Er wusste nicht wohin mit seinem Zorn und hätte am liebsten seine Möbel kurz und klein geschlagen. Sah sie denn nicht, dass er sich verändert hatte? Immer wieder dieselben Vorwürfe, ganz gleich, wie er sich verhielt. Er konnte es nicht mehr hören! Wie lange musste er sich das noch vorhalten lassen? Sie wusste doch selbst nicht, was sie wollte! Mal sollte er alles ausplaudern, dann wieder den Mund halten. Nie war sie mit ihm zufrieden. Sollte sie sich doch einen Sohn ins Haus holen, der ihr besser gefiel! Sobald er alt genug war, würde er von hier verschwinden und nie mehr zurückkehren! Wahrscheinlich wäre sie froh, ihn los zu sein. Pachiro wütete noch einige Zeit in Gedanken gegen die Ungerechtigkeit seiner Mutter, bis ihn Erschöpfung in den Schlaf zwang. Er wachte auch nicht auf, als Sylat die Bettdecke unter ihm hervorzog und ihn vorsichtig darin einwickelte. Selbst ihr Gesang weckte ihn nicht.

Khandir erfuhr durch Beghild von dem Vorfall im Garten. Die Kleine war immer noch verstört, da hatte auch der Schokoladenkuchen des Kochs nichts geholfen, und suchte Trost bei ihrem Vater. Schluchzend erzählte sie, dass die Mutter Pachiro angeschrien habe, aber der hätte doch gar nichts getan. Und dann sei er böse geworden und hätte etwas Schlimmes gesagt, was genau wollte sie ihrem Vater nicht verraten. Khandir beruhigte sie, so gut es ihm möglich war. Was war bloß in seine Frau gefahren? Wo war ihre Besonnenheit geblieben? Verärgert stellte er Amylla zur Rede, doch die wollte nicht darüber sprechen.

»Du hast viel zu tun.« Das war alles, was sie sagte.

Als er wieder allein an seinem Schreibtisch saß, fiel es ihm schwer, die Aufmerksamkeit auf seine Arbeit zu richten. Und diesmal zwang er sich nicht dazu, alles Störende beiseitezuschieben. Was war nur mit Amylla und ihm geschehen? Nach dem Tod von Rhenild hatte er geglaubt, nie wieder eine Frau zu finden, die ihm gefiel. Und dann war er Amylla begegnet, die zu ihm passte wie ein Deckel zu seinem Topf. Trotzdem hatten sie sich auseinandergelebt. Ratlos starrte er auf seine Papierstapel, Listen für seine bevorstehende Reise nach Diccur. Jetzt, im Sommer, wo die Gefahr eines Sturmes am geringsten war, wollte er mit seinem Schiff dorthin. Aber diesmal nicht, um die gleichnamige Hauptstadt an der Küste aufzusuchen, das Landesinnere war sein Ziel. Er hatte über einen von Nerimans Matrosen, der aus dem Hinterland von Diccur stammte, erfahren, dass dort eine ganz besondere, ausschließlich für Hochzeitsgewänder bestimmte Spitze geklöppelt wurde. Khandir hoffte, jemanden zu finden, der bereit war, sie auch für ihn und seinen Handel herzustellen. Im Gegenzug konnte er wunderschön ziselierte, achteckige Kupferschalen anbieten, die außerhalb von Daaressal noch kaum jemand besaß. Sie wären eine Zierde für jede Festtafel. Nachdenklich betrachtete er seine mit Tinte beschmierten Fingerspitzen. Diccur, ein fremdartiges Land mit ausgedehnten Wäldern, Steppen und schrecklichen Sümpfen, in denen riesige Krokodile lauerten – scheußlich, aber der Wald war wirklich herrlich. Hatte Amylla jemals einen Wald gesehen? In Khandirs Kopf formte sich eine Idee, die vielleicht eine Lösung seiner Probleme beinhaltete, ohne dass er seine Arbeit vernachlässigen musste. Was er vorhatte, war zwar nicht üblich, aber das hatte ihn noch nie gekümmert, wenn er etwas für richtig befand.

Abends wurde er durch ein Essen mit seiner Familie, das in eisigem Schweigen stattfand, in seinem Beschluss bestärkt. Es war höchste Zeit, dass er etwas unternahm. Sobald der Tisch abgeräumt war und die Kinder nach oben verschwanden, sprach er mit seiner Frau und schlug ihr vor, ihn nach Diccur zu begleiten. Amylla war vollkommen überrascht und lehnte ab. Aber Khandir ließ nicht locker und schilderte ihr das Land in den leuchtendsten Farben. Amylla, die nie aus Yannah herausgekommen war, spürte Neugier in sich wachsen. Wie sah wohl ein Wald aus? Hier in der Stadt gab es nur einige wenige Bäume und außerhalb an den Berghängen niedere Sträucher. Wie würde es sein, wenn einem das Grün buchstäblich über den Kopf wuchs? Sie bat sich Bedenkzeit aus.

Ihre Träume in dieser Nacht waren bunt und angenehm und sie erwachte erfrischt wie schon lange nicht mehr. Verschwunden schien ihre Niedergeschlagenheit. Sie stand am Fenster und kämmte ihr Haar. Es war windstill, ihr Blick ruhte auf dem reglos daliegenden Meer. Sollte sie es wagen? Es könnte ein neuer Anfang sein ...

Khandir war froh, als es ihm in den nächsten zwei Tagen gelang, sämtliche Einwände Amyllas zu zerstreuen; er war überzeugter denn je, dass es ihnen guttun würde, gemeinsam eine Reise zu unternehmen. Er versicherte ihr, dass sein Verwalter ein fähiger Mann sei, der das Haus noch jedes Mal zu seiner höchsten Zufriedenheit geführt habe, wenn er selbst auf Reisen war. Und kam Nunna nicht sogar mit Sylat gut zurecht? Die beiden zusammen würden sich auch um Pachiro kümmern. Und die vernünftige Kindala hatte einen guten Einfluss auf ihre jüngeren Schwestern, die sowieso sehr brav waren.

»Hör auf!«, lachte Amylla. »Ich komm ja schon mit.«

Khandir wirbelte sie vor Freude im Kreis herum. »Du wirst sehen, das wird ein wunderbares Erlebnis werden!« Und er nahm sich vor, alles dafür zu tun, dass seine Worte auch Wirklichkeit wurden.

Er wusste nicht, dass ein erneuter Zusammenstoß mit Pachiro den Ausschlag für Amyllas Sinneswandel gegeben hatte. Sie war ihm morgens im Flur begegnet, als er verschlafen aus seinem Zimmer kam. Mit seinen verstrubbelten Haaren sah er aus wie der kleine Junge von früher, den sie so sehr vermisste. In dem Versuch, ihre alte Vertrautheit wiederherzustellen, legte sie einen Arm um seine Schulter und zog ihn an sich, während sie gemeinsam auf die Treppe zuliefen. Sie spürte, wie er erstarrte. Um ihre Verletztheit zu überspielen, strich sie durch seine Locken. In dem Augenblick, als sie ihn loslassen wollte, stach ihr ein Geruch in die Nase.

»Warum riechst du so versengt?«, fragte sie misstrauisch und schnüffelte an Pachiros Haaren.

»Weil ich der Feuerdämon bin!«, fauchte dieser, riss sich los und ließ sie stehen.

Sprachlos schaute Amylla ihrem Sohn nach, wie er die Treppe hinuntereilte, bevor sie der Zorn übermannte. Jetzt hatte sie endgültig genug, sollte sich doch Sylat mit diesem aufsässigen Bengel herumärgern!

Ihre Kinder nahmen die Nachricht von der gemeinsamen Reise ihrer Eltern unterschiedlich auf. Sylat war wie immer nicht anzumerken, was sie darüber dachte. Kindala freute sich für ihre Mutter, während Rina und Pachiro sie glühend beneideten. Beghild schien das Ganze gar nicht recht zu begreifen. Erst als Khandir ihre Reisetruhen auf den wartenden Karren verladen ließ und Amylla Nunna letzte Anweisungen gab, fing sie an zu weinen. Doch ihr Vater ließ nicht zu, dass sie sich in ihr Unglück hineinsteigerte. Er hob sie hoch und drückte ihr schmatzende Küsse auf die Pausbacken, bis sie lachen musste.

»Das ist schon viel besser, meine Kleine. Du wirst gar nicht merken, dass wir fort sind, so schnell sind wir wieder zurück. Alles wird sein wie bisher. Und wenn du tapfer bist wie ein großes Mädchen, dann bring ich dir auch was Schönes mit. Willst du das?«

Beghild wischte sich die Tränen ab und nickte. Khandir und Amylla nutzten den Stimmungsumschwung und verabschiedeten sich rasch.

Die Abwesenheit der Eltern änderte in der Tat für die Kinder wenig in ihrem Tagesablauf. Der Unterricht, den sie erhielten, war durch die zusätzlichen Sprachen umfangreicher geworden, und wenn sie endlich mit dem Lernen fertig waren, gingen sie ihren jeweiligen Lieblingsbeschäftigungen nach.

Kindala, die Ehrgeizigste und Fleißigste von allen, beherrschte Rechnen und das Führen der Bücher inzwischen meisterhaft, auch ihre Geschichtskenntnisse waren beachtlich. Ihre Schwestern schlugen sich nicht ganz so gut, aber dennoch besser als Pachiro, der sich nach wie vor mit dem ungeliebten Stoff herumquälte und die Geschichte, wie sie ihm vom Lehrer unterbreitet wurde, ständig hinterfragte. Doch er verdrehte nicht mehr die Tatsachen oder schmückte sie aus, sondern verglich sie im Stillen mit seinen eigenen Beobachtungen und Erfahrungen, die er im Hafenviertel gewonnen hatte. Alles wurde von ihm daran gemessen, und es bereitete ihm ein diebisches Vergnügen, den Lehrer mit seinem anderen Blickwinkel in die Enge zu treiben. Am meisten stritten sie über den hehren Anspruch, den sich die

Stadt Yannah mit ihrer Namenspatronin gegeben hatte, und das tatsächliche Los der bhrandelischen Flüchtlinge. »Alles hat zwei Seiten, hat mein Vater mir beigebracht«, warf er stets mit einem Lächeln ein, kurz bevor dem Lehrer der Geduldsfaden riss, und seinem Brotgeber wagte der Mann nicht zu widersprechen.

Nun, da ihre Eltern nach Diccur gereist waren, behandelte der Lehrer ausgiebig die Geschichte jenes Landes. Die Kinder hörten von der Zucht der Seidenraupe und ihren Fehlschlägen, vom Aufstand der Weber und seiner brutalen Niederschlagung durch Söldner aus Rikant. Sie erfuhren, dass das meiste Holz hier in Yannah von dort eingeführt wurde – ohne Diccur gäbe es auch das Schiff ihres Vaters nicht. Und die roten Federn, die Frisuren und Kleider der Frauen verzierten, stammten ebenfalls von da und bildeten ursprünglich das leuchtende Kleid eines Vogels, dem man angeblich das Sprechen beibringen konnte. Die Mädchen lauschten mit offenem Mund und Beghild verzierte sogleich ihr Rezeptbuch mit roten Vögeln und Blätterranken, die sich kunstvoll um die Marmeladenflecken schlangen. Rina wollte wissen, was ein Festmeter Holz in Diccur kostete, und bat Kindala ihr auszurechnen, wie viel man benötigte, um ein Schiff zu bauen.

»Du musst aber noch den Lohn für die Schiffsbauer dazurechnen oder willst du alles selbst machen? Und du brauchst Tuch für die Segel und jede Menge Seile.« Kindala hatte schon den Stift gezückt und begann eine Liste. Die beiden Mädchen steckten die Köpfe zusammen, während der Lehrer sich abmühte, Beghild aufzuzählen, welche Früchte in Diccur wuchsen.

Pachiro hörte nicht mehr zu, ihn plagte wieder der Neid. Wie gerne wäre er mit seinem Vater gereist! Welche Musik spielten die Leute dort? Es reizte ihn, den Lehrer zu fragen, ob die Weber jetzt besser bezahlt wurden. Dies würde einen neuen Streit in Gang setzen. Aber er hob sich das für ein andermal auf, jetzt wollte er sich lieber mit anderen Dingen beschäftigen, sonst würde er noch verrückt bei dem Gedanken, dass seine Mutter in Diccur war und er nicht! Also überlegte er lieber, welchen Teil des Hafenviertels sie heute Nacht durchsuchen sollten.

Zwei Stunden später saß er mit seinen jüngeren Schwestern unten am großen Esstisch und löste Rechenaufgaben, die ihnen der Lehrer zur Übung aufgegeben hatte. Pachiro kochte innerlich. Hörte das denn nie auf mit diesen dummen Zahlen? Es war ungerecht, dass Sylat draußen im Garten sein durfte und er war hier eingesperrt.

»Fertig!«, sagte Kindala zufrieden und klappte ihr Buch zu.

Nunna, die am anderen Ende des Tisches das Silber polierte, schaute auf. »Was, jetzt schon?«

»Das war kinderleicht«, lächelte das Mädchen. Pachiro schnaubte.

»Ganz der Vater!«, sagte Nunna. »Du kommst wirklich nach ihm. Ihr seht euch nicht nur ähnlich, ihr seid auch vom Wesen her gleich.«

Kindala wurde rot, aber jeder konnte sehen, dass sie vor Stolz beinahe platzte.

Rina senkte den Kopf und malte Kringel auf ihr Papier. Diese Wendung des Gesprächs gefiel ihr nicht. Sie wusste selbst, wem sie ihre viel zu große Nase zu verdanken hatte. Manchmal hasste sie ihre Mutter für dieses Erbe.

»Und ich?«, wollte Beghild wissen.

»Du kommst nach deiner Tante Binda«, meinte Nunna und Beghild freute sich, denn sie mochte Amyllas unverheiratete Kusine sehr.

»O Jerish hilf!«, stöhnte Pachiro und verdrehte die Augen.

Tante Binda hatte mehr als ein Doppelkinn und war so fett, dass er sich jedes Mal fragte, warum die Stühle nicht unter ihr zusammenbrachen. Rina trat ihm gegen das Schienbein, dass er aufschrie.

Beghild schaute ihn erschrocken an. »Tut dir was weh?«, fragte sie mitleidig.

Pachiro schüttelte den Kopf, er hatte Rinas Hinweis verstanden, er war deutlich genug gewesen. »Nein, Zuckerschneckchen, ich hab nur keine Lust mehr zu rechnen.«

Die Kleine starrte ihr verschmiertes Heft an. »Ich auch nicht«, seufzte sie und holte aus ihrer Schürzentasche einen Keks. Sie biss ein Stück davon ab und hielt den Rest ihrem Bruder hin. Der schüttelte den Kopf. »Iss nur, Beghild, ich habe keinen Hunger.« Er kaute auf seinem Stift und sah Nunna zu, während Kindala ihren Schwestern half.

»Nach wem kommt eigentlich Sylat?«, ertönte plötzlich seine Stimme.

Kindala und Nunna schauten sich an. Pachiro hätte schwören können, dass sie verlegen waren.

»Sylat ist nicht unsere leibliche Schwester«, erklärte Kindala schließlich.

»Und woher willst du das wissen?«, fragte Pachiro.

»Mutter hat es mir gesagt.«

»Wieso dir und nicht uns?«

»Weil ich sie gefragt habe, warum Sylat so ... so anders ist.«

Rinas Miene war eisig. »Hat sie dir auch verraten, wer Sylats Eltern sind?« Pachiro vermutete, dass sie, wie er selbst auch, wütend war, weil Amylla nur Kindala ins Vertrauen gezogen hatte.

»Euer Vater hat Sylat bei einer Reise auf einer Insel gefunden. Sie war ganz allein und wahrscheinlich die einzige Überlebende eines Schiffbruchs«, mischte sich Nunna ein.

In Beghilds Augen schwammen Tränen des Mitgefühls.

»Aber warum haben alle ein Geheimnis daraus gemacht?«, nahm Rina ihrem Bruder die nächste Frage aus dem Mund.

»Eure Eltern wollten euch alle gleich behandeln und dachten, es sei einfacher auf diese Weise.« Nunnas Stimme war gelassen. Pachiro merkte, wie sich Rina dadurch besänftigen ließ, aber auf ihn hatte es nicht diese Wirkung. Wieder einmal war etwas vollkommen anders, als er sein Leben lang geglaubt hatte, und er spürte in sich das inzwischen verhasste Gefühl, als sei ihm der Boden unter den Füßen weggezogen worden. Wie konnte sein Vater ihn so belügen! Gerade von ihm hätte er das nie gedacht und die rechtschaffene Kindala machte mit bei dem Betrug! Und Sylat?

»Weiß Sylat Bescheid?«, fragte er Kindala.

»Sylat ist doch allwissend!«, sagte seine Schwester spitz.

Pachiro war verblüfft über ihren Tonfall. Konnte es sein, dass sie eifersüchtig auf Sylat war, ausgerechnet Kindala? Nichts war, wie es schien. Er wusste nicht, ob er lachen oder schreien sollte. Die Wut behielt die Oberhand. Pachiro zerriss sein Rechenheft in kleine Fetzen und schaute dabei Kindala herausfordernd an. Sollte sie es nur wagen, ihn zu maßregeln! Doch Kindala war klug genug, den Mund zu halten. Nunna hielt sich ebenfalls zurück und Rina knabberte nachdenklich an ihrem Daumennagel. Pachiro nahm zwei Händevoll Papierfetzen und warf sie in die Luft.

»Oooh«, machte Beghild und schaute mit großen Augen den Flocken zu, die auf sie niederrieselten. Dann lächelte sie und nahm sich einen Keks aus ihrer Tasche.

Stumm ging Pachiro neben Sylat her. Sie hielten sich parallel zur Stadtmauer und er konnte weiter vorne das von Feuern beleuchtete Tor sehen. Die Nacht war sternenklar und die

Lichter von Yannah funkelten mit dem Himmel um die Wette. Pachiro konnte den schönen Anblick nicht genießen. Er wusste nicht, wie er mit dem neuen Wissen über Sylat umgehen sollte. Das Ganze verwirrte und bedrückte ihn. Gerne hätte er mit ihr geredet, aber ihm fehlten die Worte für das, was in ihm vorging. Die Wahrheit war ihm vorenthalten worden über etwas, das nicht wirklich einen Schaden angerichtet hätte. Oder doch? Wieso fühlte er sich so enttäuscht und hintergangen? Er konnte sich beim besten Willen nicht vorstellen, wie sein Verhältnis zu Sylat heute wäre, hätte er Bescheid gewusst. Die Hände in seinen Jackentaschen vergraben, versuchte er seine Aufmerksamkeit auf den unebenen Boden zu richten. Ein Schlammbad würde ihm jetzt gerade noch fehlen! Doch seine Gedanken und Gefühle ließen sich nicht beiseiteschieben. Wütend trat er gegen eine Bretterwand. Sylat blieb stehen und betrachtete ihn aufmerksam. Pachiro fühlte sich unbehaglich unter ihrem forschenden Blick.

»Du bist gar nicht wirklich meine Schwester!«, platzte es aus ihm heraus.

Sie zog die Augenbrauen zusammen und er hätte sich auf die Zunge beißen können. Das Letzte, was er wollte, war, sie gegen sich aufzubringen. Unsicher schaute er sie an.

Sylat stand bewegungslos vor ihm und schwieg. »Es ändert nichts!«, sagte sie schließlich mit ihrer tiefen Stimme und Pachiro wollte ihr nur zu gerne glauben. Sie streckte die Hand aus und legte sie auf seine Brust. »Es ändert nichts!«, wiederholte sie eindringlich.

Pachiro legte seine eigene Hand auf die ihre und drückte sie. »Ach Sylat«, seufzte er. »Gibt es denn gar nichts, was auch so ist, wie es aussieht?«

Seine Schwester schien zu überlegen. »Ein Hundehaufen«, sagte sie endlich. Pachiro musste lachen, bis ihm die

Tränen übers Gesicht liefen. »Gut, ich werde einen Bogen darum machen«, keuchte er und hielt sich die Seiten. Für einen Augenblick verzogen sich Sylats Mundwinkel. Pachiro hätte schwören können, es war der Versuch, zu lächeln.

Als die beiden ihren Weg fortsetzten, war Pachiro erheblich leichter zumute. Sie bewegten sich jetzt fort von dem Stadttor und drangen tiefer in das Hafenviertel ein. Pachiro, der daran gewöhnt war, dass die Leute ihnen auswichen, wäre beinahe mit einem Mann zusammengestoßen, der zwischen zwei Hütten auftauchte und vor ihnen stehen blieb. Sylat stellte sich sofort zwischen sie und der Mann wich zurück. Er machte mit einer Hand das Zeichen gegen den bösen Blick und Pachiro hätte ihm am liebsten eine lange Nase gedreht, aber er wollte ihn nicht provozieren. Stattdessen schob er seine Schwester sanft beiseite, denn er war neugierig, warum der Fremde nicht wie alle anderen an ihnen vorbeihastete. Seinem Aussehen nach war er Bhrandelier. Er hielt die rechte Hand hinter dem Rücken, vielleicht befand sich ein Messer in seiner Faust. Trotzdem hatte Pachiro nicht den Eindruck, dass er sie angreifen wollte. Während er noch überlegte, was sie am besten tun sollten, sprach der Mann sie an:

»Sucht ihr immer noch nach dem Dämon?«

»Ihr versteht unsere Sprache?«, fragte Pachiro überrascht.

»Hältst du mich für einen Dummkopf? Ich bin Matrose!«

Pachiro schüttelte schnell den Kopf. »Ich wollte Euch nicht beleidigen«, sagte er und machte eine beschwichtigende Geste. Natürlich, als Matrose blieb ihm nicht anderes übrig, als sie zu lernen. Die meisten Seeleute stammten von oben aus der Stadt und der Kapitän auf jeden Fall. »Aber Ihr habt von dem Dämon gesprochen. Ja, wir haben noch nicht aufgegeben, ihn zu finden.«

»Er hat meinen Bruder umgebracht«, sagte der Bhrandelier

und sein Zorn war ihm deutlich anzumerken. Pachiro wusste nicht, was er darauf antworten sollte, und hielt vorsichtshalber den Mund. Die ganze Situation war ungewohnt. Er hätte nicht gedacht, dass hier jemals einer mit ihnen reden würde.

»Meine Schwägerin hat ihn gesehen.«

Pachiro hielt die Luft an. Das waren wirklich unerwartete Neuigkeiten. »Und? Wie sieht er aus?«

»Sie hat nur seine Füße gesehen.«

»Seine ... Füße?« Pachiro musste an sich halten, um nicht zu lachen; es klang zu komisch.

»Sie lag auf dem Boden.« Der Mann verstummte verlegen. Pachiro sah ihn erwartungsvoll an.

»Mein Bruder hatte sie niedergeschlagen und sie war benommen«, fuhr der Matrose widerstrebend fort. Pachiro hob die Augenbrauen. »Er war betrunken«, sagte der Bhrandelier entschuldigend.

Als ob es das besser machte! Pachiro gab sich Mühe, einen gleichgültigen Gesichtsausdruck aufzusetzen. »Und was geschah dann?«

»Sie hat scharrende Geräusche und dann einen furchtbaren Schrei gehört. Sie versuchte, sich aufzurichten. Aber sie konnte nur den Kopf heben. Da sah sie diese riesigen Füße. Bedeckt von Schuppen. Mit langen Klauen. Nicht von einem Menschen.« Der Mann machte unwillkürlich wieder das Zeichen gegen den bösen Blick.

Schuppen? Klauen? Pachiro überlegte, was er über Dämonen wusste. Die Beschreibungen in den Büchern waren widersprüchlich. Die meisten hatten Hufe oder Schlangenkörper, manchmal beides zugleich. »Was hat er gemacht, dieser Dämon?«

»Sie ist ohnmächtig geworden. Als sie aufwachte, lag eine verkohlte Leiche neben ihr.«

Was für eine grässliche Vorstellung, Pachiro musste schlucken. »War das Euer Bruder?«

Der Matrose nickte grimmig. »Sein Dolch steckte in den Resten des Ledergürtels.«

»Und seiner Frau ist nichts geschehen?«

»Sie hat den Verstand verloren.«

Mit dieser Antwort hatte Pachiro nicht gerechnet. Was sollte er jetzt von der ganzen Geschichte halten? Vielleicht handelte es sich nur um die Hirngespinste einer Verrückten. Offensichtlich standen ihm seine Zweifel ins Gesicht geschrieben, denn der Bhrandelier rief verärgert: »Ich glaube ihr! Sie sagt die Wahrheit!«

Doch mit der Wahrheit hatte es so seine eigene Bewandtnis, das hatte Pachiro inzwischen gelernt. Die meisten sahen, was sie sehen wollten, er war da keine Ausnahme. Trotzdem konnte es sein, dass diese Frau genau das beobachtet hatte, was sie behauptete. Außerdem war er froh, überhaupt einmal Informationen erhalten zu haben, auch wenn sie merkwürdig genug waren. Pachiro bedankte sich bei dem Mann und versicherte, dass er ihnen weitergeholfen hatte.

»Was werdet ihr mit ihm tun, wenn ihr ihn entdeckt?«

»Wir hetzen ihm die Stadtwache auf den Hals«, antwortete Pachiro ohne zu zögern.

Der Matrose nickte und in seinen Augen erschien ein garstiges Lächeln.

Pachiro war nicht sicher, wem es galt, dem Schicksal der Soldaten oder dem des Dämons. Bevor er noch weitere Fragen stellen konnte, drehte der Bhrandelier sich auf dem Absatz um und verschwand hinter der nächsten Hütte. Mit gerunzelter Stirn schaute Pachiro seine Schwester an.

»Sylat, was hältst du davon? Ein Dämon mit großen Füßen und Klauen?« Sein Blick wanderte wie von selbst hinunter zu seinen schlammverkrusteten Stiefeln. »Warum glaubst du ist die Frau verrückt geworden? Weil das bisschen Dämon schon so grauenhaft aussah oder wegen der verkohlten Leiche?«

Ein mürrischer Gesichtsausdruck und anhaltendes Brummen war alles, was er als Antwort erhielt. Doch gleichgültig, was sie glaubte, sie hatten immerhin eine erste Spur. Viel mehr konnten sie in jener Nacht nicht herausfinden, trotzdem schlief er zufrieden ein, als er nach ihrem Ausflug wieder in seinem warmen Bett lag.

Einige Zeit später schreckte er aus tiefem Schlaf hoch. Erst glaubte er, die Trommeln der Turmwächter hätten ihn geweckt. Aber es war nur sein eigener Herzschlag, der in seinen Ohren dröhnte, draußen herrschte Dunkelheit. Pachiro fragte sich, ob ihn ein Albtraum geweckt hatte, doch er konnte sich an nichts erinnern. Er stand auf und ging zum Fenster, das als einziges im Haus weder mit einem Vorhang noch mit einem Laden verdunkelt war. Schon als ganz kleines Kind hatte er wie am Spieß gebrüllt, sobald jemand versuchte, das eine oder das andere zu schließen, und sich nicht einmal von Sylat beruhigen lassen. Das hatte sich auch nicht gelegt, als er älter wurde und all die vernünftigen Gründe verstand, warum es besser wäre, zumindest tagsüber die Sonne auszusperren. Lieber schmorte er in der Hitze, als das Gefühl zu ertragen, eingesperrt zu sein.

Pachiro presste die Nase gegen die Fensterscheibe und versuchte, draußen etwas zu erkennen. Es war Neumond und die Stadt in Finsternis gehüllt. Die Feuer auf den Wachtürmen und unten am großen Tor erhellten als Einzige die Nacht. Alles war ruhig wie immer. Pachiro streckte sich und gähnte. Als er sich umdrehte und zum Bett zurückging, spürte er plötzlich ein Kribbeln auf seiner Haut. Überrascht blieb er stehen. Das Kribbeln wurde stärker und die feinen Härchen an seinem Körper stellten sich auf. Die Luft war aufgeladen wie vor einem Gewitter, das Atmen fiel ihm schwerer, als wäre sie dicker geworden. Er glaubte ein Knistern zu hören und dann war ihm, als würde der gesamte Raum sich ausdehnen und wieder zusammenziehen. Starr vor Angst sah er Lichtpunkte umhertanzen wie Staubkörnchen in einem Sonnenstrahl. Sein Zimmer schien zu pulsieren und langsam verschwammen die Konturen. Die Möbel wirkten seltsam verzerrt und lösten sich vor seinen Augen in einem bunten Wirbel auf, das Knistern wurde zu einem Rauschen. Er wollte schreien, aber kein Laut kam über seine Lippen. Die Wände stürzten auf ihn zu und in ihrem rasenden Lauf formten sie sich zu rauem Fels, bis Pachiro in einer Höhle stand. Ein grauenhafter Schrei übertönte das Rauschen, wie der Schrei eines gefangenen Tieres. Und wieder dehnte sich alles aus und zog sich zusammen, als wäre er im Innern dieses riesigen Tieres gefangen, das um Atem rang. Ein dunkles Trommeln, einem Herzschlag gleich, hallte die Wände entlang, erst langsam, dann stetig schneller werdend. In der gleichen Geschwindigkeit rasten die Lichtpunkte um ihn herum, die Felswände verschwammen vor seinen Augen, der Boden gab nach, löste sich auf und Pachiro stürzte in eine schwarze Tiefe. Es gab keinen Halt, kein Ziel, nur Finsternis.

In dem Augenblick, als er sicher war zu sterben, fand sich Pachiro auf seinem Bett wieder. Alles war still. Das einzige Geräusch war das Klappern seiner Zähne. Sobald er seine Angst so weit überwunden hatte, dass er sich bewegen konnte, schlüpfte er unter seine Bettdecke. Mit weit aufgerissenen Augen starrte er in die Dunkelheit. Nach langer Zeit erst war er in der Lage, eine Lampe anzuzünden. Im warmen Lichtschein sah er die vertrauten Umrisse seines Zimmers. Nichts hatte sich verändert. Pachiro war plötzlich unsicher, ob er nicht einfach nur einen seltsamen Traum gehabt hatte. Doch sein Gefühl sagte ihm das Gegenteil. Aber wenn er nicht geträumt hatte, war er dann dabei, den Verstand zu verlieren? Dieser Gedanke behagte ihm noch weniger. Während er darüber nachgrübelte, überfiel ihn bleierne Müdigkeit und er merkte gar nicht, wie er in einen unruhigen Schlaf glitt.

Am nächsten Morgen hatte Nunna Mühe, ihn zu wecken. Doch dann schoss er auf einmal hoch und blickte sich um, als erwarte er, ein Ungeheuer vor sich zu sehen. Als er das Dienstmädchen erkannte, sank er in sein Kissen zurück.

»Nichts da, junger Mann! Es ist Zeit aufzustehen.« Nunna zog ihm die Decke weg und jagte ihn wie jeden Morgen mit der Drohung aus dem Bett, einen Eimer kaltes Wasser über ihm auszukippen. Und zum ersten Mal war Pachiro dankbar über dieses immer gleiche Ritual zu Beginn eines neuen Tages.

Bis zum nächsten Abend hatte Pachiro unauffällig alle im Haus ausgefragt. Außer ihm hatte niemand etwas Unerklärliches erlebt. Von Sylat erntete er nur ein Knurren und einen ihrer grimmigen Blicke. So beschloss er, sein Erlebnis doch als einen Traum abzutun.

Die weitere Erkundung des Hafenviertels war auch nicht erfolgreicher, trotz der Informationen des Bhrandeliers. Es blieb bei dieser einen Entdeckung, aber das reichte aus, um Pachiro neuen Mut zu schenken. Und wenn er darüber alt und grau wurde, die Suche nach dem klauenbewehrten Dämon würde er nicht aufgeben!

Zehn Wochen vergingen im Handumdrehen und ehe sie sichs versahen, standen Khandir und Amylla gut gelaunt im Flur.

Ihre Reise war aufregend und wunderschön gewesen, ganz wie es Khandir seiner Frau versprochen hatte. Beghild hüpfte völlig aufgelöst um sie herum und lachte und schrie vor Freude. Rina und Pachiro stürzten die Treppe hinunter, sogar Kindala gab ihren gemessenen Schritt auf und rannte in Amyllas Arme. Der Lärm lockte Sylat aus dem Garten. Langsam ging sie auf Khandir zu und berührte vorsichtig seine Wange, als hätte sie Angst, dass er sich wieder in Luft auflöste. Ihre Augen begannen zu leuchten und Khandir zog sie an sich.

»Meine Große«, murmelte er und strich ihr zärtlich über den Rücken. Das hatte er schon lange nicht mehr getan und es fühlte sich gut an. Beghild zupfte an seinem Ärmel.

»Ich bin auch schon groß! Hast du mir etwas mitgebracht?« Sie sah ihn erwartungsvoll an. Khandir musste lachen. Er ließ Sylat los und nahm seine Jüngste hoch.

»Natürlich! Ich wusste doch, dass du ein tapferes Mädchen bist!« Beghild jauchzte und klatschte in die Hände. »Wo ist es? Wo ist es?«

»Nur Geduld, ein bisschen musst du noch warten.« Khandir kitzelte sie am Hals, bis sie vor Vergnügen quietschte.

Amylla wurde von Kindala und Rina gleichzeitig umarmt und strahlte wie schon lange nicht mehr. Nur Pachiro stand ein paar Schritte entfernt, aber das fiel keinem auf. Alle redeten durcheinander, bis Khandir sie zur Ordnung rief und in den großen Saal bat. Dort hatten die Dienstboten schon zwei große Kisten abgestellt und ihre Reisetruhen.

Beghild rannte wie ein Irrwisch durch den Raum und kreischte: »Geschenke! Geschenke!« Sie gab erst Ruhe, als Khandir die Kisten und Truhen öffnete. Amylla und er packten die wunderlichsten Dinge aus.

Pachiro erhielt eine Art Laute, deren Körper aus dem Panzer eines Tieres gefertigt worden war, und ein Notenheft mit Liedern aus Diccur. Vorsichtig zupfte er an den Saiten. Erfreut lauschte er dem fremden, aber interessanten Klang.

Beghild saß vor einer kleinen Truhe, die mit vielen bunt bemalten Lackdosen gefüllt war. Darin befanden sich lauter unterschiedliche Gewürze, die in Yannah selten zu bekommen waren. Sie schnüffelte aufgeregt an ihren Schätzen und begann sofort Koch zu spielen.

Kindala packte einen Ballen der neuen Spitze aus, wegen der Khandir ursprünglich die Fahrt unternommen hatte.

»Daraus lassen wir das Kleid für deinen großen Ball machen«, sagte Amylla. Wehmütig betrachtete sie ihre Tochter, die mit diesem Ball in die Gesellschaft eingeführt werden und ihre Kindheit hinter sich lassen würde. Aber wenn sie ehrlich war, im Grunde hatte sich ihre Älteste, schon seit sie laufen und sprechen konnte, eher wie eine Erwachsene verhalten. Amylla seufzte und strich Kindala, die vorsichtig die Festigkeit des Stoffes prüfte, eine Strähne hinters Ohr. Es war mehr, als Kindala für ein Kleid benötigte, und das Mädchen überlegte bereits, wem und für welchen Preis sie den Rest verkaufen könnte.

Rina stand am Fenster und untersuchte den Garten mit dem großen Fernrohr, das sie kaum ruhig halten konnte, so schwer war es.

»Ich kann die Blattläuse an den Rosen sehen«, rief sie entzückt.

»Das ist ja eine bahnbrechende Entdeckung«, lästerte Pachiro und verdrehte die Augen. Aber Rina ließ sich in ihrer Freude nicht stören.

Sylat bekam eine silberne Pfeife, mit der man Vogelstimmen imitieren konnte. Sie hatte die Form eines Krokodils und war an einem gelben Seidenband befestigt.

»Die habe ich extra für dich anfertigen lassen. Normalerweise haben die Pfeifen die Form eines Vogels, aber ich fand diese hier passender«, erklärte Khandir schmunzelnd. Sylat schien derselben Meinung zu sein. Mit leuchtenden Augen trillerte und pfiff sie, bis Amylla sie darum bat aufzuhören. Gutwillig gehorchte sie und hängte sich die Pfeife um den Hals, wo sie sie ließ.

Inzwischen hatte Nunna den Tisch gedeckt und die Speisen wurden aufgetragen. Amylla scheuchte alle ins Esszimmer hinüber, wo sie fröhlich schwatzend das Mittagessen einnahmen. Den Rest des Tages verbrachten sie im Garten. Khandir und Amylla berichteten abwechselnd von ihren Abenteuern. Die Kinder lauschten gespannt, sogar Sylat hatte sich nicht wie üblich auf ihren Baum zurückgezogen. Amylla beichtete, dass sie auf der Hinreise seekrank gewesen war und sich in der Hauptstadt prompt verlaufen hatte, als sie einmal alleine einkaufen wollte. Khandir berichtete von seiner Fahrt durch den Sumpf, wo er mit Einheimischen Krokodile gejagt hatte. Seine Frau schwärmte von endlosen Wäldern, in denen sie sich vorgekommen sei wie in einem Tempel. Die Kinder sahen verblüfft, dass ihr dabei Tränen in die Augen stiegen. Aber am meisten erstaunte sie, dass ihre Eltern sich die ganze Zeit an den Händen hielten und sich immer wieder anlachten wie zwei Verliebte.

»Warum sind die so komisch?«, raunte Rina ihrer älteren Schwester ins Ohr. Kindala gab ihr einen Stoß in die Seite und sah sie missbilligend an.

»Keine Sorge, das vergeht wieder«, murmelte Pachiro. Rina, die es gehört hatte, schaute ihn unsicher an. »Wie meinst du das?« Doch sie erhielt keine Antwort.

Am nächsten Tag schlich sich Kindala in Khandirs Arbeitszimmer. Auf Zehenspitzen ging sie an seinem Schreibtisch vorbei und schlang von hinten die Arme um ihn. Sie drückte ihm einen Kuss auf die Wange und murmelte: »Es ist schön zu sehen, dass du dich so gut erholt hast. Ich habe dich lange nicht mehr lachen hören.«

Khandir hob die Hand und zog spielerisch an dem ordentlich geflochtenen Zopf seiner Tochter. »Wir hatten viel Ärger in den letzten Monaten«, seufzte er.

»Das stimmt, aber du arbeitest auch viel zu viel.« Kindala richtete sich auf und setzte sich auf die Kante seines Schreibtischs. Khandir wurde klar, dass dieses Gespräch wohl dauern würde, und er lehnte sich zurück.

»Dieser Beruf ist nicht einfach. Du musst vorne dran sein, sonst bist du ganz schnell raus aus dem Geschäft.«

Kindala nickte und sah ihn ernst an. »Du hast ein sehr gutes Gespür dafür, was die Leute haben wollen, sogar wenn sie es selbst noch nicht wissen.«

Khandir musste schmunzeln. »Du könntest recht haben. Aber das ist nicht die ganze Arbeit. Sieh dir diese Papiere an. Ich ertrinke in Listen.« Er rieb sich die Augen. »Unten im Hafen sitzt Neriman mit einem Stapel Frachtpapiere und der zuständige Mann in meinem Hafenkontor fühlt sich überfordert, das auch noch zu übernehmen.« An dem triumphierenden Ausdruck im Gesicht seiner Tochter sah er, dass er einen taktischen Fehler begangen hatte.

Und richtig, Kindala zögerte nicht, an dieser Stelle einzuhaken. »Siehst du, Vater, das ist der Moment, an dem du endlich mein Angebot, dir zu helfen, annehmen solltest.« Khandir holte Luft, aber sie ließ ihn gar nicht erst zu Wort kommen und fuhr fort: »Frage unseren Lehrer, ich bin inzwischen so gut im Führen der Bücher, dass er mir nichts mehr beibringen kann. Ich sitze in seinem Unterricht und langweile mich schrecklich. Das ist Zeitverschwendung, Vater! Und im Grunde genommen sogar unsinnig, wenn man bedenkt, wie du dich hier abrackerst mit Dingen, die ich ohne Probleme bewältigen könnte!« Sie beugte sich vor und nahm Khandirs Hände. »Lass es mich doch versuchen! Gib mir eine Chance, Vater! Ich würde nichts lieber tun, als dir zu beweisen, dass ich keine Last für dich bin! Oder wenn schon nicht für immer, dann mache wenigstens heute eine Ausnahme, gib mir die Listen und ich erledige das mit Nerimans Frachtpapieren.« Sie lächelte ihn schelmisch an und spielte ihren letzten Trumpf aus: »Ich werde es auch niemandem verraten!« Wie sie gehofft hatte, sprang Khandir darauf an. »Glaub mir, es ist mir vollkommen gleichgültig, was andere darüber denken, wenn eine Frau mich unterstützt. Ich weiß, dass das in Yannah verpönt ist, aber ich habe hart genug gearbeitet, um mein eigener Herr zu sein.« Seine Augen blitzten und Kindala wusste, dass sie gewonnen hatte. Es kostete sie nur noch geringe Überredungskunst, bis sie die Papiere in den Händen hielt und zusammen mit einem Diener als Begleitung und vielen, vielen Anweisungen zu Neriman geschickt wurde. Beinahe wäre sie übermütig durch die Straßen getanzt, aber das kam ihr dann doch zu kindisch vor.

Khandir, der sich immer noch wunderte, wie es Kindala diesmal gelungen war, ihn um den Finger zu wickeln, war stolz, als er die Arbeit seiner Tochter überprüfte. Er hätte es selbst nicht besser machen können, das Mädchen war wirklich tüchtig. Also willigte er schließlich doch ein, dass Kindala ihn in Zukunft regelmäßig unterstützte. Er bestand zwar darauf, dass sie weiterhin in den Unterricht ging, aber wenn sie ihm in ihrer Freizeit helfen wollte, würde er sie nicht mehr davon abhalten. Kindala war selig. Die anderen Familienmitglieder rollten mit den Augen. Nur die kleine Beghild freute sich über die Begeisterung ihrer großen Schwester. Khandir stellte einen kleinen Tisch neben seinem auf und erklärte ihn zu Kindalas Reich. Von da an verbrachten die beiden die Abende gemeinsam über ihre Papiere gebeugt und Khandir bereute seine Entscheidung nicht. Nur manchmal schaute er neiderfüllt auf den aufgeräumten Tisch neben ihm. Seine Tochter war wirklich unerträglich ordentlich!

Alles lief seinen gewohnten Gang, als wären die Eltern nie weg gewesen. Die größte Veränderung in ihrem Alltag war wohl Kindalas Aufstieg zur Hilfskraft ihres Vaters. Aber ihre Geschwister merkten davon nicht allzu viel. Nur Rina beneidete ihre Schwester glühend um die Treffen mit Neriman, auch wenn sie wusste, dass die beiden nichts taten, als langweilige Listen miteinander abzugleichen. Ein Zeit lang versuchte Pachiro, seinen Vater abzupassen. Er wollte ihn wegen Sylats Herkunft zur Rede stellen und ihm seine Meinung wegen dieser Lüge, wie er es nannte, sagen. Aber immer schwänzelte Kindala um ihn herum, und wenn sie einmal unten im Hafenkontor war, dann konnte er sicher sein, dass Beghild das ausnutzte und sich ihrem Vater an den Hals hing. Nach ein paar Tagen gab er auf, ihm war ohnehin unwohl dabei gewesen. Er verspürte keine Lust auf eine neue Ohrfeige. Stattdessen widmete er sich ohne große Begeisterung seiner Dämonensuche. Warum er weitermachte, konnte er nicht recht sagen. Seinem Vater zuliebe jedenfalls nicht mehr! Vielleicht will ich mir selbst etwas beweisen, dachte er achselzuckend und betrachtete den krakeligen Stadtplan, den er im Lauf der Jahre von Yannah und dem Hafenviertel angefertigt hatte. In der Nähe des großen Kais waren sie noch nie gewesen, aus Angst, dass ihnen dort jemand über den Weg lief, der sie kannte. Vielleicht war das ein Fehler und der Dämon versteckte sich genau dort.

Sylat war einverstanden, dass sie jetzt diese Gegend unter die Lupe nahmen.

»Wir müssen aber gleichzeitig darauf achten, dass wir nicht einem Matrosen vom Schiff unseres Vaters oder gar Neriman über die Füße stolpern«, flüsterte Pachiro, als sie sich hinter einen Stapel Bretter duckten. Vor ihnen befand sich eine Reihe von hell erleuchteten Hafenkneipen, manche Türen waren mit rosafarbenen Wimpeln geschmückt. Er stieß seine Schwester an. »Wozu sind diese rosa Fähnchen? Feiern die irgendetwas?«

Sylat sah ihn mit einem merkwürdigen Ausdruck an. »Bordelle müssen das aufhängen. So lautet das Gesetz«, brummte sie.

»Ach was!«, entfuhr es Pachiro, wobei ihn die rosa Farbe mehr verblüffte als die Tatsache, dass es sich um Freudenhäuser handelte. Seine Streifzüge durch das Hafenviertel hatten ihn besser aufgeklärt als die verlegenen Worte seines Vaters an seinem sechzehnten Geburtstag vor ein paar Wochen. In den dunklen Ecken zwischen den Hütten hatte er Dinge gesehen, die seinem rechtschaffenen Vater vermutlich die Schamesröte ins Gesicht getrieben hätten. Pachiro empfand nur Mitgefühl für die Mädchen, die ihren Körper verkaufen mussten, um nicht zu verhungern, noch bevor sie erwachsen waren.

Musik und Gesang aus einer Wirtschaft zu ihrer Rechten lenkten ihn von diesen Gedanken ab. Pachiro wurde wie magisch von diesen Klängen angezogen und schlich zu einem der Fenster des Gebäudes, obwohl Sylat warnend zischte. Er kauerte sich in den Schatten darunter, hob vorsichtig den Kopf und lugte durch die verschmierte Scheibe in den Gastraum. Er konnte einen Mann erkennen, der eine Laute spielte und tapfer gegen das Grölen und Brüllen der ziemlich betrunkenen Matrosen um ihn herum ansang. Vor ihm auf dem Tisch lag eine Mütze, in der sich einige Kupfermünzen befanden. Eine Frau in einem dünnen grellrosa Gewand mit lapislazuliblau bemalten Augenlidern kreischte etwas und zeigte auf den Barden. Mehrere der Männer lachten und schlugen sich auf die Schenkel.

»Aufhören, aufhören«, versuchten andere, den Sänger zum Schweigen zu bringen, aber der ließ sich nicht beirren.

Pachiro fühlte eine Hand an seinem Arm zerren. Sylat war ihm nachgekommen und drängte offensichtlich weiter. Er aber wollte dem Barden zuhören und schüttelte den Kopf. Der Mann hatte eine schöne Stimme und das Lied gefiel ihm. Doch mit dieser Meinung schien er allein zu sein, Sylat grummelte und drinnen heizte sich die Stimmung zunehmend auf. Die ersten zornigen Rufe erklangen, jemand knallte einen Krug so heftig auf den Tisch, dass er zerbrach. Pachiro bekam ein mulmiges Gefühl. Merkte der Barde denn nicht, dass er lieber still sein sollte?

»Warum macht er weiter?«, fragte er Sylat.

»Hunger!«, sagte sie kurz. Immerhin, das erklärte die Hartnäckigkeit des Sängers angesichts der aufbegehrenden Menge. Er hoffte wohl, trotz allem noch ein paar Kupfermünzen zu bekommen. Doch die immer wütenderen Gesichter der Leute versprachen nicht gerade Freigebigkeit. Plötzlich sprangen ein paar Matrosen auf und schleiften den sich wehrenden Barden zur Tür. Er wurde in hohem Bogen auf die Straße geworfen. Einen Augenblick später schlug sein Instrument ein Stück entfernt auf dem Boden auf. Das Geräusch von zerberstendem Holz ließ den Barden aufstöhnen. »Meine Laute«, jammerte er und kroch darauf zu. »Meine Laute, meine arme Laute«, klagte der verzweifelte Mann, während er die Bruchstücke aufsammelte und an sich presste. Aus seiner Nase tropfte Blut, aber er achtete nicht darauf. Pachiro, der seine Harfe liebte, spürte einen dicken Kloß im Hals. Er konnte verstehen, was in dem armen Kerl vor sich ging. Unwillkürlich richtete er sich auf und wollte zu ihm gehen. Sylat hielt ihn fest. Er versuchte sich loszureißen, doch plötzlich packte sie ihn mit festem Griff und schleppte ihn mit sich hinüber in ihr Versteck von eben. Pachiro wollte aufbegehren, doch Sylat hielt ihm den Mund zu. Ihre gelben Augen glühten. »Neriman!«, zischte sie ihm ins Ohr und Pachiro erstarrte. Als er sich von seinem Schreck erholt hatte, schaute er vorsichtig hinter dem Bretterstapel hervor. Tatsächlich kam der Kapitän zusammen mit dem dicken, komisch gekleideten Glatzkopf, der für seinen Vater im Hafenkontor arbeitete, den Kai entlang. Verflixter Mist, dachte Pachiro. Nicht nur sein Vater schien bis tief in die Nacht zu arbeiten. Schnell duckte er sich und hielt den Atem an. Wenn Neriman sie hier erwischte, dann waren sie wirklich in Schwierigkeiten! Die Schritte kamen näher, doch auf einmal blieben die beiden stehen. Pachiros Herz raste, waren sie entdeckt worden?

»Was macht Ihr da?«, hörte er die dumpf klingende Stimme des Dicken. Wahrscheinlich hielt er sich wieder sein mit Rosenöl getränktes Tuch vor die Nase, um den Geruch hier zu übertünchen.

»Ich suche meine Geldbörse«, sagte Neriman.

»Habt Ihr sie verloren?«, wollte der Dicke wissen. Pachiro schielte neugierig um die Ecke. Überrascht beobachtete er, wie Neriman sich ohne weitere Erklärung zu dem Barden hinunterbeugte, der immer noch klagend auf dem Boden kniete und mit blutverschmiertem Gesicht sein zerbrochenes Instrument in den Armen wiegte. Wortlos schob Neriman dem Sänger etwas in den Mantel und ging rasch weiter, bevor der Mann noch richtig begriffen hatte, wie ihm geschah. Verdutzt griff der Barde in seine Tasche und förderte eine glänzend polierte Goldmünze zutage. Fassungslos starrte er sie an und Pachiro erging es nicht anders. Er hatte Neriman immer als aalglatt und kalt empfunden und konnte bis heute nicht verstehen, warum sein Vater ihn so schätzte, und Rinas glühende Verehrung für den Seemann konnte er schon überhaupt nicht nachvollziehen. Dieses Mitgefühl einem Fremden gegenüber hätte er ihm nie zugetraut. Pachiro schüttelte den Kopf, vielleicht hatte er sich getäuscht und sein Vater besaß doch die bessere Menschenkenntnis! Der Barde hatte sich in der Zwischenzeit wieder gefangen, denn er sprang auf und schaute die Straße hinunter. Doch sein Wohltäter war längst in der Dunkelheit verschwunden.

Später, als Pachiro in seinem Bett lag, konnte er nicht einschlafen. Immer wieder sah er vor sich, wie der Barde brutal auf die Straße geworfen wurde und seinen Verlust beweinte. Abgesehen davon, dass dieser an seiner Laute hing, er musste damit seinen Lebensunterhalt verdienen. Doch wenn er solchen Hunger hatte, dass er es wagte, sich den zornigen Wünschen seines Publikums entgegenzustellen und weiterzusingen, dann war das wohl nicht so einfach. Zwar war die Sache gut für ihn ausgegangen, aber Pachiro war klar, dass nicht alle Tage jemand wie Neriman vorbeikommen würde, um einen armen Barden zu retten. War das die Zukunft, die ihm als fahrender Sänger bevorstand? Er erinnerte sich an die Abende, als er für die Gäste seiner Eltern gesungen und gespielt hatte, an ihre Begeisterung und Freude. Nie wäre er auf den Gedanken gekommen, dass es Menschen gab, die Musik nicht mochten. Aber genau das hatte er heute mit eigenen Augen gesehen und er wusste, der Mann hatte noch Glück gehabt, dass er nicht verprügelt worden war. Plötzlich war sich Pachiro nicht mehr so sicher, ob er selbst wirklich diesen Weg einschlagen wollte. Aber was sollte er dann tun? Die Geschäfte seines Vaters übernehmen? Dieser war ja grimmig entschlossen, dass Pachiro sein Nachfolger wurde. Er sah sich an Khandirs Schreibtisch sitzen, begraben unter Papierbergen. Nein, er würde ersticken, dazu konnte ihn sein Vater nicht zwingen. Lieber wollte er alles verbrennen. Ein wenig konnte er auf einmal verstehen, wieso Sylat gedacht hatte, der Dämon würde vielleicht bloß aus Wut Feuer legen. Nur, wie sollte er dann sein Auskommen finden? Ruhelos wälzte sich Pachiro hin und her. Als es Zeit war zum Aufstehen, hatte er kein Auge zugetan.

*

Die Seuche, die sich von Sarrinam aus über ganz Daaressal ausgebreitet hatte, verschwand genauso überraschend, wie sie gekommen war. Vor drei Wochen hatte man die letzten Toten verbrannt. Viele Menschen hielten die Krankheit für ein Geschenk der Dämonen. Nicht nur weil die Kranken im Fieberwahn geschrien hatten, sie würden in Flammen stehen, sondern auch, weil sich auf ihrer Haut schwarze Flecken zeigten, bis der ganze Körper davon übersät war. Und man wusste doch, welch grausamen Sinn für Humor die dunklen Götter besaßen. Jeder fragte sich, was sie wohl bei ihrem nächsten Besuch in der Stadt mitbringen würden. Dass sie wiederkämen, daran bestand kein Zweifel, denn mehr als einmal hatten sie sich ihr Opfer eigenhändig abgeholt und einverleibt. Viele wunderten sich über die Ungeduld und den Hunger der Dämonen, aber wenn man seit

Anbeginn der Zeit in der Dunkelheit hauste, sehnte man sich vielleicht nach Abwechslung und begnügte sich nicht mehr mit den Seelen, die einem mundgerecht dargeboten wurden. Es gab viele Vermutungen, warum die dunklen Götter immer wieder ihren Berg verließen. An den Marktständen wurden nicht nur Waren, sondern auch Spekulationen gehandelt. Einer der eifrigsten Verbreiter von Halbwahrheiten und erfundenen Geschichten war Suumal. Seit er die ersten Sklaven befreit hatte, wusste er um die Nützlichkeit von Gerüchten. Beinahe gierig hatten die Händler damals seinen hinter vorgehaltener Hand geflüsterten Verdacht, die Dämonen steckten hinter ihrem Verschwinden, aufgenommen und weitergetragen. Suumal hatte amüsiert verfolgt, wie diese Geschichte aufgebläht wurde, sich verbreitete und sich schließlich als Gewissheit in den Herzen der Menschen einnistete. Je mehr er so tat, als verriete er ein nur ihm bekanntes Geheimnis, desto eher glaubte der Empfänger daran und fühlte sich wichtig. Suumal wusste nur zu gut, dass sich jeder nach dem Gefühl sehnte, bedeutend zu sein, und es sich erhalten wollte. Diese Taktik war zwar zu Beginn etwas langsam, aber wenn das Ganze erst einmal in Gang gekommen war, verteilte es sich wie Wüstenstaub in der gesamten Stadt. Niemand konnte sich dem Dämonenglauben entziehen, denn er rührte an die tiefsten und ältesten Ängste. Selbst Suumal fragte sich ab und zu mit Unbehagen, wie lange die Dämonen seinem Treiben noch zusehen würden. Andererseits lebten sie von der Furcht der Menschen und er verschaffte ihnen neue Nahrung. Und dann, hatte er die Hölle nicht bereits gesehen und lebte immer noch, sogar besser als seit langem? Ja, aus ihm war ein feiner Herr geworden, einer der angeblich viele Jahre für Diccur als Kapitän zur See gefahren war und mit Stolz deren Uniform trug. Die kurze dunkelblaue Jacke war wesentlich praktischer bei seinen nächtlichen Beutegängen als die hier im Land üblichen langen Mäntel, ganz zu schweigen von dem blauen Stirnband mit der darauf gestickten aufgehenden Sonne, das die Seeleute aus Diccur zu tragen pflegten.

Jetzt, da angeblich sein Großonkel verstorben war und keine anderen Erben hinterließ, war er natürlich zurückgekehrt nach Daaressal und lebte genauso abgeschottet wie der alte Herr in dessen Haus am Hafen. Niemand wusste, dass Suumal den Alten in monatelanger Arbeit ausgekundschaftet hatte, nachdem ihm das Gebäude aufgefallen war, und ihn dann schließlich ermordet hatte. Es lag an einem strategisch günstigen Platz in der Stadt und war eines der wenigen Häuser, die noch einen großen Garten besaßen. Menschenscheu wie er war, hatte der alte Einsiedler hohe Mauern um seinen Besitz errichten sowie die meisten Fenster zumauern lassen und die Innenhöfe waren von außen nicht einsehbar. Man fühlte sich wie in einer kleinen Festung. Zwar waren viele der Räume verwahrlost, weil der Mann in seinem Verfolgungswahn nur noch einen Koch und einen einzigen Diener beschäftigt hatte, die beinahe genauso alt waren wie er selbst, aber Suumal hatte genügend Gefolgsleute beisammen, die mit Wonne ihr neues Zuhause herrichteten. Es war auch kein Problem gewesen, die drei Greise zu überwältigen, nachdem es ihm gelungen war, den Koch bei seinem morgendlichen Einkauf abzufangen und mit seiner Hilfe in das Haus einzudringen. Koch und Diener ruhten jetzt unter dem großen Feigenbaum in der Mitte des Gartens; seinen »Onkel« hatte er in allen Ehren verbrennen lassen, wie es sich gehörte.

Die Nachbarn hatten dem trauernden Suumal die Geschichte abgekauft, dass der Alte nach ihm, seinem einzigen

Verwandten, geschickt hatte, als er im Sterben lag. Außer Suumal weinte dem Sonderling sowieso niemand eine Träne nach und zur Bestattung kamen sie nur aus Neugier auf den unbekannten Erben. Leider lag das Verschrobene in der Familie und auch der Neffe lebte sehr zurückgezogen.

Die größte Schwierigkeit, aber kein unüberwindliches Hindernis, war für Suumal gewesen, ein Muster zu finden, mit dem sich all die verschiedenen Tätowierungen seiner befreiten Sklaven in ein einheitliches verwandeln ließen, das noch niemand kannte, in sein eigenes Zeichen, das jetzt auch den Eingang zierte.

Mit der gestiegenen Anzahl der befreiten Sklaven war auch die Befreiung selbst ein leichtes Spiel geworden. Vor allem nachdem der Ältestenrat entschieden hatte, die Wachen abzuziehen, um nicht noch mehr Männer zu verlieren. Die Gefangenen waren schließlich in ihrem Käfig eingesperrt und konnten nicht weglaufen. In Sarrinam wagte sich kein Einwohner mehr bei Vollmond auf die Straße und Suumals Männer hatten freie Hand. Jetzt, da er mehr Sklaven zur Auswahl hatte, konnte Suumal es sich leisten, wählerisch zu sein. Die schwachen, ängstlichen wurden ausgesondert und endeten unterm Feigenbaum. Die übrigen waren ihm treu ergeben, ganz wie er vorausgesehen hatte. Nicht nur aus Dankbarkeit, weil er sie vor dem sicheren Tod bewahrt hatte und ihnen einen Unterschlupf bot, sondern auch weil sie wie Gefolgsleute statt wie Sklaven behandelt wurden. Trotzdem wusste jeder von ihnen, wer das Sagen hatte und dass man blitzschnell für immer im Garten landen konnte, wenn man die anderen in Gefahr brachte.

Eigentlich hätte sich Suumal jetzt zurücklehnen können, aber sein Ehrgeiz war noch nicht gestillt, sein Bedürfnis nach Sicherheit nicht befriedigt. Er würde erst ruhen, wenn er Besitzer eines Schiffes wäre und jederzeit für immer aus Daaressal verschwinden könnte. Ganz abgesehen von dem Plan, den er im Hinterkopf hatte und den er mit einer gewissen Besessenheit Schrittchen für Schrittchen verfolgte. Aber große Ziele erforderten großen Einsatz, das hatte er gelernt. Oder zumindest Ausdauer und die Fähigkeit, im Verborgenen die Fäden zu spinnen.

Drei seiner Männer hatte er mehr ins Vertrauen gezogen als die anderen: Dhenir war ein Bhrandelier, der den Fehler begangen hatte, vor dem großen Krieg aus seiner Heimat nach Daaressal zu flüchten, wo Fremde ohne den Schutz einer starken Familie unweigerlich in der Sklaverei endeten, Lakrimet, ein ehemaliger Matrose aus Diccur, hatte auf seinem Landgang in Sarrinam zu viel getrunken, sein Schiff nicht mehr erreicht und war nach zwei Tagen im Käfig eines Sklavenhändlers aus seinem Rausch erwacht. Der Dritte, Naadu genannt, stammte wie Suumal aus dem Osten von Daaressal und hatte lange im Gebirge in einem Bergwerk gearbeitet, bis ihn sein Herr nach Sarrinam verkaufte. Diese drei waren bei ihren Raubzügen in gewisser Weise seine Stellvertreter, wenn Suumal nicht zugegen war. Doch nicht einmal sie waren in alles eingeweiht. Suumal wusste, er konnte sich nur auf sich selbst verlassen. Zu oft hatte er erlebt, dass man mit Folter jeden zum Reden bringen konnte, wenn man nur einfallsreich genug war. Und es bestand immer die Möglichkeit, dass einer von ihnen bei ihren Überfällen lebend gefangen wurde. Selbstverständlich kannte auch keiner seiner Männer den geheimen Ausgang aus ihrer Burg, wie sie das Gebäude zu nennen pflegten. Im Falle eines Falles konnte er bei seiner Flucht immer noch entscheiden, ob er jemanden mitnehmen oder lieber alleine untertauchen wollte. Wichtig war nur, Gold anzuhäufen und für jede Möglichkeit einen Ausweg parat zu haben. Für das Erste sorgten seine Männer nach seinen Anweisungen, für das Zweite war Suumal allein zuständig. Manchmal musste er lächeln, wenn er daran dachte, wie ähnlich er im Grunde dem Alten war, dessen Haus er übernommen hatte. Wenn auch nicht Blutsverwandte, so waren sie doch verwandte Seelen. Der größte Unterschied zwischen ihnen bestand darin, dass Suumal nicht daran dachte, sich hier bis zu seinem Tod zu verkriechen. Nein, Diccur schien ihm die bessere Wahl für einen angemessenen Lebensabend. Aber man würde sehen, die Welt hatte vielleicht noch mehr zu bieten.

*

»Sie ist sich fremd.«

»Hat sie vergessen, wer sie ist?«

»Ich spüre ihre Verwirrung, Myzlat.«

»Sie muss sich verwandeln, Tych.«

»Aber wird sie sich daran erinnern?«

»Glaubst du wirklich, man kann das vergessen?«

»In ihrer Seele ist Dunkelheit, Myzlat.«

Was bleibt dir am Ende aller Tränen?

Sylat saß auf ihrem Baum und trillerte munter auf ihrem Krokodil. Um sie herum war alles in Aufruhr. Dienstboten schleppten Körbe voller Blumen ins Haus und verteilten sie im großen Saal. Nunna polierte mit zwei Dienerinnen Gläser und das silberne Besteck, während Amylla mit einer langen Liste in der Hand auf den Koch einredete, der seinen Kräutergarten plünderte. Rina und Beghild tanzten singend durchs Haus und traten jedem auf die Füße. Pachiro beobachtete sie von der Treppe aus. Es war nur eine Frage der Zeit, bis seine Mutter in die Luft gehen würde. Kindala, der Anlass für die ganze Aufregung, stand in einem Spitzenkleid still wie eine Statue in ihrem Zimmer, während die Näherin letzte Änderungen am Saum vornahm. Heute war Kindalas sechzehnter Geburtstag, der mit einem großen Ball gefeiert wurde. Über dreihundert Gäste waren eingeladen und Pachiro fragte sich, wie sie alle in den Saal passen sollten, ohne sich gegenseitig zu erdrücken. In der Küche schepperte es laut. Amylla und der Koch stürzten ins Haus und rannten den Flur hinunter.

Khandir hatte sich in sein Arbeitszimmer zurückgezogen. Nur zähneknirschend hatte er sich der Tradition gebeugt, dass seine Tochter in diesem zarten Alter in die Gesellschaft eingeführt wurde, um sich der Jagd der jungen Frauen in Yannah nach einem Ehemann anzuschließen.

»Du hast viel später geheiratet«, hatte er vorwurfsvoll zu Amylla gesagt.

»Trotzdem hatte ich mit sechzehn meinen Ball und ich werde nicht zulassen, dass du meine Tochter zum Gespött ihrer Freundinnen machst.«

»Dumme Gänse«, sagte Khandir vor sich hin.

»Zufällig hat Kindala diese dummen Gänse sehr gern!«, fauchte Amylla. Khandir biss sich auf die Zunge, um seine Frau nicht noch mehr aufzubringen, und begnügte sich damit, ein finsteres Gesicht zu ziehen. Insgeheim war er froh, dass sich wenigstens Sylat diesem Rummel entzogen hatte. Das Mädchen hatte vor drei Jahren Amyllas Vorschlag, für sie einen Ball auszurichten, mit einem lauten Grollen im Keim erstickt.

»Du siehst beinahe so grimmig aus wie Sylat, wenn ihr was nicht passt«, zog ihn Rina auf, die in sein Zimmer gewirbelt kam. »Mutter will, dass du den Helfern in der Küche auf die Finger schaust. Sie selbst ist mit der Dekoration des Saales beschäftigt und meint, du könntest ruhig auch etwas tun.« Sie wurde verlegen. »Also, das waren ihre Worte, nicht meine.«

Khandir holte tief Luft. Er war ja hilfsbereit, aber das ging ihm zu weit. Ausgerechnet in der Küche als Aufseher herumstehen, was hatte sie sich dabei gedacht!

»Ich würde lieber gehen«, meinte Rina leise, bevor sie wieder hinaushuschte. »Da unten braut sich ein Unwetter zusammen!«

»Bei Jerish, womit habe ich das verdient!«, stöhnte Khandir, stand aber auf und ging hinunter, um seine Frau zu suchen. Es musste auch noch etwas anderes geben, wobei er sich nützlich machen könnte.

Am frühen Abend war wider Erwarten alles fertig und Amylla beeilte sich, ihr Ballkleid anzuziehen. Rina stand neben ihr und bewunderte sich im Spiegel. Die Näherin hatte sich große Mühe gegeben, dem Mädchen ein lindgrünes Kleid auf den Leib zu schneidern, das ihre hageren Formen gefälliger machte. Nunna hatte ihr die Haare hochgesteckt und einzelne Strähnen zu Locken gedreht, die weich ihr Gesicht umrahmten. Bin das wirklich ich?, fragte sich Rina im Stillen und drehte sich um ihre eigene Achse. Ihr Herz klopfte wild bei der Vorstellung, dass Neriman sie so sehen würde. Seit sie erfahren hatte, dass der Kapitän nicht auf See war und kommen würde, träumte sie davon, mit ihm zu tanzen.

Beghild platzte herein und wollte wissen, wo sie so lange blieben. Die Kleine hatte auf ein fliederfarbenes Kleid mit vielen Rüschen bestanden, obwohl sie jeder behutsam darauf hinwies, dass ihr das nicht stünde. Jetzt sah sie aus wie ein Butterkringel mit Zuckerguss und strahlte vor Glück. Amylla und Rina eilten mit ihr nach unten. Khandir, Pachiro und Sylat warteten schon, ebenso festlich gekleidet. Es fehlte nur noch die Hauptperson des Abends. Pachiro scharrte ungeduldig mit den Füßen. Das Marineblau von Jacke und Hose ließ seine blonden Locken aufleuchten wie feine Goldfäden. Die düstere Farbe sah an ihm wesentlich besser aus als das Schwarz an Khandir, aber Pachiros Haut war auch nicht so blass wie die seines Vaters. Er sah beinahe erwachsen aus in dieser Kleidung. Sylat in ihrem zartgelben Kleid, das gut zu ihren Augen passte, wirkte neben ihm wie seine kleine Schwester. Alle außer Beghild überragten sie inzwischen, dabei war sie die Älteste.

Pachiro zerrte am Stehkragen seiner Seidenjacke. »Ich ersticke«, ächzte er, als seine Mutter ihn missbilligend ansah. Sylat stieß ihn in die Seite und er zupfte stattdessen an der goldenen Schärpe, die um seinen Bauch geschlungen war.

»Wo bleibt Kindala?«, murrte er.

Wie aufs Stichwort schritt seine Schwester in diesem Augenblick die Treppe hinunter.

»Ooooh«, hauchte Beghild. »Eine Prinzessin!«

In der Tat sah Kindala in der zarten cremefarbenen Spitze, die mit gold glänzender Seide unterlegt war, wie die Tochter eines Königs aus. Nunna hatte mit ihren glatten Haaren wahre Wunder gewirkt: Sie hatte Löckchen gewickelt, in die Spitzenbänder und Goldkettchen hineingeflochten waren, dass es eine Pracht war. Selbst Pachiro musste zugeben, dass seine Schwester nicht schlecht aussah. Khandir platzte beinahe vor Stolz und gleichzeitig war er traurig. Mit der hochgesteckten Frisur und dem Kleid sah sein kleines Mädchen so erwachsen aus.

Ein Diener kam angelaufen und kündigte die ersten Gäste an. Schnell ging die ganze Familie hinüber in den Saal. Khandir und Amylla nahmen Kindala in ihre Mitte und stellten sich an den Eingang, um alle gebührend zu begrüßen. Pachiro und Rina verdrückten sich in eine Ecke des Raumes, von wo aus sie einen guten Überblick hatten. Beghild schlich zum Büfett und staunte über das beeindruckende Werk des Kochs, das ihre Mutter mit Blüten und Blättern hatte umrahmen lassen. Verschiedene Düfte mischten sich und ließen jedem das Wasser im Mund zusammenlaufen. Sylat marschierte schnurstracks durch die weit geöffneten Flügeltüren in den Garten und verschwand in der Dämmerung. Pachiro wollte ihr folgen, aber Rina hielt ihn am Ärmel fest.

»Hier geblieben!«, zischte sie. »Wehe, du lässt mich allein!«

Zwei Stunden später war der Strom der Neuankömmlinge bei weitem nicht versiegt. Kindala schaffte es, immer noch so frisch und einladend zu lächeln, als begrüßte sie ihren ersten Gast. Auf der Anrichte hinter ihr türmten sich Geschenke.

»Sie wird Tage brauchen, um das alles auszupacken«, sagte Pachiro zu Rina.

»Keine Sorge, ich werde ihr helfen«, meinte seine Schwester, die beinahe vor Neugier platzte.

Ein Diener stand mit einem vollbeladenen Tablett im Türrahmen und wartete schwitzend, bis die gerade erschienenen Gäste begrüßt worden waren und zur Seite rückten. Pachiro sah, wie Kindala ein Mädchen auf die Wangen küsste, das einen halben Kopf kleiner war als sie. Es handelte sich vermutlich um die Tochter des Mannes, der mit Khandir in ein Gespräch vertieft war. Ihre zarte Gestalt war in Goldbrokat gehüllt, eine Stola aus dem gleichen Stoff bedeckte ihre bloßen Schultern. Ihren schlanken Hals zierte eine funkelnde Diamantkette. Ihre Haut war hell, als ob sie die Sonne mied, und lange Wimpern beschatteten riesengroße Augen, die so schwarz waren wie ihr Haar. Sie öffnete einen Fächer aus golddurchwirkter Spitze und bedeckte kokett die untere Hälfte ihres Gesichts. Pachiro spürte den Drang, hinüberzugehen und den Fächer vor ihren fein geschwungenen Lippen wegzuziehen, aber er konnte sich nicht bewegen. Mit offenem Mund starrte er dieses unbeschreiblich schöne Wesen an, das einem Märchen entstiegen sein musste, bis Rina ihm den Ellenbogen in die Seite stieß. Pachiro nahm es kaum wahr in seiner Verzückung. Es konnte nicht wirklich sein, was er da sah. Die Erscheinung ließ ihren Blick durch den Saal schweifen, entdeckte ihn und schwebte graziös auf ihn zu.

»Guten Abend, Monli«, sagte Rina. Die Angesprochene beachtete sie nicht, sondern musterte Pachiro, der über und über rot wurde.

»Du musst Pachiro sein«, zwitscherte die schöne Monli. »Ich habe schon viel von dir gehört.« Sie neigte anmutig den Kopf und lächelte. Pachiro brachte keinen Ton heraus. In seinem Gehirn war nur Watte und seine Knie wurden gerade zu Brei. Monli ließ ein kleines Lachen hören, das in seinen Ohren wie ein silbernes Glöckchen klang. Sie stupste ihn mit ihrem Fächer an. »Ich hoffe, du wirst mir einen Tanz schenken, Pachiro.«

»Da musst du dich aber ganz hinten anstellen«, lautete die bissige Antwort von Rina, doch weder ihr Bruder noch Monli schienen sie zu hören. Rina überlegte ernsthaft, ob sie der eingebildeten Ziege auf ihre goldenen Seidenschuhe treten sollte. Aber bevor sie sich entscheiden konnte, hatte Monli den Neffen des Fürsten am Eingang entdeckt und verabschiedete sich von Pachiro, der stumm wie ein Fisch neben seiner Schwester stand und ihr hinterherglotzte.

»Ich kann nicht glauben, dass dir die gefällt«, raunzte Rina ihren Bruder an. »Und mach endlich den Mund zu, sonst läuft dir der Speichel übers Kinn.« Pachiro hatte immer noch einen leicht glasigen Blick. Sie wollte ihn gerade vors Schienbein treten, da sah sie Neriman in den Saal kommen. Jetzt war es an ihr, mit offenem Mund zu staunen. Der Kapitän sah umwerfend aus in seinem Festtagsgewand. Ein Säbel, dessen goldener Griff mit Rubinen besetzt war, zierte seine Schärpe und verlieh ihm etwas Draufgängerisches. Rina seufzte und schmolz dahin. Vergessen waren Monli und ihr dummer Bruder.

Inzwischen schien auch der letzte geladene Gast eingetroffen zu sein und das Büfett war eröffnet. Pachiro kaute selbstvergessen an einem Hühnerbein und suchte Monli in der Menge. In einer Ecke entdeckte er Tante Binda, die einen der wenigen Stühle ergattert hatte. Beghild hatte sich in ihren Schoß gekuschelt und lächelte selig. Als Pachiro seinen Blick über den massigen Körper seiner Tante gleiten ließ, der in üppig mit Rüschen verzierte fliederfarbene Seide gepresst war, wusste er, woher der Kleiderwunsch seiner Schwester stammte. O Jerish hilf, stöhnte er innerlich. Hoffentlich erfährt keiner, dass wir verwandt sind! Schnell verdrückte er sich, bevor Tante Binda ihn sah und zu sich winkte.

Die Musiker nahmen ihre Plätze ein und spielten zum Tanz auf. Die Gäste machten Platz in der Mitte des Saales und es dauerte nicht lange, da bewegten sich die einen im Gedränge mit geröteten Gesichtern zum Takt im Kreis, während die anderen versuchten, ihre Gespräche weiterzuführen, was angesichts der Lautstärke nicht einfach war.

Die schöne Monli stand von zwei Freundinnen umrahmt in der Nähe der Anrichte. Die Mädchen steckten die Köpfe zusammen und tuschelten.

»Seht euch diesen Dummkopf an«, sagte Monli und deutete auf Pachiro, der immer noch den abgenagten Hühnerknochen in der Hand hielt.

»Und, was hat er gesagt?«, fragte eines der Mädchen begierig.

»Nichts! Er hat mich nur angeglotzt. Ich sage euch, er ist ein Hohlkopf.« Monlis Ton war verächtlich.

»Vielleicht hast du ihm gefallen?«

»Er wäre beinahe vor mir auf die Knie gesunken.« Monli lächelte hochmütig.

»Sein Vater ist reich. Dumm oder nicht, Pachiro wird einmal viel erben«, mischte sich das dritte Mädchen ein.

»Na und?«, sagte Monli spitz. »Damit kann er den Gestank aus dem Hafenviertel auch nicht abwaschen. Pack bleibt Pack.«

»Na hör mal, warum nimmst du dann Kindalas Einladung an, wenn du so über ihre Familie denkst?« Das Mädchen rechts von ihr sah Monli tadelnd an.

»Weil mein Vater Geschäfte mit ihrem Vater macht. Außerdem ist der Neffe des Fürsten ebenfalls anwesend.« Sie blinzelte ihren Freundinnen zu. »Nur, wenn ich gewusst hätte, wie langweilig das hier ist, dann hätte ich Kopfschmerzen vorgeschützt und wäre nicht gekommen.« Das Lachen ihrer Freundinnen hatte einen unechten Klang. Den beiden ging Monli zu weit. Aber keine von ihnen hätte ihr jemals offen die Meinung gesagt. Man verdarb es sich nicht mit Monli, deren Vater ein wichtiger Mann in der Stadt war, weil er viele Läden besaß, und der seine Tochter über alle Maßen verwöhnte.

Monli spielte mit ihrem Fächer und machte den anwesenden Männern schöne Augen. Nach einer Weile zog sie einen Schmollmund. »Ach, mir ist wirklich grässlich langweilig. Wisst ihr denn gar nichts Amüsantes zu berichten?« Ihre Freundinnen schüttelten den Kopf. »Nun, dann werde ich mir wohl selbst etwas Unterhaltsames ausdenken müssen.« Ihr Blick fiel auf Pachiro, der suchend durch den Saal schlich. In Monlis Augen erschien ein Glitzern. »Ich werde ihn dazu bringen, dass er mich küssen will.«

»Wen? Wie? Was meinst du?« Die beiden anderen Mädchen waren verwirrt.

Monli ließ ihr Silberglöckchenlachen erklingen. »Na, Pachiro! Ich werde ihn glauben machen, ich wünschte mir nichts lieber als das. Und wenn er sich zu mir herunterneigt, werde ich ihm tief in die Augen schauen und ihn fragen, wieso er denkt, dass ich einen Dummkopf wie ihn küssen will.«

»Das ist gemein!«, sagte das Mädchen zu ihrer Linken.

»Geradezu hinterhältig«, entfuhr es der anderen.

»Ja, nicht wahr?« Monli sah zufrieden aus wie die Katze vor dem leer geschleckten Sahnetopf.

Es war ein Leichtes für Monli, Pachiros Aufmerksamkeit auf sich zu ziehen und ihn mit einem liebreizenden Lächeln und bedeutungsvollen Blicken quer durch den Saal zu sich zu locken. Wie unter einem Zauberbann folgte er dem Mädchen, das sich gewandt durch die Menge schlängelte. Eigentlich hatte er erwartet, dass Monli jetzt ihren Tanz einfordern würde, aber zu seiner Überraschung führte sie ihn durch die weit geöffneten Flügeltüren hinaus ins Freie. Der Garten war mit Fackeln erleuchtet und nicht so still, wie Pachiro erwartet hatte. Die Musik übertönte auch hier draußen jedes andere Geräusch. Drüben beim Teich sah Pachiro ein Pärchen eng umschlungen, das sich leidenschaftlich küsste. Er spürte, wie ihm das Blut in die Wangen stieg. Als das Liebespaar Pachiro und Monli bemerkte, wichen sie auseinander und eilten ins Haus. Pachiro schluckte nervös, sie waren allein.

»Ist das nicht ein herrlicher Sternenhimmel«, säuselte Monli und hakte sich bei ihm unter. Pachiro wurde heiß und kalt bei ihrer Berührung. Wieder wusste er nicht, was er sagen sollte, aber Monli schien das nicht zu stören. Fröhlich plaudernd zog sie ihn mit sich, bis er sich im hintersten Winkel an der großen Mauer wiederfand.

»Das ist eine ganz besondere Nacht«, hauchte Monli und schaute mit großen Augen zu ihm auf.

Pachiro starrte auf ihren leicht geöffneten Mund. Sein Kragen war plötzlich wieder zu eng und er fingerte am obersten Knopf. Monli hielt seine Hand fest. Sie lächelte einladend und hob ihm den Kopf entgegen. Pachiros erster Impuls war zurückzuweichen. Aber dann wurde er magisch angezogen von ihren Lippen. Nur noch wenige Zentimeter trennten sie, da ergriff ihn jemand von hinten und schleuderte ihn beiseite. Pachiro stürzte ins Gras. Als er sich erschrocken wieder aufrichtete, sah er Sylat, die Monli mit einer Hand gepackt hatte und gegen die Mauer drückte. Die andere hatte sie um ihre Kehle gelegt. Die Füße des Mädchens berührten nicht mehr den Boden und zappelten, als bekäme sie keine Luft.

»Sylat, was machst du da?«, rief Pachiro fassungslos. Er rannte zu ihr und zerrte an der Hand, die Monli die Luft abschnürte.

Sylat ließ Monlis Hals los und hielt sie stattdessen unter den Achseln. Das Mädchen hustete und keuchte.

»Sylat, um Jerishs willen, lass sie los! Was ist in dich gefahren?«

»Sie ist eine falsche Katze und du bist die Maus. Ihre Absicht war, dich zu demütigen, damit sie ihren Spaß hat«, fauchte Sylat hasserfüllt und schüttelte das Mädchen mit solcher Heftigkeit, dass es wieder und wieder mit dem Hinterkopf gegen die Mauer schlug. »Ist es nicht so, Monli? Sag ihm die Wahrheit!«

»Sylat, hör auf! Du bringst sie um!«, schrie Pachiro und versuchte sie von ihrem Opfer wegzuzerren. Noch nie hatte seine Schwester vor jemand Fremdem so viel in einem Stück geredet. Sie musste völlig außer sich sein.

»Sie hat den Tod verdient«, grollte Sylat wie zur Bestätigung. Ihre Augen glühten Monli an. »Sag ihm die Wahrheit!«

Pachiro wurde kalt. Er wusste mit absoluter Klarheit, dass Sylat nicht zögern würde, ihre Drohung in die Tat umzusetzen. Offensichtlich kam Monli zu demselben Schluss. In Todesangst wimmerte sie: »Ja, ja, es ist wie sie sagt. Pachiro, bitte hilf mir.«

Pachiro fühlte sich wie betäubt. Er wollte nicht wahrhaben, was er eben gehört hatte. »Warum, Monli, warum?«, flüsterte er.

»Sie verachtet dich!« Sylat schüttelte das Mädchen ein letztes Mal und ließ es fallen, als ob sie etwas Ekliges in den Händen gehalten hätte. Mit einem Grollen drehte sie sich um und verschwand in der Dunkelheit.

Pachiro starrte auf das schluchzende Bündel zu seinen Füßen. Sie kennt mich doch gar nicht, dachte er. Wie kann sie mich da verachten? Andererseits würde ihn Sylat nie belügen. Woher sie von Monlis Plan und Beweggründen wusste, war ihm ein Rätsel. Aber er ahnte, dass sie ihn vor einer großen Dummheit bewahrt und ihm die Augen geöffnet hatte.

»Wie kann etwas so Schönes innen so hässlich sein«, murmelte er. Er sah Blut aus Monlis Haar auf ihr goldenes Kleid sickern. Das schreckte ihn auf und er kniete nieder.

»Monli, soll ich deinen Vater holen?« Das war das Einzige, was ihm in seiner Hilflosigkeit einfiel. Mit Grauen dachte er an den Aufruhr, den er damit auslösen würde. Monli schien es ähnlich zu gehen. »Sag ihm, ich bin gestürzt«, bat sie und richtete sich auf. Sie versuchte ihre Tränen zu trocknen und tastete nach dem Schal, der von ihren Schultern geglitten war.

Als Pachiro mit Monlis Vater und Khandir zurückkam, saß das Mädchen zu seinem Erstaunen bereits artig auf der Bank.

»Monli, was ist geschehen? Pachiro wollte mir nichts sagen.« Ihrem Vater war die Besorgnis deutlich anzuhören.

»Drinnen ist es so heiß. Mir war schwindlig und Pachiro hat mich an die frische Luft geführt. Ich wollte mich hier auf die Bank setzen. Im Dunkeln bin ich über mein Kleid gestolpert und hingefallen. Dabei habe mir den Kopf angeschlagen.« Monli fing herzzerreißend zu schluchzen an. »Vater, es tut so weh. Bitte bring mich nach Hause.«

Pachiro war erstaunt, wie leicht ihr die Lügen über die Lippen gingen. Ihr Vater nahm sie ihr augenscheinlich ab, denn er schloss seine Tochter in die Arme.

»Mein armes Herzchen, natürlich bringe ich dich heim.« Er sah Khandir an. »Gibt es einen anderen Weg ins Haus und zur Tür als durch den Ballsaal? Ich möchte kein Aufsehen erregen und Kindala nicht ihren Ball verderben.«

Khandir nickte und schickte sich an, die beiden durch den Garten zu geleiten, allerdings nicht ohne zuvor seinem Sohn einen prüfenden Blick zugeworfen zu haben. Den Rest des Abends suchte Pachiro vergeblich nach Sylat, den Ballsaal betrat er nicht mehr.

In der Zwischenzeit hatte sich Rinas sehnlichster Wunsch erfüllt: Neriman hielt sie in ihren Armen und tanzte mit ihr durch den Saal. Ungeduldig hatte sie gehofft und gebangt. Neid hatte sie erfüllt, als Neriman erst Kindala aufforderte, auch wenn sie wusste, dass es die Schicklichkeit erforderte. Schließlich war dies Kindalas Abend. Aber er ist mein Kapitän!, hatte sie trotzig gedacht. Und jetzt durfte sie endlich das erleben, was sie sich schon seit Jahren erträumt hatte. Sie hätte weinen können vor Glück. Hatte auch Amylla ihre Gefühle immer als kindliche Schwärmerei abgetan, die sich verlieren würde, sie wusste es besser. Neriman war und blieb ihre große Liebe. Er war ein hervorragender Tänzer und Rina genoss jeden Schritt mit ihm. Sie wirbelte durch den Raum, wurde eins mit der Musik und der bunte Blumenschmuck zerfloss zu einem leuchtenden Regenbogen.

Viel zu schnell war der Tanz vorbei und Neriman führte sie wieder zu ihrer Mutter und Kindala zurück. Er verabschiedete sich mit einem Handkuss und einer Verbeugung. Rina sah ihm mit einem verzückten Gesichtsausdruck hinterher.

»Sieh nur, Kindala, ist er nicht der wunderbarste Mann hier im Saal!«, schwärmte sie.

»O Rina, reiß dich zusammen!«, tadelte ihre Schwester. »Himmle Neriman nicht immer so an, sonst spotten die anderen über dich.«

Rina zuckte zusammen, als hätte Kindala sie geschlagen. In ihren Augen zeigte sich, wie verletzt sie war. »Warum? Ist es so lächerlich, dass jemand wie ich ihn liebt?«, flüsterte sie und rannte aus dem Saal, bevor sie vor allen in Tränen ausbrach. Kindala sah ihr erschrocken hinterher. »Ich habe es doch nicht so gemeint«, sagte sie leise. Amylla legte den Arm um sie. »Ich weiß, mein Kind, ich weiß.«

Als Rina nicht mehr auftauchte, ging ihre Mutter nach oben und fand das Mädchen in seinem Zimmer. Aber Rina wollte weder reden noch herunterkommen. Stumm saß sie auf ihrem Bett und starrte auf den Boden. Schließlich gab es Amylla auf, sie zu trösten. Sie konnte nur hoffen, dass Rina sich wieder fing und sich nicht den ganzen Abend verderben ließ. An der Tür drehte sie sich noch einmal um. »Ich verstehe dich besser, als du glaubst«, sagte sie zu ihrer Tochter. Rina rührte sich nicht und Amylla verließ seufzend den Raum.

Unten hielt sie nach Khandir Ausschau, um ihm von dem Vorfall zu berichten. Als sie ihn endlich umringt von Kaufleuten entdeckte, sah sie an seiner Haltung und dem angespannten Gesichtsausdruck, dass er müde war. Gut, dann werde ich ihn damit nicht auch noch belasten, dachte sie. Pachiro war nirgends zu sehen, ihre Jüngste und Tante Binda flüsterten sich gegenseitig unter Kichern irgendwelche Dinge ins Ohr. Kindala unterhielt sich mit Neriman und dem Neffen des Fürsten. Ihr schien es ebenso zu gehen wie ihrem Vater, aber Amylla wusste aus eigener Erfahrung, wie anstrengend dieser erste Ball für ein Mädchen war. Auf späteren Bällen würde sie sich auch amüsieren können, heute war das anders. Mit jedem musste man ein paar Worte wechseln und Freundlichkeiten austauschen, ob man die Leute schätzte oder nicht. Und stets war man verpflichtet, ihnen die volle Aufmerksamkeit zu schenken, als hätte man nicht schon den ganzen Abend immer wieder dasselbe gesagt. Amylla beneidete ihre Tochter nicht um diese Pflicht. Am liebsten hätte sie sich jetzt zurückgezogen, denn sie spürte ihre eigene Erschöpfung. Die Vorbereitungen waren wirklich aufreibend gewesen. Aber es würde wohl noch dauern, bis sich der letzte Gast verabschiedet hatte. Amylla mischte sich wieder unter die Menge.

Es war nicht mehr lange bis zum Morgengrauen, da war endlich alles überstanden. Ächzend stieg Amylla mit Beghild und Kindala die Treppe hinauf, während Khandir, grau vor Müdigkeit, den Dienern letzte Anweisungen gab. Kindala hielt ihre Schuhe in der Hand und stöhnte über ihre schmerzenden Füße.

»Nie wieder!«, murmelte sie. »Nie wieder!« Amylla hatte nicht mehr die Kraft zu fragen, ob sie von den Schuhen oder dem Ball redete. Einerlei, sie wollte nur noch schlafen, selbst Rina und Pachiro kümmerten sie nicht mehr. Dass Sylat gefehlt hatte, war ihr gar nicht aufgefallen.

Die Einzige, die den ganzen Abend in vollen Zügen genossen hatte und glücklich in ihr Bettchen krabbelte, war die kleine Beghild.

Das Erlebnis mit Monli hatte Pachiro mehr verletzt, als er sich eingestehen wollte. Auf keinen Fall lockte es ihn, darüber nachzugrübeln, warum sie ihn so behandelt hatte. Deshalb stürzte er sich erneut verbissen in seine Suche nach dem alten Feind. Nach so langer Zeit war er für ihn ein persönlicher Widersacher geworden und Pachiro spürte in sich einen tiefen Groll.

Zu seiner Erleichterung erwähnte auch Sylat den Vorfall mit Monli nicht mehr. Pachiro wollte nicht einmal wissen, wie seine Schwester die Absicht des Mädchens durchschaut hatte. Als hätte der Ball nie stattgefunden, streiften die Geschwister durch das Hafenviertel. Und wieder verging mehr als ein Jahr, ohne dass sie etwas herausfanden.

Dafür gab es andere Neuigkeiten, die Pachiro zutiefst befriedigten. Die schöne Monli war gegen ihren Willen von ihrem Vater mit einem dreiundsechzig Jahre alten Mann verheiratet worden. Sieh an, dachte Pachiro. So weit ist es also her mit der Vaterliebe. Zu gerne hätte er gewusst, ob sie jetzt auch noch so hochmütig war. Kindala war entsetzt, als sie von Monlis Schicksal erfuhr. Sie rang ihrem Vater das Versprechen ab, sich ihren Ehemann selbst wählen zu dürfen. Für Rina gab es ohnehin nur Neriman. Aber Monli tat ihr leid, obwohl sie das Mädchen für eine hochnäsige Gans hielt.

Es war etliche Wochen später. In einer besonders kalten Nacht zwei Tage nach Vollmond durchkämmten Sylat und Pachiro wie stets das Hafenviertel. Erneut hielten sie sich in der Nähe des Kais auf und strichen um die Lagerhäuser, da Pachiro immer noch hoffte, der Dämon würde sich irgendwo dort verstecken. Alles war ruhig und nur wenige Menschen waren unterwegs. Pachiro konnte seinen Atem sehen, das gab es in Yannahs mildem Klima nur selten. Binnen kurzem war er vollkommen durchgefroren und wollte gerade vorschlagen umzukehren, da glaubte er in einem der größeren Lagerhäuser vor ihnen einen Lichtschein zu erkennen.

»Sylat, schau dort oben, im dritten Stockwerk!«, rief er aufgeregt. Doch im selben Augenblick, als Sylat den Kopf drehte, verlosch das Licht.

»Da war ein Licht, ich bin mir ganz sicher!« Pachiro eilte auf das Gebäude zu und untersuchte den Eingang. Die Tür ließ sich nicht öffnen.

»Die Fenster«, murmelte er und machte sich sofort auf, das Lagerhaus zu umrunden, Sylat war ihm dicht auf den Fersen. Auf der Rückseite entdeckte er ein aufgebrochenes Fenster.

»Siehst du!«, flüsterte er. Sylat nickte. Sie halfen sich gegenseitig hinauf. Drinnen war alles voller Fässer, es stank nach Stockfisch und Öl. An den Stirnseiten der Halle führte jeweils eine Treppe nach oben. Der Mond warf helle Streifen durch die Fenster. Sylat hielt sich links und Pachiro untersuchte die rechte Seite. Das Mädchen hatte die linke Treppe fast erreicht, da legte es den Kopf schief, als ob es ein Geräusch gehört hätte. Plötzlich rannte es los. Mit langen Sätzen stürmte es die Treppe hinauf, mehrere Stufen auf einmal nehmend. Pachiro, der am anderen Ende der Halle im Schein des Mondes auf dem Boden kniete und eine dunkle Lache untersuchte, schüttelte den Kopf. Er tunkte den Finger in die Flüssigkeit und roch daran. Es war Blut! Pachiros Magen zog sich zusammen. Er hob den Kopf und wollte gerade zurückgehen und seiner Schwester folgen, da sah er einen gelben Lichtschein, der kurz über die obersten Treppenstufen auf seiner Seite des Gebäudes wanderte, als ob dort im zweiten Stock jemand mit einer Laterne vorbeigegangen wäre. In Pachiro erwachte das Jagdfieber. Er vergaß Sylat und schlich auf die rechte Treppe zu. Alles war ruhig. Langsam erklomm er die Stufen und hoffte, sie würden nicht knarren. Zu seiner Erleichterung gelangte er nach oben, ohne ein Geräusch zu verursachen.

Sylat hatte auf ihrer Seite das dritte Geschoss erreicht. Hier waren wie im zweiten Zwischenwände eingezogen, die es in mehrere Räume unterteilten. Die ersten vier waren leer, aber im nächsten lag ein Mann, an Händen und Füßen gefesselt. Neben ihm kniete mit dem Rücken zur Tür ein Bhrandelier und hielt ein Messer in der Hand. An den schwarzen kurz geschnittenen Haaren und der Kleidung konnte man erkennen, dass der Gefangene oben aus der Stadt stammte. Seine Augen schienen fast aus ihren Höhlen zu quellen und aus einem Schnitt in seiner Kehle sprudelte Blut. Auch an seinem Bauch war eine Stichwunde zu erkennen. Sylat trat näher, doch sie konnte nicht mehr helfen. Mit einem letzten Gurgeln und Zucken starb der Mann. Der

Bhrandelier richtete sich auf und drehte sich um. Als er Sylat erblickte, erstarrte er.

Pachiro hatte in der Zwischenzeit oben an der Treppe im zweiten Stock noch mehr dunkle Flecken gefunden. Mit klopfendem Herzen ging er ein paar Schritte den Flur entlang, an dessen einer Seite sich mehrere Räume aneinanderreihten. Die erste Tür links von ihm stand offen, der Raum dahinter war dunkel. Auch das Mondlicht, das durch die Fensterfront zu seiner Rechten drang, erhellte ihn nicht. Pachiro überlegte, ob er es wagen sollte, hineinzugehen, da öffnete sich ganz hinten die vorletzte Tür. Er hatte keine Zeit mehr, irgendwohin zu laufen, denn schon traten mehrere Männer in den Flur. Pachiro blieb stocksteif an die Wand gedrückt stehen. Die Männer schauten nicht in seine Richtung, sondern gingen hinüber in den letzten Raum, die Tür blieb einen Spalt geöffnet. Was sollte er jetzt tun? Die Männer waren Bhrandelier und vermutlich durch das Fenster unten in das Gebäude eingedrungen, so wie Sylat und er selbst. Aber eigentlich wollten sie beide keine Einbrecher jagen und er wusste auch nicht, wie die Männer sich verhalten würden, wenn sie ihn und seine Schwester entdeckten. Das Blut fiel ihm ein und er hoffte inständig, einer der Männer hätte sich am Fensterglas verletzt. Er beschloss, Sylat zu suchen und schleunigst von hier zu verschwinden. Er warf einen letzten Blick den Flur entlang, und als alles ruhig blieb, huschte er zur Treppe; den Schatten in dem dunklen Raum hinter sich sah er nicht mehr. Pachiro hatte gerade die erste Stufe erreicht, da spürte er einen Luftzug und gleich darauf eine Klinge an seiner Kehle. Jemand packte ihn am Arm und zerrte ihn mit sich über den Flur. Pachiro verfluchte seine Neugier. Wo war der Mann so schnell hergekommen? Sie mussten eine Wache in dem dunklen Raum zurückgelassen haben, die die Treppe im Auge behielt. Am liebsten hätte er geschrien, aber er wagte es nicht mit dem Messer an seinem Hals. Wie konnte er bloß Sylat warnen? Während er noch fieberhaft darüber nachdachte, hatten sie den letzten Raum erreicht und Pachiro wurde hineingestoßen. Er stolperte, konnte sich aber wieder fangen, bevor er hinfiel. Die Bhrandelier sahen die beiden Neuankömmlinge überrascht an, doch sie fassten sich schnell. Sie wechselten einige Sätze miteinander und Pachiro wünschte, er würde ihre Sprache beherrschen. Einer der Männer fuhr sich in einer schnellen Bewegung mit der Handkante über die Kehle. Die anderen nickten und sahen ihren Gefangenen an. Pachiro brauchte keine Sprachkenntnisse, um diese Geste zu verstehen. Dies war das unrühmliche Ende seiner Suche. Ihm wurde eiskalt vor Angst. Gleichzeitig dachte er an seine Schwester. Er musste sie warnen! »Sylat!«, schrie er, ohne Rücksicht auf seine eigene Sicherheit. Einer der Männer machte einen raschen Schritt auf ihn zu und hob die Hand mit dem Messer. Ein schauriges Brüllen ließ alle erstarren.

Sylat hatte mit unbewegtem Gesicht die beiden Toten vor sich betrachtet, als der Schrei ihres Bruders sie aus ihren Gedanken riss. Sie rannte so schnell aus dem Raum und den Flur entlang, dass sie nur einen flüchtigen Augenblick lang die grausige Gestalt in einem der Fenster gespiegelt sah. Panische Angst um ihren Bruder trieb sie weiter, das Brüllen nahm sie kaum wahr.

Im Stockwerk darunter rannten die Bhrandelier um ihr Leben. Jeder versuchte am anderen vorbei die Treppe hinunterzugelangen, um dem Dämon zu entkommen, dessen Brüllen sie nicht zum ersten Mal in diesem Viertel hörten. Pachiro rannte mit ihnen und nahm zwei Stufen auf einmal. Die anderen achteten nicht auf ihn. Er wollte eben noch einmal nach Sylat rufen, da glitt er aus und fiel polternd die Treppe hinunter. Auf dem nächsten Absatz blieb er reglos liegen. Die Bhrandelier eilten weiter.

In seinem Kopf dröhnte es. Jemand hielt ihn im Arm. Mühsam öffnete Pachiro die Augen. Sein Blick fiel auf das Gesicht seiner Schwester. »Sylat«, krächzte er. Seine Schwester hielt ihm den Mund zu. In ihren Augen stand blankes Entsetzen. Sie zeigte nach oben, beugte sich zu seinem Ohr und flüsterte: »Dämon!«

Pachiros Herzschlag setzte einen Moment aus. »Stadtwache«, hauchte er und versuchte sich aufzusetzen. Ein heftiges Schwindelgefühl überfiel ihn. Mit Sylats Hilfe gelang es ihm, aufzustehen. Aber er konnte seinen linken Fuß nicht richtig belasten. Der Knöchel pochte und er spürte, wie die Schwellung gegen seinen Stiefel drückte. Sylat legte sich seinen linken Arm um die Schulter und stützte ihn, während sie sich so leise wie möglich gemeinsam die Treppe hinunterarbeiteten. Sie mussten mehrmals innehalten, weil Pachiro schwarz vor Augen wurde. Plötzlich roch er Rauch. Im selben Augenblick glaubte er ein fernes Knistern zu hören. Er hörte auch, wie seine Schwester prüfend die Luft einsog. »Feuer!«, knurrte sie leise. Sie erhöhte die Geschwindigkeit und zerrte ihren Bruder mit sich. Pachiro hätte schreien können vor Schmerz, aber er biss sich auf die Lippen. Starke Übelkeit plagte ihn und er hatte das Gefühl, alles doppelt zu sehen. Er hoffte nur, nicht das Bewusstsein zu verlieren.

Schließlich hatten sie das aufgebrochene Fenster im Erdgeschoss erreicht. Pachiro konnte später nicht mehr sagen, wie es Sylat gelungen war, ihn hinauszubugsieren und nach Hause zu schaffen. Unterwegs wollte er noch aufbegehren, als er bemerkte, wohin sie ihr Weg führte. Doch als er davon redete, die Stadtwache zu alarmieren, wollte seine Schwester nichts davon wissen. Sie schüttelte heftig den Kopf und knurrte. Pachiro war so elend zumute, dass er nachgab und sich mitziehen ließ. In seinem Zimmer angekommen, merkte er schon gar nicht mehr, wie Sylat ihn aus seiner Kleidung schälte und ins Bett steckte. Auch dass sie sich zu ihm setzte und sang, bekam er nicht mehr mit.

Am nächsten Morgen fragte sich Pachiro, ob er schlecht geträumt hatte. Seinem linken Fuß fehlte nichts und auch sonst fühlte er sich gut, abgesehen von leichten Kopfschmerzen. Konnte das alles nur Einbildung gewesen sein? Er wollte Sylat fragen, konnte sie aber nirgends finden. Grübelnd saß er später im Unterricht.

Rina hatte ihr Heft vergessen und eilte in ihr Zimmer, um es zu holen. Auf dem Rückweg hörte sie jemanden an der Haustür klopfen. Neugierig spähte sie nach unten. Es war Neriman. Rinas Herz begann aufgeregt zu hämmern. Der Kapitän hatte seine beste Jacke an und sah wieder umwerfend aus. Aber sie hatte den Eindruck, dass er angespannt war. Ein Diener führte ihn zu Khandir und Rina beobachtete die beiden, bis sie um die Ecke gebogen waren. Sie fragte sich, ob irgendetwas geschehen sei.

Eine Stunde später wurde Kindala zu ihrem Vater gerufen. Jetzt machte sich Rina wirklich Sorgen. Vielleicht hatte ihre Schwester einen Fehler gemacht. Rina hoffte, dass es nichts Schlimmes war. Doch als nach zwei weiteren Stunden die ganze Familie hinunter in den Saal gebeten wurde, war ihr mulmig zumute. Bis auf Sylat waren alle versammelt, sogar Nunna war anwesend.

Kindala stand neben ihrem Vater. Ihre Wangen waren gerötet, ihr Gesichtsausdruck ernst. Auch Khandir machte eine ernste Miene.

»Was ist los?«, fragte Amylla.

Khandir sah Kindala an, sagte aber nichts. Schließlich stieß er sie sanft mit dem Ellenbogen an.

Kindala gab sich einen Ruck und sagte: »Neriman und ich, wir werden heiraten.«

Totenstille folgte ihren Worten.

Amylla fasste sich als Erste wieder. Sie ging auf ihre Tochter zu und sah sie forschend an. Dann nahm sie Kindala in die Arme. »Herzlichen Glückwunsch, meine Große! Es kommt ein wenig unerwartet für mich. Aber ich wünsche dir alles nur erdenklich Gute!«

Beghild zupfte ihre große Schwester am Ärmel. »Gibt es dann wieder einen Ball?« Als Kindala nickte, strahlte sie und umarmte ihre große Schwester. »Wenn ich groß bin, heirate ich den Koch!«, sagte sie im Brustton der Überzeugung.

Amylla lachte und zerzauste ihr das Haar. »Der ist doch viel zu alt für dich!«

»Neriman ist auch alt«, rief Beghild empört. »Und Vater ist uralt und du hast ihn genommen!«

»Warten wir's ab, Zuckerschneckchen«, meinte Amylla lediglich. Es war noch Zeit genug, ihrer Jüngsten klar zu machen, dass eine solche Wahl aus einem ganz anderen Grund nicht in Frage käme und dass das Alter in ihren Augen keine große Rolle spielte.

Pachiro konnte nicht glauben, was er da gehört hatte. Kindala und der Kapitän? Ein Ehepaar? Jetzt hatte Neriman es also geschafft, auch noch zum Schwiegersohn aufzusteigen, und sein Vater war sichtlich erfreut. Wieder einmal spürte er die alte Eifersucht in sich, doch es gab jemanden, der dazu noch viel mehr Grund hatte. Sein Blick wanderte zu Rina, die wie versteinert neben dem Eingang stand. Ihr Gesicht war leichenblass und in ihren Augen ein Ausdruck, der Pachiro Schauer über den Rücken jagte. Er wollte zu ihr hinübergehen, doch im selben Augenblick drehte sich Rina um und verließ den Saal.

Kindala folgte ihr, aber es gelang ihr nicht, sie einzuholen. Rina rannte wie von Dämonen gehetzt durchs Haus und die Stufen zum oberen Stockwerk hinauf. Kindala versuchte ihr auf den Fersen zu bleiben.

»Rina, warte!«, rief sie ihrer Schwester auf der Treppe nach.

Zu ihrer Erleichterung blieb Rina stehen und drehte sich langsam um. Kindala erschrak über den Hass im Gesicht ihrer Schwester und wich zwei Schritte zurück. Rina kam ihr hinterher und beugte sich dicht zu ihr herunter. »Du falsche Schlange, du wusstest, was er mir bedeutet, und trotzdem hast du ihn mir weggenommen. Wenn das die Rechtschaffenheit ist, die alle an dir so loben, dann will ich lieber ein Lügner und ein Dieb sein!«

Kindala wurde blass. Aber sie bemühte sich ruhig zu bleiben. »Rina, ich wollte dir nicht wehtun. Niemals!«, sagte sie mit Nachdruck.

Rina musterte sie stumm. Ihre nächste Frage traf Kindala unvorbereitet. »Liebst du ihn?« Kindala gab keine Antwort. Rina packte sie an den Schultern und schüttelte sie. »Liebst du ihn?«, schrie sie.

Kindala wand sich aus ihrem harten Griff und stotterte: »Ich ... ich ... wir verstehen uns und wir arbeiten Hand in Hand für Vaters Geschäft.«

Rina lachte verächtlich. »Natürlich, wo andere Menschen ein Herz haben, ist bei dir nur ein Rechenschieber. Wie kannst du Neriman das antun!«

Kindala presste die Lippen zu einem dünnen Strich zusammen. Das hatte getroffen! In ihr regte sich Trotz. »Er hat um meine Hand angehalten und nicht ich um seine!«

Rina schloss die Augen. Als sie sie wieder öffnete, schien sie durch ihre Schwester hindurchzusehen. Leise sprach sie: »Du ekelst mich, Kindala. Ich will dich nie wieder sehen.« Mit diesen Worten drehte sie sich um und ging erhobenen Hauptes die Treppe hinauf.

Rina hatte sich in ihrem Zimmer eingesperrt und ließ niemanden zu sich herein. Erst als Khandir drohte, die Tür aufzubrechen, hörte er, wie sich der Schlüssel im Schloss drehte. Weiter geschah nichts. Khandir wappnete sich und machte die Tür auf. Der Anblick traf ihn unerwartet. Rina hatte ihr Ballkleid in winzige Fetzen zerrissen und im ganzen Zimmer verstreut. Um sie herum lagen die Strähnen ihres schwarzen Haares. Sie hatte sie abgeschnitten, an manchen Stellen schimmerte die Kopfhaut durch. Ihre Gestalt wirkte noch hagerer als sonst, verletzlich, als würde sie gleich zerbrechen. Sie sieht aus wie ein gerupftes Vögelchen, dachte Khandir erschüttert.

Rina schaute ihren Vater nicht an, ihr Blick ging ins Leere. »Er wollte mich nicht«, sagte sie tonlos.

Khandir hätte seine Tochter am liebsten in den Arm genommen, aber sie wirkte unnahbar und er ließ es sein. »Rina, Liebe kann man nicht erzwingen. Neriman hat dir nie Hoffnungen gemacht.«

»Er wird nicht glücklich mit ihr werden. Auch wenn er sie aus Pflichtgefühl dir gegenüber heiratet.«

Khandir fragte sich, was um alles in der Welt sich seine Tochter da zurechtgelegt hatte. Aber es ging nicht an, dass sie sich etwas vormachte, besser sie lernte mit der Wahrheit zu leben. »Ich bin mir sicher, er liebt sie«, sagte er ernst.

Rina sah auf ihre geballten Fäuste und schwieg. Schließlich hob sie den Kopf, aber sie blickte ihren Vater immer noch nicht an. »Ja, das wird wohl so sein, auch wenn ich nie verstehen werde warum.« Ihr bitteres Lachen schnitt Khandir ins Herz.

Er legte vorsichtig eine Hand auf ihre Schulter, aber sie schüttelte ihn ab. Ratlos, wie er sie noch trösten konnte, fragte er: »Kommst du mit hinunter zum Abendessen?«

»Nicht solange sie da ist!«

»Rina, du kannst deiner Schwester nicht ewig aus dem Weg gehen.«

Aber das konnte sie. Rina verließ ihr Zimmer nur noch, wenn sie sicher wusste, dass Kindala aus dem Haus war oder schlief. Ansonsten verriegelte sie die Tür. Bitten, Drohungen oder gutes Zureden ihrer Eltern brachten sie nicht zur Vernunft. Die Einzigen, die sie sehen wollte, waren Nunna und ihr Bruder.

Kindala weinte oft und überlegte, ihre Verlobung abzusagen, aber dann brachte sie es doch nicht über sich. Außerdem riet ihr Khandir davon ab. Er glaubte immer noch, Rina würde darüber hinwegkommen und Nerimans Entscheidung für Kindala am Ende respektieren. Die Hochzeit würde sowieso erst in zwei Jahren stattfinden, denn Khandir war nicht bereit, Kindala herzugeben, solange sie in seinen Augen noch ein halbes Kind war. Selbst das fand er noch viel zu früh. Aber wenigstens war es genug Zeit für Rina, um sich an die Vorstellung zu gewöhnen. Jeden Abend stand er vor ihrer Tür und redete auf sie ein. Aber das Mädchen öffnete nicht. Nach einigen Wochen beschlossen Amylla und Khandir schweren Herzens, Rina nicht mehr zu bedrängen und einfach abzuwarten, bis sie von alleine auf sie zukam.

Rina erschien nicht zur Verlobungsfeier. Die Eltern taten ihr Bestes, um die gedrückte Stimmung zu heben. Neriman war erstaunt, dass Rina sich die Sache derartig zu Herzen nahm. Wie Khandir und Amylla hatte er an eine kindliche Schwärmerei geglaubt, die sich wieder verlieren würde. Beghild war hin- und hergerissen. Ihr taten beide Schwestern leid. Im Gegensatz zu Pachiro wusste sie nicht, auf wessen Seite sie sich schlagen sollte. Ihr Bruder ging Kindala zwar nicht aus dem Weg, aber er behandelte sie kühl, wenn er mit ihr zu tun hatte. Er konnte Rinas Schmerz verstehen und bewunderte sie wegen ihrer Konsequenz. Mit derselben Hartnäckigkeit, mit der sie Neriman von klein auf geliebt hatte, lebte sie jetzt ihr Einsiedlerdasein. Doch er machte sich Sorgen um sie und fand, dass sie in manchem zu weit ging. Rina aß kaum noch und sah ausgemergelt aus, bleiche Haut spannte sich über ihr knochiges Gesicht und ließ ihre Nase noch größer erscheinen. Ihre Haare ließ sie nicht mehr wachsen und auch von niemand anders schneiden. Es schien sie mit Genugtuung zu erfüllen, mit einem Messer an den kurzen Strähnen herumzusäbeln. Sie trug nie mehr Kleider, Pachiro musste ihr Hemden und Hosen von sich bringen. Da sie ihn überragte, waren Ärmel und Hosenbeine zu kurz, aber das war ihr egal. Sie wollte auch nicht, dass Nunna passende Kleidung für sie anfertigen ließ. Es war, als wollte sie immer wieder deutlich machen, wie hässlich sie doch sei. Kindalas Namen sprach sie nie mehr aus. Ihre Schwester war nur noch »sie«, wenn Rina es nicht vermeiden konnte, sie zu erwähnen. Pachiro gegenüber, der sie nie tadelte, nannte sie Kindala nur noch verächtlich »die Rechtschaffene«.

Wie so oft erschien Sylat unbeteiligt. Sie hatte ohne Erfolg an Rinas Tür geklopft. Danach unternahm sie keinen weiteren Versuch. Aber Pachiro hatte den Eindruck, dass sie Kindala möglichst aus dem Weg ging. Er hätte gerne gewusst, wie sie über diese ganze Geschichte dachte, aber er bekam nichts aus ihr heraus.

Fast ebenso wenig sagte sie über den Feuerdämon. Immerhin hatte Pachiro erfahren, dass er das Erlebnis nicht geträumt und dass Sylat den Dämon für einen kurzen Moment gesehen hatte. Doch sie wollte nicht darüber reden. Pachiro spürte, sie hatte Angst, und das verwunderte ihn wirklich. Er hatte noch nie erlebt, dass Sylat sich vor etwas fürchtete. Umso mehr ärgerte er sich, dass sein dummer Sturz sie damals daran gehindert hatte, die Soldaten zu alarmieren. Er war so nah am Ziel gewesen! Über seine wundersame Heilung sprachen sie natürlich auch nicht. Es war möglich, dass sie tatsächlich nichts darüber wusste, und Pachiro fand es unheimlich genug, um die Erinnerung daran rasch beiseitezuschieben. An manche Dinge sollte man vielleicht nicht rühren und einfach nur dankbar dafür sein, dachte er. Aber von der Suche nach dem Feuerdämon wollte er immer noch nicht lassen, obwohl Sylats Widerwille dagegen, weiterzumachen, offenkundig war. Als er damit drohte, allein ins Hafenviertel zu gehen, stimmte sie schließlich zu, ihre Erkundungen wieder aufzunehmen.

Das große Lagerhaus, in dem sie den Dämon beinahe gestellt hätten, war bis auf die Grundmauern niedergebrannt. Pachiro stand vor den Trümmern und fragte sich, was mit seinem Besitzer geschehen war. Er hatte von den Dienstboten gehört, dass der Mann seit jener Nacht vermisst wurde. Die Blutlache fiel ihm ein. Vielleicht war der Vermisste in dem Gebäude gewesen. Pachiro fröstelte plötzlich. Er bedeutete Sylat, dass er weitergehen wollte, und sie hatte nichts dagegen.

In den folgenden Wochen fanden sie keine Spur mehr von dem Feuerdämon, als hätte er sich in Rauch aufgelöst.

Es gab auch kaum noch Brände, nur vereinzelt wurden armselige Hütten Opfer der Flammen und man konnte nicht mit Sicherheit sagen, ob wirklich der Dämon dahintersteckte.

»Vielleicht hat er keinen Appetit mehr auf Lagerhallen«, meinte Pachiro. Trotzdem ließen die Kaufleute ihren Besitz inzwischen besser bewachen, möglicherweise weil einer von ihrer Zunft spurlos verschwunden war, und die Stadtwache bepatrouillierte jetzt öfter in diesem Teil des Hafens. Das bedeutete natürlich, dass Sylat und er vorsichtiger sein mussten, damit sie nicht von der Stadtwache aufgegriffen und bei seinem Vater abgeliefert wurden. Sie hatten ohnehin genügend Probleme in der Familie.

Zu Pachiros Erleichterung begegneten sie den Bhrandeliern nicht mehr, die ihn damals erwischt hatten. Er hatte keine Ahnung, was geschehen würde, falls sie sich zufällig über den Weg liefen, aber das wollte er auch gar nicht wissen.

Pachiro war regelrecht erfreut, als er eines Morgens hörte, dass der Dämon wieder zugeschlagen und in einem unbenutzten Lager einen Brand gelegt hatte. In derselben Nacht untersuchte er mit Sylat das Gebäude. Es war solide aus Stein gebaut und nur zwei Stockwerke hoch. Wie alle kleineren Lager war es innen nicht in mehrere Räume unterteilt und besaß lediglich eine einzige Treppe. Da es leer stand, hatte das Feuer nicht viel Nahrung gefunden. Das Dach war eingestürzt, aber die Wände standen noch. Sie kämpften sich die Treppe in den zweiten Stock hinauf und betrachteten die durcheinander liegenden verkohlten Balken. Pachiro nahm sich eine angesengte Dachlatte und stocherte zwischen den zerborstenen Ziegeln herum. Sylat durchstöberte den hinteren Teil des Raumes. Sie kletterte über die Balken und untersuchte sorgfältig den Boden dazwischen. Pachiro sah nicht, wie sie plötzlich unbeweglich stehen blieb und auf eine Stelle zu ihren Füßen starrte. Dann schien es, als ob sie aus einem tiefen Schlaf erwachte. Sie bückte sich und zog etwas Gelbes unter einem Ziegel hervor, das sie sogleich in ihrer Tasche verschwinden ließ.

»O Jerish, hilf!«, stöhnte Pachiro. »Sylat, komm schnell her!« Er hatte eine verbrannte Hand freigelegt. Die schwarzen Finger waren von der Hitze zu Krallen gekrümmt worden und hatten nichts Menschliches mehr an sich. Pachiro merkte, wie Übelkeit in ihm aufstieg. Was er die ganzen Jahre befürchtet hatte, war endlich eingetroffen: Sie hatten eine Leiche entdeckt. Jetzt ahnte er, wie der Frau damals zumute gewesen war, von der ihnen der Bhrandelier erzählt hatte. Pachiro stützte sich an der Wand ab und übergab sich, bis er nur noch Galle spuckte. Niemals war ihm elender gewesen. »Lass uns gehen, Sylat«, ächzte er.

Seine Schwester stand neben ihm und schien ihn nicht gehört zu haben. Ihre kupferbraune Haut hatte einen Grauschimmer und ihr Gesicht war verzerrt, als hätte sie Schmerzen. Vorsichtig berührte er ihren Arm. »Sylat?«

Sie zuckte zusammen und setzte sich dann in Bewegung, ohne ihn anzublicken. Verblüfft folgte ihr Pachiro die Treppe hinunter und durch das Hafenviertel zum Kanal. Sie hielt nicht einen Moment inne. Als würde sie von einer unsichtbaren Macht gezogen, eilte sie nach Hause, Pachiro immer hinter ihr her.

Das Schicksal des Toten in der Lagerhalle ging Pachiro sehr nahe. Niemand hatte so ein Ende verdient. Was ihn jedoch vor allem nachdenklich stimmte, war Sylats Verhalten. Sie schien seit ihrem Fund vollkommen verstört zu sein. Ihr

Blick ging durch ihn hindurch und unter ihrer gebräunten Haut war sie immer noch bleich. Pachiro wunderte sich, dass der Tote ihr einen noch größeren Schock versetzt hatte als ihm selbst. Pachiro hätte zu gerne gewusst, wo sie sich versteckte, wenn sie unauffindbar war. Rief er nach ihr, tauchte sie immer aus einer anderen Ecke des Hauses auf. Vielleicht wanderte sie auch rastlos die zahlreichen Flure entlang, die sich um den Innenhof zogen.

Als Pachiro eines Nachts nicht schlafen konnte, versuchte er noch einmal sein Glück und schaute nach Sylat. Zu seiner Überraschung fand er sie in ihrem Zimmer. Sie saß im Dunkeln und Pachiro zündete ein Licht an, damit er sie sehen konnte. Sylat blickte aus dem Fenster und rührte sich nicht. Sie sah verloren aus, winzig irgendwie. Früher war ihm nie aufgefallen, wie jung sie wirkte, obwohl sie doch älter war als er. Nur um irgendetwas zu sagen, fragte er: »Sollen wir heute Nacht ins Hafenviertel gehen und schauen, ob wir den Dämon finden?«

Sylats Kopf fuhr herum und sie fauchte ihn an: »Nein!«

Pachiro erschrak über ihre glühenden Augen und machte unwillkürlich einen Satz zurück. »Ist schon gut. Wir können ein anderes Mal gehen.«

Seine Schwester sprang auf. Ehe er sichs versah, hatte sie ihn gepackt, hochgehoben und drückte ihn an die Wand. »Nein!«, grollte sie und schüttelte ihn. Pachiro hätte schwören können, dass die Fensterscheibe klirrte. Zum ersten Mal in seinem Leben bekam er Angst vor ihr. Sie schien es zu spüren, denn sie ließ ihn los und ging auf die andere Seite des Zimmers. Das Glühen in ihren Augen erlosch und ihr Blick wurde wieder leer. Es schien, als hätte sie seine Anwesenheit vergessen. Hastig wünschte Pachiro ihr eine gute Nacht und verließ den Raum.

Am nächsten Morgen musste Pachiro Kindala zum Hafenkontor begleiten. Anschließend hatte sie Neriman Papiere zu überbringen. So gern Pachiro sich auf dem Schiff seines Vaters aufhielt, so ungern machte er diesen Botengang mit seiner Schwester. Mürrisch trottete er hinter ihr her, versunken in seine eigenen Gedanken über Sylats merkwürdiges Verhalten. Kindala pflügte durch die Menschenmenge in den überfüllten Gassen, umrundete geschickt Eselskarren und ließ sich von bellenden Hunden oder Pfiffen einzelner Männer nicht beirren. Vielleicht wäre es seine Aufgabe gewesen, seiner Schwester einen Weg zu bahnen, aber Pachiro verspürte wenig Lust dazu. Die Wache im Stadttor ließ sie anstandslos passieren, die Soldaten kannten Kindala bereits.

Im Hafenkontor betrachtete Pachiro den schäbigen Schreibtisch und die überfüllten roh zusammengezimmerten Holzregale, zwischen denen der aufgeputzte dicke Angestellte seines Vaters völlig fehl am Platz wirkte. Der Glatzkopf jammerte wie üblich über den Gestank und die viele Arbeit. Kindala ging nicht im Geringsten darauf ein. Bestimmt verlangte sie nach den Listen, die ihr Vater angefordert hatte. Im selben Atemzug legte sie ihm einen Packen neuer Papiere hin, die er bis morgen bearbeiten sollte. Als der Dicke aufheulte, sagte sie nur ruhig: »Ich habe auf dem Schreibtisch meines Vaters die Bewerbung eines Bhrandeliers um diesen Posten gesehen. Ich bin sicher, er würde alles klaglos erledigen, solange er nur Arbeit hat.«

Das Jammern verstummte abrupt und auf der Stirn des Glatzkopfs bildeten sich Schweißperlen. Bevor er noch etwas sagen konnte, wünschte ihm Kindala freundlich einen guten Tag, klemmte sich die Listen unter den Arm und verließ den Raum. Pachiro folgte ihr erstaunt. Er konnte ein Gefühl der

Anerkennung nicht unterdrücken, er selbst hätte nicht gewusst, wie er mit dieser Jammerei umgehen sollte.

Auf dem Schiff angekommen wanderte Pachiro auf dem Deck umher, während Kindala mit Neriman in der Kapitänskajüte verschwand. Überall waren Matrosen damit beschäftigt, alles wieder auf Vordermann zu bringen für die nächste Fahrt. Der Schiffszimmermann besserte ein Beiboot aus, zwei Männer schrubbten die Planken auf dem Achterdeck, während andere Seile und zerrissene Segel flickten. Morag saß auf einem Fass, neben ihm stand ein Schiffsjunge, der bhrandelischer Herkunft sein musste, denn er hatte blonde Haare und trug einen Zopf. Wahrscheinlich war die Auswahl eines Bhrandeliers wieder ein Versuch seines Vaters, einen Beitrag zur Linderung des Elends im Hafenviertel zu leisten. Der alte Morag brachte dem Jungen geduldig verschiedene Seemannsknoten bei. Dieser Anblick bedrückte Pachiro. Jahrelang hatte er Rina dabei zugesehen, wie sie stolz die schwierigsten Knoten knüpfte. Und vor nicht allzu langer Zeit hatte sie mit Kindala zusammen Berechnungen für ein eigenes Schiff angestellt. Hatte Rina diesen Traum zusammen mit ihren Hoffnungen auf Neriman begraben? Er wusste es nicht und wagte auch nicht, sie darauf anzusprechen. Eine Möwe flog dicht über seinem Kopf vorbei und er erschrak. Irgendwo lachte ein Matrose, wahrscheinlich über ihn. Mit rotem Kopf ging Pachiro weiter. Er bemerkte nicht, dass der Blick des Schiffsjungen ihn auf Schritt und Tritt verfolgte.

Der junge Bhrandelier beobachtete Pachiro aufmerksam. Als er seine Neugier nicht mehr zügeln konnte, stieß er den Steuermann in die Seite: »Wer ist junge Mann?«

»Das ist der Sohn von Khandir, dem Kaufmann. Ihm gehört das Schiff«, erklärte ihm Morag.

Der Schiffsjunge schien verblüfft zu sein: »Was macht Sohn von Kaufmann mit Dämon?«

Jetzt war es an Morag, sich zu wundern. »Was meinst du, Junge?«

»Sohn suchen Dämon«, lautete die nicht minder rätselhafte Antwort.

Morag winkte einen der Matrosen herbei, der ebenfalls aus Bhrandelia stammte und schon lange auf dem Schiff diente. Er fragte den Mann, ob er seine Fragen übersetzen könne. So erfuhr Morag, dass Pachiro gemeinsam mit einem Hexenmädchen seit Jahren nachts im Hafenviertel nach dem Feuerdämon suchte. Nachdem er die ganze Geschichte gehört hatte, dankte er den beiden Matrosen, bat sie, Stillschweigen zu bewahren, und ging hinüber zum Achterdeck. Dort stand er an der Reling und starrte auf das trübe Hafenwasser.

In seinem Kopf ging alles durcheinander. Dieses Hexenmädchen war vermutlich Sylat, er wusste, dass die Kleine vielen unheimlich war. Ach was, Kleine! Sie musste inzwischen auch schon groß sein. Wie war es möglich, dass die beiden jahrelang des Nachts aus dem Haus schlichen und sich in diesem gefährlichen Viertel herumtrieben, ohne dass es jemand merkte? Er war sich sicher, Khandir wusste nichts davon. Und das stellte ihn vor ein Problem. Morag war kein Mann, der leichtfertig die Geheimnisse anderer Leute verriet. Aber hier fühlte er sich doch aufgefordert einzugreifen. Es war ein Wunder, dass den Kindern bisher nichts geschehen war, doch das konnte sich schnell ändern. Und er würde sich ewig verdammen, wenn er stillschweigend zugesehen hätte, wie sie in ihr Unglück rannten. Vielleicht war es sogar ein Zeichen der Götter, dass er davon erfahren hatte, um Schlimmes zu verhindern. Morag machte sich auf, Neriman zu suchen. Khandir vertraute seinem Kapitän, und wer wäre besser geeignet, schlechte Nachrichten zu überbringen! Pachiro war unterdessen mit seiner Schwester wieder auf dem Heimweg und ahnte nichts von dieser Wendung seines Geschicks.

Neriman war zunächst sprachlos. Doch da er wusste, wie sehr Khandir seine Kinder liebte, zögerte er nicht lange und suchte seinen Arbeitgeber noch am selben Abend auf. Zuvor hatte er eine Stunde lang den bhrandelischen Schiffsjungen ins Kreuzverhör nehmen lassen. Er wollte sichergehen, Khandir nicht mit einer erfundenen Geschichte einen Schrecken einzujagen. Zunächst hatte er nicht glauben können, was Morag ihm erzählte. Jetzt war er überzeugt, dass der junge Matrose die Wahrheit gesagt hatte, und er war zornig über den Leichtsinn der Kinder. Doch sein Zorn war nichts im Vergleich zu dem, was Khandir fühlte. Genauso ungläubig wie Neriman anfangs hatte er dessen Bericht gelauscht. Dann saß er kreidebleich mit geballten Fäusten an seinem Schreibtisch. Entsetzen, Wut, lähmende Angst und Scham jagten durch sein Inneres. Scham, weil ihm auf einmal klar wurde, dass Amylla die ganze Zeit recht gehabt hatte, und weil er nicht bemerkt hatte, in welcher Gefahr seine Kinder schwebten. Nein, es war keine normale Entwicklung gewesen, die seinen Sohn verändert hatte. Ihm wurde übel bei dem Gedanken, was Pachiro alles gesehen haben mochte auf seinen nächtlichen Streifzügen. Er hatte sein ganzes Leben hart gearbeitet, um seinen Kindern dieses Wissen zu ersparen, aber die Götter hatten ihm einen Streich gespielt – oder seine eigene Blindheit.

Ein Räuspern machte ihm bewusst, dass er nicht alleine war. »Kann ich noch etwas für Euch tun?«, fragte der Kapitän.

Khandir schüttelte den Kopf und der Seemann wandte

sich zum Gehen. Bevor er zur Tür hinausging, sagte Khandir leise: »Danke, Neriman! Ich bin Euch etwas schuldig.« Der Kapitän neigte den Kopf und überließ Khandir seinen Gedanken.

Bis zum Morgengrauen zermarterte sich Khandir das Gehirn, was er mit diesem Wissen anfangen sollte. Es fiel ihm nichts ein, außer in Zukunft dafür zu sorgen, dass die Haustür nachts mit einem zusätzlichen Schloss versperrt wurde. Khandir seufzte und rieb sich die Augen. Er brauchte dringend Schlaf, bevor er an seinem Schreibtisch zusammensackte. Sobald er etwas ausgeruhter war, würde er das Problem erneut angehen. Er entschied nur, Amylla nicht einzuweihen. Er fürchtete, dass sie ernsthaft verstört sein würde, wenn ihr zu Ohren käme, was ihre Kinder all die Jahre getrieben hatten. Khandir hatte Angst, dass sie Sylat dafür verantwortlich machen und sie aus dem Haus werfen würde. Er selbst war sich nicht so sicher, wer die treibende Kraft bei diesem Unternehmen gewesen war. Schließlich hatte er auch eine ganz störrische Seite an seinem Sohn kennen gelernt und Sylat konnte ihrem Bruder wenig abschlagen. Khandir befürchtete, es war zwecklos, die beiden zur Rede zu stellen. Er hätte keine Sicherheit, dass sie gehorchen würden, wenn er ihnen diese Ausflüge einfach verbot. Es musste eine andere Lösung geben und er würde nicht ruhen, bis er sie fand. Natürlich musste er auch dafür sorgen, dass Neriman, Morag und die Matrosen nichts weitertrugen. Er hoffte nur, dass das Schicksal ihm keinen Streich spielte und seine Frau nie die Wahrheit erfuhr.

*

In Daaressals Hauptstadt Sarrinam hatte sich das Leben unmerklich verändert. Zuerst war es niemandem aufgefallen, dass sich die Dämonen nicht nur verurteilte Sklaven vom Richtplatz holten. Schließlich kam es immer wieder vor, dass Familien in ihren Häusern überfallen und verschleppt wurden. Manchmal traf es auch einzelne Personen, die in den unübersichtlichen Gassen unterwegs waren. Aber bei ihnen handelte es sich in der Regel um Arme. Jeder wusste, dass die Geraubten als Sklaven verkauft wurden. Seit einiger Zeit verschwanden aber auch Reiche. Kaufleute, die ihren Geschäften nachgingen und nie wiederkehrten. Großgrundbesitzer, die ihre Mieten eintrieben und sich samt prall gefülltem Beutel mit ihrer Leibwache in Luft auflösten. Edelsteinhändler aus den Bergen kamen nie bei ihren Kunden in der Stadt an, etliche Sklavenhändler schienen das Schicksal ihrer Ware zu teilen und sogar ein Mitglied des Ältestenrats war nicht mehr auffindbar. Rasch sprach sich herum, dass die Dämonen dahintersteckten, sie hatten wohl Appetit auf zartere, wohlgenährte Happen bekommen. Allerdings wusste keiner genau, wie es ihnen gelang, nicht nur um den Vollmond herum, sondern auch in anderen Nächten durch diese Welt zu streifen. Möglich, dass sie einen Zauber gefunden hatten, der sie vor der Rache des Sonnengottes schützte. Sicher war nur, dass es den meisten Einwohnern ratsam erschien, nach Einbruch der Dunkelheit ihre Häuser nicht mehr zu verlassen. Leider schienen die Dämonen einen Weg entdeckt zu haben, auch dort einzudringen. Angst machte sich breit in Sarrinam und allerlei finstere Rituale wurden ausgeübt, um die dunklen Götter gnädig zu stimmen.

Die Menschen ahnten nicht, dass kein Ritual gegen Suumal und seine Männer helfen würde. Dieser saß in seiner Festung und befehligte seine Männer wie ein Feldherr, der etwas von seinem Handwerk verstand. Es war eine ganz persönliche Schlacht, in die Suumal seine Gefolgsleute schickte.

Erst wurde der Feind ausspioniert, es wurden Schwachstellen und Erfolg versprechende Angriffsmöglichkeiten gesucht. Zum günstigsten Zeitpunkt sandte Suumal schließlich seine Mannschaft aus, um in einem blitzschnellen Überraschungsangriff die Opfer zu überwältigen. Die wichtigsten Regeln waren: Es durfte keine Zeugen geben und sämtliche Leichen mussten verschwinden. Wer nicht zu gebrauchen war, wurde als Fischfutter im Hafenbecken versenkt. Die Tallits hatten sich ziemlich vermehrt, seit Suumals Männer sie regelmäßig mit Nahrung versorgten und sie nicht nur von Schiffsabfällen leben mussten. Eine weitere Regel wurde genauso streng befolgt: Keiner seiner Männer durfte sich bei den Raubzügen etwas nehmen, das wiedererkannt werden konnte. Nur Dinge wie Münzen oder ungefasste Edelsteine waren ihnen gestattet. Darin war Suumal großzügig gegenüber seinen Getreuen.

Morde führte er nur noch in Ausnahmefällen eigenhändig aus. Es hatte ihm nie Vergnügen bereitet, Menschen zu töten, es war pure Notwendigkeit und selten einmal Rache gewesen. Aber er leistete sich weder Zögern noch Erbarmen, denn dies konnte ihn sein eigenes Leben kosten. Manchmal fragte er sich, was wohl sein Vater dazu sagen würde. Der Gelehrte hatte stets nur das Gute in seinen Mitmenschen sehen wollen. Damit hatte er die Familie nicht geschützt und die Hölle, durch die Suumal als Sklave gegangen war, hatte er der Friedfertigkeit des Alten zu verdanken. Jetzt aber sorgte er für sich selbst und war ebenso gnadenlos wie die Welt um ihn herum.

Suumal hatte inzwischen sein Schiff. Es war noch ein Rohbau, aber man konnte an der Form schon erkennen, dass es einmal wendig und schnell sein würde. Er hatte Lakrimet die besten Schiffsbauer aussuchen lassen und alle miteinander hatten sie wochenlang über Plänen gebrütet. Suumal hatte ganz genaue Vorstellungen, wie sein Schiff ausgerüstet sein sollte. Die Männer staunten nicht schlecht, dass er sowohl auf dem Vorderdeck als auch auf dem Achterdeck je eine große Kanone haben wollte, die in alle Richtungen schießen konnte. Sie sollte unbedingt so weit nach hinten zu kippen sein, um beinahe senkrecht in die Luft zu zielen.

»Wozu soll denn das gut sein?«, fragte Lakrimet ihn verwundert.

»Um Möwen herunterzuholen. Ich habe etwas dagegen, dass sie mir mein Schiff vollkleckern.« Nicht mal ein winziges Lächeln ließ erkennen, ob Suumal nur einen Scherz gemacht hatte.

»Ihr werdet Euch die eigenen Masten vom Deck schießen«, wandten die anderen ein.

»Ich werde mir schon Kanoniere suchen, die das richtige Ziel treffen können.« Suumal ließ sich nicht aus der Ruhe bringen. Er wollte die Kanonen dort haben und er würde es genauso bekommen.

Jeden Abend spazierte er hinüber in die große Halle am westlichen Kai, um zu genießen, wie sein Traum langsam Form annahm. Beinahe zärtlich strich er mit der Hand über die Planken am halb fertigen Rumpf.

»Ich werde mir einen schönen Namen für dich aussuchen«, sagte er. Dies würde eine Geliebte sein, die er nach seinen Bedürfnissen lenken konnte und die ihm treu war. Nie würde sie ihn quälen können. Er wusste noch nicht genau, welche Gestalt die Galionsfigur haben würde, nur weiblich durfte sie nicht sein. Vielleicht ein Drache, überlegte er und lächelte über die Ironie. Beinahe wäre er mit einem Mann zusammengeprallt, der plötzlich vor ihm auftauchte.

Suumal hatte die Hand schon am Griff seines Dolches, da erkannte er den Alten wieder: Daarob, der Magier. Hier würde ihm die Waffe nichts nützen. Suumal sah den Zauberer misstrauisch an, sagte aber nichts. Er würde abwarten, was der Mann von ihm wollte. Doch der hatte den längeren Atem. Endlich platzte Suumal der Kragen. »Was wollt Ihr von mir?«, fragte er mit kaum unterdrücktem Zorn.

»Oh, nicht doch, Ihr wollt etwas von mir.«

Suumal fragte sich, ob der Alte wahnsinnig geworden war. Warum sonst redete er solches Zeug.

»Viele würden sagen, es ist reiner Wahnsinn, aber Ihr seid verrückt genug es zu wagen«, griff der Magier Suumals Gedanken auf.

Suumal knirschte mit den Zähnen. Während er fieberhaft überlegte, wie er den Magier loswerden konnte, kramte dieser in den Falten seines Umhangs und zog einen Gegenstand hervor. Langsam ließ er einen Anhänger aus Kupfer vor Suumals Nase hin und her pendeln. Unbekannte Zeichen waren darin eingraviert. In der Mitte befand sich ein rund geschliffener durchsichtiger Kristall mit weißen wolkigen Einschlüssen.

»Dies ist ein Amulett. Es hindert andere daran, deine Absichten zu erkennen.« Daarob lehnte sich vor und sagte bedeutungsvoll: »Ganz besonders Drachen!«

Suumal hätte geschworen, dass die Augen des Zauberers seltsam leuchteten, aber er konnte sie nie richtig sehen. Wie bei ihrer letzten Begegnung glitt sein Blick daran vorbei, ohne dass er etwas dagegen tun konnte.

»Hier gibt es keine Drachen. Was soll ich also damit anfangen?« Jetzt war sich Suumal ganz sicher, dass der Mann damals seine Erzählungen in den Hafenkneipen mitbekommen hatte.

»Es kostet dich nur drei Goldstücke«, fuhr Daarob fort, als hätte er ihn nicht gehört.

»Drei Goldstücke?« Suumal schnappte nach Luft. »Das ist eine ganze Menge für etwas, von dem ich nicht weiß, ob es überhaupt wirkt.«

Der Alte schien zu wachsen, wie ein großer schwarzer Schatten lehnte er über ihm und seine Stimme donnerte durch die Halle. »Du zweifelst an Daarob, dem Magier?«

Suumal lief es eiskalt über den Rücken. Es wäre vermutlich klüger, sich nicht mit dem Zauberer anzulegen. Also versuchte er einzulenken, um ihn loszuwerden. »Einverstanden, ich nehme es.«

Daarob steckte das Amulett wieder ein. »Du brauchst vierundzwanzig Stück. Das macht genau zweiundsiebzig Goldmünzen.«

Zweiundsiebzig Goldstücke und er konnte sich loskaufen. Suumal schluckte, es reute ihn, so viel Geld zu verschwenden. Daarob schien sein Schweigen als Zustimmung zu werten.

»Gut, der Handel gilt. Aber glaube nicht, du kannst dich rauswinden! Es sei denn, du möchtest als Sandfloh durch die Wüste hüpfen.«

»Der Handel gilt«, sagte Suumal matt. Der Magier war vermutlich durchaus in der Lage, ihn zu verwandeln.

»Und bring das Gold in einem hirschledernen Beutel mit, wenn du die Amulette bei mir abholst. Ich mag den Geruch.«

Suumal nickte ergeben. Der Alte war wirklich nicht mehr ganz klar im Kopf, aber dafür umso gefährlicher. Dann fiel ihm noch eine Kleinigkeit ein. »Wo wohnt Ihr?«

»Frag dich durch. Bis du mich gefunden hast, sind die Amulette fertig.« Daarob löste sich in einem Staubwirbel auf. Suumal musste niesen und fragte sich, womit er den verrückten Zauberer verdient hatte.

Es dauerte Wochen, bis Suumal in Erfahrung bringen konnte, wo der Alte wohnte. Doch als er nachts vor dem verfallenen Gebäude stand, war er unsicher, ob die Auskünfte stimmten. Er überlegte hin und her, ob er es wagen sollte, die nur angelehnte Tür aufzustoßen. Es konnte eine Falle sein. Wie oft bedeutete ein einziger Fehler das Ende. Nein, er hatte die Absicht, noch ein Weilchen zu leben! Suumal wollte sich gerade umdrehen und gehen, da öffnete sich die Tür von allein. Im dunklen Flur leuchteten Fackeln wie von Geisterhand auf. Suumal seufzte, offenbar hatte er den Zauberer doch gefunden und er erwartete ihn schon. Vorsichtig trat er ein und folgte dem Gang. Vor ihm loderte eine Fackel nach der anderen auf und erhellte seinen Weg. Nicht dass er dadurch überschaubarer geworden wäre! Suumal hatte den Eindruck, in großen Kreisen langsam nach unten geführt zu werden. Und es gab keine Türen. Er überlegte zum Eingang zurückzulaufen, aber sobald er an einer Fackel vorbei war, erlosch sie und hinter ihm war nichts als Finsternis. Zuerst waren die Wände wie üblich mit Lehm verputzt, dann bestanden sie nur noch aus Mauerwerk. Dieses wurde von grob behauenem, aufeinander geschichtetem Stein abgelöst und schließlich war nichts als nackter Fels um ihn herum. Es wurde deutlich wärmer. Salpeter blühte in den Felsritzen, irgendwo tropfte es und die Luft war geschwängert von dem Geruch nach Schwefel. Das war eher die Behausung eines Dämons als die eines Magiers. Suumal wäre am liebsten umgekehrt, aber er hatte den Verdacht, dass der Alte das nicht zulassen würde. Er würde nicht so dumm sein und ihn verärgern. Sollte Daarob doch Katz und Maus mit ihm spielen, wenn ihm das Freude machte.

Als Suumal schon nicht mehr daran glaubte, weitete sich der Gang und endete in einer gewaltigen Höhle, in deren Mitte Daarob stand. Neben ihm befand sich ein Tisch aus Stein, auf dem die versprochenen Amulette lagen. Abgesehen davon war die Höhle leer. Suumal ging langsam auf Daarob zu. Als er vor ihm stand, sagte der Magier: »Ich sehe, du hast Mut. Den wirst du brauchen.« Sollte das eine Drohung sein? Suumals Muskeln spannten sich an. Daarob legte ihm eine Hand auf die Schulter. »Vergiss die gelben Augen nicht, sie werden dich führen.« Suumal rann der Schweiß herunter. Der Alte war vollkommen übergeschnappt. Ungerührt zeigte Daarob auf die Anhänger. »Wähle deine Männer sorgsam und sei bereit, sie zu verlieren.«

Natürlich nickte Suumal, was sollte er auch sonst tun. Er nahm einen Anhänger vom Tisch und betrachtete ihn. Der Stein in der Mitte zog seinen Blick an, als würde er ihn rufen. Es war ein seltsames Gefühl, Suumal fühlte einen ganz leichten Schwindel. Die eingravierte Schrift auf dem Kupfer war ihm unbekannt, obwohl er schon einige Artefakte mit magischen Symbolen gesehen hatte. »Was sind das für Zeichen?« Es schien ein Berufsgeheimnis zu sein, denn er wurde nicht darüber aufgeklärt. »Ich habe noch nie ein Amulett aus Kupfer gesehen«, fuhr Suumal fort.

»Kupfer leitet so schön«, meinte Daarob.

»Leitet was?«, wollte Suumal wissen, der überrascht war, dass der Zauberer sich zu einer Antwort herabgelassen hatte. Doch Daarobs Auskunftsfreude war versiegt. Suumal legte sich das Amulett um. Sogleich fühlte er sich eingehüllt in … – ja, in was eigentlich? Es war wie ein schützender Umhang, der ihn vor den Blicken der anderen verbarg. Was hatte der Magier vor ein paar Wochen über die Amulette gesagt? ›Es hindert andere, deine Absichten zu erkennen.‹ Das hörte sich nicht schlecht an! Wenn es tatsächlich funktionierte, dann waren sie sehr nützlich. Er war völlig in seine Überlegungen vertieft und zuckte zusammen, als Daarobs Stimme ertönte:

»Du wirst sie finden.« Wieder ein Satz, den Suumal nicht verstand. Der Alte schien ein teuflisches Vergnügen daran zu finden, in Rätseln zu sprechen. Doch ausnahmsweise erklärte er, was gemeint war: »Die Insel, die du suchst.«

Jetzt lief es Suumal kalt über den Rücken. Er war sich sicher, Daarob nichts darüber erzählt zu haben. Woher hatte der Zauberer seine Informationen? Vielleicht gab es einen Verräter unter seinen Männern. Dann fiel ihm ein, dass er sie nie ganz in seine Pläne eingeweiht hatte, von seiner Absicht, die Insel aufzusuchen, hatte er bestimmt nichts gesagt. Langsam bekam er das Gefühl, er sollte besser von hier verschwinden – wenn ihn der Magier ließ. Doch bevor er sich verabschieden konnte, überraschte ihn Daarob mit dem nächsten Rätsel:

»Myzlat wartet dort.« Eine merkwürdige Grimasse verzog das Gesicht des Alten, als ob er versuchte zu lächeln.

»Wer ist das?«, fragte Suumal verwirrt.

»Du kennst Myzlat nicht? Du wirst es wissen, wenn er vor dir steht. Er ist nicht zu übersehen.« Ein heiseres Geräusch kam aus seiner Kehle. Wenn das ein Lachen sein soll, dann kann ich seine Art von Humor nicht teilen, dachte Suumal grimmig. Er hatte endgültig genug und wollte nur noch weg. Sollten die Dämonen den Alten holen! Hastig raffte er die Amulette zusammen, warf den Beutel mit dem Gold auf den Tisch, nickte kurz zum Abschied und eilte davon. Er erwartete aufgehalten zu werden, doch Daarob ließ ihn zu seiner Überraschung ziehen.

»Er glaubt, du schuldest ihm etwas«, rief der Alte ihm hinterherher, aber Suumal war nicht in der Stimmung für ein weiteres Rätsel und beschloss es zu überhören. Er war darauf gefasst, sich in vollkommener Dunkelheit zurücktasten zu müssen, doch wundersamerweise leuchteten die Fackeln wieder vor ihm auf. Kurz darauf stand er draußen in der Gasse und schaute sich verblüfft um. Das konnte doch nicht sein, der Weg in die Höhle war endlos gewesen. »Verfluchte Magier!«, zischte er und rannte fort von dem Gebäude. Außer ihm war niemand unterwegs, die Bewohner hatten sich wie jede Nacht in ihre Häuser verkrochen. Erst als er seine Festung erreicht und das Tor hinter sich verriegelt hatte, atmete er auf.

*

»Myzlat, sie hat sich verloren!«
»Du wirst ihr den Weg zeigen.«
»Wie soll sie mich finden?«
»Der Wind wird sie zu dir bringen.«
»Sie hat nie gelernt zu fliegen, Myzlat.«
»Du wirst sie aufwecken, Tych.«
»Aber ihre Seele ist gefroren.«

Khandir hatte lange darüber nachgegrübelt, wie er es unterbinden konnte, dass Sylat und sein Sohn sich im Hafenviertel herumtrieben. Schließlich hatte er den rettenden Einfall: Er würde mit Pachiro und Kindala eine Geschäftsreise machen, um Pachiro seinen Partnern als Nachfolger vorzustellen und seinen beiden Kindern das nötige Hintergrundwissen für die Arbeit eines Kaufmanns zu vermitteln. Eigentlich war es naheliegend, schließlich hatte sich eine Reise schon einmal als gute Lösung in einem Konflikt erwiesen. Andererseits wollte er seinen Sohn noch zwei, drei Jahre seine Jugend ohne Verpflichtungen auskosten lassen, bevor er ihn in sein Geschäft einband. Aber Pachiro schien überschüssige Energie zu besitzen, die sich sinnvoller entfalten sollte als mit vollkommen verrückten und gefährlichen Dingen. Gleichzeitig war es eine unverdächtige Möglichkeit, Pachiro und Sylat eine Weile voneinander zu trennen. Und vielleicht würde Rina eher wieder zur Vernunft kommen, wenn sie Kindala ein paar Monate aus dem Haus wusste.

Amylla war sofort mit seinem Plan einverstanden. Zu seiner Erleichterung schöpfte sie auch keinen Verdacht, dass mehr dahintersteckte, als er ihr mitteilte.

Kindala freute sich auf die Geschäftsreise, und ganz wie Khandir gehofft hatte, war sein Sohn vor Begeisterung außer sich, fremde Länder kennenzulernen, und fragte nicht nach Sylat. Khandir hatte allerdings auch keine Ahnung, dass sich Sylat selbst ihrem Bruder gegenüber zur Zeit sehr merkwürdig verhielt, sie zeigte keine Regung und sah ihn nicht einmal an, als Pachiro ihr von der Reise berichtete. Er war ein wenig enttäuscht, dass sie sich nicht für ihn freute, aber auch erleichtert, weil sie nichts dagegen einzuwenden hatte. Einen Augenblick lang fragte er sich, was mit seiner Schwester los sei und ob sie überhaupt wahrgenommen habe, was er ihr erzählte. Aber dann schob er es beiseite, er wollte sich seine Freude nicht verderben lassen. Richtig gefürchtet hatte er sich davor, wie diese Eröffnung auf Rina wirken würde. Sie sagte nichts, aber ihr liefen Tränen über die Wangen. Pachiro, der sie nie wegen Kindalas Verlobung hatte weinen sehen, nahm sie in die Arme.

»Es tut mir so leid, Rina! Du weißt, ich hätte dich viel lieber mit dabei als sie«, sagte er leise. Rina nickte und klammerte sich an ihn. Pachiro hielt sie fest, bis sie sich wieder gefangen hatte.

Die Tage bis zur Abreise vergingen wie im Flug. Pachiro packte neben seiner Kleidung auch seine Harfe ein. Rina gestaltete den Abschied kurz und bündig. Offensichtlich wollte seine Schwester keine weiteren Gefühlsausbrüche zeigen. Als er sich von Sylat verabschieden ging, saß sie reglos am Fenster in ihrem Zimmer wie fast immer in letzter Zeit. Pachiro erschrak über ihr Aussehen. Ihre Haut wirkte immer noch bleich, die Augen stumpf und blicklos, als wäre sie erblindet. Sie schien noch zierlicher als sonst, fast ein wenig geschrumpft.

»Sylat, willst du mir nicht sagen, was dich bedrückt?«, fragte er leise und strich ihr übers Haar. Sie rührte sich nicht und Pachiro seufzte. Er wusste, dass er nichts aus ihr herauslocken konnte, wenn sie nicht wollte, und hoffte, sie würde nach seiner Rückkehr bereit sein, mit ihm zu sprechen. Er drückte ihr einen Kuss auf die Stirn und wünschte ihr Lebewohl.

Nachdem Pachiro ihr Zimmer verlassen hatte, stand Sylat auf und ging zum Spiegel auf ihrer Kommode. Sie berührte die Abbildung ihres Gesichts, als könne sie nicht glauben, was sie sah. Langsam, wie eine Schlafwandlerin, folgte sie mit den Fingern den Konturen. Diese verzerrten sich plötzlich, schimmerten und schienen sich aufzulösen. Dann war alles wieder wie zuvor. Sylat senkte den Kopf und betrachtete ihre linke Faust, aus der die zerrissenen Enden eines gelben Seidenbandes hingen. Sie öffnete die Hand und darin lag ihre Krokodilspfeife. Das Silber war von Ruß beschmiert. Sylat hob den Kopf und schaute sich an. »Wer bist du?«, fragte sie ihr Spiegelbild.

Amylla stand mit Nunna und Beghild am Kai und winkte, als das Schiff in See stach. Pachiro war so glücklich, dass er glaubte zu platzen. Aufgeregt lief er übers Deck und war den Matrosen im Weg, als Yannah nur noch ein roter Fleck in dem grauen Bergmassiv war. Khandir befand sich mit seiner Tochter bei Neriman auf der Brücke und musste über die Freude seines Sohnes lächeln. Kindala dagegen war die Ruhe selbst, als würde sie ständig solche Reisen unternehmen.

Zuerst segelten sie nach Süden. Jerish war ihnen wohlgesinnt und schickte günstige Winde, die sie in knapp vier Wochen nach Sarrinam brachten. Obwohl die Reise hierhin sonst länger dauerte als nach Diccur, wollte Khandir nur eine Woche in dieser Stadt verbringen. Er hatte sich in Daaressal nie wohlgefühlt. Abgesehen vom unerträglich heißen Klima hatte er auch größte Schwierigkeiten, die Sklaverei in diesem Land zu akzeptieren. Wären die Menschen in Diccur und Yannah nicht so verrückt nach den Kupferwaren und Edelsteinen aus Daaressal gewesen, er hätte nie Handel damit getrieben. An den Waren klebte Blut. Aber da sie ihm von seinen Kunden praktisch aus den Händen gerissen wurden, schob er um der guten Geschäfte willen seine Schuldgefühle beiseite.

Pachiro mochte Sarrinam, einfach weil es anders war. Sogar die Wüste faszinierte ihn und er rang seinem Vater die Erlaubnis ab, dass er mit einem Führer und einer bewaffneten Eskorte einen Ausflug dorthin machen durfte. Kindala verzichtete lieber darauf. Sie konnte endlosen Ebenen voller Sand und Steinen nichts abgewinnen. Pachiro kehrte mit einem Sonnenbrand auf der Nase, einigen Kristalldrusen und einer versteinerten Muschel, die er unterwegs entdeckt hatte, zurück. Für ihn war die Wüste voller Schätze und er hätte gern mehr Zeit dort verbracht. Sehr erstaunt war er, dass in diesem Land Musik verboten war. Sie wurde als Vorrecht des Sonnengottes angesehen. Nur wer nach dem Tode an dessen Hof gelangte und in seine Dienste aufgenommen wurde, durfte sie hören. Es hieß, die Töne, die der strahlende Gott seiner Flöte entlockte, würde sogar Felsen vor Glückseligkeit zum Weinen bringen. Diese Geschichte gefiel Pachiro sehr, der Dämonenkult, von dem er hier und da in Gesprächen erfuhr, weniger. Die Vorstellung, dass in der Nacht Dämonen durch die Stadt streiften, mutete ihn seltsam an, aber er zog es vor, es nicht zu überprüfen und lieber im Haus zu bleiben wie alle anderen. Wäre Sylat bei ihm gewesen, wäre seine Entscheidung allerdings anders ausgefallen. Pachiro lächelte, als er an ihre gemeinsame Dämonensuche im Hafenviertel dachte. Er vermisste seine Schwester sehr und spürte ihre Abwesenheit fast körperlich, als hätte man ein Stück aus ihm herausgeschnitten.

Im Gegensatz zu Kindala, die es sehr weibisch fand, mochte Pachiro auch die grüne Bemalung um die Augen der Männer und den Ring, den sie im Nasenflügel trugen. Anfangs war er ebenso beeindruckt von den Tätowierungen, die viele trugen, bis er herausfand, was sie bedeuteten. Das versetzte seiner Begeisterung einen gewaltigen Dämpfer,

Sklaverei war noch schlimmer als die Lebensumstände der Weber in Diccur. Er musste allerdings lange darüber nachdenken, ob er das Los der Sklaven in Daaressal schrecklicher fand als das der Menschen in Yannahs Hafenviertel. Schließlich kam er zu dem Ergebnis, dass er selbst lieber im Elend als mit einem Dach über dem Kopf, aber in Unfreiheit sein wollte, doch das galt vermutlich nicht für alle. Und wer von den Betroffenen hatte schon eine Wahl!

Kindala missbilligte die Zustände hier, machte sich jedoch wenig Gedanken darüber. Wie ihr Vater nahm sie sie in Kauf und versuchte darüber hinwegzusehen. Erstaunt war sie, dass Frauen hier keine Kleider, sondern wie die Männer Hosen, lange Mäntel und sogar Waffen trugen. Das sagte ihr gar nicht zu. Das Einzige, was sie gut fand, war die Tatsache, dass Frauen hier ihre eigenen Geschäfte führen durften. Nicht wenige Silberschmieden waren fest in weiblicher Hand.

Vom Kaktusschnaps, den Khandirs Geschäftspartner ihnen vorsetzten, bekam Pachiro den ersten großen Rausch seines Lebens. In der Nacht war er noch zu benebelt, um viel davon zu merken, aber im Morgengrauen kam er halbwegs zu sich und glaubte sterben zu müssen. Den ganzen folgenden Tag fühlte er sich so furchtbar wie nie zuvor. Stundenlang übergab er sich, bis er meinte, sein Innerstes würde sich nach außen stülpen. Die kleinste Bewegung löste eine neue Welle von Übelkeit aus. Er schwor sich, sollte er das überstehen, dann würde er die Finger vom Alkohol lassen. Khandir machte sich Vorwürfe, dass er seinen Sohn nicht gewarnt und nicht auf seinen Zustand geachtet hatte. Er ließ einen Heiler kommen und verschob die Abreise. Es dauerte drei Tage, bis Pachiro sich vorstellen konnte, an Bord des schwankenden Schiffes zu gehen.

Hatten sie auf der Fahrt nach Daaressal Zeit gespart, verloren sie über eine Woche auf ihrem Weg nach Diccur, weil Jerish ihnen erst eine zweitägige Flaute und dann widrige Winde bescherte. Neriman und Morag brachten mehrere Male Opfer für den Gott und vorsichtshalber auch gleich für Doros dar, aber es half nichts, sie kamen nur langsam voran. Pachiro störte das nicht. Er hatte sich wieder erholt und seine Freude daran, Musik für die Besatzung zu machen. Die Matrosen neckten ihn seines Namens wegen und fragten ständig, ob er nicht oben in der Takelage für sie spielen wolle, damit sie vorwärts kämen. Aber sie sangen eifrig mit bei den Liedern, die sie kannten, während sie Netze und Segel flickten oder das Deck schrubbten. Khandir und Neriman hatten nichts dagegen, dass Pachiro für eine heitere Stimmung sorgte, dann murrten die Männer weniger über das brackig schmeckende Trinkwasser und die Maden im Zwieback. Beides ließ sich wegen der Hitze nicht verhindern. Pachiro machte das nichts aus. So gut es ging, pulte er die Tiere aus seinem Brot, den Rest aß er mit. Auf Wein, den sein Vater und der Kapitän tranken, verzichtete er und hielt sich einfach die Nase zu, wenn er das Wasser hinunterkippte. Er machte sich lustig über seine Schwester, die sich furchtbar ekelte und es schaffte, bei nahezu völliger Windstille seekrank zu werden. »Frauen!«, sagte er ein ums andere Mal zu den Matrosen und verdrehte die Augen. Die Männer feixten, trauten sich aber nicht, laut zu lachen, schließlich handelte es sich um die Verlobte des Kapitäns.

Kindala dankte den Göttern, als Neriman ihr nach fünf Wochen endlich berichtete, dass die Umrisse von Diccurs Küste zu sehen waren. Sie fühlte sich immer noch zu schwach, um an Deck zu kommen, obwohl der Anblick der Hauptstadt ein ganz besonderer war. Die Stadt Diccur wurde oft nur »die Goldene« genannt, und als sie in Sichtweite kam, wusste Pachiro warum. Die Häuser waren würfelförmig und niedriger als in Yannah; hier an der flachen Küste gab es genügend Platz, um sich auszubreiten. Anders als in seiner Heimat waren die Gebäude in verschiedenen Gelb- und zarten Orangetönen gestrichen und nicht wenige besaßen Kuppeldächer, die allesamt vergoldet waren und in der Sonne um die Wette glänzten. Pachiro war wie gefangen von dem warmen, leuchtenden Schein Diccurs und konnte es kaum erwarten, an Land zu gehen. Er hatte sich jedoch noch zu gedulden, denn sie mussten erst auf das Boot mit dem Lotsen warten, das sie in dem seichten Gewässer sicher durch die schmale Fahrrinne in den Hafen geleiten würde. Doch endlich war auch das geschafft und er stand aufgeregt an der Reling, während die Mannschaft das Schiff mit schweren Seilen am Kai vertäute. Dort warteten schon mehrere Gefährte auf sie. Keine grob gezimmerten Eselskarren, sondern elegant geschwungene Einspänner, gezogen von Apfelschimmeln und mit einer kleinen Ablage für Gepäck versehen. Schweif und Mähne der Pferde waren mit goldgelben Bändern zu Zöpfen geflochten und das Zaumzeug mit kleinen Messingglöckchen verziert, die ihre Fahrt durch die Straßen Diccurs mit einem feinen Läuten begleiteten. »Hier schmücken sie die Gäule wie bei uns in Yannah die Frauen«, sagte Pachiro zu seiner Schwester.

Kindala, die wusste, dass er die silbernen Glöckchen-Armbänder der Frauen meinte, lächelte. Sie bevorzugte schlichte, praktische Kleidung und hatte nie viel übrig gehabt für klingelnden Schmuck, der sie nur beim Rechnen und Schreiben gestört hätte.

Das war jedoch für lange Zeit alles, was Pachiro sagte. Er war viel zu sehr damit beschäftigt, die unzähligen neuen Eindrücke in sich aufzunehmen. Diese Stadt war ganz anders als Yannah. Sie war weitläufig angelegt, selbst die kleinsten Wege breiter als die größten Gassen seiner Heimat. Kaum ein Mensch war zu Fuß unterwegs, jeder Einwohner schien zumindest ein Pferd zu besitzen oder einen der offenen Wagen. Um jedes Haus gab es einen Garten mit Blumen und blühenden Büschen, geschützt von eisernen Zäunen, deren Spitzen vergoldet waren wie die runden Dächer. Die großen Fenster besaßen keine Scheiben, sondern waren mit gazeartigen Tüchern verhängt, die im Wind wehten und passend zum Anstrich der Wände in verschiedenen Gelbtönen gefärbt waren. Alles erschien ihm luftig und leicht und es war kaum vorstellbar, dass hier jemand Sorgen haben sollte. Aber er hatte im Unterricht von den Weberfamilien gehört, die in Armut lebten, und er sah, dass die so offen wirkenden Gebäude von Hunden bewacht wurden. Trotzdem gefiel es ihm in Diccur. Die wallenden Gewänder der Leute fand er lustig. Sie waren oft aus dem gleichen dünnen Stoff wie die Vorhänge an den Fenstern und wurden in mehreren verschieden langen Schichten und Pastellfarben übereinander getragen. Manche Frauen wirkten bunt wie zarte Regenbogen, während die Männer sich eher auf einen Farbton beschränkten. Von den Mannschaften der Schiffe aus Diccur, die er schon in Yannah gesehen hatte, kannte er die Sitte, Stirnbänder zu tragen. Aber während die der Matrosen einheitlich blau und mit dem Wappen der königlichen Flotte versehen waren, gab es hier alle möglichen Farben und Stickereien zu entdecken.

Der Palast des Königs verschlug Pachiro erst recht die Sprache, obwohl er wenig genug davon zu sehen bekam, denn er war außer von einem Gitter zusätzlich von einer hohen Hecke umgeben. Aber man konnte durch das Tor erkennen, dass das ganze Gebäude von oben bis unten vergoldet war, selbst die Vorhänge bestanden aus feinem Goldbrokat. Das fanden Pachiro und seine Schwester vollkommen übertrieben und zu protzig, ihnen gefielen die einfacheren Gebäude wesentlich besser. Die Palastwache am Eingang war, wie auch die Seeleute, nicht in lange Gewänder gekleidet. Aus praktischen Gründen, wie Pachiro vermutete. Sie trugen am Körper anliegende, kurze Jacken und enge lange Hosen sowie hohe Lederstiefel, was in dem feuchtwarmen Klima eher unangenehm sein musste. Ihm selbst lief schon, ohne dass er sich bewegte, der Schweiß herunter und er beneidete die Menschen in den Straßen um ihre luftige Kleidung.

Schließlich erreichten sie den Gasthof, in dem Khandir abzusteigen pflegte. Pachiro stellte mit Erleichterung fest, dass wenigstens die Zimmer für die Reisenden solide Holztüren besaßen und nicht offen waren wie der Rest des Hauses. Nachdem sie sich frisch gemacht und umgezogen hatten, trafen sie sich unten im Gastraum wieder, um eine Mahlzeit einzunehmen. Die Speisen waren mit vielen Früchten und Gewürzen zubereitet und es gab Dutzende verschiedener Schüsselchen auf dem Tisch, von denen jedes etwas anderes enthielt. Kindala fand alles zu scharf, aber ihr Bruder war begeistert von dem abwechslungsreichen Essen. Ihm machte es nichts aus, dass seine Zunge brannte. Er stellte schnell fest, dass ein säuerliches Milchgetränk mit Minze gut dagegen half.

Nachdem sie gesättigt waren, drängte Pachiro darauf, sich die Stadt anzusehen. Kindala fühlte sich viel zu schwach dazu und Khandir wollte zurück zum Hafen, um sich mit Neriman zu besprechen und das Löschen der Ladung zu überwachen. Pachiro fuhr ein Stück mit ihm, stieg aber unterwegs aus und ging zu Fuß weiter. Er stieß auf eine riesige Markthalle, deren Außenwände und innere Unterteilungen aus schmiedeeisernen Gittern bestanden. Pachiro staunte über den filigran wirkenden Bau und fragte sich, wie viele Schmiede wohl wie lange daran gearbeitet hatten. Zumindest wusste er, dass das Erz aus Rikant stammte und gegen Holz aus Diccur eingetauscht wurde. Hier mitten in der Stadt war er auch nicht mehr der einzige Fußgänger. Im Gegenteil, es wimmelte geradezu vor Menschen. Er ließ sich mit der Menge treiben, ohne sich zu sorgen, ob er den Rückweg noch finden würde.

An einem Stand kaufte er mit gegrilltem Fleisch und Obst bestückte kleine Spieße, obwohl er keinen Hunger hatte. Aber sie sahen so köstlich aus, dass er nicht widerstehen konnte. Die Soße, die dazu gereicht wurde, war atemberaubend scharf. Nach einer Weile hatte er sich daran gewöhnt und genoss den würzigen Geschmack, seinen Durst löschte er mit frisch gepressten Säften, die es an jeder Ecke gab. Er fragte sich, was Sylat von diesem Essen halten würde. Vermutlich wäre sie empört, dass man Fleisch mit Obst verdarb. Er musste lächeln bei dieser Vorstellung und gleichzeitig wuchs die Sehnsucht nach ihr zu einem schneidenden Schmerz. Wie gerne hätte er dies alles mit ihr geteilt! Vielleicht hätte die Reise sie aus ihrer merkwürdigen Lethargie gerissen. Pachiro machte sich Vorwürfe, dass er seinen Vater nicht überredet hatte, Sylat mitzunehmen, und ihn nicht einmal danach gefragt hatte.

Die Wärme und der volle Bauch machten ihn schläfrig und er beschloss, sich auf die Stufen eines Brunnens zu setzen. Von dort aus konnte er das bunte Treiben in Ruhe beobachten. Er schnappte einzelne Gesprächsfetzen der vorübereilenden Passanten auf und freute sich, dass er vieles davon verstand. Sein Glück war fast vollkommen, als sich schräg gegenüber, vor dem Tor der Markthalle, drei Musiker niederließen und ihre Instrumente auspackten. Solche hatte Pachiro noch nie gesehen. Neugierig betrachtete er die lange Flöte, die sich unten trichterförmig weitete, und das Brett, zwischen dessen eingeschlagene Nägel Saiten gespannt waren. Der dritte

Mann hatte ein Gebilde aus zwei parallel verlaufenden Holzpflöcken, über die quer Metallplättchen befestigt waren, vor sich. Aus seiner Tasche holte er zwei Klöppel, an deren Enden weiße Bälle steckten, die von weitem wie gepresste Watte aussahen. Pachiro war entzückt, welche Klänge entstanden, als der Musiker die Klöppel auf die Metallplättchen schlug. Die Flöte quäkte ein wenig und die Töne des Saiteninstruments waren in seinen Ohren flach und dissonant, aber zusammen ergab das Ganze eine herrlich schräge, ungewöhnliche Musik, der Pachiro stundenlang hätte lauschen können. Leider wurde es irgendwann dunkel und er musste zusehen, dass er den Gasthof wiederfand, bevor sein Vater sich Sorgen machte. Langsam bewegte er sich in die Richtung, aus der er gekommen war, wie er glaubte. Überall wurden kleine Öllampen angezündet und an die Gitter der Zäune und Ladentüren gehängt, bis die Stadt voller Lichter schien. Pachiro seufzte zufrieden, Yannah war ihm nie so heimelig vorgekommen.

Nach einer Stunde entdeckte er am Ende der Straße ihre Unterkunft. Als er die Treppe zu den Zimmern hinaufging, hörte er Musik aus dem Gastraum und kehrte um. Er sah seinen Vater mit Neriman an einem Tisch sitzen und Wein trinken. Kindala fehlte, vermutlich schlief sie bereits. In einer Ecke waren fünf Musikanten und spielten. Einer von ihnen hielt eine dieser ulkigen Lauten in der Hand, die Pachiros Eltern ihm damals von ihrer Reise mitgebracht hatten. Natürlich war er gespannt, was der Mann hier aus dem Instrument herausholte. Pachiro setzte sich zu seinem Vater an den Tisch und beobachtete den Musiker. Er benutzte viele Pachiro bisher unbekannte Griffe und dieser rückte immer näher an die Gruppe heran. Als sie Lieder sangen, die Pachiro kannte, stimmte er mit ein. Es dauerte nicht lange, da hatte er sich mit den Musikern angefreundet und seine Harfe geholt. Zusammen spielten sie, bis der letzte Gast gähnend verschwunden war und der Wirt die Stühle auf die Tische stellte. Es war weit nach Mitternacht, Khandir und Neriman längst in ihren Betten. Pachiro fühlte sich kein bisschen müde und bedauerte, dass sie aufhören mussten, weil der Wirt schließen wollte. Nachdem er sich mit den Musikern für den folgenden Abend verabredet hatte, stieg seine Laune wieder und beschwingt nahm er immer zwei Stufen auf einmal nach oben.

In den nächsten Tagen lernte Pachiro, dass Musik einen wichtigen Raum im Alltag von Diccur einnahm. Durch die Straßen zogen Musiker, die mit ihren Instrumenten das Plätschern der Brunnen begleiteten, die die vielen Plätze der Stadt zierten. Und bei jedem Essen, zu dem sie von Khandirs Handelspartnern eingeladen wurden, konnte er sicher sein, dass Musiker im Hintergrund saßen. Während sein Vater und Kindala in geschäftliche Gespräche mit den Kaufleuten vertieft waren, richtete sich Pachiros Aufmerksamkeit auf die Lieder, die er hörte. Redeten die anderen über die Kosten und die Qualität von Stoffen, Holz oder Gewürzen, fragte er die Musiker aus und spielte mit ihnen. Er genoss es in vollen Zügen, endlich unter Gleichgesinnten zu sein.

Eine Zeit lang ließ ihn Khandir gewähren, zumal seine Gastgeber sehr angetan von Pachiros Stimme waren und er sehen konnte, wie glücklich sein Sohn war. Aber es ärgerte ihn zunehmend, dass sich Pachiro vollkommen aus allem Geschäftlichen heraushielt. Er hoffte nur, dass sich das geben würde, wenn sie ins Hinterland reisten.

Leider wurde es auch dort nicht anders. Jetzt war es nicht mehr die bunte Stadt, die Pachiro begeisterte, sondern der Wald mit seinem üppigen Wachstum von blühenden Bäumen, Ranken und Unterholz. Die verschiedenen Holzsorten interessierten ihn nur, solange sie noch Wurzeln und Blätter besaßen. Sobald es darum ging, was sich wie am besten verarbeiten und an wen verkaufen ließ, war er mit seinen Gedanken woanders. Khandirs Gereiztheit stieg erst recht, als sich herausstellte, dass auch in den Holzfällerlagern gerne Musik gemacht wurde und Pachiro sich damit ganze Nächte um die Ohren schlug. Khandir kochte vor Wut, wenn sein Sohn tagsüber gähnend am Tisch lümmelte und vor sich hin träumte, während sich Kindala eifrig die Festmeterpreise der verschiedenen Holzsorten notierte. Den gesamten Aufenthalt nutzte das Mädchen, um seine kaufmännischen Kenntnisse zu erweitern, und füllte Heft um Heft mit Informationen. Pachiro dagegen schrieb sich Noten und Liedtexte auf. Alle Ermahnungen seines Vaters nützten nichts – jedenfalls nicht lange.

Eines Abends platzte Khandir der Kragen. Er schnappte sich seinen verdutzten Sohn und schob ihn vor sich her in sein Zimmer. »So geht es nicht weiter, Pachiro!«, herrschte er ihn an. Sein Sohn sah ihn mit großen Augen an, sagte aber nichts. »Ich habe dich mitgenommen, damit du deinen zukünftigen Beruf kennenlernst, und der ist nicht fahrender Sänger, falls du das immer noch hoffst! Finde dich damit ab, dass du mein Nachfolger wirst, und verhalte dich entsprechend!«, fuhr Khandir zornig fort.

»Warum darf ich meine Zukunft nicht selbst bestimmen?«, wollte Pachiro wissen. Er merkte, wie Ärger in ihm hochstieg.

Khandir schnaubte. »Wofür habe ich so hart gearbeitet all die Jahre?«

»Ja, wofür, Vater? Sag es mir! Was geht in deinem Kopf vor, wenn du bis in die Nacht über deinen Büchern sitzt? Für wen häufst du das viele Geld an? Wir haben längst genug, um bequem davon zu leben.« Pachiro hatte noch nie eine solche

Wut in sich gespürt. Er war selbst überrascht, was plötzlich aus ihm herausbrach. »Ich brauche keine Reichtümer, Vater. Mir wäre es lieber gewesen, du hättest mehr Zeit für mich gehabt.« Aufgeregt ging er im Zimmer auf und ab. Dann blieb er stehen und schaute Khandir vorwurfsvoll an. »Mutter schilderte uns ihre Kindheit in sämtlichen Einzelheiten. Aber es gibt so vieles, was ich von dir und deiner Familie nicht weiß. Sogar über deine Gefangenschaft im Verlies des Fürsten habe ich von unserem Koch mehr erfahren als von dir. Ich frage mich immer öfter, wer bist du eigentlich, Vater? Und was treibt dich dazu, wie ein Besessener zu arbeiten?« Er trat auf Khandir zu, bis er dicht vor ihm stand, und sah ihm direkt in die Augen. »Ich will wissen, was für ein Mann das ist, dessen Erbe ich antreten soll!«, sagte er leise, aber mit Nachdruck.

Khandir wich seinem Blick aus und wandte sich um. »Es tut nichts zur Sache, wer oder was wir sind!«

»Warum willst du nicht über deine Vergangenheit reden, Vater? Hast du etwas zu verbergen?«

»Wie ich mein Leben verbracht habe, spielt keine Rolle, was ich empfinde, auch nicht. Das Einzige, was zählt, ist unsere Pflicht, für die zu sorgen, die von uns abhängig sind!«

Diese Sätze waren wie eine Ohrfeige für Pachiro. Pflicht! Kein Wort von Zuneigung oder Wertschätzung. Wünschte sich sein Vater wirklich einen anderen Sohn? Ohnmächtige Wut und Schmerz tobten in ihm. Er musste weg hier, bevor er die Fassung verlor! »Wenn das alles ist, was dich mit mir verbindet, dann kannst du auf mich nicht zählen!«, sagte er mit zitternder Stimme und rannte zur Tür hinaus.

Khandir sah ihm überrascht hinterher. Jetzt war er derjenige, der im Zimmer auf und ab ging, die Hände hinter dem Rücken verschränkt. Dann blieb er vor dem Fenster stehen und schaute hinaus. Lange dachte er darüber nach, was sein

Sohn gesagt hatte. Er war nicht sicher, ob er alles verstand, vor allem den letzten Satz. Pachiro hatte tief verletzt ausgesehen, er musste etwas falsch aufgefasst haben. Khandir konnte sich nicht vorstellen, was ihn so getroffen haben mochte. Sein Sohn musste doch wissen, dass er seine Kinder liebte! Er konnte das nicht einfach auf sich beruhen lassen und ging hinüber zum Zimmer seines Sohnes. Es war leer. Khandir suchte eine Stunde lang erst im Gasthof und dann in der gesamten Umgebung nach ihm, aber der Junge blieb verschwunden. Aufs Höchste beunruhigt, ging er schließlich zurück in Pachiros Zimmer, um dort auf ihn zu warten. Die Stunden verrannen und seine Unruhe verstärkte sich. Rastlos lief er hin und her, schaute aus dem Fenster ohne etwas zu sehen.

Schließlich stellte er sich der einen Frage, die sich hartnäckig in sein Bewusstsein bohrte: Konnte man einen geliebten Menschen nicht nur durch den Tod verlieren, sondern auch durch sein eigenes Verhalten? Er dachte an die Entfremdung zwischen ihm und Amylla. Sie hatten es geschafft, wieder aufeinander zuzugehen, und er hatte auch damals nie die Möglichkeit in Erwägung gezogen, dass Amylla ihn verlassen und zu ihrem Vater zurückkehren könnte. Dass sich ein Ehepaar in Yannah trennte, war einfach unvorstellbar, aber diesen Ausweg hätte es trotzdem für sie gegeben. Doch wohin konnte Pachiro gehen? Khandir ahnte die Antwort, ohne dass er sie sich eingestehen wollte. Aber er wusste, er selbst musste seinen Standpunkt überdenken und handeln. Seufzend setzte er sich an den kleinen Tisch und rieb sich die Augen. Mit derselben Gründlichkeit, mit der er seine Bücher führte, erwog er alles, was sein Sohn ihm vorgeworfen hatte. Pachiro hatte nicht mit allem unrecht, das musste er im Stillen zugeben. Vielleicht würde das Wissen um die Vergangenheit des Vaters manches im Kopf seines Sohnes zurechtrücken. Aber hatte er nicht Jahrzehnte damit verbracht, zu vergessen? Er kämpfte lange mit sich, und als der Morgen graute, hatte er einen Entschluss gefasst: Er würde Pachiros Fragen beantworten, selbst wenn er glaubte daran zu ersticken.

Im Haus waren die ersten Geräusche zu hören, die die Arbeit eines neuen Tages ankündigten. Draußen im Flur erklangen Schritte. Das musste der Diener sein, der die Kannen mit heißem Wasser vor die Türen stellte. Khandir erhob sich, froh, endlich handeln zu können. Doch bevor er noch die Tür erreichte, öffnete sie sich und Pachiro stand vor ihm. Eine Woge der Erleichterung überschwemmte Khandir und er hätte seinen Sohn am liebsten in die Arme geschlossen. Aber Pachiro blickte ihn abweisend, ja, beinahe feindselig an. Ohne ein Wort standen sie sich gegenüber, bis sich Khandir schließlich räusperte:

»Falls du je daran gezweifelt hast, ich liebe jeden Einzelnen von euch!« Er hob die Hand, als sein Sohn etwas einwenden wollte. »Diese Pflicht, von der ich sprach, sie erwächst aus meinen Gefühlen für meine Familie und ist keine bedeutungslose Regel, die mir von außen aufgezwungen wurde. Aber ich sehe ein, dass es vielleicht schwer ist, das zu verstehen, ohne den Hintergrund zu kennen.«

Khandir deutete auf einen der beiden Stühle. »Bitte setz dich, Pachiro. Du hast gefordert, dass ich dir von meiner Vergangenheit erzähle. Ich habe nie darüber gesprochen, weil es mich immer noch quält.« Er fuhr sich über die Stirn und fügte hinzu: »In den letzten Stunden hatte ich Zeit genug, mir darüber klar zu werden, dass du ein Recht auf dieses Wissen hast.«

Pachiro schaute ihn misstrauisch an. Zögernd nahm er auf dem Stuhl Platz und lehnte sich in einer abwartenden Haltung zurück. Khandir setzte sich ihm gegenüber hin und starrte auf die Tischplatte. Plötzlich wusste er nicht, wie er beginnen sollte. Pachiro machte keinerlei Anstalten, ihm die Sache zu erleichtern, sein Blick war nach wie vor argwöhnisch. Als Khandir endlich zu erzählen begann, war seine Stimme leise.

»Ich war ungefähr zwölf Jahre alt, da wurde meine Heimat von einem fremden Heer überfallen. Stück für Stück wurde Bhrandelia erobert, Dorf um Dorf wurde geplündert und verbrannt. Mein Vater schickte uns fort und wir flohen mit vielen anderen zusammen zu der größeren Handelsstadt an der Küste im Osten. Er selbst blieb zurück, um unser Land zu verteidigen, wie viele der Männer dort. Später habe ich von nachkommenden Flüchtlingen erfahren, dass jeder Einzelne von ihnen getötet wurde. Manche im Kampf, manche wurden gefangen und hingerichtet. Welchen Tod mein Vater fand, habe ich nie herausgefunden, sicher ist nur, dass keiner überlebte.« Khandir verbarg sein Gesicht in den Händen.

»Du hast von ›uns‹ und ›wir‹ gesprochen, wen meintest du damit?«, bohrte Pachiro nach.

Khandir ließ die Hände sinken und sah seinen Sohn mit einem gequälten Gesichtsausdruck an. »Meine Mutter und meine kleine Schwester.«

»Du hattest eine Schwester? Was geschah mit den beiden?«

»Das feindliche Heer rückte immer näher und es war klar, dass die wenigen verbliebenen Männer unter uns Flüchtlingen nicht lange standhalten würden. Die Stadt hatte keine richtigen Befestigungsanlagen und nicht genügend Waffen. Wer Gold hatte, versuchte sich eine Passage auf einem der Schiffe im Hafen zu erkaufen. Buchstäblich in letzter Minute gelang es meiner Mutter, uns beiden Kindern einen Platz auf einem Schiff aus Yannah zu erwerben. Für sie selbst reichte das Geld nicht mehr. Ich musste ihr versprechen, mich unter allen Umständen um meine kleine Schwester Dherid zu kümmern.«

Khandir unterbrach seine Erzählung. Es war ihm nicht möglich, alles wiederzugeben, was er erlebt hatte, und er ließ manches aus. Wie die Tatsache, dass sie sich auf dem letzten Schiff befanden, das Bhrandelia verließ, und unter heftigem Beschuss standen, denn das fremde Heer hatte die Verteidiger überrannt und war bis zum Hafen gelangt. Während die Pfeile auf das Schiff prasselten, hatte er noch mit angesehen, wie seine Mutter auf dem Kai von einem Speer durchbohrt zu Boden stürzte, bevor ihn der Kapitän unter Deck scheuchte. Dieses schreckliche Bild war eines der beiden, die ihn bis heute in seinen Albträumen verfolgten.

»Glaubst du, deine Mutter hat überlebt?«, unterbrach Pachiro seine düsteren Gedanken.

»Nein, das weiß ich mit Sicherheit.«

»Und was ist aus Dherid geworden, Vater?«

Khandir riss sich zusammen und versuchte seine Geschichte zu beenden: »Der Schwur, Dherid zu beschützen, wäre nicht nötig gewesen. Ich habe sie sehr geliebt. Obwohl die anderen Jungen mich deswegen hänselten und sie viel jünger war als ich, habe ich gerne mit ihr gespielt. Sie war ein so liebes, fröhliches Mädchen. In mancher Hinsicht hast du mich als Kind sehr an sie erinnert. Auch Dherid konnte unaufhörlich plappern und sang den lieben langen Tag. Ich war dankbar, dass sie nicht richtig verstand, was vor sich ging. Für sie war das Ganze ein aufregendes Spiel und ich tat alles, um sie in diesem Glauben zu lassen.« Das Lachen, das ihm unwillkürlich entfuhr, klang hart. »Nun, aus dem Spiel wurde bitterer Ernst, den ich nicht mehr vor ihr verstecken konnte. Wir gerieten in einen Sturm und das Schiff ging unter. Es gelang uns nicht, in eines der Beiboote zu kommen. Aber ich konnte schwimmen und habe mit aller Kraft versucht, Dherid über Wasser zu halten, doch die aufgepeitschte See riss sie mir aus den Armen und sie versank vor meinen Augen.« Khandir verschwieg die vielen Nächte, in denen er diesen Moment wieder und wieder durchlebt hatte, bis er glaubte wahnsinnig zu werden. Erst seit er Sylat gefunden hatte, waren diese Träume selten geworden. Auf einmal fühlte er sich erschöpft. Er sank in sich zusammen. Nach einem langen Schweigen sah er zu seinem Sohn auf, der ihn betroffen anstarrte.

»Ich habe nur überlebt, weil ich eine Holzkiste fand, an die ich mich klammern konnte, bis mich ein anderes Schiff aus dem Meer fischte. Die Kiste war übrigens schwarz und mit roten Buchstaben stand ›Yannah‹ darauf. Ich denke, die Göttin hat sie mir geschickt. Aber auch wenn ich ihr dafür dankbar bin, bin ich doch nicht immer glücklich über dieses Geschenk.«

Pachiro verstand nicht, was sein Vater meinte. Was gab es denn daran auszusetzen, dass er gerettet wurde? Gut, er hatte seiner Schwester nicht helfen können, aber ... Plötzlich begann er zu begreifen. »Du fühlst dich schuldig an Dherids Tod, Vater!« Khandir blickte ihn ruhig an und an dem Ausdruck in seinem Gesicht erkannte Pachiro, dass er recht hatte. Aufgeregt rief er: »Aber das bist du nicht! Du hättest es nicht verhindern können. Sieh mal, du warst doch erst zwölf. Da hat man nicht die Kraft, jemanden lange zu halten, vor allem unter solchen Bedingungen.«

»Ich weiß, mein Sohn, mein Verstand sagt mir dasselbe. Trotzdem quält mich das Gefühl, ich hätte sie retten können, wenn ich mich noch mehr angestrengt hätte.« Khandir senkte den Kopf und starrte auf seine Hände.

»Dann wärt ihr beide ertrunken!«, sagte Pachiro. Als er den Eindruck hatte, dass diese Worte seinen Vater nicht überzeugten, fügte er hinzu: »Du hast es doch selbst erzählt! Es war nicht Yannahs Wille, dass du zusammen mit deiner Schwester stirbst. Sonst hätte sie dir nicht die Kiste geschickt.«

»Vielleicht ist es so. Ich gebe mir jedenfalls Mühe, es zu glauben.« Khandirs Mund verzog sich zu einem schiefen Lächeln. »Ihr Püppchen ist alles, was mir von Dherid geblieben ist. Das und die Erinnerungen.«

»Ihr Püppchen?«, fragte Pachiro, der niemals eine Puppe bei seinem Vater bemerkt hatte.

Khandir öffnete die obersten Knöpfe seines Hemdes. Um seinen Hals war eine Lederschnur. Als er sie hochzog, erkannte Pachiro eine geschnitzte Figur daran. Khandir nahm die Kette ab und gab sie seinem Sohn. »Ich habe sie ihr zu ihrem dritten Geburtstag gemacht.«

Pachiro drehte die fein gearbeitete Holzpuppe erstaunt hin und her. In ihrer Winzigkeit war sie vollkommen, nur die linke Hand fehlte. Er strich über die raue Bruchstelle. »Das hast du selbst gemacht? Was ist mit der Hand passiert?«

»Dherid ist auf dem schwankenden Schiff hingefallen und dabei ist sie abgebrochen. Sie hat sie mir gegeben, damit ich sie sicher verwahre und ganz mache.«

Wieder betrachtete Pachiro die zierliche Figur. »Das ist das Werk eines Künstlers!«, platzte es aus ihm heraus.

Ein Lächeln huschte über das Gesicht seines Vaters. »Ich habe damals viel geschnitzt, es hat mir Freude gemacht.«

»Nur Freude?« Sein Sohn sah ihn mit hochgezogenen Augenbrauen an. »Dafür ist es viel zu gut!«

»Ich konnte nicht anders. Ich hatte ständig ein Stück Holz und ein Messer in der Hand.«

»Und warum hast du das nicht zu deinem Beruf gemacht?«, wollte Pachiro wissen.

»Mein Vater war Pferdezüchter!«, antwortete Khandir kurz. Obwohl Pachiro ahnte, was nun kommen würde, hakte er nach: »Und er wollte nicht, dass du etwas anderes als er machst, stimmt's?«

»Natürlich nicht, ich war der einzige Sohn! Auch wenn ich immer ein wenig Angst vor den Tieren hatte, wusste ich dennoch, dass ich eines Tages der Nachfolger meines Vaters sein würde.«

Diese Antwort ließ wieder eine Welle aus Ärger, diesmal gemischt mit Resignation, in Pachiro aufsteigen, doch er wollte noch nicht aufgeben. »Und in Yannah? Da gab es keine Pferdezucht mehr, die du übernehmen musstest. Warum bist du dort nicht Kunstschnitzer geworden?«

Khandir lachte verächtlich. »Glaubst du, damit hätte ich im Hafenviertel Geld verdienen können?«

»Im Hafenviertel vielleicht nicht, aber oben in der Stadt!«

»Niemand hält das Werk eines Bettlers für Kunst! Und mehr war ich nicht für die Leute da oben. Sie hätten mir kaum etwas für meine Schnitzereien bezahlt.«

»Man braucht nur wenig, um über die Runden zu kommen. Ist es nicht viel wichtiger, zufrieden zu sein?« Pachiro sah verblüfft, wie eine Ader auf der Stirn seines Vaters anschwoll.

»Zufrieden?«, brüllte Khandir. »Du hast durch meine Arbeit, die du so sehr verabscheust, immer alles gehabt, was du brauchst, und keine Ahnung, was es wirklich bedeutet, im Hafenviertel zu leben, sonst würdest du nicht so reden! Wie kannst du glauben, ein Mensch könnte dort jemals auch nur einen Hauch von Zufriedenheit spüren?« Er schüttelte den Kopf mit einer Heftigkeit, dass sein Zopf hin und her flog. »Nein, mein Sohn, die einzige Hoffnung auf Glück bestand für mich darin, nach oben zu kommen, hinter die schützende Mauer, und dafür zu sorgen, dass ich mit meinen Nachkommen auch dort bleiben kann. Das ist der Grund für meine Besessenheit, wie du es herablassend nennst.«

Khandir war hochrot im Gesicht geworden und musste eine Pause machen, um Atem zu schöpfen. Etwas ruhiger, aber immer noch wütend fuhr er fort: »Ich habe nie viel von dir gefordert! Im Gegensatz zu anderen Vätern in Yannah halte ich nichts von Strenge und Bevormundung. Du konntest tun und lassen, wonach dir der Sinn stand. Aber jetzt bist du erwachsen und ich erwarte von dir, dass du deinen Teil der Verantwortung trägst und mir etwas von der Last abnimmst. Und wenn ich alt werde und sterbe, wirst du das Geschäft weiterführen und für die Familie sorgen, wie ich es immer getan habe, hörst du?«

Pachiro nickte wie betäubt. Noch nie hatte er seinen Vater so außer sich erlebt. Er war schockiert von seinem Zorn und fühlte sich missverstanden, fand aber keine Worte, um besser zu erklären, was er meinte. Hilflos und stumm ließ er diesen Ausbruch über sich ergehen.

Später, als er allein war, ging ihm das Gesagte unentwegt im Kopf herum. Die letzten Sätze seines Vaters nahmen ihn besonders mit. Khandir war ruhiger geworden, aber die Traurigkeit in seiner Stimme berührte Pachiro tief. »Pachiro, du hast zum Glück nie erfahren müssen, wie es ist, die Menschen, die du liebst, und deine Heimat zu verlieren. Du weißt nicht, wie es ist, unter unwürdigen Bedingungen ums Überleben kämpfen zu müssen. Glaube mir, es gibt nichts Schöneres als eine Familie und nichts Wichtigeres als ihre Sicherheit.« Sicherheit, das war etwas, was Pachiro verstehen konnte! Er erinnerte sich noch daran, wie vor ein paar Jahren durch wenige Sätze des Kochs alle Sicherheit, die er ganz selbstverständlich in sich trug, auf einmal verschwunden war und wie schrecklich es sich angefühlt hatte. Seine Welt, die immer licht und bunt gewesen war, erschien plötzlich voller Schatten. In jenen Tagen hatte er noch gedacht, wenn er nur den wahren Mörder, den Feuerdämon, finden könnte, dann würden sein Vater und damit auch er selbst wieder in Sicherheit sein. Jetzt überfielen ihn Zweifel, ob eine dauerhafte Sicherheit jemals möglich war. Sein Vater schien überzeugt zu sein, durch harte Arbeit als Kaufmann dafür sorgen zu können. Pachiro war anderer Meinung, ohne das Gefühl klar fassen zu können.

Die Worte seines Vaters hatten auch noch eine ganz andere Wirkung auf ihn. Ihm war bewusst geworden, wie tief dieser enttäuscht sein würde, falls sein Sohn dem vorgegebenen Weg, den er ihm geebnet hatte, nicht folgen würde. Und Pachiro wollte ihn nicht enttäuschen, nicht nach alldem, was er gehört hatte. Von einer Last hatte sein Vater gesprochen. Obwohl es ihn kränkte, ahnte er doch, was gemeint war, wenn er an seine jüngeren Schwestern dachte. Rina – auch wenn er sie liebte, konnte er sehen, dass sie der üblichen Vorstellung von Schönheit nicht entsprach, ebenso wenig wie Beghild, das Nesthäkchen. Er fragte sich, ob die beiden jemals einen Mann finden würden, der sie heiraten wollte. Selbst er wusste, dass ledige Frauen in Yannah einen schweren Stand hatten und unbedingt auf die Unterstützung durch ihre Familie angewiesen waren. Vermutlich hatte sein Vater auch an die Zukunft seiner Töchter gedacht, als er von ihm verlangte, Verantwortung zu übernehmen. Pachiro stöhnte, an seiner Entscheidung hing so viel. War das die Last, die sein Vater gemeint hatte? Vermutlich. Dann sollte er ihm diesen Ausdruck eigentlich nicht übel nehmen, denn er spürte jetzt schon, wie sie ihn drückte, noch bevor er seinen Teil übernommen hatte. Pachiro hielt einen Augenblick erschrocken inne. Was hatte er da gerade gedacht? Würde er denn dem Wunsch seines Vaters entsprechen und auf seinen Traum vom Leben als fahrender Sänger verzichten, der hier in Diccur wieder lebendig und drängend geworden war? Verzweifelt wanderte er hin und her und suchte nach einem Ausweg. Doch im Grunde waren die Würfel schon gefallen.

Am anderen Morgen kehrten sie in die Hauptstadt zurück. Auf ihrem Weg machten sie erst Halt bei einer Weberei und anschließend auf einem Gut, wo Seidenraupen gezüchtet wurden. Eine Frau führte sie herum, zeigte ihnen die vielen Maulbeerbäume, deren Blätter den Raupen als Nahrung dienten, und die Behälter, in denen unzählige der Tiere ihr kurzes Leben mit Fressen verbrachten. Sie versorgte Kindala mit Zahlen über den Umfang der Zucht, wie viele Eier ein Seidenspinnerweibchen nach der Paarung ablegte, über die Dauer bis zum Schlüpfen der Raupen und ihrer Verpuppung. Kindalas Stift flog übers Papier und sie stellte Frage um Frage.

Pachiro gab sich Mühe, aufmerksam zuzuhören, aber es fiel ihm schwer, bei der Sache zu bleiben. Es gab sehr vieles zu bedenken, das nichts mit den blätternagenden perlgrauen Maden vor ihm zu tun hatte. Hoffentlich erwartete sein Vater nicht, dass er sich von einem Tag auf den anderen vollkommen änderte. Aber Khandir sah ihn nicht ein einziges Mal missbilligend an. Er wirkte abwesend und hatte dunkle Schatten unter den Augen. Offensichtlich hatte er auch keinen Schlaf gefunden.

Pachiro bekam während der Führung immerhin eine Vorstellung davon, warum Seidenstoff teuer war. Aber als ihnen erklärt wurde, dass der Faden ein Drüsensekret der Raupe war, verzog er das Gesicht. Und dass die Tiere zehn Tage, nachdem sie sich ihren schützenden Kokon gesponnen hatten, in kochendem Wasser oder heißem Dampf abgetötet wurden, fand er grausam. Da trug er doch lieber Baumwolle! Seine Schwester schrieb ungerührt alles mit. Aber Pachiro hatte genug von der Besichtigung und war froh, als sie wieder in ihrer Kutsche saßen. Auf der Weiterfahrt war jeder in seine eigenen Gedanken vertieft.

Sie machten Rast in einer kleinen Herberge, deren einzige Gäste sie waren. Aber die Zimmer waren sauber, das Essen gut und sie quartierten sich für die Nacht ein. Khandir zog sich gleich nach ihrer gemeinsamen Mahlzeit zurück und Pachiro saß allein mit seiner Schwester im Gastraum. Kindala hatte ihre Aufzeichnungen geholt und sah sie durch. Hier und da ergänzte sie etwas oder fasste es zusammen. Dann übertrug sie alles in ihr Heft und überlegte, welche Gewinnspannen zwischen Aufzucht, Herstellung der Stoffe und dem Verkauf lagen.

Pachiro hätte sich lieber unterhalten, aber er wusste nicht worüber. Sie hatten wenig gemeinsam. Er überlegte, ihr von dem Streit mit dem Vater zu erzählen und was ihn seitdem bewegte, aber er ließ es sein. Vermutlich wäre sie vollkommen auf Khandirs Seite. Gereizt trommelte er mit den Fingern auf dem Tisch. Kindala ließ sich nicht stören. Je länger er ihr beim Schreiben und Rechnen zuschaute, desto größer wurde sein Ärger, als wäre sie die eigentlich Schuldige für seine Misere. Gab es denn nichts, was sie endlich einmal ihre Beherrschung verlieren ließ? Kindala schien aus Eis zu sein. Mit schmalen Augen betrachtete er ihren ordentlich geflochtenen Zopf und ihr ebenmäßiges Gesicht, das ihm vollkommen reizlos erschien.

»Ich frage mich, was Neriman bloß an dir findet!«, brach es schließlich aus ihm heraus. Seine Schwester erstarrte mitten in der Bewegung und wurde blass. Pachiro war unbehaglich zumute. Doch bevor er seine Worte zurücknehmen konnte, hob Kindala den Kopf und sagte ruhig:

»Nur weil ich gut mit Zahlen umgehen kann und meine Gefühle nicht offen vor mir hertrage, bedeutet das nicht, dass ich keine habe. Dann müsstest du sie Vater auch absprechen.«

Pachiro fühlte, wie seine Wangen heiß wurden. »Das ist etwas anderes.« Diese Behauptung klang auch in seinen Ohren lahm.

Kindala zog die Augenbrauen hoch. »Ja? Weil ich eine Frau bin? Du bist tatsächlich noch rückständiger als die Leute in Yannah. Kaum zu glauben!«

Verärgert über ihren herablassenden Tonfall schoss er zurück: »Das hat nichts mit männlich oder weiblich zu tun, wenn man einem anderen nur aus Berechnung etwas wegnimmt. Die Heirat mit Neriman erschien dir gewinnversprechend, nur deshalb hast du eingewilligt. Oder wann hättest du jemals Zuneigung für ihn empfunden?«

»Hat Rina dir das eingeredet?« Kindala sah ihn scharf an.

Aber Pachiro ließ sich nicht davon einschüchtern. »Das habe ich selbst entdeckt, Schwesterchen«, sagte er spöttisch.

Auf Kindalas Hals und Gesicht erschienen rote Flecken. »Du kennst mich nicht, hast dir nie die Mühe gemacht, herauszufinden, was in mir vorgeht, aber du fällst ohne zu zögern ein Urteil über mich.« Sie beugte sich vor. »Rina und du, ihr seid unfassbar selbstgerecht, dabei macht ihr nichts anderes als in Selbstmitleid zu baden, wenn sich die Welt nicht ausschließlich um euch und eure Wünsche dreht.«

Mit zitternden Händen packte sie ihre Sachen zusammen. Um keinen Preis würde sie sich die Blöße geben, hier in Tränen auszubrechen! Sie hatte ihre Entscheidung gewiss nicht leichtfertig getroffen und sorgfältig das Für und Wider abgewogen. Dabei hatte sie nicht nur ihr eigenes Wohl zum Maßstab gemacht, sondern das der gesamten Familie. Sollten ihre Geschwister doch denken, dass sie kalt und berechnend war, sie wusste es besser, ihre Eltern und vor allem Neriman zum Glück ebenfalls. Diese hatten nie an ihren Gefühlen gezweifelt und schätzten ihre Zurückhaltung und Vernunft. Das allein zählt, sagte sich Kindala, während sie gegen das Weinen und den in ihr aufsteigenden Zorn ankämpfte.

Pachiro beobachtete sie stumm. Er wusste nichts mehr zu sagen. Kindala hatte ins Schwarze getroffen und er fragte sich, ob sie von dem gestrigen Gespräch mit seinem Vater wusste. Laut genug waren sie gewesen. In der Tür blieb Kindala stehen und drehte sich mit einem Ruck zu ihm um. Ihre Miene war eisig und es fror ihn. »Und ich sage dir noch etwas: Bruder oder nicht, für mich wäre es kein Verlust, wenn du aus meinem Leben verschwändest!«

Ungläubig starrte Pachiro auf die Tür, die seine Schwester soeben hinter sich geschlossen hatte, und spürte, dass sie das auch noch auf eine andere Weise getan hatte. Er war fassungslos, ob über sich oder seine Schwester, es machte im Grunde keinen Unterschied. Sie waren beide weit übers Ziel hinausgeschossen und es war unklar, ob es jemals ein Zurück geben konnte. Da wollte ich etwas Dampf ablassen und habe einen Sturm ausgelöst, der mehr zerstört hat, als ich mir je hätte vorstellen können, dachte er und spielte achtlos mit einem losen Knopf, während sich in seinem Inneren eine seltsame Leere ausbreitete.

Die Rückfahrt nach Yannah war stürmisch, aber Pachiro war das nur recht. Er stand Tag für Tag im Heck des Schiffes an die Reling geklammert, ganz gleich wie sehr der Wind blies oder der Regen vom Himmel strömte. Die anderen schüttelten den Kopf über ihn, aber er merkte es gar nicht. Pachiro hatte eine Entscheidung getroffen. Während die Küste von Diccur vor seinen Augen verschwand, verabschiedete er sich von seinen Träumen. Er war froh, dass die Regentropfen, die der Sturm in sein Gesicht peitschte, verhinderten, dass jemand sich zu ihm gesellte oder gar seine Tränen sah. Diese Stunden wollte er mit niemandem teilen, sich nicht erklären müssen. Sie gehörten ganz allein ihm, anders als seine Zukunft. Mit seltener Einsicht betrachtete er in Gedanken seine Familie, sah, wie jeder sich bemühte, um auf seine Weise ein bisschen Glück oder wenigstens Zufriedenheit zu erhaschen. Wie seine Eltern den Zusammenhalt suchten und doch alles auseinanderbrach. Und trotz der Unterschiede entdeckte er auch die Gemeinsamkeit, den hervorstechenden Charakterzug, der sämtliche Familienmitglieder wie eine ansteckende Krankheit befallen hatte: den Eigensinn, der nur zu oft in Starrsinn umschlug. Jeder von ihnen hielt mit der gleichen Besessenheit an dem fest, was er für richtig hielt, und nahm sogar das völlige Zerwürfnis in Kauf. Er selbst war das beste Beispiel dafür. Ob er jemals wieder zu seiner Mutter oder Kindala ein entspanntes Verhältnis haben würde, konnte er nicht voraussagen. Ihm wurde erschreckend deutlich, dass es nicht immer möglich war, Geschehnisse umzukehren, Verstrickungen aufzulösen. Nachdem er von der Vergangenheit seines Vaters erfahren hatte, wurde ihm bewusst, dass es Brüche im Leben gab, die nie zu heilen waren und immer alles Handeln bestimmen würden. Jetzt verstand er, warum sein Vater so war, wie er war, und durch dieses Wissen fühlte er eine Nähe zu ihm, die es vorher nie gegeben hatte. Wahrscheinlich würde der Umgang zwischen ihnen dadurch nicht einfacher werden, aber Pachiro war zumindest bereit, ihm einen Teil der Last abzunehmen. Aus ihm würde nie ein guter Kaufmann werden, aber wenn sein Vater auch mit einem mittelmäßigen zufrieden war, der sein Bestes gab, sollte es gut sein. Mehr konnte er nicht tun.

Bei ihrer Ankunft in Yannah war es bereits dunkel. Pachiro hielt es für sehr passend, als er durch die düsteren, engen Gassen nach Hause ging. Nach der lichten Weite von Diccur empfand er seine Heimat als beklemmend. Sein Vater und Kindala saßen zusammengesunken und bleich auf dem Eselskarren, der hinter ihm herzuckelte. Sie hatten während der Reise beide unter Seekrankheit gelitten und waren froh, wieder festen Boden unter den Füßen zu haben. Das Einzige, worauf sich Pachiro richtig freute, war Sylat. Er hatte sie sehr vermisst, auch wenn er immer versuchte, das zu verdrängen.

Amylla war noch wach, als sie ihr Zuhause erreichten. Sie war erleichtert, dass alle sicher zurückgekehrt waren, und kümmerte sich sogleich um Mann und Tochter. Pachiro ging nach oben und klopfte bei Sylat an. Normalerweise war sie um diese Zeit noch nicht im Bett. Doch kein Laut war zu hören. Enttäuscht zog er sich in sein Zimmer zurück.

Am nächsten Morgen besuchte er als Erstes Rina. Viel schien sich seit seiner Abreise nicht verändert zu haben. Sie achtete immer noch nicht auf ihr Äußeres und war einsilbig. Pachiro ließ sich nicht beirren und erzählte ihr von dem Streit mit dem Vater und seinem Entschluss, doch kein fahrender Sänger zu werden, sondern Kaufmann. Rina sagte nichts dazu. Irgendwann war Pachiro dieses einseitige Gespräch leid und er wollte gehen.

»Dann werde ich mal Sylat besuchen«, sagte er. Rina schaute ihn nicht einmal an. Pachiro knirschte insgeheim mit den Zähnen, aber er machte einen letzten Versuch. »Willst du nicht über deinen Schatten springen und aus deiner Höhle herauskommen?«, fragte er und gab ihr einen liebevollen Knuff in die Seite.

Rina wich zurück und verzog verächtlich den Mund. »Ich bin nicht so schwach und lasse mich wie mein verehrter Bruder zurechtbiegen, ganz wie es anderen genehm ist.« Sie sah ihn beinahe feindselig an.

Pachiro war erst verblüfft und dann kochte Wut in ihm hoch. »Dann bleib doch hier drin, bis du verschimmelst! Aber nimm zur Kenntnis, dass ich das nicht stark, sondern nur noch dämlich finde.« Mit diesen Worten stürmte er hinaus und schlug krachend die Tür hinter sich zu. Er rannte die Treppe hinunter und aus dem Haus, um nicht umzukehren und seiner Schwester den Hals umzudrehen.

In schnellem Schritt lief er durch die Gassen, um seinen Ärger auf diese Weise loszuwerden. Tatsächlich wurde er nach einer Weile ruhiger. Als er sich vor Yannahs Tempel befand, setzte er sich auf das Mäuerchen, das die Blumen und Büsche am Eingang umfriedete. Lange ließ er sich Rinas Worte durch den Kopf gehen, aber er konnte ihr nicht zustimmen. Nein, er hatte nicht das Gefühl, zurechtgebogen worden zu sein, er tat es aus freien Stücken! Eine Stimme riss ihn aus seinen Gedanken.

»Pachiro?«

Als er aufsah, stand eine junge Frau vor ihm, die das schlichte graue Kleid und Kopftuch der Witwen trug. Er hatte das Gefühl, sie schon einmal gesehen zu haben, wusste aber nicht mehr wo. An ihren Namen konnte er sich auch nicht erinnern.

»Du kennst mich nicht mehr«, sagte die Frau mit einer Spur von Bitterkeit. »Ich dagegen habe immer gehofft, dir noch einmal zu begegnen.« Pachiro hatte wirklich keine Ahnung, wer sie war. »Ich wurde einmal die schöne Monli genannt.« Sie zuckte mit den Achseln, als spielte das keine Rolle mehr.

Er stand auf und starrte sie vollkommen überrascht an. Wie damals hatte es ihm die Sprache verschlagen, heute allerdings aus einem anderen Grund. Es war nicht nur die Kleidung, auch ihr Gesicht wirkte farblos und um den Mund hatten sich Falten eingegraben. Nichts war übrig geblieben von dem koketten Glitzern in ihren Augen.

»Pachiro, es tut mir leid, wie ich dich auf dem Ball behandelt habe. Glaub mir, ich weiß inzwischen, wie man sich da fühlt.« Sie sah an ihm vorbei und fügte leise hinzu: »Ich habe bezahlt für meinen Hochmut.«

»Du bist ... dein Mann ... es tut mir leid ...«, stotterte Pachiro, der nicht wusste, was er von dieser Eröffnung halten sollte.

»Oh, nicht doch! Das ist kein Grund für Mitleid. Ich bin den Göttern immer noch dankbar, dass er gestorben ist. Es war eine Frage von ›er oder ich‹ und ein Rest von Selbstsucht in mir freut sich, dass er derjenige ist, der auf der Totenbarke ins Meer hinausgeschickt wurde.«

Pachiro war schockiert über ihre Offenheit. »Warum erzählst du mir das, Monli?«

»Weil du der erste Mensch seit langem bist, der bei mir stehen bleibt und nicht schnell vorbeihuscht, als ob ich eine ansteckende Krankheit hätte.«

»Es wäre vielleicht besser, wenn du solche Dinge nur deinen Freundinnen anvertraust.«

»Freundinnen? Jemand wie ich hat keine. Früher war es meine eigene Schuld, heute bin ich nicht mehr gesellschaftsfähig.« Sie sah ihn forschend an. »Gehst du ein Stück mit mir spazieren?«

Pachiro war drauf und dran, nein zu sagen und sich höflich zu verabschieden, da sah er die Sehnsucht in ihrem Blick. Wenn es stimmte, was sie erzählte, musste sie einsam sein. Bevor er sich noch entschieden hatte, legte sie ihm sacht eine Hand auf den Arm.

»Du brauchst nicht nach einer Ausrede zu suchen. Keine Sorge, ich verstehe das, Pachiro.« Als er widersprechen wollte, fiel sie ihm ins Wort: »Ja wirklich! Ich war damals widerwärtig zu dir. Warum solltest du Lust verspüren, dich mit mir zu unterhalten. Das hätte ich an deiner Stelle jedenfalls nicht!«

»Du bist nicht ich, Monli«, antwortete Pachiro sanft. Sie sagte nichts dazu, aber ihre Augen füllten sich mit Tränen. Schnell drehte sie sich um, flüsterte noch ein Lebewohl und eilte davon. »Warte, Monli«, rief Pachiro ihr hinterher, doch sie blieb nicht stehen. Mit seinen langen Beinen hatte er sie bald eingeholt und hielt sie am Ärmel fest. »Monli, rennen und gleichzeitig reden, das halte ich nicht lange durch.« Monli wurde langsamer und sah ihn fragend an. »Ah gut, das fühlt sich eher wie ein Spaziergang an!«, sagte Pachiro. Ein winziges Lächeln erschien in Monlis Gesicht. »Worüber wolltest du dich mit mir unterhalten, Monli?«

»Nichts Bestimmtes, einfach nur so. Ich ... ich bin ein bisschen aus der Übung.«

»Dann erzähle mir von dir. Ich muss gestehen, ich bin neugierig geworden.«

»Was willst du wissen, Pachiro?«

»Nun, zum Beispiel, warum dein Mann dich geheiratet hat.« Er war gespannt, ob sie auf solch eine persönliche Frage antworten würde. Irgendwie reizte es ihn, sie herauszufordern.

»Weil er dachte, ich bin eine dumme Puppe, und da hatte er nicht unrecht. Er wollte unbedingt einen Erben haben, nur war er dazu gar nicht mehr in der Lage. Die Einzelheiten erspare ich dir.« Sie machte ein angewidertes Gesicht. »Niemand kennt den wahren Grund für unsere Kinderlosigkeit, aber öffentlich angehängt hat er es mir.«

Damit hatte er ihr jede Möglichkeit genommen, wieder zu heiraten. Kein Mann in Yannah nahm eine Frau, die keine Kinder bekommen konnte. Monli schaute in Pachiros erstauntes Gesicht und lächelte. »Das war seine Rache, weil ich ihn nicht heiraten wollte und ihm dann die Ehe zur Hölle gemacht habe, nachdem mein Vater mich dazu gezwungen hatte. Glaube mir, ich habe mir einiges einfallen lassen, um ihn zur Weißglut zu treiben!« Ihr Lächeln wurde breiter. »Gewonnen hat am Ende leider er, denn meine angebliche Unfähigkeit, Kinder zu bekommen, war nicht die einzige Bosheit, die er sich ausdachte. Er hat sein gesamtes Vermögen seinem Neffen vermacht.« Sie lächelte immer noch, als plauderte sie über das schöne Frühlingswetter oder als ginge sie das alles nichts an. »Dieser reizende Neffe lässt mich gnadenhalber in einem der Dienstbotenzimmer wohnen. Ich darf auch in der Küche mitessen, und wenn ich etwas dringend brauche, dann bekomme ich es – vorausgesetzt es ist billig und ich bettle lange und demütig genug. Jetzt weißt du, warum ich nicht mehr gesellschaftsfähig bin.«

Pachiro konnte diese Neuigkeiten kaum fassen. Monli hatte offensichtlich ihren Meister in Niedertracht gefunden. »Aber was ist mit deinem Vater?«

»Oh, mein Vater!« Sie lachte erneut. »Ich habe immer geglaubt, mein Vater verwöhnt mich mit Kleidern und Juwelen, weil er mich liebt. Aber ich war für ihn nur ein Geschäft. Er steckte Geld hinein und hoffte, es würde sich auszahlen. Sobald er wusste, dass ich ihm nichts mehr einbringen würde, hat er mich abgestoßen wie einen Laden, der nicht einträglich genug ist.«

Pachiro blieb stehen. »Monli, es tut mir ...«

»Nein, Pachiro«, unterbrach sie ihn. »Ich will dein Mitleid nicht! Nimm mir nicht auch noch den letzten Rest von Stolz.« Sie zog ihr verrutschtes Kopftuch zurecht. »Erzähle mir lieber von dir. Bist du inzwischen in die Fußstapfen deines Vaters getreten und Kaufmann geworden?«

Ehe er sichs versah, hatte Pachiro ihr von seiner Reise, dem Streit und seiner Entscheidung erzählt. Er konnte es selbst kaum fassen, sie kannten einander gar nicht und er vertraute ihr Dinge an, von denen er dachte, dass er sie niemand außer Sylat erzählen würde. War er doch noch die alte Plaudertasche, die alles heraussprudelte? Oder lag es an der Art, wie Monli mit ernstem Ausdruck lauschte, als ob es sie berührte, was er sagte? Sie liefen lange schweigend nebeneinanderher, jeder hing seinen eigenen Gedanken nach. Doch die Stille hatte nichts Unangenehmes, eher etwas Vertrautes, was Pachiro erneut wunderte. Vielleicht kommt man sich nahe, wenn man offen miteinander redet, überlegte er. Es fühlte sich angenehm an. Monli hatte erwähnt, dass sie keine Freunde hatte, und das musste schrecklich sein. Er versuchte sich die Einsamkeit vorzustellen, in der sie lebte, und fror unwillkürlich. In seinem ganzen Leben war er nie wirklich allein gewesen, immer war Sylat für ihn da. Selbst wenn sie ihre eigenen Wege ging, war sie nie weit weg und auf geheimnisvolle Weise mit ihm verbunden. Wenn er tatsächlich der Einzige war, der ihr zuhörte, konnte er auch besser verstehen, warum Monli ihm ihr Herz ausgeschüttet hatte.

Sie waren inzwischen am Gerichtsgebäude angekommen. Heute war Markt und auf dem Platz drängten sich Karren mit Obst und Gemüse. Neben dem Brunnen in der Mitte waren Käfige mit Geflügel übereinandergestapelt. Pachiro beobachtete das Gewimmel der Menschen, die sich an den

Waren vorbeidrängten, feilschten, kauften und verkauften, und dachte sehnsüchtig an Diccur.

Monli brach das Schweigen zwischen ihnen. »Seltsam, wir sind auf unterschiedlichem Weg zu ähnlichen Erkenntnissen gekommen, Pachiro. Wir tragen beide die Sehnsucht nach Freiheit in uns, den Wunsch, das zu tun, was uns entspricht. Und beide sind wir an die harte Grenze der Wirklichkeit gestoßen. Ich habe früher nie darüber nachgedacht, was ich eigentlich will, und jetzt, da ich es weiß, ist mir die Möglichkeit dazu versperrt.«

»Was ist es, das du willst, Monli?«, fragte Pachiro gespannt.

»Unabhängig und nicht gefangen sein, reisen, mich immer vorwärtsbewegen und nie mehr in falschen Gepflogenheiten erstarren, nur weil es alle hier tun.«

»Ja«, sagte er nachdenklich. »Reich an Erfahrung, aber leere Taschen.«

Monli nickte und betrachtete das Pflaster zu ihren Füßen. »Ich verstehe, was du meinst, schließlich habe ich inzwischen gelernt, mich mit wenig zu begnügen. Reichtum kannst du wieder verlieren.« Sie hob den Kopf und schaute in den Himmel. »Weißt du, was das Komische an diesem Augenblick ist? Ohne meine zauberhafte Ehe würde ich nie solche Gedanken haben oder mich mit dir austauschen. Ist das Leben nicht verrückt?«

Langsam begriff Pachiro, dass ihr Lachen nicht falsch war, sondern eine ganz eigene Art von Humor. Offensichtlich hatte sie gelernt, sich mit Abstand zu betrachten und nicht allzu ernst zu nehmen. Ihr könnte Kindala wahrhaftig kein Selbstmitleid vorwerfen!

»Leider muss ich mich jetzt von dir verabschieden, Pachiro. Ich war eigentlich unterwegs auf einem Botengang für meinen Wohltäter. Er wird bereits kochen vor Ungeduld.

Das bedeutet Wasser und trocken Brot heute Abend.« Ihr Lächeln verflog und sie schaute ihn ernst an. »Danke für den Spaziergang! Es war schön. Werde ich dich wiedersehen?«

Pachiro sah sie an und bemerkte, wie sich ihr Gesicht in der Zwischenzeit verändert hatte. Ihre Wangen hatten Farbe bekommen und ihre Augen blitzten. Er war versucht, ja zu sagen, aber dann dachte er plötzlich an Sylat. Seine Schwester würde eine Freundschaft zwischen ihm und Monli nie zulassen. Ausweichend antwortete er: »Ich werde nicht viel Zeit haben, wenn ich für meinen Vater arbeite.«

Monli nickte und schaute ihn prüfend an. »Schade. Leb wohl Pachiro und vergiss deine Träume nicht ganz«, sagte sie und ging.

Pachiros Blick folgte ihr, bis sie in der Menge verschwunden war. Insgeheim schämte er sich für seine Feigheit.

In Gedanken noch bei Monli eilte Pachiro durch die Stadt. Er musste unbedingt mit seinem Vater klären, wie dieser sich seine Mithilfe vorstellte. Hoffentlich sollte er nicht neben Kindala sitzen. Vielleicht konnten sie sich irgendwie aufteilen, notfalls war er sogar bereit, ins Hafenkontor zu ziehen und mit dem Glatzkopf zusammenzuarbeiten.

Bevor er sich in Khandirs Arbeitszimmer begab, ging er zu Sylat. Wieder erhielt er auf sein Klopfen keine Antwort, aber er öffnete trotzdem vorsichtig die Tür. Der Anblick seiner Schwester traf ihn völlig unvorbereitet. Neben einem vollen Glas Wasser und einem unberührten Teller mit Essen kauerte sie in einer Ecke des Zimmers und schaute nicht auf, als er vor ihr auf die Knie sank. Ihr Gesicht war eingefallen und grau, ihre früher leuchtend gelben Augen sahen aus wie getrockneter Lehm und schienen ihn nicht wahrzunehmen.

»Sylat«, flüsterte Pachiro erschüttert. Vorsichtig ergriff er ihre Hand, doch seine Schwester regte sich nicht.

»So ist sie seit eurer Abreise.« Die Stimme seiner Mutter ließ ihn zusammenfahren, er hatte sie nicht kommen hören. Pachiro drehte sich zu ihr um. »Erspare mir die Vorwürfe«, sagte Amylla, bevor er den Mund aufmachen konnte. »Glaube mir, ich habe wirklich alles versucht!« Sie schüttelte den Kopf und setzte sich auf Sylats Bett. »Ich weiß nicht, was ich noch tun soll, Junge. Sie isst nicht, sie trinkt nicht – eigentlich müsste sie längst tot sein.«

»Hast du Vater davon erzählt?«

»Ja, er war vorhin bei ihr. Ich habe ihn schon lange nicht mehr so verzweifelt gesehen. Er konnte genauso wenig ausrichten.« Amylla seufzte und stand auf. »Vielleicht kannst du sie erreichen. Nimm dir alle Zeit der Welt, Pachiro. Ich werde deinem Vater sagen, dass du bei ihr bist.«

Pachiro nickte stumm und seine Mutter verließ das Zimmer. Da er keine Ahnung hatte, was er sonst tun sollte, setzte er sich neben Sylat, zog sie behutsam in seine Arme und wiegte sie wie ein kleines Kind. Ihr Körper war nur noch Haut und Knochen. Durch den dünnen Stoff ihres Kleides konnte er die Rippen zählen.

»Sylat, was ist mit dir geschehen?«, fragte er leise. Ein dicker Kloß steckte in seiner Kehle. »Ich hätte dich nicht allein lassen dürfen.«

Aber er war gegangen, obwohl er wusste, dass etwas mit ihr nicht stimmte. Er hatte immer geglaubt, Sylat sei durch nichts zu besiegen und würde alle Schwierigkeiten bewältigen. Pachiro versuchte sich zu erinnern. Sie hatte doch vor irgendetwas Angst gehabt. Was war das noch gleich gewesen? War es nicht der Dämon?

»Sylat, hat dir der Feuerdämon etwas angetan?«

Er erhielt keine Antwort und auch sonst kein Zeichen, dass sie ihn gehört hatte. Stunde um Stunde redete er auf sie ein. Vergebens, es war, als ob sie langsam verlöschen würde. Die Vorstellung, Sylat zu verlieren, war ihm unerträglich. Erst versuchte er sich zu beherrschen, aber dann schluchzte er hemmungslos.

Er hatte schon längst keine Tränen mehr, aber etwas tropfte immer noch auf seine Hand. Pachiro öffnete mühsam die geschwollenen Augen und schaute nach unten. Blut! Ein rotes Rinnsal lief über seinen Handrücken. Erschrocken drehte er seine Schwester ein wenig, damit er ihr ins Gesicht sehen konnte.

Blutige Tränen liefen über ihre Wangen, Pachiro blieb fast das Herz stehen vor Schreck. »O Yannah ... Yannah hilf!«, stammelte er wieder und wieder. Sylat blinzelte, als ob sie aus einem tiefen Schlaf erwachte. Dann hörte Pachiro ein Geräusch wie ein verunglücktes Brummen. Ein dünner Finger strich über seine Stirn.

»Pach...« Sie konnte nicht reden, ihre Stimmbänder mussten ausgetrocknet sein. Mit zitternden Händen nahm Pachiro das Glas und versuchte ihr Wasser einzuflößen. Das meiste ging daneben, aber hin und wieder schluckte sie. Ihr Gesicht verzerrte sich, als hätte sie Schmerzen. »Pachiro!« Das Krächzen klang jämmerlich.

»Ruhig, Sylat, ich bin bei dir. Sag jetzt nichts, du musst erst wieder zu Kräften kommen.« Er drückte sie an sich und streichelte sie. Sein Blick fiel auf das leere Glas. Sylat musste trinken, aber Pachiro wollte sie jetzt nicht alleine lassen. Das Einzige in der Nähe waren die Weintrauben auf dem Teller. Sylat mochte kein Obst, aber ihr Saft wäre besser als gar nichts. Geduldig bewegte er seine Schwester dazu, ein paar von ihnen zu essen.

Später öffnete jemand die Tür. Es war die Jüngste, die vorsichtig einen Teller in ihren Händen trug. »Beghild, wie gut, dass Mutter dich schickt!«, rief Pachiro erleichtert.

»Tut sie nicht, ich mach das immer von alleine. Irgendwann wacht Sylat auf und dann braucht sie doch frisches Essen!«

Gerührt betrachtete Pachiro die Kleine und sah das Mitgefühl in ihren Augen. »Ja, Beghild. Das ist lieb von dir, dass du dich so um Sylat kümmerst! Und sieh mal, sie hat ein paar von deinen Trauben gegessen.«

Seine Schwester wurde rot vor Freude und strahlte. Bisher war sie für ihn immer nur ein pummeliges Mädchen gewesen, das ständig etwas in sich hineinstopfte. Er hatte nie wahrgenommen, dass sie auch für andere sorgte. Aber das war ein Teil ihres Wesens, wie ihm jetzt klar wurde. Beghild war es immer wichtig, dass es allen gut ging.

»Wird sie wieder gesund?«, fragte sie hoffnungsvoll.

»Nun, wir beide werden alles dafür tun, nicht wahr?« Das Mädchen nickte ernst.

Er bat Beghild, ihm noch einen Krug mit Wasser für Sylat zu bringen, was sie sofort erledigte. Sie kam noch ein drittes Mal und brachte auch ihm etwas zu essen und ein Glas mit.

Die nächsten Stunden war er damit beschäftigt, Sylat mit leichtem Zwang zu füttern. Er wusste nicht, ob das gut war, aber sie behielt alles bei sich. Als es dunkel wurde, zündete er eine Lampe an und holte eine Decke. Zusammengekauert saßen sie in ihrer Ecke und schauten den tanzenden Schatten zu. Pachiro war gerade im Begriff wegzudösen, da durchbrach Sylat die Stille: »Pachiro, bring mich nach Hause.«

»Sylat, was meinst du? Du bist zu Hause!« Pachiro sah sie verwirrt an.

»Die Insel!«

»Die Insel? Wovon sprichst du?« Doch seine Schwester war verstummt. Er überlegte fieberhaft. Das Gespräch mit Nunna und Kindala über Sylats Herkunft fiel ihm wieder ein. Was hatte Nunna gesagt? Sein Vater hätte Sylat auf einer Insel gefunden. Das musste es sein! »Ich werde dich zu deiner Insel bringen, das verspreche ich dir, Sylat! Gleich morgen rede ich mit Vater.«

Sylat legte den Kopf an seine Schulter und schmiegte sich an ihn. Merkwürdig, plötzlich sind unsere Rollen vertauscht, dachte Pachiro noch, dann schlief er ein.

Khandir war zwar überglücklich, dass es seinem Sohn gelungen war, Sylat aus ihrer Erstarrung zu wecken, und er erzählte bereitwillig, wie und wo er sie gefunden hatte, aber von einer Reise zu den Dracheninseln wollte er nichts wissen. »Das schlag dir aus dem Kopf! Kein Mensch steuert freiwillig diese Gegend an, frage Morag oder Neriman!«

Pachiro wollte sich nicht gleich geschlagen geben und zog tatsächlich Erkundigungen ein. Aber von Morag und dem Kapitän erhielt er die gleiche Auskunft und sämtliche Seeleute, die er im Hafen ansprach, bestätigten ihm, was sein Vater bereits gesagt hatte. Kein Schiff würde auch nur in die Nähe der Dracheninseln segeln. Lediglich ein betrunkener Matrose erklärte ihm lallend, dass es in Daaressal einen Verrückten gab, der sich damit gebrüstet hatte, diese Fahrt gewagt zu haben.

Niedergeschlagen stand Pachiro am Kai und betrachtete die Schiffe. Sollte sein Vorhaben noch aussichtsloser sein, als den Feuerdämon zu stellen? Er hatte es Sylat doch versprochen! Sie hatte ihn noch nie um etwas gebeten und er wurde das Gefühl nicht los, dass mehr dahintersteckte als Heimweh. Es gab einen Grund, warum sie dorthin wollte, und es konnte nur ein lebenswichtiger sein, sonst hätte er sie bei seiner Rückkehr nicht in diesem erbärmlichen Zustand vorgefunden. Es musste einen Weg geben! Aber seine einzige Spur war die Aussage eines Betrunkenen über einen Verrückten! Daaressal ... wie sollte er in diesem Land, das er kaum kannte, jemanden finden, von dem er nichts weiter wusste? Eine Möwe landete neben ihm und sah ihn mit schief gelegtem Kopf an. »Ich habe nichts zu essen dabei«, sagte er leise und starrte den Vogel an. Ein Bote des Windgottes. Pachiro legte den Kopf in den Nacken und schaute in den Himmel. »Jerish, kannst du mich führen?«, flüsterte er. Die Möwe flog davon.

Pachiro gab sich einen Ruck. Er durfte nicht ewig zögern. Hier in Yannah würde er den Verrückten auf keinen Fall finden, also musste er nach Daaressal. Pachiro marschierte los. Er klapperte alle Schiffe ab und suchte eine Überfahrt nach Sarrinam. Niemand wunderte sich darüber, für den Sohn eines Kaufmanns schien das kein ungewöhnlicher Wunsch zu sein. Außerdem war er inzwischen kein Kind mehr, sondern neunzehn Jahre alt und ebenso groß gewachsen wie sein Vater, da wollte keiner die Erlaubnis seiner Eltern für diese Reise sehen.

Zwei Schiffe würden demnächst nach Sarrinam auslaufen, eines am nächsten Morgen in der Dämmerung, das andere in vier Tagen. Pachiro entschied sich für das frühere und regelte alles Notwendige. Bezahlen würde er, sobald er mit Sylat zusammen an Bord ging.

Als er durch die belebten Gassen nach Hause lief, wurde ihm doch mulmig, aber jetzt gab es kein Zurück mehr. Zuerst suchte er aus seiner Truhe alte Kleidung, aus der er herausgewachsen war, für Sylat. Es würde einfacher sein, wenn alle dachten, sie sei sein jüngerer Bruder. Dann ging er zu ihr und erzählte ihr seinen Plan. Wie groß war seine Erleichterung, als ihre Augen zu leuchten begannen. Dies war für ihn die Bestätigung, dass er die richtige Entscheidung getroffen hatte. Er hielt ihr den Teller vor die Nase, den Beghild wieder frisch gefüllt hatte, und sagte: »Das wird leer gegessen! Du musst kräftig sein für die Reise.«

Sylat sah missmutig auf das Obst am Rand, aber ohne auch nur das kleinste Grollen von sich zu geben, gehorchte sie. Pachiro hatte sie noch nie so zahm erlebt.

Drei Stunden nach Mitternacht schlich er in die Küche und nahm sich Vorräte, die möglichst lange haltbar waren. Zusammen mit Sylats und seiner Kleidung packte er alles in einen Seesack, das musste reichen, eine Truhe war zu unhandlich. Eine zweite Garnitur der alten Kleider nahm er mit zu Sylat. Während sie sich umzog, ging er in das Arbeitszimmer seines Vaters. In einer Schublade des Schreibtischs war die Geldschatulle. Pachiro zählte sich so viele Goldmünzen ab, wie er für nötig hielt, und steckte sie in einen Lederbeutel. Er nahm sich ein leeres Blatt Papier und schrieb einige Zeilen an seinen Vater. Als er fertig war, überlegte er einen Moment und fügte dann noch einen Zusatz in Klammern hinzu. Sein Vater würde ihn hoffentlich richtig verstehen und wissen, dass er die Absicht hatte, zurückzukehren. Unsicher geworden las er den Brief noch einmal durch:

Vater,

ich habe von jemandem gehört, der uns weiterhelfen kann. Vielleicht gelingt es mir nicht, die Insel zu erreichen, aber dann habe ich es wenigstens versucht. Ich möchte mir nie vorwerfen müssen, nicht alles für Sylat getan zu haben.

Das Geld werde ich dir zurückzahlen.

Dein Sohn Pachiro (zukünftiger Kaufmann in Yannah)

Nein, das musste genügen! Er legte den Brief in die Schatulle und verstaute alles wieder in der Schublade. Sein Vater sah mindestens einmal am Tag dort hinein.

Sylat war inzwischen fertig angekleidet. Pachiro zog ein scharfes Messer aus seinem Gürtel, das er für alle Fälle eingesteckt hatte, und schnitt ihr die Haare kurz, wie es die Männer oben in der Stadt trugen. Es wurde nicht die schönste Frisur, aber zum Glück sah man wegen der Locken kaum, dass die Haare nicht gleichmäßig lang waren. Sylat schien sich nichts draus zu machen, sie war noch nie eitel gewesen. Ohne Bedauern sah sie auf die dunklen Strähnen, die sich auf dem Boden ringelten. Pachiro kehrte alles unter ihr Bett und sie brachen auf.

Sie durften das Stadttor ohne weitere Auskünfte zu geben passieren. Die Dämmerung setzte gerade ein, da erreichten sie ihr Schiff. Pachiro bezahlte und sie bekamen eine winzige Kajüte mit zwei Hängematten zugewiesen, doch das reichte ihnen. Mit dem Trommeln der Turmwächter, das den neuen Tag ankündigte, verließ das Schiff den Hafen. Pachiro stand mit Herzklopfen an der Reling und sah auf die erwachende Stadt, die schnell kleiner wurde und schließlich am Horizont verschwand. Bis zuletzt hatte er befürchtet, sie würden entdeckt werden, aber alles hatte reibungslos geklappt. Vielleicht waren die Götter auf ihrer Seite. Mit diesem tröstlichen Gedanken ging er hinunter in die Kajüte, wo Sylat auf ihn wartete. Sie würden während der Überfahrt möglichst unter Deck bleiben und behaupten, seekrank zu sein, damit niemand Gelegenheit hatte, allzu viel Fragen zu stellen.

Im Hafen von Sarrinam wartete Pachiro mit Sylat an der Reling, bis das Schiff endlich vertäut wurde. »Vielleicht sollte ich an Land schwimmen«, meinte er ungeduldig.

»Da würde nicht viel von Euch übrig bleiben«, lachte einer der Matrosen, der ihn gehört hatte, und warf das Stück Brot, an dem er gerade kaute, ins Wasser. Im nächsten Augenblick schien das Meer an dieser Stelle zu kochen. Verblüfft starrte Pachiro auf das Gewimmel von unzähligen kleinen Fischleibern, die das Brot im Handumdrehen verschwinden ließen. Ihre roten Rückenflossen verliehen dem Wasser an dieser Stelle den Anschein von Blut.

»Tallits«, erklärte der Seemann und spuckte aus. »Diese widerlichen Aasfresser werden immer mehr. Pech für den, der über Bord geht.«

Pachiro, der bei seinem ersten Besuch nichts davon gehört hatte, schluckte bei dieser Vorstellung, während Sylat neugierig die Meeresoberfläche beobachtete. Aber die Tallits ließen sich nicht mehr sehen.

Schließlich konnten sie das Schiff verlassen. Pachiro steuerte als Erstes die Gasthäuser im Hafen an, um eine Unterkunft zu suchen. Sie fanden schnell ein sauberes Zimmer und Pachiro bezahlte für drei Nächte im Voraus. Um keine Zeit zu verschwenden, brachen sie sofort wieder auf, nachdem er seinen Seesack verstaut hatte. Bis zum Anbruch der Dunkelheit hatten sie mehrere Schänken durchkämmt und die einheimischen Gäste befragt, doch ohne brauchbares Ergebnis. Ein Wirt hatte ihnen eine wilde Geschichte von Dämonen erzählt, die sich einst in Drachen verwandelt und das ehemals blühende Land Daaressal mit ihrem Feueratem in eine Wüste verwandelt hätten. Heute würden die Dämonen tief unten im Schlund des Tungaikraters leben. Doch von dort gebe es keine Rückkehr. Da Pachiro eine Insel suchte und keinen Berg, konnte er damit nicht viel anfangen. Aber vielleicht würde er später einmal ein Lied daraus machen. Er vermisste seine Harfe, doch viel wichtiger war, dass

Sylat dieses Mal mit ihm reiste. Sie legten sich früh schlafen, da seine Schwester immer noch geschwächt war. Außerdem konnte er sich erinnern, dass die Stadt nachts sowieso wie ausgestorben war.

Suumal stand auf dem Oberdeck und betrachtete wie jeden Abend voller Stolz sein Schiff. Er hatte seine Festung in der Stadt verlassen und sein Hauptquartier hier aufgeschlagen, das Haus wurde inzwischen vorwiegend als Ausbildungsstätte für neue Gefolgsleute und als Lager genutzt. Mit ihm an Bord befanden sich seine engsten Vertrauten und stets genügend Matrosen für eine Fahrt. Suumal genoss das Gefühl, jederzeit Anker lichten und aus diesem Land verschwinden zu können.

Den leisen Rufen der wachhabenden Gefolgsleute entnahm er, dass steuerbord gerade das Beiboot festmachte. Lakrimet und Naadu kamen von ihrem Erkundungsgang zurück. Kurze Zeit später standen die beiden neben ihm und teilten ihm mit, was sie für ihren nächsten Überfall ausgekundschaftet hatten. Suumal war zufrieden. Der Sklavenhändler war sorglos, was die Instandhaltung der Gitter an seinen Fenstern betraf, und verließ sich ganz auf die Kampfkraft seiner zwei stärksten Wachen am Tor, während er selbst mit seinen Häschern durch die Lande zog, um neue Sklaven zu fangen. Das Haus versprach leichte Beute zu werden, denn es würde einfach sein, mit genügend Leuten die beiden Männer zu überwältigen, um in den Hof zu gelangen. Von da aus konnten sie in aller Ruhe die Gitter aus dem bröckelnden Mauerwerk brechen und in das Gebäude eindringen. Den Goldvorrat des Händlers aufzuspüren würde ebenfalls nicht schwer sein. Suumal hatte noch nie erlebt, dass seine Opfer besondere Fantasie aufbrachten, um ihre Schätze zu verstecken. Meist befanden sie sich an den immer gleichen Stellen im Keller oder Schlafraum und Schlösser waren noch nie ein Hindernis für ihn gewesen.

»Gibt es sonst noch Neuigkeiten?«, fragte Suumal seine beiden Vertrauten.

»Aus Yannah ist ein neues Schiff eingetroffen«, berichtete Lakrimet.

»Welche Ladung?«, wollte Suumal wissen.

»Nur Stockfisch, der Kahn stinkt erbärmlich.«

»Nun übertreib mal nicht!«, lachte Naadu. »Du riechst doch gar nichts mit deiner Knollennase!« Blitzschnell versetzte Lakrimet seinem Gefährten einen Faustschlag in den Magen, der ihm die Luft aus den Lungen und Tränen in die Augen trieb. »Du Sohn eines Kamels!«, keuchte der Getroffene und krümmte sich zusammen. Lakrimet wollte gerade nachlegen, da trat Suumal dazwischen:

»Schluss damit! Wenn es sonst keine Neuigkeiten gibt, könnt ihr unter Deck weiterraufen.«

Die beiden Männer grinsten und wandten sich zum Gehen. Plötzlich blieb Naadu, der sich seinen Bauch rieb, noch einmal stehen. »Dieses Schiff, das hatte auch zwei Passagiere an Bord. Die sind sehr merkwürdig. Sie fragen überall nach einem Mann, der behauptet, schon einmal zu den Dracheninseln gesegelt zu sein.«

Suumal erstarrte. »Was sind das für Leute?« Er hoffte inständig, dass Naadu seinen Schreck nicht bemerkt hatte.

»Ein junger Mann und sein kleiner Bruder. Das heißt, sie geben vor, Geschwister zu sein, aber ich glaube, dass sie lügen.« Als Suumal ihn fragend ansah, fügte Naadu hinzu: »Sie sehen sich nicht ähnlich. Der Große sieht aus wie unser Dhenir. Er ist blond und blauäugig, der jüngere könnte aus Daaressal stammen, wenn er nicht diese seltsamen gelben Augen hätte.«

»Gelbe Augen«, diese Worte trafen Suumal wie ein Keulenschlag. Daarob hatte das mindestens zwei Mal erwähnt. Aber hatte er nicht von einer Frau gesprochen? Er spürte, wie seine Knie zitterten und ihm der Schweiß ausbrach. Mit Mühe riss er sich zusammen. Gleichzeitig ärgerte er sich über diese Schwäche, es war geradezu lächerlich, was da mit ihm geschah.

Suumal räusperte sich und sagte: »Ich werde mir die beiden morgen selbst anschauen.« Mit einer Handbewegung bedeutete er Naadu zu gehen. Als er allein war, atmete er einige Male tief durch, bis sich sein Puls wieder verlangsamt hatte. Gelbe Augen ... der alte Magier hatte also nicht nur Unsinn erzählt! Allerdings wusste Suumal noch nicht, was er davon halten sollte. Es bestand weiterhin die Möglichkeit, dass es gar nichts zu bedeuten hatte und ein Zufall war. Aber ein unangenehmes Gefühl in der Magengrube sagte ihm, das sei bloßes Wunschdenken, und es war ja nicht nur die Augenfarbe. Die Fremden hatten nach ihm gefragt. Woher kannte jemand aus Yannah seine Geschichte? Das Ziehen in seinem Magen wurde stärker. Wenn er wüsste, dass Daarob auf seiner Seite war, dann könnte er Naadus Nachricht jetzt als gutes Zeichen werten. Nun gut, morgen Abend würde er wahrscheinlich mehr wissen. Immerhin war er gewappnet.

Die Schänke war bis zum letzten Platz besetzt und der Wirt schimpfte auf seinen Koch, der nicht schnell genug war. Einige Gäste warteten schon länger und begannen sich zu beschweren. Der Wirt gab eine Runde Dattelschnaps aus und die Mienen hellten sich auf. Ein alter Bettler kauerte neben dem Eingang und hoffte auf die mildtätige Gabe eines Gastes. Hin und wieder warf ihm jemand einen Brocken Brot zu und der Alte murmelte etwas, das wie ein Dankgebet klang, aber ebenso ein Fluch sein konnte. Niemand achtete in dem Lärm darauf, auch bemerkte keiner, dass der in dreckige Lumpen gehüllte Bettler drei Gäste mit lauerndem Blick betrachtete. Zwei von ihnen hatten bereits gegessen und schienen sich zu beraten. Dabei redete der blonde Mann auf den kleineren ein, der ab und zu den Kopf schüttelte, dass seine dunklen Locken flogen. Ein dritter Mann saß in einer Ecke vor einem Krug mit verdünntem Dattelwein und starrte die beiden unverwandt an. Dabei fiel ihm nicht auf, dass er selbst beobachtet wurde. Er schien dem Aussehen nach aus Daaressal zu stammen, trug aber das blaue Stirnband der Seeleute aus Diccur.

Der Blonde und sein Begleiter hatten ihre Speisen verzehrt und brachen auf, verfolgt von dem dritten Mann. Einen Augenblick später huschte der Bettler zur Tür hinaus und verschmolz mit der Dunkelheit wie schon der Mann vor ihm.

Pachiro spazierte mit seiner Schwester den Kai entlang und hatte es nicht eilig, zu ihrer Unterkunft zu gelangen. Wellen schlugen leise glucksend gegen die Mauer und erzählten von wunderlichen Lebewesen in der Tiefe der Meere. Nach dem Lärm und Rauch in der Schänke waren diese Geräusche und die milde Nachtluft eine Wohltat.

»Sylat, schau doch, wie schön die Sterne funkeln. Kaum zu glauben, dass es hier Dämonen geben soll!« Pachiro hatte den Kopf in den Nacken gelegt und betrachtete den Himmel. Er war so in diesen Anblick versunken, dass er zusammenfuhr, als ihn plötzlich jemand ansprach:

»Man sagt, Ihr sucht jemanden, der die Dracheninseln kennt.« Pachiro drehte sich um und betrachtete den Fremden neugierig. An Jacke und Stirnband erkannte er ihn als

Angehörigen der diccurischen Flotte, doch dem Aussehen nach kam er eher von hier. Er trug einen auffälligen Anhänger mit seltsamen Zeichen und einem hellen Stein um den Hals, der nicht zu seiner Uniform passte. Die Frage des Mannes beantwortete Pachiro mit einem Nicken. »Warum, was wollt Ihr von ihm?« Das Misstrauen in der Stimme des Mannes war für Pachiros geschulte Ohren deutlich zu hören, obwohl sich der Fremde alle Mühe gab, gleichgültig zu klingen.

Pachiro war plötzlich aufgeregt, dies konnte nur bedeuten, dass der Fremde etwas wusste. Vielleicht hatten sie endlich eine Spur gefunden. »Wir suchen ein Schiff, das uns dorthin bringen kann.« Pachiro lächelte freundlich, um auf gar keinen Fall bedrohlich zu wirken. »Könnt Ihr uns helfen? Mein Name ist übrigens Pachiro und das ist Sylat.«

Der Mann musterte Sylat, die blinzelte und sich am Ärmel ihres Bruders festhielt, von oben bis unten und schließlich fragte er: »Mann oder Frau?«

Pachiro war verblüfft und merkte, wie er rot wurde. Schnell entschied er sich, nicht zu lügen, um das Vertrauen des Fremden zu gewinnen. »Frau – das ist meine Schwester.« Jetzt erst bemerkte er, dass sich Sylat an ihn klammerte und leicht schwankte. Besorgt legte er den Arm um sie.

»Warum möchtet Ihr zu diesen Inseln?«

Pachiro ärgerte sich, dass der Mann seinen Namen nicht nannte und nur Fragen stellte. Obwohl er sich vorgenommen hatte, freundlich zu bleiben, konnte er nicht verhindern, dass seine Antwort schärfer ausfiel als beabsichtigt. »Ich wüsste nicht, warum ich darüber einem Fremden, der sogar aus seinem Namen ein Geheimnis macht, Rechenschaft ablegen sollte.«

Ein kurzes Lächeln spielte um die Mundwinkel seines Gegenübers. »Gut gegeben, Junge. Dich mit mir anzulegen zeugt entweder von großem Mut oder von großer Dummheit.«

Jetzt wurde Pachiro richtig wütend. Eine Frechheit, ihn als Jungen zu bezeichnen! Er überragte den Fremden um mindestens eine Handbreite. »Wenn Ihr nichts als Neugier und Beleidigungen zu bieten habt, dann kann ich auf dieses Gespräch verzichten!«, fuhr er den Seemann an und wandte sich zum Gehen.

»Vielleicht kenne ich einen Kapitän, der Euch zu den Inseln bringen würde.«

Diese Worte des Fremden ließen Pachiro innehalten. »Und? Vielleicht bin ich der Diener eines Feuerdämons – was sagt uns das? ›Vielleicht‹ bringt uns nicht weiter!«

»Was wäre Euch die Überfahrt wert?«

Pachiro beherrschte dieses Spiel ebenfalls. »So viel, wie angemessen ist.«

»Ihr müsst Euren Preis schon nennen.«

Pachiro nickte: »Richtig, dem Kapitän des Schiffes, das dorthin segelt!«

»Und wenn ich der Kapitän wäre?«

»Dann würde ich ernsthaft in Erwägung ziehen, Euch eins auf die Nase zu geben, weil Ihr mich daran herumführt.«

»Das wäre nicht gut fürs Geschäft«, schmunzelte der Fremde.

»Aber fürs Gemüt!«, grinste Pachiro, der allmählich Gefallen an dem Wortwechsel fand.

»Ich sehe, wir verstehen uns!«, lachte der Seemann. »Ich bin Suumal und mein Schiff läuft in zwei Tagen aus.« Er sah Pachiro lauernd an. »Wenn der Preis stimmt, mache ich einen Umweg – zu den Dracheninseln.«

»Ihr seid Kapitän?«, staunte Pachiro.

»Niemand schreibt mir vor, wohin ich zu segeln habe. Ich bin mein eigener Herr«, antwortete Suumal, sein Stolz darauf war nicht zu überhören. Er beugte sich vor und zwinkerte. »Aber man kann mich bitten.«

»Diese Bitte schließt ein Goldopfer mit ein?«

»Selbstverständlich! Über die Höhe lasse ich mit mir reden.«

Pachiro überlegte, wie viel er entbehren konnte. »Sechs Goldtaler für uns beide«, schlug er schließlich vor.

Suumal schnaubte. »Damit kommt Ihr nicht weit, nicht einmal die Hälfte der Strecke. Zwanzig Taler müsst Ihr mindestens zahlen, und das ist ein guter Preis.«

»Ha! Dafür könnte eine ganze Großfamilie reisen. Die Fahrt nach Diccur kostet nur zwei Taler pro Kopf!«

»Die Dracheninseln sind weiter weg.«

»Eben, deshalb bot ich auch sechs Goldstücke!«

»Das ist lächerlich! Fünfzehn wären wenig genug.«

»Habt Ihr noch fünf Wochen Fahrt immer um die Insel herum dazugerechnet? Wir wollen nur hin und zurück, das macht höchstens sieben Goldtaler und zwölf Silberlinge – und zwar für zwei.«

»Ihr feilscht, als ob Euch hundert Möglichkeiten zur Verfügung stünden. Soweit ich weiß, bin ich der Einzige, der dorthin fahren würde.«

Pachiro zuckte mit den Schultern. »Wer sagt Euch, dass wir unbedingt dahin müssen? Vielleicht ändern wir auch unsere Pläne angesichts der Kosten. Acht Taler, das ist mein allerletztes Angebot. Ihr habt eine Nacht, um darüber nachzudenken. Hinterlasst eine Nachricht, wenn Ihr einverstanden seid, unsere Unterkunft ist dort drüben.« Er zeigte auf ein Haus nicht weit entfernt. Innerlich war er längst nicht so gelassen, wie er sich gab, aber er ließ sich nicht einfach ausnehmen.

»Ihr müsst Kaufmann sein!«, seufzte Suumal. »Die werden noch einmal mein Ruin!« Er musste sich ein Lachen verkneifen, denn etliche Kaufleute hatten mit ihrem Vermögen zu seinem Schiff beigetragen – allerdings nicht ganz freiwillig. Den Jungen hätte er nicht als solch einen hartnäckigen Verhandlungspartner eingeschätzt. Er fragte sich, ob dieser nicht mehr Geld bei sich hatte. Möglicherweise hatte er auch sein eigenes Interesse an der Reise nicht sorgfältig genug verborgen. Nun gut, die Insel war so oder so sein Ziel, das Gold nur eine nette Dreingabe. Außerdem war da diese Frau mit den gelben Augen, die Daarob ihm prophezeit hatte. »Acht Taler für Euch beide – einverstanden«, sagte er und streckte die Hand aus. »Übermorgen zur Mittagsstunde legen wir ab. Mein Schiff liegt am Ende des Kais. Es ist das einzige mit einem Drachen als Galionsfigur.« Seine Augen funkelten vergnügt.

Pachiro schlug ein, hocherfreut, dass er den Kapitän so weit heruntergehandelt hatte. Sein Vater würde stolz auf ihn sein! Suumal verabschiedete sich mit einem Kopfnicken und eilte davon. Pachiro drückte Sylat an sich und flüsterte: »Wir haben es bald geschafft!« Dann sah er sie prüfend an. »Was war vorhin los mit dir? Hattest du einen Schwächeanfall?«

»Mir wurde schwindlig«, knurrte Sylat.

»Und jetzt? Immer noch?«, fragte Pachiro und zog die Stirn in Sorgenfalten. Seine Schwester schüttelte den Kopf. »Trotzdem, wir gehen besser schleunigst zurück. Hake dich lieber bei mir unter.«

Sie bemerkten nicht, dass sich hinter ihnen eine dunkle Gestalt aus dem Schatten löste. Es war der Bettler aus der Schänke, der ein paar Schritte in die entgegengesetzte Richtung humpelte. Dann richtete er sich auf, seine Lumpen wurden zu einem schwarzen Mantel und plötzlich löste er sich in einen Staubwirbel auf und verschwand.

Jerish war mit ihnen und sie kamen gut voran. Auf dem Schiff lief alles seinen gewohnten Gang, als hätten die Männer ihr Leben lang nichts anderes gemacht. Dabei besaß nur etwa ein Drittel der Mannschaft Erfahrung mit der Seefahrt. Jetzt zeigte sich, dass die Entscheidung des Kapitäns, die Landratten sorgfältig zu schulen, gut gewesen war.

Suumal befand sich auf der Brücke und beobachtete die junge Frau mit den gelben Augen. Seit der Abreise aus Sarrinam stand sie unentwegt vorne im Bug und sah in die Ferne. Ihre Haare flatterten im Wind und die Decke, die Pachiro um ihre Schultern gelegt hatte, rutschte langsam nach unten. Suumal fragte sich, ob sie im Stehen schlief. Auch essen wollte sie kaum. Irgendwann musste sie doch vor Schwäche umkippen. Er hätte zu gerne gewusst, was die beiden auf den Inseln wollten, aber aus dem Jungen war nichts herauszubringen und seine angebliche Schwester sprach kein Wort. Wie Naadu hatte auch Suumal keinen Augenblick geglaubt, dass die beiden miteinander verwandt waren. Dazu sahen sie zu unterschiedlich aus. Möglich, dass sie ein Liebespaar waren, der junge Mann schien die Frau jedenfalls anzubeten. Ständig scharwenzelte er um sie herum, besorgt, ob es ihr auch an nichts fehlte. Dabei fehlte ihr eine ganze Menge, nach Suumals Meinung war sie nicht ganz richtig im Kopf. Und dass sie sich nicht wie jeder andere hier an Bord nachts in ihre Hängematte legte, fiel dem Jungen wohl gar nicht auf. Was für merkwürdige Vögel hatte er da nur eingefangen! Andererseits, ein Teil der Mannschaft hielt ihn inzwischen ebenfalls für verrückt. Nachdem durch den Sonnenstand und die Dauer der Fahrt auch dem letzten Matrosen an Bord klar geworden war, dass sie ostwärts und nicht nach Yannah oder Diccur segelten, erntete er den einen oder anderen argwöhnischen Blick. Nicht wenige Seeleute glaubten, im Osten sei das Ende der Welt. Dort würde das Meer einfach ins Nichts stürzen und jedes Schiff mit sich reißen, das sich zu dicht an den Abgrund heranwagte. Vielleicht hatten sie auch von seinem Passagier das Ziel der Reise erfahren. Aber das war ihm jetzt, weit weg von Daaressal, gleichgültig. Niemand würde mehr seine Pläne durchkreuzen können, und solange sie genügend Verpflegung hatten, brauchte er keine Meuterei zu fürchten.

Pachiro war beunruhigt wegen Sylats ungeheurer Anspannung, die sie wie angewachsen auf dem Deck festhielt, aber sie zeigte ihm erneut, wie wichtig diese Fahrt für sie war. Sylat musste dorthin. Er hatte keine Vorstellung, was sie auf dieser Insel suchen wollten oder finden mochten. Laut seinem Vater gab es da nichts außer Felsen, einem See und ein paar Bäumen. Aber es war möglich, dass die Männer damals etwas übersehen hatten. Pachiro spürte seine eigene Aufregung wachsen, je länger sie unterwegs waren. Er kam sich vor, als befände er sich auf Schatzsuche, und er schien nicht der Einzige zu sein, dem es so erging. Obwohl Suumal nicht leicht zu durchschauen war, hatte Pachiro winzige Anzeichen bemerkt, dass er ebenso dem Ende ihrer Fahrt entgegenfieberte. Ungewöhnlich war, dass der Kapitän seine Mannschaft im Unklaren darüber ließ, wohin sie segelten. Aber das war seine Sache, Pachiro würde jedenfalls den Mund halten und sich nicht einmischen.

Mehr als sieben Wochen waren sie schon unterwegs und Pachiros Ungeduld wuchs ins Unermessliche. Ihm war sterbenslangweilig, denn Sylat schwieg wie immer und auch die Männer ließen sich nicht in ein Gespräch verwickeln. Sie erschienen ihm wie eine verschworene Gemeinschaft, die ihm mit Misstrauen begegnete und Abstand hielt. Mehrmals hatte er versucht, einen von Suumals Vertrauten anzusprechen. Der Mann sah aus wie ein Bhrandelier und Pachiro war neugierig, ob er richtig vermutete. Auch sein Name, Dhenir, deutete darauf hin. Aber der Kerl tat, als hätte er ihn nicht gehört, und sah durch ihn hindurch, als gäbe es ihn nicht. Das trieb Pachiro zur Weißglut. Zudem hätte er gerne gewusst, ob das Schiff wirklich aus Diccur kam. Die Stirnbänder und kurzen Jacken der Matrosen schienen darauf hinzudeuten, doch die Fahne oben am Mast zeigte nicht das diccurische Wappen, sondern einen Drachen. Der Einzige, der hin und wieder einige Worte mit ihm wechselte, war Suumal, nur Fragen beantwortete er nach wie vor nicht. Zu singen, um sich die Zeit zu vertreiben, traute Pachiro sich nicht, denn er wusste, dass das in Daaressal verboten war, und die meisten sahen aus, als stammten sie von dort. Außerdem hatte er seine Harfe nicht dabei. So stand er Tag für Tag an der Reling und schaute verdrossen aufs Meer, das während der gesamten Reise unverändert blieb. Nicht einmal das Wetter bot etwas Abwechslung! Nur die Sonnenaufgänge waren die schönsten, die er in seinem Leben gesehen hatte. Der Himmel schien währenddessen seltsam nah, als könnte man ihn mit Händen greifen. Feine, wie hingetuscht wirkende Wölkchen, die sich von dunklem Purpur und Orange über zartes Rosa bis zu einem goldenen Leuchten verfärbten, zierten den Horizont. Es war, als hätte Nanish dort oben ein luftig gewebtes Gewand für die Sonne hingehängt, in das diese sich hüllen konnte, sobald sie aus ihrem Versteck emporgestiegen war. Selbst der eine oder andere von Suumals hartgesottenen Männern war ergriffen von diesem Schauspiel, das noch an Pracht zunahm, je weiter sie nach Osten kamen.

Als Pachiro eines Morgens wie gewöhnlich mit seiner Schwester den Sonnenaufgang beobachtete, entdeckte er weiter rechts am Horizont einen dunklen Fleck, der von einem flirrenden Licht in allen Regenbogenfarben umgeben war. Mit offenem Mund starrte er auf diese Erscheinung. Nach und nach verblasste das Schimmern und es wurden Umrisse sichtbar, die nur bedeuten konnten, dass sie Land vor sich hatten. Sein Puls beschleunigte sich. Kurz darauf hörte er die aufgeregten Rufe des Wachpostens oben im Mastkorb und verschlafene Matrosen kletterten aus den Luken an Deck. Die Freude der Männer war groß, vielen war die Fahrt zu lang vorgekommen und sie sehnten sich nach festem Boden unter den Füßen. Nach und nach löste sich der dunkle Fleck vor ihnen in einzelne nadelspitze Erhebungen auf.

»Die Dracheninseln!«, rief der Mann im Ausguck.

Das Lachen der Seeleute verebbte und Stille kehrte ein. Suumal nickte zufrieden und verließ seinen Platz auf der Brücke. In aller Ruhe gesellte er sich zu seinen Passagieren, als würde er die verwirrten oder besorgten Gesichter seiner Leute nicht wahrnehmen.

»Wolltet Ihr eine bestimmte Insel ansteuern?«, fragte er Pachiro.

»Die erste«, antwortete Sylat, bevor ihr Bruder auch nur den Mund aufmachen konnte.

Als Suumal sie überrascht anschaute, entdeckte er ein unheimliches Glühen in ihren Augen, das ihm einen Schauer über den Rücken jagte. ›Vergiss die gelben Augen nicht, sie werden dich führen‹, erklang die Stimme Daarobs in seinem Kopf. Suumal holte tief Atem und sagte: »Gut, dann ist es die erste.« Er drehte sich zu Lakrimet um, der ihm gefolgt war und seinen Kapitän ungläubig ansah. »Ihr habt es gehört, nehmt Kurs auf die Insel, die uns am nächsten liegt.«

Lakrimet wollte widersprechen, unterließ es aber nach einem Blick auf Suumals entschlossenen Gesichtsausdruck. Stattdessen brüllte er verschiedene Befehle und scheuchte seine Kameraden die Wanten hoch. Das Schiff glitt durch die Wellen und langsam näherten sie sich dem schwarzen Gebilde, das kein bisschen einladend wirkte. Im Gegenteil, je dichter sie herankamen, desto mehr Felsen wurden in dem Wasser um die Insel herum sichtbar. Es war, als ob sie aus dem Meer wüchsen, um ihnen den Zugang zu verwehren. Einer der Matrosen spuckte aus, andere begannen zu fluchen. Die Stimmung wurde merklich gereizter. Pachiro hoffte nur, dass Suumal seine Besatzung im Griff hatte.

Sie waren nicht mehr weit von den ersten Felsspitzen weg, da gab Suumal den Befehl, die Segel zu reffen und Anker zu werfen. Er sah, dass die Frau wohl doch nicht Wurzeln geschlagen hatte, denn sie marschierte zu einem der Beiboote. Pachiro folgte ihr und überlegte, ob er seinen Seesack holen sollte, entschied sich aber dagegen. Er hatte das Gefühl, solange noch etwas von ihm auf dem Schiff bliebe, würde er wieder zurückkehren, obwohl das im Grunde ein lächerlicher Gedanke war. Suumal winkte sie zu einem etwas größeren Boot, das gerade zu Wasser gelassen wurde. Dann versammelte er dreiundzwanzig mit Säbeln, Äxten und Dolchen bewaffnete Männer um sich. Pachiro sah verblüfft, dass manche Seile oder zusammengefaltete Säcke bei sich trugen. Doch dann fiel ihm ein, dass sie vermutlich ihre Vorräte aufstocken wollten. Einer nach dem anderen kletterten sie die Strickleiter hinunter, zuletzt folgte der Kapitän. Suumal schaute nach oben und nickte Naadu zu, der an Deck geblieben war und kurz die Hand aufs Herz legte.

Sylat hatte sich ganz selbstverständlich vorne ins Boot gesetzt und lotste die Männer mit Handbewegungen um die Hindernisse herum. Zuerst äußerten sie Unmut darüber, aber Suumal bedeutete ihnen, Sylats Anweisungen zu folgen, und es zeigte sich, dass er recht daran getan hatte. Sicher umrundeten sie selbst plötzlich aus dem Nichts auftauchende Felsspitzen, die Wellen wurden zusehends flacher, bis das Meer glatt wie ein Spiegel vor ihnen lag. Es schien, als folgte Sylat einem geheimen Pfad, und Pachiro fragte sich, ob sie sich vielleicht wirklich erinnerte. Schneller als er erwartet hatte, befanden sie sich nah bei der Insel. Die Felswände ragten steil auf, ihr Gestein erschien schwarz und ebenmäßig, anders als das der kleineren Felsen im Wasser, die fast weiß und zerklüftet waren. Pachiro spürte ein Kribbeln auf der Haut, das ihm seltsam bekannt vorkam, und er hatte den Eindruck, die Luft würde dicker, das Atmen mühsamer. Er überlegte fieberhaft, wann und wo er das schon einmal erlebt hatte, doch es wollte ihm nicht einfallen.

Ohne auch nur einmal zu zögern, führte Sylat die Seeleute um die Insel herum. Dort fanden sie eine winzige Bucht mit einem schmalen Sandstrand, gerade groß genug für ihr Boot. Sylat wartete gar nicht erst ab, ob Suumal einverstanden war, sondern kletterte sogleich die Felsen hoch, die an dieser Stelle wie hohe Stufen geformt waren. Pachiro wusste noch von der Erzählung seines Vaters her, dass sich oben ein Tal befand, von dem aus man durch einen beinahe tunnelartigen Durchgang in ein zweites gelangte. Wahrscheinlich wollte seine Schwester zu dem See. Er bemerkte, dass sie viel schneller vorwärts kam als er. Ihm bereitete der Aufstieg wesentlich mehr Mühe, allein durch die Anstrengung zu atmen. Die Luft fühlte sich immer noch dickflüssig an. Hinter ihm keuchten Suumal und seine Männer. Offenbar war Pachiro nicht der Einzige, der Schwierigkeiten hatte. Als er endlich oben ankam, sah er gerade noch, wie Sylat hinten im Tal in dem Durchgang verschwand. ›Woher nimmt sie nur die Kraft?‹, dachte er voller Neid.

Es dauerte, bis der letzte Mann das Plateau erreicht hatte und in der Lage war, weiterzugehen. Doch schließlich erreichten sie den Durchgang und folgten dem Weg. Das Kribbeln auf der Haut wurde stärker und Pachiro fiel auf, dass sich etliche der Männer zu kratzen begannen. Manchmal hatte er den Eindruck, als ob die Felsen enger zusammenrückten und ihn erdrücken wollten. Wenn doch nur Jerish etwas Wind schicken würde. Pachiro lief der Schweiß den Rücken herunter. Er war froh, als die Felswände zurückwichen und den Blick auf das zweite Tal freigaben. In seiner Mitte lag umgeben von Wiesen der See und dahinter zog sich ein Wäldchen ein Stück die Flanke des Berges mit dem gespaltenen Gipfel hoch, ganz wie Khandir es beschrieben hatte. Sonst war nichts zu sehen.

»Wo ist sie?«, knurrte Suumal neben ihm.

Pachiro hob ratlos die Hände und schaute sich um. Während er noch überlegte, warum sich seine Schwester versteckt hatte, deutete Lakrimet auf den Berg und rief: »Dort läuft sie, oberhalb der Bäume!« Pachiro, der nicht Lakrimets scharfe Augen besaß, entdeckte nur ein Pünktchen, das sich rasch zur Spitze des Berges hinaufbewegte.

»Schnell, ihr nach!«, befahl Suumal und rannte los, seine Gefolgsleute ihm hinterher.

Pachiro seufzte und trottete missmutig den Abhang zum See hinunter. Was war nur in seine Schwester gefahren, konnte sie nicht auf ihn warten? Offensichtlich nicht. Pachiro packte der Zorn, als ihm klar wurde, dass sie anscheinend wirklich bis zum Gipfel wollte.

»Verrücktes Huhn«, keuchte er und kämpfte sich den steilen Berg hinauf. Mehrmals musste er anhalten, weil schwarze Flecken vor seinen Augen tanzten und ihm die Sicht nahmen. »Sylat, ich dreh dir den Hals um«, schimpfte er vor sich hin und war versucht, vor lauter Erschöpfung auf allen vieren weiterzukriechen. Doch als er den Gipfel erreichte und sich an den anderen, die dort unschlüssig warteten, vorbeischob, vergaß er seine Wut. Vor ihm öffnete sich der Berg genau in dem Spalt zwischen seinen Spitzen und er schaute hinab in ein großes Loch. Es öffnete sich zu seinen Füßen zu einem weiten, runden Schlund wie das Maul eines riesigen Tieres. Unten auf dem Grund stand Sylat vollkommen reglos und starrte auf die Felswand vor ihr, aus der ein riesiger Drachenkopf herausgemeißelt war.

*

»Sie war gefangen in ihren Träumen, Myzlat.«
»Was macht dich so sicher?«
»Ich spüre, jetzt ist sie frei!«
»Sie war nie in Fesseln.«
»Aber sie wusste es nicht.«
»Ihr Weg führt sie zu dir.«
»O Myzlat, wie kann ich noch hoffen!«
»Du hast Zeit, Tych!«

Blicke hinauf zu den Sternen. Was ist Segen und Fluch zugleich?

Suumal zögerte nur kurz, bevor er sich entschied, Sylat in den Abgrund zu folgen. Es erwies sich als schwierig, die fast senkrechten Felswände hinunterzuklettern. Sie knoteten zwei Seile zusammen, schlangen ein Ende um einen großen Felsbrocken und banden es fest, um sich damit nacheinander hinabzulassen. Pachiro klammerte sich an jeden kleinen Vorsprung und um ein Haar wäre er abgestürzt, hätte nicht das Seil ihn gehalten. Sein Puls raste, als er endlich, heil bis auf ein paar Schürfwunden, unten ankam. Sobald er sich von der ungewohnten Anstrengung erholt hatte, ging er zu Sylat, legte die Hände auf ihre Schultern und drehte sie zu sich herum. Ihr Blick war merkwürdig, doch er ließ sich davon nicht beeindrucken.

»Hättest du nicht auf mich warten können?«, meinte er. Natürlich rührte sie sich nicht, aber das kannte er zur Genüge. »Du bist mir ein Früchtchen!«, sagte er, um sie zu reizen. Da er ihre Abneigung gegen Obst kannte, musste er lachen, als sie wie erwartet fauchte. Er gab ihr einen Nasenstüber und drückte sie an sich.

Es dauerte eine Weile, ehe alle den Weg nach unten geschafft hatten, doch schließlich war die ganze Mannschaft versammelt und betrachtete neugierig den steinernen Drachenkopf. Seine Augen waren jeweils mit einem großen Rubin ausgelegt und das Maul war geöffnet, als ob er im nächsten Augenblick Feuer spucken würde. Er war so detailgetreu gearbeitet, dass er beinahe lebendig wirkte. Pachiro erkannte an den Gesichtern der anderen, dass er nicht der Einzige war, der das unheimlich fand.

»Falls uns jemand damit einschüchtern wollte, ist ihm das

gelungen!« Er blickte seine Schwester an und stutzte. Sie wirkte auf eine seltsame Art abwesend, nicht als wäre sie in Gedanken versunken, sondern mehr, als wüsste sie nicht, wo sie sich befand. So stellte er sich einen Schlafwandler vor. »Sylat?«, fragte er und stieß sie vorsichtig an.

Er wollte gerade weitersprechen, da hatte die Sonne den Zenit erreicht und ihre Strahlen erreichten den Abgrund. Sie fielen auf die Augen des Drachenkopfs und diese leuchteten auf, wie von einem inneren Feuer erhellt. Einen Augenblick später löste sich Sylat aus ihrer Erstarrung, ging auf den Drachen zu und legte ihre linke Hand in das aufgerissene Maul. Der Fels begann zu schimmern und zu vibrieren. Die Konturen des Kopfes verschwammen und lösten sich auf. Das Kribbeln auf Pachiros Haut wurde unerträglich und er glaubte zu ersticken. Jetzt endlich erinnerte er sich, wo er ein ähnliches Erlebnis schon einmal gehabt hatte. Es war im Traum gewesen, in jener Nacht, nachdem ihnen der Bhrandelier im Hafenviertel von den klauenbewehrten Füßen des Dämons berichtet hatte. Hatte er damals gar nicht geträumt? Denn jetzt war er sicher wach und die anderen nahmen das Kribbeln und die Atemnot auch wahr, wie er ihren ängstlichen Rufen entnehmen konnte. Was geschah mit ihnen? Vor ihm wirbelten Lichtpunkte, ungeordnet zuerst, dann formten sie sich zu einem Kreis und verblassten. Verblüfft schaute Pachiro auf eine runde, mannshohe Öffnung in der Felswand. Man konnte den Anfang eines Ganges erkennen, und als er unwillkürlich näher trat, sah er ihn in eine große Höhle münden.

Sylat war neben ihm und wie magisch angezogen liefen die Geschwister in das Innere des Berges, bis sie mitten in der Höhle stehen blieben. Pachiro kam aus dem Staunen nicht mehr heraus. Was von außen wie eine natürliche Höhle ausgesehen hatte, entpuppte sich als künstlich geschaffener Raum. Von hier aus konnte man sehen, dass sich eine Reihe von Säulen, die bis zur Decke reichten, die Seitenwände entlangzog. Die Zwischenräume waren mit Ornamenten bedeckt, in die Edelsteine in allen Farben eingelegt waren. Manche dieser Muster wirkten beiläufig betrachtet wie Bilder, doch wenn man den Blick bewusst darauf richtete, verschwand dieser Eindruck und die Bilder wurden wieder zu kunstvoll verschlungenen Linien. Ohne eine Lichtquelle war es hell in diesem Saal. Gegenüber vom Eingang befand sich ein riesiges Tor. Seine gut sechs Mann hohen Flügel bestanden aus glänzend poliertem Obsidian, in dem sich alles spiegelte. Pachiro erkannte, dass Suumal und sein Trupp ihnen gefolgt waren und direkt hinter ihm und Sylat standen. Etwa in Augenhöhe bemerkte er Unregelmäßigkeiten in der Oberfläche. Die Neugier trieb ihn vorwärts. Auf dem Weg zum Tor entdeckte er rechts einen Kamin und zu dessen Seiten je einen mächtigen Stuhl, fast wie ein Thron. Staub hatte sich darauf angesammelt, als wären die Stühle seit vielen Jahren unberührt geblieben. Pachiro hielt sich nicht lange damit auf, sondern ging weiter, bis er das Tor erreichte. Jetzt konnte er sehen, dass in den schwarzen Stein Worte gemeißelt waren. Ungläubig las er den Satz und rätselte darüber, warum ihm das möglich war. Waren sie vielleicht nicht die ersten Besucher? Oder noch eigenartiger: Stammten die Erbauer dieses Saales aus seiner Heimat?

»Seltsam«, sagte Suumal neben ihm und betrachtete sein dunkles Abbild. »Warum benutzen sie die Schrift aus Daaressal?«

»Wie bitte?«, fragte Pachiro verwirrt. »Habt Ihr zu viel Sonne abbekommen? Das ist doch unsere Sprache, die wir in Yannah sprechen und schreiben.«

»Nein!«, widersprach Lakrimet hinter ihnen. »Das hat eindeutig jemand aus Diccur verfasst! Ich stamme von dort und kann es bezeugen.«

»Bhrandelia!«, rief Dhenir. Und Pachiro wusste, seine Vermutung über die Herkunft des blonden Matrosen war richtig.

In kurzer Zeit war die ganze Gruppe in Aufruhr, bis Suumal einschritt und ihnen befahl, ruhig zu sein. Er hatte sich längst wieder gefasst. »Es ist ein Zauber. Jeder sieht das, was er kennt.«

»Und die Bedeutung? Ist die auch unterschiedlich?«, wollte Pachiro wissen.

Nachdem sie herausgefunden hatten, dass die Botschaft in jeder Sprache dieselbe war, begannen sie über den Sinn nachzudenken. Pachiro betrachtete kopfschüttelnd die Inschrift und las sie laut vor:

Umhüllt Finsternis alles Sichtbare, führt nur die Eine dich hindurch

»Was soll das eigentlich heißen? Versteht das jemand?«, fragte er.

Heftiges Kopfschütteln zeigte ihm, dass die anderen genauso ratlos waren wie er selbst, was sie nicht davon abhielt, sich gegenseitig mit Vorschlägen zu überbieten. Aber keiner war wirklich überzeugend.

Nach einer Weile hatte Sylat genug von dem ergebnislosen Gerede, stellte sich vor das Tor und hämmerte mit beiden Fäusten dagegen. Ein Geräusch erklang, als hätte jemand einen riesigen Gong aus Bronze angeschlagen. Erschrocken wichen die Männer zurück, nur Sylat und Pachiro rührten sich nicht von der Stelle. Das Geräusch verebbte und Stille kehrte ein. Die Schrift begann zu glühen, als wäre sie mit geschmolzenem Gold ausgegossen. Lautlos glitten die Flügel des Tores auf. Sie blickten in schwärzeste Finsternis.

Nichts war zu erkennen, kein Weg, keine Felswände, nichts. Suumal verwünschte sich im Stillen, weil er nicht daran gedacht hatte, Fackeln mitzunehmen. Bevor er auch nur erwägen konnte umzukehren, um welche zu holen, hatte Sylat die Hand ihres Bruders ergriffen und sich in Bewegung gesetzt. Ohne zu zögern marschierte sie mitten hinein in die Dunkelheit. Suumal sah, wie die beiden von der Düsternis verschluckt wurden, und fluchte.

Für einen Augenblick hatte Pachiro den Eindruck, Wasser würde über ihm zusammenschlagen, denn er bekam keine Luft mehr. Das ständige Kribbeln wich einem Gefühl, dass etwas Heißes über seine Haut strich. Aber das ging schnell vorüber und plötzlich konnte er wieder frei atmen. Kurz darauf hörte er Suumal rufen.

Dieser hatte seinen Leuten aufgetragen, eines der Seile auszurollen und in die Hand zu nehmen. »Wir werden ihnen folgen. Beeilt euch, aber haltet ja an der Leine fest, ich will keinen verlieren!«, hatte er befohlen und sich entschlossen in die schwarze Öffnung vor ihm begeben. Doch sein Schrecken war groß, als er den Kopf wandte, um sich zu vergewissern, dass alle hinter ihm waren, denn dort, wo sich das Tor befinden musste, war – nichts! Keine Öffnung, nicht ein Schimmer von Helligkeit, nur Dunkelheit umgab ihn. Seine Männer gaben keinen Laut von sich, wahrscheinlich hatte der Schreck ihnen die Sprache verschlagen. Es kostete ihn Mühe, sich zu beherrschen und nicht in Panik zu geraten. Doch dann hatte er sich in der Gewalt, wie es von einem Anführer erwartet wurde. Schließlich wusste er von Anfang an, dass diese Reise kein Spaziergang werden würde. Er nahm sich vor, sich so schnell von nichts mehr beeindrucken zu lassen. Jetzt galt es erst einmal, diese beiden Verrückten zu finden. Er rief Pachiros Namen und zu seiner Erleichterung antwortete er. Die zwei schienen links von ihnen zu sein. Nach wenigen vorsichtigen Schritten rief Suumal erneut und wieder erhielt er eine Antwort.

Es gelang ihnen, sich mittels dieser Verständigung zu finden, ohne etwas zu sehen. Dankbar hielt Pachiro mit seiner freien Hand das Seil. Die andere war fest in Sylats Griff, die immer noch vorwärtsstrebte. Allerdings war auch sie langsamer geworden und nach kurzer Zeit blieb sie stehen. Pachiro wollte gerade fragen, was los sei, da tropfte es unterhalb von ihnen. Unterhalb? Seine Haare sträubten sich und er hielt unwillkürlich den Atem an. Lange standen sie in vollkommener Stille, doch nichts weiter geschah. Endlich hatte Pachiro genug. Er verlagerte sein Gewicht auf den rechten Fuß und tastete mit dem linken den Boden vor ihm ab. Überrascht stellte er fest, dass sie vor einem Abgrund standen.

»Vor uns bricht der Weg ab. Es geht in die Tiefe«, flüsterte er.

»Wie tief?«, wollte Suumal wissen.

»Ich weiß es nicht. Hat jemand einen kleinen Gegenstand, den er entbehren kann?« Alle kramten in ihren Taschen.

»Hier, nehmt das.« Suumal drückte ihm eine Münze in die Hand.

Pachiro beugte sich vor und ließ sie dort fallen, wo er den Abgrund vermutete. Aber so sehr er sich auch anstrengte, er hörte nichts. Er wollte Suumal gerade um eine zweite Münze bitten, da erklang weit entfernt ein feines Klirren, wie wenn Metall auf Stein prallte. Pachiro schluckte und die anderen begannen aufgeregt zu raunen. »Das hätte böse ausgehen können!«, meinte er. »Sylat, kannst du irgendetwas erkennen?« Seine Schwester brummte nur.

»Lasst uns umkehren!« Suumal hielt es für klüger, den Rückzug anzutreten.

»Einverstanden!«, sagte Pachiro und war gespannt, wie sich Sylat verhalten würde. Zu seinem Erstaunen ging sie widerspruchslos mit ihnen. Alle drehten sich um und liefen in umgekehrter Reihenfolge in die Richtung, aus der sie gekommen waren. Zumindest glaubten sie das. Sie waren noch nicht weit, da begann einer der Männer zu schreien, dann ein zweiter. Suumal erhielt einen Stoß von seinem Vordermann. Gleichzeitig wurde das Seil mit einem Ruck aus seinen Händen gerissen. Er fiel hintenüber und riss Pachiro und seine Schwester mit sich zu Boden. Die Schreie entfernten sich und er begriff, dass mindestens einer von ihnen in die Tiefe gestürzt sein musste. Die erschrockenen Ausrufe seiner Gefolgsleute bestätigten seine Vermutung. So schnell wie möglich stand er wieder auf und versuchte die anderen zu beruhigen und herauszufinden, was geschehen war.

Zwei Männer, die sich ganz vorne befanden, hatten wohl vor Schreck, unvermutet ins Leere zu treten, das Gleichgewicht verloren. Das Seil hatte sie nicht vor dem Absturz bewahrt. Ihre Kameraden konnten es nicht mehr halten, als sie durch den unerwarteten Ruck zu Fall kamen. »Wie kann es sein, dass wir derartig die Orientierung verloren haben?«, sagte Suumal, mehr zu sich selbst als zu den Übrigen.

Mit äußerster Vorsicht tasteten sie sich von da an weiter, nachdem sie ein zweites Seil ausgerollt hatten, an dem sie sich festhalten konnten. Doch egal wohin sie sich wandten, immer wieder hörte der Weg nach einer Weile auf und sie stießen auf eine Felswand oder ein unüberwindliches Loch im Untergrund, selbst wenn sie ganz sicher waren, genau die Strecke zurückverfolgt zu haben, die sie gekommen waren.

»Das ist unmöglich!«, rief Pachiro plötzlich, als sie erneut vor einem Abgrund standen. »Es kann doch nicht sein, dass sich der Fels vor unseren Füßen auflöst!« Aber im selben

Moment erinnerte er sich, wie der Drachenkopf vor seinen Augen verschwunden war und einen Eingang freigab, der vorher nicht da gewesen war. Ihm wurde mulmig zumute. Mehr noch, die Hilflosigkeit, vollkommen blind diesem Ort hier ausgeliefert zu sein, ließ ihn eine Furcht empfinden, die er nie zuvor gekannt hatte. ›Umhüllt Finsternis alles Sichtbare, führt nur die Eine dich hindurch‹, fuhr es ihm durch den Kopf. Hatte sich Sylat nicht in Yannahs dunklen Kanälen mühelos zurechtgefunden? Wenn diese Insel ihr Zuhause war, dann konnte nur sie damit gemeint sein!

»Sylat, bitte bring uns hier raus«, sagte er leise zu seiner Schwester. Ganz kurz meinte er, ihre Augen glühen zu sehen, dann drückte sie seine Hand. »Lasst sie vorausgehen«, schlug er Suumal vor.

Dieser hatte nichts dagegen, sollte sie doch ihren Hals riskieren! Die Dunkelheit zerrte an seinen Nerven und es war ihm inzwischen gleichgültig, wenn sie auf Nimmerwiedersehen in der Tiefe verschwand. Außerdem war er wütend, dass sie ihn in diese Lage gebracht hatte.

Die Gruppe formierte sich neu, mit den beiden Geschwistern an der Spitze. Zu Pachiros Freude kamen sie tatsächlich voran. Keine Felswände versperrten mehr ihren Weg und tauchte ein Abgrund auf, führte Sylat sie daran entlang, bis der Pfad wieder breiter wurde. Seine Erleichterung wich nach und nach neuer Mutlosigkeit, als er das Gefühl bekam, schon Stunden mit ihrer Suche verbracht zu haben, und er spürte zunehmende Erschöpfung. Am Schlurfen und Stolpern der restlichen Männer merkte er, dass es ihnen nicht anders erging. Doch keiner bat darum, Rast zu machen. In ihr Schicksal ergeben, wanderten sie blind und müde weiter, aber sie fanden nicht zurück zum Eingang.

Pachiro verkniff sich nutzlose Fragen an seine Schwester

und sagte sich stattdessen unentwegt in Gedanken den Spruch auf, der in das Tor gemeißelt war. Vielleicht entdeckte Sylat ja einen anderen Ausgang, denn offensichtlich kamen sie doch vorwärts und das war immerhin schon etwas. Nichts war in seinen Augen schlimmer, als zur Untätigkeit verdammt zu sein. Lieber lief er sich die Füße wund, als irgendwo zu sitzen und Schimmel anzusetzen! Neue Energie strömte durch seine Adern, und um seine Leidensgenossen ein bisschen aufzumuntern, sagte er: »Es kann nicht mehr lange dauern. Wir haben es bald geschafft!«

»Woher nehmt Ihr nur Eure Zuversicht?«, fragte Suumal und seine Stimme triefte vor Hohn.

»Und woher nehmt Ihr Eure Überheblichkeit?«, fauchte Pachiro. »Ihr wisst doch auch keinen Ausweg. Ich behaupte, Zuversicht wird das Einzige sein, was uns hier herausführt!«

»Bürschchen«, begann Suumal, doch er kam nicht mehr dazu, seinen Satz zu beenden. Der Boden schwankte und ließ sie taumeln. Bunte Lichtpunkte tanzten vor ihren Augen, tausend feine Nadeln schienen in ihre Haut zu stechen. Ein Knistern wurde zu einem Rauschen, das sich zu einem krachenden Getöse steigerte, als ob der Berg in sich zusammenstürzte. Pachiro erwischte Sylats Arm, zog sie an sich und drückte sie zu Boden. Dann warf er sich über sie, um sie mit seinem Leib zu schützen. Doch es stürzten keine Felsen auf sie herab. Als er den Kopf hob, stellte er verwundert fest, dass es hell geworden war. Er setzte sich auf und sah sich um. Sie befanden sich in einer Höhle vor einem Tor. Die Höhle war schmucklos und kleiner als die andere, das Tor aber genauso hoch und mächtig und aus blank poliertem dunkelrotem Karneol. Gleichwohl wies es eine Inschrift auf wie das erste. Pachiro überzeugte sich davon, dass Sylat nichts geschehen war, und ging näher heran. Leise sagte er vor sich hin:

»Ich nehme an, Ihr seht es in Eurer Sprache geschrieben«, ließ sich Suumal schräg hinter ihm vernehmen und Pachiro nickte. »Aha«, sagte der Kapitän. »Ich sehe die meine. Es ist also der gleiche Zauber, aber nicht dasselbe verdammte Tor!«

»Wenigstens haben wir wieder Licht, das ist doch eine Verbesserung. Wenn ich auch noch immer nicht entdecken kann, woher es kommt.« Pachiro war entschlossen, sich an die kleinste Hoffnung zu klammern. »Außerdem wüsste ich gern, bloß der Neugier halber, was gerade eben geschehen ist.«

»Du hast das Rätsel gelöst!«, ertönte Sylats tiefe Stimme, und als Pachiro sie verwirrt ansah, fügte sie hinzu: »Umhüllt Finsternis alles Sichtbare, führt nur die Eine dich hindurch. Du hast es entdeckt, die Eine war die Zuversicht.«

»Die Zuversicht? Ich dachte, damit wärst du gemeint!«, rief Pachiro und hörte, wie Suumal verächtlich schnaubte. Sylat zog die Augenbrauen hoch. »Sylat, du glaubst also, wir müssen das Rätsel lösen und dann wird uns ein Ausgang gezeigt?«

»Nein, zur Belohnung taucht ein neues Tor auf mit einem neuen Rätsel – seht Ihr nicht?«, sagte Suumal verdrießlich.

»Das würde bedeuten, jemand beobachtet uns und setzt sie uns vor die Nase, nicht wahr?«

»Ist das jetzt ein Zusatzrätsel für mich?« Der Kapitän sah noch weniger erfreut aus.

»Ich versuche nur, die Bedeutung des Geschehens in ihrer Gesamtheit zu erfassen«, sagte Pachiro etwas hochtrabend.

»Ich bin dafür, wir deuteln später weiter und schauen lieber, dass wir hier rauskommen!«, mischte sich Dhenir ein und zeigte auf das Tor. »Leider scheint das der einzige Ausgang zu sein. Wie das erste hat es keine Klinke. Ich habe eben versucht es aufzudrücken, aber es ist mir nicht gelungen.«

Suumal zuckte die Achseln und wies auf Sylat. »Sie soll es machen.«

Sylat würdigte ihn keines Blickes und rührte sich nicht von der Stelle. Ihr Bruder stand inzwischen dicht vor dem Tor. »Vielleicht sollten wir dieses Mal zuerst das Rätsel lösen.«

Suumal verschränkte die Arme vor der Brust und sah die Geschwister nacheinander mit deutlicher Herablassung an. »Ich wette, Euer erster Vorschlag wird sein, dass sie es ist, die uns ans Ziel bringt.«

»›Sie‹ heißt Sylat, nehmt das gefälligst zur Kenntnis!«, sagte Pachiro hitzig.

»Und Ihr nehmt Euch besser in Acht!«, warnte ihn Suumal.

»Aber gewiss, nur solltet Ihr ebenfalls auf mich achtgeben. Ohne mich würdet Ihr nämlich immer noch im Dunkeln feststecken!«

»Ohne Euch wäre ich gar nicht erst hineingeraten!«

»Jetzt behauptet noch, Ihr hattet die Absicht mich zu retten, und ich bin gerührt.«

»Das wäre zu viel der Ehre, es war mehr die ungeheure Dummheit, die ich aus der Nähe betrachten wollte.«

»Hattet Ihr keinen Spiegel zur Hand?« Pachiro merkte, wie ihn Suumals Männer bei dieser Frage erschrocken anschauten.

Doch ihr Anführer verhielt sich anders als erwartet und schnitt dem Jungen nicht die Kehle durch. »Wozu, ich habe doch Euch!« Suumals Augen funkelten.

»Sagte der eine Narr zum anderen!« Pachiro konnte sein Lächeln nicht mehr unterdrücken. Dieser Schlagabtausch gefiel ihm. Seinem Gegner anscheinend auch, denn Suumal brach in Lachen aus und schlug ihm eine Hand auf die Schulter. »Na los, verratet mir, wer uns durch alle Gefahren führen wird!«

»Ich!« Pachiros Versuch, ein hoheitsvolles Gesicht zu ziehen, wurde von einem Grinsen zunichtegemacht. Er drehte sich um, schritt auf das Tor zu und drückte mit einer Hand dagegen.

Suumal war im Begriff, eine bissige Bemerkung fallen zu lassen, da begann die Schrift zu glühen und die Torflügel schwangen lautlos auf. Erstaunt betrachteten sie die Landschaft dahinter. Ein Wald aus braunen Tropfsteinen erstreckte sich vor ihnen, so weit das Auge reichte. Lange graue Flechten hingen dicht an dicht herab und pendelten in einer leichten Brise. Woher kommt hier unten im Berg der Wind?, fragte sich Pachiro verblüfft. Pilze und Moos verströmten einen würzig-erdigen Geruch. Man hörte von irgendwoher Wasser plätschern. Alles wirkte friedlich und die Männer kamen langsam näher. Sylat blieb, wo sie war, ihr Gesicht trug immer noch einen abwesenden Ausdruck.

»Sollen wir weitergehen?«, fragte Lakrimet seinen Kapitän.

Wie zur Antwort ertönte ein lang gezogener, gequälter Schrei, der ihnen die Haare zu Berge stehen ließ, und gleich darauf ein gewaltiges Brüllen. Die Felswände warfen das Echo mehrfach zurück.

»Beim Blut der Dämonen, das hört sich nicht einladend an!« Selbst der abgebrühte Suumal war blass geworden.

»Leider haben wir keine Wahl«, flüsterte Pachiro. »Die Höhle hinter uns hat keinen anderen Ausgang.«

»Ihr wollt nicht im Ernst da hinein?« Lakrimet sah ihn ungläubig an.

Pachiro hob die Hände. »Was schlagt Ihr vor?« Keiner der Männer sagte etwas. »Also los, bringen wir es hinter uns!« Pachiro nickte den anderen aufmunternd zu und nahm Sylat an der Hand. Vorsichtig traten sie über die Schwelle und gingen auf die steinernen Bäume zu.

»Ich gebe zu, ich wüsste wirklich gerne, wer uns führt!«, sagte Suumal leise.

Schweigend schlängelten sie sich zwischen den baumstammartigen Tropfsteinen hindurch. Diese standen so dicht, dass sie hintereinander gehen mussten, was ihr Unbehagen noch steigerte. In regelmäßigen Abständen wehte ihnen ein feucht-warmer, übel riechender Wind ins Gesicht wie der Atem eines Ungeheuers. Sie rutschten auf den Pilzen aus, die den Untergrund glitschig und unberechenbar machten. Und das Moos gab glucksende Geräusche von sich, sodass sie das Gefühl hatten, über ein Moor zu laufen. Lakrimet, der in den Sümpfen seiner Heimat aufgewachsen war, hätte sich nicht gewundert, wenn jemand darin versunken wäre. Es hätte ihn auch nicht überrascht, auf Krokodile zu treffen. Er nahm ein hohes Sirren wahr und rechnete damit, dass im nächsten Augenblick ein riesiger Schwarm Mücken über sie herfiel und sie bis auf den letzten Tropfen aussaugte. Das Sirren wurde lauter und schmerzte in den Ohren. Aber weitaus unangenehmer war etwas anderes. Sobald sie stehen blieben, um sich zu orientieren, strichen die langen Flechten um ihre Körper und begannen sie einzuwickeln, als wären sie lebende Riesenschlangen. Schnitt man sie ab, um sie daran zu hindern, ließen sie ein Seufzen und Klagen hören, dass es die Männer grauste, umso mehr als sich die abgetrennten Teile auf dem Boden wanden und zuckten. Je weiter sie kamen, desto öfter ertönten die furchtbaren Schreie von allen Seiten und dieses Brüllen, das den ganzen Wald vibrieren ließ. Entsetzen und Furcht packten die Schar und trieb sie vorwärts. Niemand war mehr in der Lage, einen klaren Gedanken zu fassen. Man hätte auch nicht bestimmen können, welche Richtung die beste war, denn rings herum schien alles in Aufruhr zu sein.

Pachiro hätte sich am liebsten die Ohren zugehalten, aber er musste seine Schwester mit sich ziehen, die wie betäubt wirkte. Was war nur mit ihr los? Er sehnte sich beinahe nach der Finsternis zurück, obwohl er dort geglaubt hatte, es könne nichts Schlimmeres geben. Er schien in einen nicht enden wollenden Albtraum geraten zu sein und konnte beim besten Willen nicht verstehen, warum Sylat hierher zurückkehren wollte.

Lakrimet, der an der Spitze war, blieb plötzlich wie angewurzelt stehen. Die beiden folgenden Männer konnten nicht mehr rechtzeitig anhalten und prallten gegen ihn. Mit Mühe gelang es ihnen, das Gleichgewicht zu bewahren. Auch die anderen hielten an. Während sie die Flechten abwehrten, versuchten sie herauszufinden, was vor ihnen geschah. Sie blickten auf eine Lichtung zwischen den Tropfsteinsäulen. Auf der gegenüberliegenden Seite waren große Felsbrocken zu zwei Türmen aufeinandergeschichtet. Der Stein glänzte feucht, als hätte ihn jemand mit Schleim überzogen. Man konnte erkennen, dass der Wald dahinter weniger dicht war.

»Seht, dort wird es heller!«, flüsterte Pachiro aufgeregt. »Vielleicht ist da der Ausgang!«

»Diese seltsamen Türme gefallen mir nicht«, knurrte Suumal.

Pachiro schaute sie sich genauer an und bemerkte ein kaum wahrnehmbares Beben. Es musste eine Sinnestäuschung sein, Felsen konnten unmöglich zittern. Aber diese konnten sogar noch ganz andere Dinge. Aus dem Zittern wurde ein Wackeln, an den Seiten lösten sich Gebilde wie grob gehauene Arme von einem Körper und streckten sich nach vorn. Der obere Teil drehte sich und drei dunkle Flecken wurden sichtbar, als hätte dieses Gebilde Mund und Augen und ihnen gerade eben das Gesicht zugewandt.

»Lasst uns von hier verschwinden«, zischte Suumal.

Pachiro zögerte. »Aber was, wenn es dort drüben wirklich nach draußen geht?«

Suumal kam nicht mehr dazu, ihm zu antworten, denn Sylat marschierte wieder einmal los und riss ihren Bruder mit sich. Im selben Augenblick setzte sich der untere Teil der Türme in Bewegung. Wie Schlamm quoll der vorher so massiv wirkende Fels auf sie zu. Sylat begann zu rennen und den beiden Geschwistern gelang es, zwischen den Türmen hindurchzuschlüpfen.

»Die Dämonen sollen euch holen, verrücktes Pack!«, fluchte Suumal, während er ihnen bereits zu folgen versuchte, seine Leute immer hinter ihm her. Doch es war nicht einfach, an den überraschend flinken Felsen vorbeizukommen. Der Boden war nach wie vor schlüpfrig und man musste aufpassen, um nicht auszurutschen. Die Männer schlugen Haken wie die Hasen. Mehrere glitten aus und kamen nicht mehr rechtzeitig auf die Beine. Der Fels, der ihnen am nächsten war, quoll über sie hinweg. Ein Gurgeln erklang und sie waren verschwunden. Doch die meisten schafften es, die Lichtung zu überqueren und Suumal auf den Fersen zu bleiben. Mit aller Kraft hetzten sie auf das Licht im Hintergrund zu, das immer deutlicher zu sehen war. Sie konnten nur hoffen, dass diese Türme zu groß waren, um sich durch die Bäume zu fädeln.

Pachiro und Sylat erreichten als Erste ihr Ziel. Der merkwürdige Wald hörte hier tatsächlich auf und in der Felswand vor ihnen war eine Öffnung, die den Blick auf einen Gang freigab. An seinem Ende schimmerte Tageslicht. Erleichtert rannten sie weiter, nur um am Ende des Tunnels auf das nächste Hindernis zu stoßen. Pachiro stöhnte, als er sah, dass sie sich auf einem Plateau befanden, das von einem tiefen Abgrund umgeben war. Tageslicht gab es auch nicht, es war hier einfach nur heller. Auf der anderen Seite war ein Pfad zu sehen, aber keine Möglichkeit hinüberzugelangen.

»Was für eine wunderbare Rattenfalle, man muss uns nur noch pflücken!«, bemerkte Suumal und blickte nach oben, als erwarte er einen hungrigen Riesen.

»Ich habe nicht die Absicht, so lange hier zu bleiben!« Pachiro machte Anstalten umzukehren, ließ es jedoch sein, als er sah, wie sich einer ihrer Verfolger in den Tunnel quetschte. Er kam zwar nur langsam, aber trotzdem beständig voran.

»Verfluchte Glibberbrocken, Kizrahs Blitz soll euch treffen!«, giftete Pachiro. »Der Rückweg ist uns versperrt. Es scheint, als müssten wir über den Abgrund.«

»Nun, wenn Ihr uns Flügelchen zaubert, lasse ich mich dazu verleiten!«, sagte Suumal spöttisch.

Pachiro verdrehte die Augen. »Wie tröstlich! Zumindest Euer Sinn für Humor ist nicht totzukriegen.« Er ging zum Rand des Plateaus und versuchte die Breite der Felsspalte abzuschätzen. Es war eigentlich zu weit bis zur anderen Seite, aber die Alternative erschien ihm auch nicht einladender. Er wollte gar nicht darüber nachdenken, was diese widerlichen Felsbrocken mit ihm anstellen würden. »Vielleicht verleiht Euch ja die Angst Flügel«, rief er Suumal zu, nahm Anlauf und sprang. Der Kapitän sah ihm verdutzt hinterher.

Pachiro hatte das irrwitzige Gefühl, von der Luft getragen zu werden, die auf seiner Haut prickelte. Als er drüben aufkam, ließ er sich nach vorne fallen. Mit einem dumpfen Schlag landete Sylat neben ihm. Pachiro setzte sich auf und rieb sich die angestoßenen Knie. Von seinem Kinn tropfte Blut, aber er war glücklich, den unheimlichen Wesen entronnen zu sein. Die anderen zögerten noch immer. Pachiro winkte Suumal zu. »Nur Mut!«, rief er und lachte, als ihn der Kapitän grimmig anschaute. »Die Zeit wird langsam knapp!«

Aus der Öffnung quoll bereits der erste Verfolger und mit dem Mut der Verzweiflung folgten die meisten Pachiros Beispiel. Zwei von ihnen kamen so unglücklich auf, dass sie abrutschten und schreiend in den Abgrund fielen. Dies ließ eine Handvoll Männer innehalten. Als sie sich doch noch entschlossen zu springen, war es für einen von ihnen zu spät. Das Felsungetüm hatte ihn erreicht und ein steinerner Arm stieß ihn zu Boden. Dann glitt das Monster mit einem schmatzenden Geräusch über sein Opfer hinweg. Nichts als ein dunkler Fleck blieb von ihm übrig. Pachiros Magen drehte sich um. Er hörte ein Rauschen und sein Blickfeld verengte sich.

Suumal packte und schüttelte ihn. »Atme, Junge! Wir sind noch nicht draußen!« Pachiro blinzelte und würgte. »Ich habe bald die Hälfte meiner Männer verloren! Also reißt Euch zusammen!«

»Die Hälfte?«, krächzte Pachiro.

»Zwei in der Finsternis, vier auf der verhexten Lichtung, zwei stürzten eben ab und einer ... ach vergesst es!« Suumal schüttelte sich. Dann schob er Pachiro vor sich her den Pfad entlang, der nach einigen Kehren um Felsblöcke herum erneut auf den Rand des Abgrunds zuführte, wo er sich in spitzen Serpentinen in die Tiefe wand. Suumal blieb stehen und stöhnte. »Das sieht mir nicht nach einem Weg aus, der draußen endet.«

Pachiro, der sich gefangen hatte, musste ihm zustimmen. »Trotzdem haben wir mal wieder keine andere Wahl.«

Suumal knirschte mit den Zähnen. »Richtig! Ihr wisst gar nicht, wie gerne ich dafür jemanden verantwortlich machen und ihm den Hals umdrehen würde.«

»Falls Ihr dabei an mich denkt, vergesst es! Ihr schuldet mir noch etwas.« Suumal zog die Augenbrauen hoch. »Jawohl!«, bekräftigte Pachiro. »Denkt an den Flug über den Abgrund.«

»Ein Flug den Abgrund hinab wäre ein guter Ausgleich.« Die Augen des Kapitäns blitzten gefährlich.

»Wir haben offensichtlich unterschiedliche Vorstellungen davon, was gut ist. Freut mich, dass Ihr den Mund wieder so voll nehmt – nachdem Ihr vorhin die Hosen voll hattet.«

»Ha! Und wer wäre beinahe wie ein Mädchen in Ohnmacht gefallen?«

Lakrimet unterbrach sie gereizt: »Könntet Ihr Euer Geplänkel unterwegs weiterführen?«

»Spielverderber!«, riefen die beiden wie aus einem Mund und schauten sich anschließend erstaunt an. Ein Schmunzeln breitete sich auf ihren Gesichtern aus.

»Es ist nicht zu glauben! Neun Männer sind tot. Wir Überlebenden schweben in höchster Gefahr und wissen nicht, ob wir jemals aus diesem vermaledeiten Berg herausfinden, und diese beiden spielen hier herum. Kindsköpfe!«, meckerte Lakrimet vor sich hin.

Pachiro verbeugte sich vor Suumal, machte mit dem rechten Arm eine einladende Geste und deutete auf den Pfad. »Bitte nach Ihnen, Herr Kapitän!«

Suumal nickte hoheitsvoll und schritt voran. Pachiro schnitt ihm eine Grimasse. Trotz der grässlichen Dinge, die er erlebt hatte, ging es ihm bedeutend besser. So ein Gesprächspartner hat mir immer gefehlt, dachte er. Aufgeräumt kletterte er den steilen Weg hinab. Doch seine Fröhlichkeit verflog, als ihm nach der Hälfte der Strecke plötzlich bewusst wurde, dass Sylat verschwunden war. Er überlegte, wann er sie zuletzt gesehen hatte. Im selben Moment hörte er einen Ausruf.

»Schaut euch die Verrückte an!« Dhenir schüttelte den Kopf und zeigte nach unten.

Ein tosender Fluss nahm fast den gesamten Grund der Schlucht ein. An einer Stelle in der Mitte schauten mehrere Felsen aus dem schäumenden Wasser und ein dünner Baumstamm verband das Ufer mit dem Ersten von ihnen. Sylat spazierte in aller Ruhe über diese behelfsmäßige Brücke, die unter ihrem Gewicht wackelte und schwankte. Pachiro fragte sich, ob sie schwimmen konnte. Aber dann dachte er, wie wendig sie doch war, und zwang sich, nicht in Panik zu geraten. Trotzdem beeilte er sich, nach unten zu kommen.

Als er vor dem Baumstamm stand, sah er, warum Sylat auf die andere Seite wollte. In der Felswand gegenüber befand sich wieder ein Tor. Es war die einzige Möglichkeit, weiterzukommen, denn der Pfad endete hier, und als er unwillkürlich nach oben sah, verschwamm der Weg vor seinen Augen und sie hatten nichts als eine glatte Felswand im Rücken. Sylat hatte jetzt die Felsen in der Mitte des Flusses erreicht und betrachtete das Tor. Seine mächtigen Flügel schienen aus Rosenquarz zu bestehen und es wies eine Inschrift auf wie die anderen. Während die Männer und Sylat es anstarrten, begann die Schrift zu glühen.

»Mal sehen, was haben wir denn diesmal?« Suumal verschränkte die Arme vor der Brust und las die Worte laut vor:

Nur wer schwach gewesen, besitzt es und selbst ein Bettler
kann es verschenken

»Aha. Nun, was fällt Euch dazu ein, junger Mann?« Er schaute Pachiro an.

»Dass wir auf die andere Seite müssen?«

»Was für ein kluges Köpfchen Ihr doch habt. Euch ist also auch schon aufgefallen, dass unser Rückweg sich aufgelöst hat.«

»Selbstverständlich! Und ich denke doch, das verleiht mir Anführerqualitäten.« Pachiro drehte sich um und erklomm den Baumstamm. So schnell er konnte, balancierte er mit ausgestreckten Armen über die wacklige Brücke zu Sylat hinüber.

»Was für ein Anführer begibt sich freiwillig auf eine Insel?«, rief ihm Suumal hinterher.

Pachiro hatte seine Schwester erreicht und feixte. »Entweder einer, der Suumal heißt, oder einer, der Euch die Brücke vor der Nase wegziehen wird, wenn Ihr nicht aufpasst«, schrie er, um das Rauschen des Wassers zu übertönen.

Suumal machte ein rüdes Zeichen mit der Hand und folgte ihm mit seinen Männern. Sie hatten nicht alle Platz auf dem ersten Felsen und so kletterten einige von ihnen weiter zu den nächsten. Das war nicht einfach, manches Mal musste man einen größeren Abstand mit einem Sprung überwinden und der Stein war glitschig durch die Nässe und so scharfkantig, dass er in die Hände schnitt.

»Die Letzten schieben den Baum zu uns herüber!«, befahl Suumal seinen Leuten.

Mit vereinten Kräften stellten sie den Stamm auf, senkten ihn dann vorsichtig, um die Strecke bis zum anderen Ufer zu überbrücken, und vergewisserten sich, dass er nicht wegrollen konnte. Sylat überquerte ihn zuerst, dicht gefolgt von ihrem Bruder und Suumal. Die anderen drängten sich auf dem letzten Felsen zusammen und stritten, wer als Nächster gehen durfte. Plötzlich hatte es jeder eilig, sicheren Boden zu betreten. Fast alle waren schon auf der anderen Seite und warteten auf die letzten drei. Einer von ihnen, Dhenir, schob sich nach vorne und stieß dabei den Kameraden neben ihm an. Dieser verlor das Gleichgewicht und klammerte sich an Dhenir, der dadurch ebenfalls die Balance verlor. Sie kippten nach hinten und fielen ins Wasser, den dritten Mann mit sich reißend, der nicht schnell genug beiseitesprang. Pachiro sah, wie sie vom wirbelnden Wasser umhergeschleudert wurden. Dhenir, der von der starken Strömung am weitesten abgetrieben worden war, schien schwimmen zu können und arbeitete sich langsam zum Felsen zurück. Die beiden anderen ruderten verzweifelt mit den Armen, ohne wirklich vorwärtszukommen. Einer von ihnen bekam Dhenir zu fassen und krallte sich in sein Hemd. Dieser schlug nach seinem Kameraden.

»Hilf ihm!«, brüllte Pachiro, der nicht fassen konnte, was er da sah. Doch Dhenir befreite sich unerbittlich und erreichte schließlich den Felsen. Seine Gefährten wurden von dem tobenden Strom verschluckt. Wutentbrannt beobachtete Pachiro, wie Dhenir sich mühsam hochzog. Er blutete an verschiedenen Stellen und es schienen nicht nur Schürfwunden zu sein.

»Geschieht ihm recht!«, brummte Pachiro, der das Verhalten Dhenirs grausam fand. Wie konnte man sich weigern, jemand anderen zu retten! Suumal war unbewegt geblieben, wie auch Sylat, während die Übrigen ihren herzlosen Gefolgsmann mit Flüchen bedachten. Dhenir krabbelte auf allen vieren über den Baumstamm. Auf der anderen Seite brach er schwer atmend zusammen. Aus einem tiefen Schnitt am Bein strömte Blut. Er presste die Hand auf den Schnitt, konnte den Blutfluss aber nicht stillen.

»Es muss die Schlagader erwischt haben«, meinte Lakrimet.

»Helft mir!«, stöhnte der Verwundete.

»So wie Ihr Euren Kameraden geholfen habt?«, fragte Pachiro. Doch zu seiner Überraschung drückte sich Sylat an ihm vorbei, kniete neben Dhenir nieder und untersuchte das Bein.

»Es sieht so aus, als besitze sie mehr Mitgefühl als Ihr«, bemerkte Suumal trocken.

»Ich bin der Meinung, er hat es nicht verdient!«, antwortete Pachiro verärgert.

Der Kapitän schaute ihn mit einem unergründlichen Ausdruck an. »Junge, das da drüben war eine Frage von er oder ich. Der andere hat ihn behindert und beide wären ersoffen. Seid Ihr sicher, in solch einer lebensbedrohlichen Lage ein anderes Verhalten an den Tag zu legen als unser Dhenir hier?«

Pachiro wurde rot. Plötzlich ertönte Sylats eigentümlicher Gesang und enthob ihren Bruder einer Antwort. Mit großen Augen verfolgten die Männer, wie sich Dhenirs Wunde langsam schloss. Auch seine anderen Verletzungen heilten.

»Zauberei«, flüsterte Lakrimet und wich zurück.

Pachiro kniete neben seiner Schwester nieder. »Du hast ihn geheilt, Sylat! Durch Singen? Wie?«

Ihre Augen leuchteten und wider Erwarten antwortete sie: »Singen ist Magie, Pachiro. Hast du das noch nie gespürt?«

»Nein, aber wenn ich Musik mache, dann fangen die Menschen an zu lächeln.«

»Weil du ihre Herzen heilst, Pachiro.«

»Warum hast du Dhenir geholfen? Aus Mitgefühl?« Sylat schaute ihn ernst an und nickte.

»Könntet Ihr mit diesem Gequatsche aufhören!«, unterbrach Suumal sie grob. »Das Tor ist offen! Und dahinter ist gleich wieder eines!«

Pachiro richtete sich auf, um Suumals Entdeckung zu begutachten. Sylat half Dhenir hoch. »Danke!«, sagte dieser leise und drückte ihre Hand. Sylat neigte den Kopf und ließ ihn stehen.

Das dritte Tor war tatsächlich offen. Es gab den Blick frei

auf einen kurzen Gang, an dessen Ende sich ein viertes Tor befand.

»Was ist das denn?«, wunderte sich Pachiro.

»Ein neues Rätsel«, seufzte Suumal und schaute Pachiro an. »Es sieht so aus, als hättet Ihr mit ›Mitgefühl‹ das richtige Wort gesagt.«

»Das entbehrt nicht einer gewissen Ironie. Da hat man jahrelang versucht, mich dazu zu bringen, den Mund zu halten, und jetzt ist Reden unsere Rettung!« Pachiro lachte und wurde wieder ernst. »Wisst Ihr, was ich nicht verstehe? Bisher mussten wir doch erst durch ein Tor hindurch und dann ein Rätsel lösen. Hier aber scheint es umgekehrt gewesen zu sein, sonst sähen wir jetzt nicht schon das vierte Tor.«

»Jemand hat großen Spaß daran, uns zu verwirren!«, sagte Suumal. »Nein, ich denke, Magie ist nicht berechenbar. Und warum sollte hier eine bestimmte Reihenfolge eingehalten werden? Um uns zu erfreuen? Uns ein wenig Sicherheit zu schenken? Bisher spricht nichts für solche Herzensgüte!« Suumal schüttelte den Kopf. »Übrigens, wenn wir schon plaudern, ich habe den Verdacht, dass es nicht allein das ausgesprochene Wort ist, sondern auch das Tun.«

»Wie kommt Ihr darauf?«

»Ihr habt doch die Zuversicht wirklich empfunden, nicht wahr?«, wollte Suumal wissen.

»Stimmt, aber was war die Lösung für das zweite Tor?«

»Ich denke ›Mut‹, und ich bin sicher, Ihr hättet auf dem Plateau so oft ›Nur Mut!‹ brüllen können, wie Ihr wolltet. Wenn Ihr nicht zusätzlich gesprungen wärt, dann hätten diese Monster einen Fleck aus Euch gemacht.«

»Wieso glaubt Ihr das?«

Suumal verzog den Mund. »Einer meiner Männer ist umgekommen, weil er nicht gesprungen ist.«

Pachiro schauderte, als er daran dachte. Um diese unerfreulichen Gedanken abzuschütteln, ging er zu dem neuen Tor. Seine Flügel waren aus braunem Jaspis und es trug folgende Inschrift:

Sie allein wird die Zeit des Wartens erleichtern

Er tippte vorsichtig den Stein an und sogleich schwang das Tor geräuschlos auf. Gemeinsam betraten sie die nächste Höhle. Sie war fast rund und mehr als drei Mann hoch. Jede Menge Geröll lag herum, ansonsten war sie leer. Oben in der Decke befand sich ein Loch.

»Das ist leicht zu lösen!«, sagte Pachiro zufrieden. »Wir müssen lediglich die Steine aufschichten, bis wir da hochkommen.«

»Lediglich?«, fragte Suumal und zog eine Augenbraue hoch.

»Ja, ich bin sicher die Lösung lautet: Geduld. Sie allein wird die Zeit des Wartens erleichtern!«

»Und wo bleibt dann das fünfte Tor?«

»Wie Ihr selbst herausgefunden habt, ist es nicht nur das Wort an sich, sondern auch das Handeln.« Pachiro begann bereits, die ersten Felsbrocken zusammenzutragen und aufzuschichten. Es dauerte nicht lange und der Rest der Truppe, bis auf Suumal, half ihm. Doch sie brauchten wirklich jede Menge Geduld. Immer wieder kamen die Steine ins Rutschen und der mühsam errichtete Haufen stürzte ein. Pachiro ließ sich nicht beirren. Blasen an den Händen und Quetschungen an seinen Fingern hielten ihn nicht auf. Er lächelte Suumal zu, der mit verkniffenem Mund sein Scheitern beobachtete, und begann von Neuem. Stunden schienen vergangen zu sein, da hatte der künstliche Hügel endlich die richtige Höhe und Festigkeit erreicht.

Pachiro drückte sich die Fäuste in sein schmerzendes Kreuz. »Hoffentlich gibt es da oben etwas Essbares, ich falle um vor Hunger.«

Suumal kramte in seinen Taschen und reichte ihm wortlos einen Beutel mit getrockneten Datteln, die Pachiro fürsorglich mit allen teilte. Es machte sie zwar bei weitem nicht satt, aber er war dem Kapitän trotzdem dankbar.

»Auf geht's! Vielleicht haben wir es ja bald geschafft.« Pachiro kletterte als Erster auf die Spitze des Hügels.

»Wir sind nicht mehr in der ersten Höhle«, sagte Suumal säuerlich. »Ihr könnt also die Sache mit der Zuversicht sein lassen.«

Pachiro verdrehte die Augen. Er streckte die Arme und griff nach dem Rand des Lochs in der Decke. Dann zog er sich nach oben. Sylat erschien als Nächste und blickte sich neugierig um.

»Es gibt nicht viel zu sehen, den Ausgang leider auch nicht«, sagte Pachiro. »Dafür haben wir da vorne ein neues Rätsel. Irgendwie werde ich das Gefühl nicht los, jemandem muss schrecklich langweilig gewesen sein, um sich all diese Hindernisse für seine Besucher auszudenken.« Er zerzauste ihr das Haar. »Bist du sicher, dass es richtig war, auf die Insel zurückzukehren?« Erstaunt sah er, wie in Sylats Gesicht Zweifel und Unsicherheit traten. Das war noch nie geschehen! Er zog sie an sich und nahm sie in die Arme. »Ist schon gut. Ich bring dich hier raus, das verspreche ich dir.«

Ein Räuspern sagte ihm, dass Suumal hinter ihm stand. »Dort wartet ein Tor auf uns.«

»Ja, es ist nicht zu übersehen, Kapitän. Aber ehrlich gesagt brauche ich eine Pause. Ihr könnt das nicht wissen, aber das Steineschleppen war ganz schön anstrengend«, frotzelte Pachiro.

Suumal machte schmale Augen. »Ihr ahnt gar nicht, wie anstrengend es war, mich in Geduld zu üben! Lasst uns vor dem Tor Rast machen.«

Keiner der Männer widersprach, sie hatten alle das Gefühl, schon tagelang unterwegs zu sein, und waren erschöpft von ihren Abenteuern. Sie machten es sich, so gut es ging, auf dem Boden bequem, und es währte nicht lange, da waren die meisten eingeschlafen. Sylat rollte sich neben ihrem Bruder zusammen. Pachiro fand keine Ruhe. Er betrachtete das fünfte Tor, das aus Lapislazuli gearbeitet war, und grübelte über die Inschrift nach, die lautete:

Unbequem und gefährlich, doch wie reich ist ihr Lohn

Was um alles in der Welt war damit gemeint? Es klang schon wieder fast, als wäre von Sylat die Rede. Wobei er vielleicht der Einzige war, der sich durch ihre Gegenwart beschenkt fühlte. Obwohl er zugeben musste, dass sie vermutlich seinem Vater genauso viel bedeutete wie ihm. Vorsichtig strich er ihr über den Arm und lauschte ihrem tiefen Atem. Er wollte sie nicht missen, sie war ein Teil von ihm – sie war es schon immer gewesen und würde es auch immer sein.

Suumal, der auch nicht schlafen konnte, riss ihn aus seinen Überlegungen. »Sie ist nicht Eure Schwester, oder?«

»Nicht meine leibliche Schwester. Sie ist ein Findelkind. Aber wir sind wie Geschwister aufgewachsen.«

»Ein Findelkind?«, fragte Suumal nachdenklich.

»Ja, mein Vater hat sie auf dieser Insel entdeckt und mitgenommen. Deshalb sind wir hier, um ihr Zuhause zu finden. Sie glaubt jedenfalls, dass es hier ist.«

Suumal war befriedigt. Sein Verdacht hatte sich bestätigt, Sylat hatte irgendwie mit den Drachen zu tun. Ob sie das

Kind war, das er damals gesehen hatte? Wahrscheinlich, wenn er Daarobs Bemerkungen alle zusammennahm. Er hatte Mühe, seine Aufregung zu verbergen.

Pachiro war inzwischen in Gedanken woanders. »Sagt, hättet Ihr genauso entschieden wie Dhenir und die Männer sterben lassen?«

»Ich hätte nicht einen Augenblick gezögert! Ich halte nicht viel von einem Heldentod, das ist etwas für Dummköpfe.«

»Oder für Leute mit Anstand im Leib!«

»Anstand!«, sagte Suumal verächtlich. »Das ist nicht mal den Dreck unter Euren Fingernägeln wert.«

»Das sehe ich nicht so. Was ist man, wenn man das Leben eines anderen nicht achtet? In meinen Augen ein kaltherziges Monstrum!«, schleuderte ihm Pachiro entgegen.

Suumal zuckte nur die Achseln. »Menschen sind verschieden und ihre Erfahrungen auch. Die meinen haben mich zu dem gemacht, was ich bin – für Euch ein kaltherziges Monstrum.«

»Wenigstens seid Ihr aufrichtig!«

»Betrachtet das als Ehre. Normalerweise gewinnt niemand derartig schnell mein Vertrauen.«

»Was macht Euch so argwöhnisch?«

»Das Leben ist ein ewiges Fressen und Gefressenwerden. Hätte ich auf Vertrauen gesetzt, wäre ich bereits mehr als einmal gestorben.«

»Auf welch gefährlichen Pfaden wandelt Ihr denn?« Pachiro war ehrlich verwundert und schaute ihn mit großen Augen an.

»In welch einer Welt lebst du, Junge?«, fragte Suumal sanft.

Pachiro schwieg. Auf diese Frage, in der so viel mehr

steckte, als die bloßen Worte vermuten ließen, wusste er nichts zu sagen. »Da wir gerade von Aufrichtigkeit gesprochen haben, ich weiß nicht, ob wir hier lebend herauskommen. Deshalb sollt Ihr wissen, dass ich froh bin, Euch kennengelernt zu haben. Soweit das bei Euch möglich ist!«, ergänzte er mit einem winzigen Lächeln.

»Ich hoffe, Ihr bereut es nicht eines Tages«, lautete Suumals rätselhafte Antwort.

Lakrimet begann zu schnarchen und wurde von Suumal mit Steinchen beworfen, bis er hochschreckte. Benommen sah er sich um. »Das Tor ist offen!«, rief er plötzlich und alle Schlaftrunkenheit war wie weggeblasen.

»Da ist es schon wieder!«, rief Pachiro, und als Suumal ihn fragend ansah, fügte er hinzu: »Die umgekehrte Reihenfolge, des Rätsels Lösung vor dem Tor statt hinter ihm. Und, sagte ich's nicht, reden hilft!« Er fragte sich, warum sie das Öffnen des Tores nicht bemerkt hatten. Es musste ganz beiläufig geschehen sein. »Aber was war nur die Lösung?«

»Ich wette, es ist ›Aufrichtigkeit‹, das passt ganz gut«, lächelte Suumal.

»Wie auch immer, lasst uns aufbrechen. Vielleicht geht es irgendwann wieder zu.«

Sie weckten die Übrigen und machten sich auf den Weg. Nachdem sie zwei Höhlen durchquert hatten, standen sie vor einem sechsten Tor aus Goldtopas.

»Na klar, das konnte ja nicht anders sein! Und was ist es diesmal?« Pachiro legte den Kopf schief und las:

Was bleibt dir am Ende aller Tränen?

»Das klingt gar nicht gut!«, sagte Suumal und zog die Stirn kraus.

»Aber wir haben keine ...« Ein finsterer Blick von Suumal ließ Pachiro verstummen. »Ja, ja, ich bin schon ruhig.« Er hob abwehrend die Hände und deutete auf das Tor. »Trotzdem ...«

Suumal zischte etwas Unverständliches und schlug mit der Faust auf den Stein. Wie zuvor glitten die massigen Türflügel auseinander, ohne einen Laut zu verursachen.

»Seht doch!«, hauchte Pachiro.

Langsam schritten sie über die Schwelle. Vor ihnen breitete sich ein Gewirr von Gängen, Wegen und Abgründen aus. Man konnte weder den Grund erkennen, noch wie weit es nach oben ging. Auf mehreren Ebenen überspannten steinerne Bögen die Schluchten, an einigen Stellen flackerte der Widerschein von Feuer über die Wände. Kristalle überzogen den Fels und glitzerten in allen Farben. Links von ihnen sickerte Wasser herab und tropfte zischend in ein Loch, aus dem in einem pulsierenden Rhythmus Lava emporschwappte. Die Luft roch nach Schwefel und Rauch. Der Boden unter ihren Füßen bebte und ein dumpfes Grollen drang zu ihnen herauf, das sich in Wellen ausbreitete.

»Das ist eine Wohnstätte der Dämonen«, flüsterte Dhenir und machte das Zeichen gegen den bösen Blick.

Mit einem lauten Krachen schlug das Tor hinter ihnen zu und ließ sie zusammenfahren. Der Widerhall dröhnte durch das Labyrinth und wurde aus der Tiefe mit einem tausendfachen Brüllen zurückgeworfen. Gleich darauf folgten Lavafontänen, die nicht nur aus dem Abgrund schossen, sondern aus Spalten und Ritzen der Wände selbst zu dringen schienen. Das nahm ihnen die Entscheidung ab, wohin sie sich wenden sollten.

»Nach oben!«, rief Suumal und rieb sich den Arm, der von einem glühenden Spritzer versengt worden war.

Sie rannten über die schmalen Brücken und Wege, die sich hinauf in das Dunkel schraubten. Ihre Flucht führte sie durch Tunnel, deren Wände sich bewegten. Sie weiteten und verengten sich, es war, als ob sie lebten und atmeten. Manche endeten abrupt oder ein Schwall flüssigen Gesteins kam ihnen entgegen, begleitet von einem Funkenregen, und sie mussten umkehren. An den grässlichen Schreien hörten die anderen, dass einige ihrer Kameraden nicht schnell genug waren und von der Lava eingeholt wurden. Doch es gab keine Möglichkeit, sie zu retten, gegen die Höllenglut konnten ihre Waffen nichts ausrichten und jeder brauchte seine Kräfte für sich selbst. Die Hitze war unerträglich und die Luft schien ihre Lungen zu versengen. Immer wieder erscholl das Brüllen und ließ den Boden erbeben. Aus den Wänden brachen Steine, die sie zum Stolpern brachten. Sylat hatte ihren Bruder an der Hand gepackt und sich mit ihm bis an die Spitze der Gruppe gekämpft, wo sie die Führung übernahm. Von da an gerieten sie zumindest nicht mehr in Sackgassen, aber leichter wurde der Weg dadurch nicht. Manch einer wurde langsamer, weil ihm die Kraft ausging, und sah verzweifelt, wie der Abstand zu den anderen größer wurde, bis ihn die Lava einholte und verschlang.

Sie waren jetzt schon weit oben, doch über ihnen war immer noch nichts als Dunkelheit. Unter ihnen zogen sich Ebene für Ebene zahlreiche Brücken über den Abgrund und bildeten ein fast undurchdringliches Netz, das die Sicht auf den Boden der Schluchten versperrte. Das Überqueren der nächsten Brücken wurde zunehmend gefährlicher. Das wiederkehrende Beben ließ sie schwanken, sodass sie Gefahr liefen, das Gleichgewicht zu verlieren und in die Tiefe zu fallen. Auf Händen und Füßen krabbelten die Männer auf die andere Seite und schürften sich dabei Knie und Handballen auf. Doch was spielte das schon für eine Rolle, angesichts der schmerzenden Lungen und der zahlreichen Brandwunden durch die glühenden Funken. Nur Sylat ließ sich nicht in die Knie zwingen. Sie hatte ihren Bruder, der sich vor Erschöpfung kaum noch rühren konnte, gepackt und schleifte ihn mit sich. Unbeeindruckt von dem Schwanken und als trüge sie keine Last, schritt sie leichtfüßig dahin. Selbst als die Steinbögen zu bröckeln begannen und hinter ihnen zusammenstürzten, ließ sie sich nicht aus der Ruhe bringen. Pachiro bekam kaum noch etwas mit, er war damit beschäftigt, sich irgendwie aufrecht zu halten und einen Fuß vor den anderen zu setzen. Suumal dagegen musste ohnmächtig zusehen, wie er Mann um Mann verlor. Er selbst war am Rande seiner Kräfte und schleppte sich den Weg entlang. Dhenir sank vor ihm auf die Knie und schluchzte: »Wir werden alle sterben!« Suumal überholte ihn und im Vorbeigehen strich er ihm kurz über den Kopf, zu mehr war er nicht in der Lage. Dhenir schien es nicht wahrzunehmen, auch nicht, wie Lava hinter ihm aus der Wand brach und eine weißglühende Welle auf ihn zurollte. Einen Augenblick später hatte sie ihn verschluckt.

Auch auf der nächsthöheren Ebene war kein Ende abzusehen, als sie aus dem Tunnel kamen. Suumal hielt für einen Moment auf dem Absatz inne und schaute nach oben. Alles, was er erkennen konnte, waren Brücken, eine über der anderen, der Rest war von Finsternis verhüllt. Doch noch immer weigerte er sich, aufzugeben und sich wie Dhenir der Hoffnungslosigkeit zu überlassen. Er taumelte auf den steinernen Bogen vor ihm, Sylat und ihr Bruder waren bereits auf der anderen Seite. Ein Rumpeln und Beben warf ihn auf die Knie. Felsbrocken brachen von den Rändern und rissen Lücken, als hätte ein Riese Stücke herausgebissen. Zwei Drittel hatte Suumal geschafft, da hörte er lautes Getöse und Schreie hinter sich. Unwillkürlich drehte er sich um und sah die letzten beiden Männer mit Teilen der Brücke nach unten fliegen. Lakrimet hatte sich an den Rand geklammert und baumelte über dem Abgrund. Seine Augen waren weit aufgerissen und sahen Suumal flehend an. Dieser war einen Atemzug lang versucht umzukehren, doch dann biss er die Zähne zusammen und krabbelte weiter. Er war noch nicht drüben angekommen, da stürzte die Brücke ein. Suumal wurde auf den Bogen direkt unter ihm geschleudert und es gelang ihm, sich festzuhalten, obwohl ihm der Aufprall fast die Besinnung raubte. Er dachte an Lakrimet und seine treuen Gefolgsleute und wollte sich treiben lassen in der Schwärze, die sich vor seinen Augen ausbreitete. Aber dann überspülte ihn eine neue Welle der Entschlossenheit: Er war Suumal und beugte sich dem Schicksal nicht! Stöhnend kämpfte er sich vorwärts. Er musste Pachiro und das Mädchen wiederfinden, sie waren irgendwo über ihm.

Ganz langsam drang es zu Pachiro durch, dass sie alle ihre Gefährten in diesem Inferno verloren hatten. »Suumal«, krächzte er, Hitze und Rauch hatten seine Kehle angegriffen. Doch als er über seine Schulter blickte, konnte er den Kapitän nicht sehen. Er stolperte neben Sylat her, deren Gesicht rußgeschwärzt war. Ihre Augen glommen in einem dunklen Gelb und sie hatte die Zähne gefletscht. Ein leises Grollen ließ sie noch mehr wie ein wildes Tier erscheinen. Würde sie einen Weg aus dieser Hölle finden? Pachiro war längst über Hoffnung oder Zweifel hinaus. Schweiß lief ihm in die Augen und brannte. Er blinzelte nur, zu erschöpft, um noch die Hand zu heben und sie zu reiben. Vor ihnen erstreckte sich ein weiterer Bogen und bröckelte unter ihren

Füßen, als sie ihn überquerten. Sylat begann zu rennen, behindert von ihrem Bruder, der kaum noch mithalten konnte. Sie hatten fast das Ende erreicht, da stürzte die Brücke ein. Sylat bot all ihre Kraft auf und gab Pachiro einen mächtigen Stoß, der ihn auf die andere Seite schleuderte. Schmerz durchfuhr ihn, als er auf dem harten Boden aufkam, und sein Kopf dröhnte. Benommen robbte er zum Rand des Absatzes und schaute nach unten. Er glaubte in der Tiefe einen dunklen Punkt wirbeln zu sehen und dann war auch der verschwunden.

»Sylat!«, schrie er wie von Sinnen und immer wieder: »Sylat!« Das Echo seiner Schreie pflanzte sich durch Tunnel, Gänge und Schluchten fort. Aber es brachte sie nicht zurück. Er hatte das Gefühl, eine unsichtbare Hand risse seinen Brustkorb auseinander, und hoffte auf eine erlösende Ohnmacht. Aber nichts dämpfte seine Qual. Weinend brach er zusammen. Ein Zeitalter schien vergangen zu sein, als er die Stille bemerkte. Die Feuer waren erloschen und ein sanftes Licht hatte sich ausgebreitet. Die Erde bewegte sich nicht mehr und kühle Luft strömte über ihn hinweg. Pachiro setzte sich mühsam auf. Es war, als hätte dieses letzte Opfer die Dämonen des Berges beruhigt, doch der Preis war zu hoch.

»Warum bist du hierher zurückgekehrt, Sylat? War es das, was du erhofft hast?«, flüsterte er. Wie unglaublich dumm und kurzsichtig waren sie gewesen! Sie hatte nach Hause gewollt, und er hatte alles daran gesetzt, ihr diesen Wunsch zu erfüllen, weil er glaubte, sie würde in Yannah vor Heimweh sterben. Aber keiner von ihnen hatte daran gedacht, dass dieses Zuhause den Tod bringen könnte. Er sah die bittere Ironie, und als er in vollem Umfang begriff, was für ein Narr er gewesen war, da brach ein unbändiges Lachen aus ihm heraus und vermischte sich mit seinen Tränen. Dann gab er sich der Leere hin, die sein Inneres durchdrang, und versank in sich.

Suumal konnte nicht mehr sagen, wie er Pachiro gefunden und den Weg zu ihm überlebt hatte. In seiner Erinnerung war nur noch ein Gefühl, als wäre er durch das Fegefeuer selbst getaumelt, und jetzt war er hier. Vor ihm lag der Junge, in der Haltung eines Säuglings zusammengekrümmt, aber er lebte. Von seiner Schwester war weit und breit keine Spur zu sehen. Suumal schnitt ein Stück von seinem Hemd ab, tränkte es mit dem kalten Wasser, das die Felswände herabrieselte, und wischte Pachiros Gesicht ab. Er setzte sich hin und legte den Kopf des Jungen in seinen Schoß. Langsam kam dieser zu sich und schlug die Augen auf.

»Suumal!«, flüsterte er mit heiserer Stimme. Der Kapitän drückte seine Hand. »Ich habe sie verloren.« Pachiro brauchte ihm nicht zu erklären, wen er meinte.

»Wir haben beide alles verloren – nur unser Leben nicht«, antwortete Suumal ruhig und fragte sich, ob in seinen Augen auch solch eine Leere war. Jetzt, da sie tot waren, wurde ihm nach und nach bewusst, wie nahe ihm Lakrimet und Dhenir gestanden hatten. Dabei hatte er sich doch geschworen, nie wieder jemandem seine Zuneigung zu schenken. Aber manche Menschen besaßen wohl die Fähigkeit, sich unbemerkt in sein Herz zu stehlen. Nachdenklich sah er Pachiro an.

Lange verharrten sie schweigend, bis sich Suumal zwang, seine Lethargie zu überwinden. Er rüttelte Pachiro an der Schulter und deutete nach rechts. »Ich vermute, du hast es noch nicht gesehen.«

Pachiro setzte sich auf und drehte den Kopf in die angegebene Richtung. Ungläubig starrte er auf das Tor aus Granat. »Es hört nie auf, nicht wahr?«, sagte er bitter. »Wir sind in einem grausamen Spiel gefangen bis ans Ende aller Tage.«

Der Kapitän nickte. »Wenn wir Pech haben, ja!«

»Und wenn wir Glück haben, sterben wir!«

»Ich hatte das bisher eigentlich nie als Glück betrachtet«, meinte Suumal trocken. Ganz unerwartet spürte Pachiro, wie sich ein winziges Lächeln in seinen Mundwinkeln einnistete. »Hast du eine Vermutung, wodurch das Tor aufgetaucht ist?«, wollte Suumal wissen.

Pachiro schüttelte den Kopf. »Das Letzte, was ich weiß, ist, dass ich geschrien und geweint habe.« Ratlos sah er Suumal an, doch dann fiel ihm noch etwas ein. »Nein, halt, gelacht habe ich auch. Ich glaube, ich war dabei, den Verstand zu verlieren.«

»Was bleibt dir am Ende aller Tränen?«, zitierte Suumal das letzte Rätsel. »Vielleicht ist wirklich das Lachen gemeint? Dann besitzt der Dämon, der uns hier durchjagt, aber eine verdrehte Art von Humor. Und die nächste Frage wäre, sollen wir weiterhin für seine Belustigung sorgen oder aufgeben?«

»Hast du jemals an Aufgeben gedacht?«

»Gedacht schon, aber ich schaffe es einfach nicht. Es liegt mir nicht!«, gestand Suumal mit einem Schmunzeln. »Also gehen wir!«

Er stand auf und zog Pachiro mit sich hoch. Sie betrachteten das Tor und ließen die Inschrift auf sich wirken.

Ergreife das Gold und der Schatz ist verloren

»Dieser Satz ist widersinnig!«, behauptete Pachiro. Die Inschrift begann zu glühen und das Tor öffnete sich. Die beiden schritten hindurch und blickten sich an. »Das ist nicht wirklich anders!«, sagte Pachiro grimmig.

In der Tat sah es hier genauso aus wie dort, wo sie hergekommen waren. Brücken, Tunnel, Pfade und Schluchten breiteten sich vor ihnen aus. Wenigstens herrschte immer noch friedliche Stille. Weil ihnen nichts anderes einfiel, wanderten sie den nächstbesten Weg entlang. Sie hatten beide keine Lust, sich zu beeilen, solange sie nicht durch die Ereignisse weitergehetzt wurden. Außerdem taten ihnen sämtliche Knochen weh und jede Bewegung war unangenehm.

Aber sie mochten an diesem Ort auch nicht länger ausharren als nötig. Jetzt, da nichts Bedrohliches geschah, fand Pachiro, dass die Umgebung beinahe schön war. Die Kristalle, mit denen die Felsen übersät waren, funkelten und leuchteten, die Brücken über den dunklen Abgründen wirkten wie filigrane Gespinste eines rissigen Gewebes. Er hätte den Anblick sogar genießen können, wenn nicht diese entsetzliche Leere in ihm alles sinnlos gemacht hätte. Er fühlte Taubheit und gleichzeitig einen stechenden Schmerz in seinem Inneren – so widersprüchlich wie die Inschrift am Tor. Eine Stimme in ihm flüsterte unaufhörlich Sylats Namen.

Suumal blieb stehen und kniff die Augen zusammen. Pachiro sah ihn fragend an. »Dort unten ist etwas«, erklärte der Kapitän und streckte die Hand aus. »Da vorn, mitten in der Schlucht.«

Pachiros Blick folgte seinem Zeigefinger. Das Gebilde sah aus wie der Balken einer Waage, der auf einer spitzen Felsnadel balancierte. Diese wiederum erhob sich mitten in einer breiten Schlucht. Ein schmaler Bogen verband die Felsnadel mit einem Plateau an der Wand unterhalb von ihnen.

Pachiro beugte sich vor, um besser sehen zu können. »Ich

glaube, in den Waagschalen, oder was immer das ist, liegt etwas.«

»Wir müssen weiter runter«, sagte Suumal und suchte schon nach einem passenden Pfad.

Sie mussten zweimal umkehren, aber dann erreichten sie endlich das Plateau. Dort konnten sie einen Luftzug spüren. Der Balken auf der Felsnadel drehte sich sacht. Pachiro war überzeugt, seine Augen würden ihm einen grausamen Streich spielen, als er seine Schwester in der Vertiefung an einem Ende des Querbalkens entdeckte.

»Wie ist sie dahin gekommen?«, hörte er Suumal sagen.

Hoffnung stieg in ihm auf. »Sylat? Ist es das, was du siehst?«, fragte er atemlos.

»Allerdings! Und da ist eine Menge Gold.«

Pachiro hatte bereits die Brücke betreten, die zur Felsnadel führte und so schmal war, dass zwei Mann nicht nebeneinander darauf Platz hatten. Der Kapitän versuchte ihn festzuhalten, doch er machte sich los.

»Halt!«, schrie Suumal. »Das ist ein Zauber. Wer weiß, was geschieht, wenn du sie erreichst!«

Pachiro blieb stehen und betrachtete die seltsame Waage eingehend. Da war Sylat. Sie regte sich nicht und hatte die Augen geschlossen. Bestimmt war sie tot, es konnte nicht anders sein. Aber er spürte Dankbarkeit, sie noch einmal sehen und berühren zu dürfen. Die Götter hatten ihm die Gelegenheit geschenkt, Abschied von ihr zu nehmen. Er würde versuchen sie zu bergen, um sie auf ihre letzte Reise zu Nanish zu schicken. Das war er ihr schuldig – und sich ebenfalls. Den großen Haufen Gold und die Edelsteine am anderen Ende des Balkens sah er auch. »Es ist das Rätsel, Suumal, kein Zauber!«, rief er. »Erinnere dich, wenn ich das Gold in den Händen halte, ist der Schatz verloren.«

Beide wussten, sobald er Sylat aus der Waagschale zog, würde der Balken aus dem Gleichgewicht geraten und das Gold in die Tiefe stürzen. Nur etwas war eigenartig, Sylat schien so schmächtig gegen den aufgetürmten Haufen Juwelen und Münzen. Wie konnte ihr Gewicht das Ganze in der Balance halten? Trotzdem war Pachiro sicher, die Lösung des Rätsels erkannt zu haben.

»Sie ist tot, Junge! Nimm das Gold, es ist das Einzige, was dir Sicherheit geben kann.«

Seltsam, dass Suumal ähnlich zu denken schien wie sein Vater, wunderte sich Pachiro. Aber er hatte das Gefühl, es war anders und die beiden täuschten sich.

»Genieße das Leben, das dir geschenkt wurde.« Suumal klang drängend und er hatte einen Unterton, den Pachiro nicht einordnen konnte, der ihn aber unangenehm berührte. Musste er fürchten, dass Suumal ihn daran hinderte, Sylat zu holen? Nun, dann würde er um sie kämpfen. Um seine Entschlossenheit zu zeigen, sprach er mit Festigkeit: »Nicht gegen alles Gold der Welt würde ich Sylat eintauschen! Sie ist das Kostbarste in meinem Leben, selbst jetzt noch!«

»Das muss wahre Liebe sein!«, höhnte Suumal.

»Ja, ich liebe sie«, antwortete Pachiro darauf nur. Er hatte den Balken erreicht, der zum Stillstand gekommen war. Sylat war jetzt auf der von ihm entfernten Seite. Vorsichtig schob er die Waagschale mit dem Gold von sich weg. Langsam drehte sich der Balken und Sylat kam näher. Hinter ihm fluchte Suumal, aber er achtete nicht darauf. Er richtete seine ganze Aufmerksamkeit auf die Waage, um sie so sanft wie möglich anzuhalten, sobald seine Schwester nahe genug war. Nachdem ihm das gelungen war, ohne dass der Balken ins Schaukeln geriet, streckte er die Hände aus und packte

Sylat. Ihr Körper war noch warm, stellte er überrascht fest, ließ sich aber davon nicht ablenken. Vorsichtig zog er sie über den Rand der Schale, um nicht selbst aus dem Gleichgewicht zu kommen und von der Brücke zu stürzen. Es war die wohl schwierigste Aufgabe seines Lebens und er war sich der schwindelerregenden Tiefe unter ihm stets bewusst. Im Stillen flehte er sämtliche Götter an, ihn zu unterstützen. Endlich hielt er Sylat in seinen Armen. Die Waage senkte sich zur anderen Seite. Ohne Bedauern sah er Gold und Juwelen in den Abgrund fallen.

Der Rückweg kostete ihn noch einmal alle Kraft und Bedachtsamkeit, die er zur Verfügung hatte, denn jetzt musste er rückwärtsgehen. Auf dem schmalen Bogen war kein Platz zum Umdrehen, schon gar nicht mit Sylat auf dem Arm. Wieder und wieder verlagerte er sein Gewicht erst sorgfältig auf einen Fuß, um dann mit dem anderen nach hinten zu tasten, bis er sicheren Halt unter sich fühlte.

Endlich hatte er das Plateau erreicht. Er entfernte sich vom Rand und sank mit seiner Last zu Boden. Suumal saß hinten an die Felswand gelehnt, das Gesicht in den Händen vergraben, und rührte sich nicht. Pachiro begriff nicht, was mit ihm war, aber das scherte ihn in diesem Moment wenig. Er hatte Sylat im Arm und streichelte ihre Wangen. Sie sah aus, als ob sie in einen tiefen Schlaf versunken wäre. Fast war es ihm, als würde ihr Brustkorb sich heben und senken. Seine Tränen tropften auf ihre Stirn. Und dann schien die Welt in ihrem Lauf innezuhalten: Ihre Lider flatterten und hoben sich. Gelbe Augen blinzelten ihn verwirrt an. Ihre Hand hob sich und berührte sacht sein Gesicht.

»Du lebst!«, flüsterten sie beide zur selben Zeit. Und dann hielten sie sich einfach nur, so fest sie konnten.

Suumals scharfe Stimme riss sie aus ihrer Versunkenheit:

»Falls es eines von euch Turteltäubchen interessiert, wir haben ein achtes Tor!«

Die Geschwister standen auf und schauten sich um. Auch sonst hatte sich einiges verändert. Wieder einmal befanden sie sich in einer kleineren Höhle, verschwunden waren Abgründe und Brücken. Hier und da hingen Tropfsteine von der Decke, an einer Stelle hatte sich ein Teich gebildet. Nirgendwo war ein Ausgang zu sehen. Das eigentlich Wunderbare aber war das Tor. Pachiro und Sylat traten näher heran, um es zu begutachten. Der Stein, aus dem die Türflügel gehauen waren, schien zu strahlen. Er war durchsichtig und ohne Einschlüsse, ganz klar wie sauberes Wasser; die Dunkelheit dahinter ließ nichts erkennen. Staunend fragte sich Pachiro, ob es sich um einen Diamanten handelte, aber er hatte noch nie von einem in dieser Größe gehört. Andererseits auch nicht von einem Granat, woraus das letzte Tor bestanden hatte. Auf dieser Insel schien alles möglich zu sein.

»Siehst du«, sagte Pachiro zu Suumal. »›Liebe‹ war die Lösung, sonst hätten wir kein neues Tor!«

Natürlich war auch hier eine Inschrift eingemeißelt. Sie lautete:

Blicke hinauf zu den Sternen. Was ist Segen und Fluch zugleich?

In den Kanten der Gravur fing sich das Licht. Es war ein Gleißen und Funkeln, dass man den Blick abwenden musste, weil es blendete, fast als hätte man die Sterne darin eingefangen.

»Ist das nicht wunderschön?«, fragte Pachiro. Suumals Gesichtsausdruck war kalt und unnahbar und er schaute Pachiro an wie einen Fremden. Was war nur in ihn gefahren? Ratlos über diesen Stimmungsumschwung wandte sich Pachiro wieder dem Tor zu. »Was könnte Segen und Fluch zugleich sein?«, überlegte er.

»Die Unsterblichkeit«, antwortete Sylat ohne zu zögern. Pachiro schaute seine Schwester verblüfft an.

»Was für ein Unsinn! Wie kann das ein Fluch sein! Jeder sehnt sich nach Unsterblichkeit«, rief Suumal.

Sylat beachtete ihn nicht. Sie hob den Arm und berührte sacht die Oberfläche des Tores. Ein zarter Klang schwebte durch den Raum, als hätte jemand eine Zimbel angeschlagen. Die Flügel schwangen auf. Pachiro und Sylat nahmen sich bei der Hand und gingen gemeinsam hindurch. Suumal folgte ihnen in einem gewissen Abstand. Erst herrschte absolute Finsternis. Einzelne Lichtfunken leuchteten auf, zogen andere an und vereinigten sich zu einem wirbelnden Tanz. Die Luft selbst schien zu schimmern und strich zärtlich über ihre Haut. Helligkeit vertrieb die Dunkelheit, Umrisse verschwammen, der Berg um sie herum pulsierte und das Blut rauschte in ihren Adern. Das altbekannte Prickeln setzte ein, wurde zu Nadelstichen. Die Luft veränderte sich und sie rangen um Atem. Der Pulsschlag des Berges verlangsamte sich und um sie dehnte der Raum sich aus. Umrisse festigten sich und formten sich zu einer lang gestreckten Höhle, die mit Säulen gesäumt war. Die Wände waren von kunstvoll verschlungenen Ornamenten bedeckt, in die Edelsteine eingelegt waren.

»Wir sind wieder in der ersten Höhle!«, rief Pachiro und verstummte, als er links von sich den Kamin sah.

Jetzt brannte ein Feuer darin und auf den Stühlen saßen zwei Männer, ein junger und ein älterer, der den anderen um zwei Handbreit überragte. Doch selbst der Jüngere war von überwältigend großer Statur und beide besaßen die gleichen eigentümlich leuchtenden Bernsteinaugen wie Sylat und auch die dunklere Hautfarbe. Die Haare des Älteren waren pechschwarz und in einem langen Zopf zurückgebunden, die des Jüngeren ebenfalls, aber sie hatten zusätzlich einen blauen Schimmer. Sie trugen lange, schmale Gewänder aus schwarzer Seide mit weiten Ärmeln. Breite, bestickte Gürtel waren um ihre Hüften geschlungen, der des Älteren war ganz in Schwarz gehalten, der des Jüngeren in Blautönen. Die beiden saßen zurückgelehnt und schauten die Eindringlinge ruhig an.

Sylat und Pachiro blieben stehen, Suumal befand sich dicht hinter ihnen. In Pachiros Kopf schwirrten tausend Fragen, aber er schwieg. Eine unangenehme Stille breitete sich aus. Pachiro räusperte sich, aber bevor er etwas sagen konnte, stand der Ältere auf und kam auf sie zu. Seine Bewegungen waren fließend, wie die eines Raubtieres auf Beutegang. Pachiro fühlte sich eingeschüchtert, nicht nur weil der andere ihn überragte. Obwohl er selbst nicht gerade klein war, musste er zu dem Fremden aufsehen. Aber wirklich beunruhigend war die Ausstrahlung des Mannes. Macht strömte ihm aus allen Poren. Pachiro hatte das Gefühl, unter seinem durchdringenden Blick auf die Größe einer Maus zu schrumpfen, und es hätte ihn nicht überrascht, wenn er gepackt und auf einmal hinuntergeschlungen worden wäre. Sämtliche Muskeln in seinem Körper spannten sich an und er musste sich zusammenreißen, um nicht Hals über Kopf zu flüchten. Suumals Gegenwart in seinem Rücken hatte etwas Tröstliches in diesem Moment, auch wenn sie vermutlich nicht einmal zu zweit mit dem Fremden fertig werden würden, sollte es zu einem Angriff kommen.

Auch der Jüngere schnellte jetzt von seinem Sitz hoch, blieb aber dort. Er schien vor Ungeduld zu bersten. Doch er hielt den Mund, vielleicht aus Respekt vor dem Älteren. Dieser brach endlich das Schweigen und seine Stimme dröhnte durch die Halle: »Sylat-ragendia, wir haben lange auf dich gewartet!« Er wandte sich an Pachiro. »Ich bin Myzlat-ragendia, Sylats Onkel.«

Pachiro starrte den Mann mit offenem Mund an. Abgesehen davon, dass ihn diese tiefe, mehrlagig klingende Stimme überwältigte, das hätte er nicht erwartet! Sylat zeigte keinerlei Anzeichen, dass sie ihren Verwandten kannte. Sie hatte den Kopf schief gelegt und die Augen halb geschlossen, als würde sie einer weit entfernten Musik lauschen.

Myzlat war offenbar nicht gekränkt durch ihre mangelnde Freude über dieses Wiedersehen. »Jener ist Tych-ankaliat«, fuhr er fort und zeigte auf den Jüngeren.

Der Tych Genannte heftete seinen Blick auf Sylat. Seine Augen begannen zu glühen und Pachiro schauderte, als er meinte, etwas wie ungezügelte Gier in ihnen zu entdecken. Seine Schwester nahm Tych nicht zur Kenntnis. Dieser konnte offensichtlich nicht länger an sich halten und ging auf Sylat zu. »Kennst du mich nicht mehr?«, rief er drängend.

Ohne nachzudenken wirbelte Pachiro herum, zog einen von Suumals Säbeln aus dessen Gürtel und stellte sich vor seine Schwester. »Wagt es nicht, sie anzurühren!«, schrie er. Tych hielt inne und sah ihn an wie ein lästiges Insekt.

Pachiro spürte, wie Sylat von hinten die Arme um seine Taille legte und ihre Wange an seinen Rücken lehnte. Diese Geste ließ Tych erstarren. Dann warf er den Kopf in den Nacken und ein gewaltiges Brüllen, das die Wände zum Vibrieren brachte, erschütterte die Halle. Pachiro hatte Mühe, sein Zittern zu unterdrücken, aber er war entschlossen, Sylat zu beschützen, selbst wenn es ihn das Leben kostete. Sein Gegner sah nicht im Geringsten eingeschüchtert aus und machte Anstalten, sich auf ihn zu stürzen.

»Tych!« Myzlat sagte nur dieses eine Wort, doch die Warnung darin war unüberhörbar.

Der Jüngere blieb wie angewurzelt stehen und senkte den Kopf. Myzlat nickte Pachiro zu und richtete seine Aufmerksamkeit auf Suumal. Der wich zurück, doch Myzlat folgte ihm. Mit einem Grollen sagte er: »Sieh an, ein Abwehrzauber! Damit könnt Ihr vielleicht ein Kind wie Sylat täuschen, aber keine ausgewachsenen Drachen! Die sind Daarobs Tricks durchaus schon begegnet und wissen, wonach sie suchen müssen.«

Im nächsten Augenblick hatte er die Entfernung zu dem blass gewordenen Kapitän überwunden. Myzlats Hand schnellte nach vorne und riss die Kette mit dem Anhänger von Suumals Hals. Mit einem Glitzern in den Augen ballte er die Hand zur Faust. Ein knirschendes Geräusch erklang und Staub rieselte zwischen seinen Fingern auf den Boden. Myzlat beugte sich zu Suumal herunter und fragte: »Was hindert mich daran, Euch zu zerquetschen?«

»Ich!«, rief Pachiro, machte sich rasch von Sylat los und stellte sich zwischen die beiden.

Myzlat bedachte ihn mit einem Kopfschütteln. »Der Mut eines Narren!«

»Es hat schon Narren gegeben, die haben großartige Taten begangen«, fauchte Pachiro.

In Myzlats Augen glomm ein Licht auf. »Vielleicht liegt deine Narrheit ganz woanders.«

»Dann erklärt es mir!«, forderte Pachiro.

»Wir stellen die Rätsel, die Lösung müsst ihr finden.«

»Ihr stellt die Rätsel? Dann habt Ihr also den Tod unserer Gefährten auf dem Gewissen?«, fragte Pachiro ungläubig. »Und wozu das alles? Was seid Ihr für ein Mensch, dass Ihr mit dem Leben Eurer eigenen Nichte spielt!«

»Ja, Myzlat, was seid Ihr für ein Mensch?«, fragte Tych und ließ ein rasselndes Geräusch ertönen. Seine Lippen verzogen sich und gaben zwei Reihen spitzer Zähne frei.

Myzlat ging nicht auf ihn ein. »Sie war nie wirklich in Gefahr. Im Gegensatz zu euch Menschen.«

Euch Menschen? Zählte sich Myzlat nicht dazu? Und Sylat? Das ergab keinen Sinn für Pachiro. Seine Schwester verhielt sich ja oft genug sehr merkwürdig, aber das schien wohl in der Familie zu liegen. Und bei Jerish, warum musste er immer wieder auf Leute treffen, die ihm keine vernünftige Antwort geben wollten? Wenn dieser Myzlat tatsächlich etwas mit den Rätseln zu tun hatte, dann konnte er nur ein Magier sein.

»Hast du diesen Mann nie gefragt, was er nun schon zum zweiten Mal hier will?«, unterbrach Myzlat seine Gedanken und deutete auf Suumal.

Der Kapitän spürte, dass seine Zeit abgelaufen war. Er war längst nicht so begriffsstutzig wie Pachiro und hatte den alten Drachen wohl verstanden. Myzlat wusste Bescheid, daran gab es keinen Zweifel. Er erkannte, dass Daarob ihn reingelegt hatte. Aber auch jetzt würde er sich nicht einfach in sein Schicksal ergeben! Mit drei schnellen Sätzen war er zu Sylat gesprungen, hatte sie mit festem Griff gepackt und setzte ihr seinen Dolch an den Hals. »Ich verlange freies Geleit zu meinem Schiff oder ich schneide ihr die Kehle durch.«

»Und was ist mit Eurem Gefährten hier, der Euch so heldenhaft verteidigte?«, fragte Myzlat seelenruhig.

Suumal zögerte keine Sekunde. »Macht mit dem Jungen, was Ihr wollt.«

Pachiro glaubte zu träumen. »Du kannst Sylat nichts tun. Nicht nach allem, was wir gemeinsam durchgestanden haben!«

»Denkst du, das macht uns zu Freunden? Glaub mir, ich werde weder sie noch dich verschonen, wenn ich dadurch meine eigene Haut retten kann.«

»Er hätte seine für Euch gegeben«, wandte Myzlat trocken ein.

»Ihr hattet Recht, er ist ein Narr!«

Die Betroffenheit über Suumals Worte und die Verwirrung in Pachiro verwandelten sich in Zorn. Mit einem Aufschrei stürzte er sich auf den Kapitän. Doch zur selben Zeit schien sich die Luft um Tych zu verflüssigen und sich wie ein Strom um Suumal und Pachiro zu legen. Die beiden erstarrten mitten in der Bewegung. Pachiro sah, wie Suumals Arme von Sylat weggebogen wurden und sich mit einem hässlichen Knacken verdrehten. Sobald sie frei war, schlüpfte Sylat davon und flüchtete zu Pachiro. Dieser verfolgte hilflos, wie um Suumal ein Schimmer entstand, zu einem Glühen wurde und schließlich seine Kleidung in Brand steckte. Entsetzen überwältigte Pachiro, das konnte er nicht zulassen, das hatte Suumal nicht verdient! Er kämpfte gegen seine Lähmung an. Die unsichtbaren Fesseln lösten sich ein wenig, aber seine Füße waren wie festgewachsen. »Nein!«, schrie er verzweifelt. Doch Tych ließ ungerührt das Feuer auflodern. »Das ist für Yannah!«, sagte er und hob eine Hand. Eine Stichflamme schoss aus dem Boden unter Suumal hervor und im nächsten Augenblick war nichts als Asche von ihm übrig.

Tränen liefen über Pachiros Wangen. Er wollte Tych anbrüllen, aber lodernder Hass schnürte ihm die Kehle zu. »Ihr hättet einfach nur Sylat befreien können! Warum musstet Ihr ihn töten?«, brachte er schließlich mühsam heraus.

Tych verschränkte lässig die Arme, als hätte er nicht soeben kaltblütig einen Mord begangen. »Er war verloren in dem Augenblick, in dem er seinen Fuß auf die Insel gesetzt hat. Myzlat vergisst nichts!«

»Ich hasse Rätsel!«, flüsterte Pachiro und schloss die Augen. Er war am Ende seiner Kräfte und musste weg von hier, sonst verlor er noch den Verstand!

Als hätte er seine Gedanken gelesen, sagte Tych: »Dann will ich Euch wenigstens darüber aufklären, dass es das Schiff nicht mehr gibt.«

Pachiro riss die Augen auf. »Was sagt Ihr da?«

»Doros hat es sich geholt. Er war ausgesprochen erfreut über diesen Leckerbissen.« Tych sah zufrieden aus.

»Ihr seid ein Ungeheuer!«, schleuderte Pachiro ihm entgegen.

»Ja, so haben uns schon viele Menschen genannt.« Tych machte wieder dieses rasselnde Geräusch. »Sylat ist übrigens auch eines, wenn wir schon dabei sind.«

»Lasst Sylat aus dem Spiel!«

»Er ist wirklich ahnungslos!« Tych schaute Myzlat mit hochgezogenen Augenbrauen an. »Es ist an der Zeit, das Menschlein aufzuklären.« Sylats Onkel nickte.

Pachiro hatte gar keine Gelegenheit mehr, sich über Tychs herablassende Worte zu ärgern. Ein Flirren und Flimmern umgab den Mann, seine Gesichtszüge verzerrten sich. Sein Körper verbog sich und seine Umrisse lösten sich in einem schwarzen Wirbel auf. Die dunkle Wolke dehnte sich aus und festigte sich zu einer bizarren Gestalt mit riesigen Ausmaßen. Pachiro blinzelte, aber sie verschwand nicht. Doch sein Gehirn weigerte sich zu glauben, was er sah. Es konnte einfach nicht sein, dass vor ihm ein gewaltiger Drache saß. Wie von fern hörte er Sylats Schrei: »Der Feuerdämon!«

Nein, das war zu viel! In Pachiro schien etwas zu schnappen und dann nachzugeben. Bewusstlos sackte er in sich zusammen.

*

»Sie ist zurück, Myzlat!«
»Zurück, doch nicht bei dir.«
»Es wird einen Sturm geben.«
»Du hast das erste Tor entdeckt, Tych.«
»Die Zuversicht!«
»Und alles beginnt von Neuem.«

Pachiro schlug die Augen auf. Er lag auf einem Bett mit einem seidenen schwarzen Baldachin. Ein sanfter Wind ließ den Stoff wellenförmig erzittern. Pachiro richtete sich auf und sah, dass er sich in einem hohen, achteckigen Raum befand. Eine Wendeltreppe führte zu einer Falltür oben in der Decke. Die gleißenden Wände waren durchsichtig und man konnte den Himmel dahinter sehen. Den Himmel? Pachiro hastete zu einem der Fenster. Er befand sich in einem Turm und sah vor sich noch mehr Türme. Sein Blick wanderte nach unten zu einem Tal, in dem riesengroße Edelsteine verstreut lagen, als hätte ein Gigant seine Schatulle ausgekippt. Seufzend erkannte er, dass er immer noch in einem Traum gefangen war. Seltsam nur, dass seine Muskeln und Knochen schmerzten.

»Es war keine Kleinigkeit, die du überstanden hast.« Myzlats Stimme ließ ihn herumfahren. Der Mann saß in einem Lehnstuhl neben dem Bett. Gehörte das auch noch zu seinem Traum? »Traum und Wirklichkeit sind gar nicht so verschieden, wie ihr Menschen glaubt. Aber jetzt in diesem Augenblick bist du wach.«

Pachiro bekam eine Gänsehaut. Myzlat konnte seine Gedanken lesen! Dann durchfuhr ihn ein neuer Schreck. »Wo ist Sylat?«, rief er.

»Oh, Tych beißt sich gerade die Zähne an ihr aus. Aber keine Sorge, nicht im wörtlichen Sinne.« Er schüttelte den Kopf. »Die Kleine ist das störrischste Wesen, das mir je untergekommen ist!«

Pachiro musste lächeln. »Das liegt in der Familie!«

»Störrisch hat mich noch niemand genannt!«

Röte überzog Pachiros Gesicht. Trotzig reckte er das Kinn vor. »Ich sprach von unserer Familie! Sylat ist meine Schwester!«

»Und Yannah war meine Schwester. Soviel ich weiß, bist du nicht ihr Sohn, aber sie hatte eine Tochter namens Sylat ...«

»Yannah?«, unterbrach ihn Pachiro. »Yannah, wie die Göttin?«

Myzlat bedachte ihn mit einem eigenartigen Blick und schwieg. Dann fragte er plötzlich: »Du liebst Sylat. Aber liebst du sie auch noch, wenn sie ein Drache ist?«

»Ein Drache? Das ist doch ...« Pachiro verstummte, als ihn mit einem Mal die Erinnerungen überfielen. Bei Jerish, er war in Ohnmacht gefallen! Pachiro schämte sich in Grund und Boden für seine Schwäche. Er war ein schöner Beschützer! Kaum tauchte ein Drache auf ... ein Drache? Nein, das konnte nicht sein? Oder doch? Er schaute Myzlat zweifelnd an. »Das war keine Sinnestäuschung, oder?«, fragte er unsicher.

»Warum erschreckt dich der Gedanke, dass es uns gibt?«

War das wirklich so? Die Vorstellung, Sylat sei ein Drache, erschien ihm irgendwie richtig, als ob sich verschiedene, nicht zueinander passende Teile nun doch zu einem Ganzen zusammenfügten. Pachiro überlegte, ob er es insgeheim längst geahnt hatte. Nein, geahnt nicht, für ihn war seine große Schwester immer jemand gewesen, zu dem er aufschaute und der alles möglich machte. Auch wenn er inzwischen seinen Kinderglauben verloren hatte, Sylat war immer noch etwas Besonderes. Dass sie ein Drache war, erschien ihm jetzt gewiss, machte ihm aber keine Angst. Sie würde ihm nie etwas tun. Bei Tych und Myzlat war er da nicht sicher, obwohl das ein wenig widersprüchlich war.

»Weil Ihr Menschen fresst?«, sagte er schließlich zögernd.

Myzlat schnaubte verächtlich und ein kleines Rauchwölkchen stob aus seiner Nase. »Es gibt nur einen, der von dieser Angewohnheit nicht lassen kann: Doros. Aber er weilt jetzt auf dem Meeresgrund und träumt. Ich versichere dir, wir anderen haben nicht den geringsten Appetit auf dich!«

»Wenn das so ist, dann will ich glauben, dass es euch gibt.«

»Was ist das für eine verdrehte Logik?«

Pachiro zuckte mit den Schultern. Sollte Myzlat damit machen, was er wollte. Er betrachtete die Wände und entdeckte, was ihm vorher entgangen war: Linien waren in sie eingraviert. Ähnlich wie in der Höhle veränderten sie sich zu Bildern, aber diesmal wenn man sie anblickte. »Eigenartig, warum verändern sie sich, wenn ich sie anschaue?«

»Du siehst das, was du sehen willst.«

Pachiro rieb sich nachdenklich die Nase. »Ist das nicht immer so? Wenn ich denke, wie oft ich mich sogar bei den Menschen geirrt habe, die mir nahe stehen!«

»Drachen sehen das, was ist, auch wenn es unangenehm ist. Deshalb wünschen wir uns wenigstens in unseren Bildern die Täuschung.«

Das brachte Pachiro auf einen anderen Gedanken. »Warum hat Sylat mir nicht anvertraut, was sie ist? Ich hätte sie nie verraten!«

Myzlat faltete die Hände vor der Brust. »Das ist keine einfache Angelegenheit. Sylat will nicht glauben, dass sie ein Drache ist.«

»Wie kann ihr das entgangen sein?«

»Oho! Ihr Menschen seid doch Meister darin, etwas nicht wahrhaben zu wollen. Aber ich gebe zu, für Drachen ist das mehr als ungewöhnlich.« Er stand auf und streckte sich. »Lass uns ein wenig spazieren gehen. Ich werde dir unterwegs erklären, was wir vermuten.«

Pachiro folgte Myzlat eine Wendeltreppe hinunter, die

kein Ende zu nehmen schien. Mit weichen Knien kam er schließlich in der Eingangshalle an. Es gab keine Tür, die man öffnen oder schließen konnte, nur einen Torbogen. Als sie hinaus in die Sonne traten, kniff Pachiro geblendet die Augen zusammen. Die Edelsteine, die er von oben gesehen hatte, waren große, eiförmige ... ja, was eigentlich ... Gebäude? Verglichen mit den Häusern in Yannah waren sie mindestens zwei Stockwerke hoch, aber den Fensteröffnungen nach nur eines.

»Bedenke, wir sind ein wenig größer als Menschen«, sagte Myzlat, der Pachiros verwirrten Blick bemerkt hatte.

»Sind sie wirklich aus Granat, Smaragd oder Jade?«

»Sollen wir uns mit Lehm und Sandstein begnügen?«

»Wo findet man Edelsteine in dieser Größe?«

»Zum Beispiel im Schlot eines Vulkans. Sieh nach, wenn du mir nicht glaubst. Ach, ich vergaß, ihr Menschen seid nicht hitzefest.« Myzlat sah ihn von der Seite an. »Außerdem helfen wir ein wenig nach.«

Pachiro runzelte die Stirn. Wollte Myzlat ihn auf den Arm nehmen? Er sah eigentlich nicht aus wie jemand, der gerne scherzte. »Und warum habt Ihr keine Türen und Fensterscheiben? Wie schützt Ihr Euch gegen Sturm oder Regen?«

»Die Elemente machen uns nichts aus.«

»Aber Eure Möbel?«

»Wir machen neue, wenn sie beschädigt sind. Auf diese Weise.« Er machte eine Handbewegung und mitten auf dem Weg stand ein Tisch.

»Kann Sylat das auch?«

Myzlat schüttelte den Kopf. »Sylat hat noch keinen richtigen Zugang zu ihrer Magie, das erfordert Übung und Konzentration. Das Einzige, was sie von klein auf beherrschte, war Heilen. Ich denke, das ist ihre besondere Gabe.«

Pachiro nickte. Ja, Sylat war etwas Besonderes!

»Jeder von uns hat eine besondere Gabe. Tych zum Beispiel beherrscht das Feuer, und nicht nur auf die übliche Drachenart, wie du sehen konntest.«

Diese Erinnerung nahm Pachiro die Lust, nach Myzlats besonderer Gabe zu fragen. Er war für weitere Enthüllungen noch nicht gewappnet. Lieber betrachtete er die Umgebung, die wirklich prächtig war. Nicht nur wegen der edlen Beschaffenheit der Behausungen, sondern auch weil überall Blumen in allen Farben und Größen wucherten. Tausende von bunten kleinen Vögeln und Schmetterlingen trugen zu dem überwältigenden Farbenspiel bei. »Wie schön das ist!«, staunte Pachiro.

»Das ist Maylas' Werk. Sie kann es einfach nicht lassen. Dem Himmel sei Dank müssen wir die Blumen nicht essen.« Er deutete auf einen Hain rechts von ihnen. »Mit dem Obst haben wir weniger Glück.« Myzlat schüttelte sich.

Pachiro lächelte, Sylats Abneigung gegen Äpfel fiel ihm ein. Drachen mögen also keine Früchte, dachte er. Maylas – seltsam, dass jemand, der die Gärten pflegte, den Namen der Göttin des Wachstums trug, die Herrin über Tiere und Pflanzen war. Aber vielleicht hatten das ihre Eltern bei der Namensgebung bereits geahnt. Wer wusste schon, welche Fähigkeiten Drachen noch alle besaßen. Sie bewohnten auf jeden Fall die wunderlichsten Häuser. Zu den eiförmigen Palästen gehörten hohe, achteckige Türme aus demselben durchsichtigen Material wie der, in dem er zu sich gekommen war. Fiel der Schein der Sonne darauf, erstrahlten sie in einem gleißenden Licht, das Regenbogen aussandte.

»Diamant, damit kann man die Aussicht von oben besser genießen«, erklärte Myzlat. »Und das Gebäude da vorn ist aus Bergkristall. Jerish behauptet, nichts kläre die Gedanken besser.«

»Jerish?«, fragte Pachiro erstaunt.

Ein Mann trat aus dem Gebäude, als hätte er gehört, dass sie von ihm sprachen. Er schien so jung wie Tych zu sein, aber sein langes Haar war schneeweiß, wie auch seine Haut. Unwillkürlich strebte Pachiro zu ihm, doch Myzlat hielt ihn am Ärmel fest. »Niemand kann ihn erreichen. Jerish ist der Wind, du wirst ihn nicht zu fassen kriegen.«

Pachiros Augen wurden groß, ein ungeheuerlicher Verdacht kam in ihm auf. »Dann ist er tatsächlich der Gott der Winde? Yannah, Maylas, Jerish – Ihr seid die Götter, die wir anrufen, nicht wahr?«

Myzlats Ausdruck wurde grimmig. Diese Wendung des Gesprächs behagte ihm offensichtlich nicht. Er schritt eine Weile schweigend den Weg entlang, der sich zu dem Hain hinzog. Dann blieb er stehen und drehte sich mit einem Ruck zu Pachiro um. »Und wenn es so wäre? Was bedeutet das schon! Du bestimmst dein Leben selbst, nicht wir oder irgendwelche Götter, die ihr benennt.«

»Aber der Sturm, der meinen Vater zu Sylat brachte, das war der Zorn der Götter, hat Morag gesagt und er ist ein weiser alter Mann.«

»Bist du sicher, dass nicht der Mensch die Ursache war? Alles ist ein Kreislauf. Hast du das nicht inzwischen gelernt?«

»Ist es wirklich so oder habe ich mir das nur eingebildet?«

»Es gibt immer mehr als eine Antwort und nicht nur die eine Wahrheit.«

»Erhalte ich deshalb mehr Fragen von Euch als Antworten?«

»Vielleicht, vielleicht aber auch nicht. Wir betrachten die Welt aus verschiedenen Blickwinkeln und können einander nie verstehen. Das ist die einzige Gewissheit, alles andere ist fließend.«

Pachiro, dem das alles zu viel wurde, wechselte das Thema. »Wolltet Ihr mir nicht etwas über Sylat erzählen?«

»Richtig, wir vermuten, der Schock, schuld am Tod ihrer Mutter zu sein, hat alles in Gang gesetzt.«

»Schuld am Tod ihrer Mutter? Wie kann das sein? Sie war ein kleines Kind, als mein Vater sie fand!«, rief Pachiro empört.

»Unschuld entbindet nicht von Schuld. Yannah hatte sich mit ihrer Tochter versteckt, als es den Drachenjägern gelungen war, auf die Insel zu kommen. Sie hätten sie nicht gefunden. Aber Sylat war neugierig auf die Menschen, die sie noch nie gesehen hatte, und entwischte ihr. Sie hatte keine Ahnung von der Gefahr, in die sie sich begab. Yannah schon, und als sie sah, dass die Männer Sylat entdeckt hatten, verwandelte sie sich in ihre Drachengestalt und griff sie an.« Myzlats Gesicht verzog sich schmerzlich. Er blieb stehen und schaute in die Ferne. »Sie hat sie vernichtet. Aber dabei ist das Undenkbare geschehen. Sie wurde tödlich verwundet und stürzte ins Meer. Und einer der Jäger entkam in einem Beiboot.«

»Suumal? Und woher wisst Ihr das alles?«

»Ja, es war Suumal. Vermutlich wollte er den Schatz des Drachen finden, dieser Tor!« Myzlats Augen blitzten vor Zorn. »Und mein Wissen stammt von ihm und Sylat. Auch wenn sie vor sich selbst die Augen verschließt, kann ich doch in sie hineinblicken wie in jedes Lebewesen. Wir Drachen haben diese Fähigkeiten. In den Erinnerungen ist die Vergangenheit festgehalten.«

»Aber warum hat sie dann Suumal nicht durchschaut?«

»Er trug ein magisches Amulett, das einen unerfahrenen

Drachen wie Sylat daran hindern kann, in ihn hineinzusehen.«

Pachiro dachte über Myzlats Worte nach. »Wie meint Ihr das, ›Sylat hat noch keinen richtigen Zugang zu ihrer Magie‹? Heißt das, die Magie ist da, aber sie kann nichts damit machen?«

»Ja, sie schlummert in ihr, dicht unter der Oberfläche ihres Bewusstseins. Sie kann möglicherweise hervorbrechen, wenn Sylat in Bedrängnis gerät, aber sie kann sie nicht willentlich steuern.«

»Kann es sein, dass Menschen Magie zum Beispiel als Prickeln spüren?«, wollte Pachiro wissen.

»Vermutlich, Magie hat einen Einfluss auf Raum und Zeit und verändert die Wahrnehmung. Ihr müsstet das in Yannahs Höhle gemerkt haben.«

»Nicht nur dort«, sagte Pachiro eifrig. »Zu Hause auch einmal. Jetzt bin ich sicher, der Traum, den ich damals hatte, das war sie mit ihrer Magie. Aber dann frage ich mich wiederum, was sie bedrängt hatte.« Er kaute auf seiner Lippe, während er überlegte. »Wir sind jetzt auf einer anderen Insel, nehme ich an.« Als Myzlat nicht widersprach, fuhr er fort: » Warum war Sylat mit ihrer Mutter ganz allein? Warum ist Yannah nicht hier bei Euch in diesen prächtigen Gebäuden geblieben?«

»Wegen Sylat. Drachen haben sehr selten Nachwuchs und eine Drachenmutter ist das eifersüchtigste Wesen, das es gibt. Sie hütet ihren Schatz und will ihn ganz für sich allein.«

»Schatz? Dann ist der Schatz eines Drachen nicht aus Gold und Edelsteinen?«

»Das kommt darauf an, was er liebt. Jeder misst etwas anderem den größten Wert bei. Yannahs Schatz war jedenfalls ihre Tochter.«

»Das kann ich verstehen!«, sagte Pachiro aus tiefstem Herzen. Myzlat warf ihm einen sonderbaren Blick zu, schwieg aber. Pachiro dachte an seine eigene Mutter und ihr Verhältnis, das so schwierig geworden war. Er konnte sich nicht vorstellen, ihr Schatz zu sein. »Und Sylats Vater? Was ist mit ihm?«

»Dieses Geheimnis hat Yannah mit in den Tod genommen«, seufzte Myzlat. »Ich sagte ja schon, dass Drachenmütter ihren Schatz nicht teilen wollen. Deshalb verraten sie den Namen des Vaters erst, wenn ihr Kind so alt ist, dass sie es im Nest nicht mehr festhalten können.«

»Gibt es denn keine Ehe bei Euch?«

»Nein, das ist eine Erfindung der Menschen. Aber es gibt den Seelengefährten. Allerdings nicht für jeden Drachen, und wenn, dann natürlich für immer. Tych ist damit gesegnet.«

Pachiro blieb wie angewurzelt stehen. »Jetzt sagt nicht, es handelt sich um Sylat!«

»Doch, so ist es. Tych hat die Verbindung zu ihr im Augenblick ihrer Geburt gespürt. Deshalb ist er auch der Einzige, dem Yannah einen kurzen Blick auf ihr Kind gewährt hat.« Er hob bedauernd die Hände. »Für ihn war die Zeit der Trennung wirklich hart. Er war es auch, der sofort fühlte, dass mit Sylat etwas nicht stimmte. Aber er hat Tage gebraucht, mich zu überreden, auf der Insel nachzusehen, denn Yannah hatte gedroht, jedem die Flügel auszureißen, der dort ungebeten auftauchte. Und meine Schwester hielt immer Wort. Als Tych mich endlich dorthin geschleppt hatte, war es schon zu spät und Sylat fort.« Er schüttelte traurig den Kopf. »Ich habe mich oft gefragt, ob ich Yannah hätte retten können, wenn ich gleich auf ihn gehört hätte. Und warum wurde ich nicht misstrauisch, als sie die zwei großen Stürme entfesselte? Ich hätte Tych seine Qualen gerne erspart – aber auch das hat mehrere Seiten. Hätte dein Vater Sylat nicht mitgenommen, würde es dich nicht geben, und das wäre zu bedauern.«

Pachiro hatte bisher geglaubt, nichts als ein unbedeutender Wicht für den großen Drachen zu sein. Um seine Befangenheit zu überspielen, fragte er: »Warum habt Ihr sie nicht gesucht?«

»Wir meiden die Menschen aus gutem Grund. Nur ein Einziger lebt unter ihnen. Aber sie fürchten ihn. Zu Recht!«

»Wo ist er? Wie heißt er«, fragte Pachiro neugierig.

»Mal hier, mal dort, niemand weiß es genau. Er kommt und geht wie Jerishs Wind. Und ebenso wechselhaft sind seine Namen. Er besitzt viele. Als ich das letzte Mal in Verbindung mit ihm war, nannte er sich Daarob. Er ist der Älteste und existiert seit Anbeginn der Zeit.«

Pachiro schaute ihn ungläubig an. »Aber warum hat er euch alle und die Dracheninseln verlassen?«

»Seine Gabe ist, in die Zukunft zu sehen.«

Pachiro war verwirrt. »Das ist doch kein Grund. Oder hat er etwas gesehen, das ihn gehen ließ?«

»Vielleicht, es kann aber auch sein, dass ihm langweilig wurde, weil ihm niemand zuhören wollte.«

»Ihr meint, wenn er über die Zukunft sprach?«

Myzlat nickte. »Ja, für jemanden, der ewig lebt, ist die Zukunft nicht wichtig. Aber für die Menschen, die nicht viel Zeit haben, schon.«

»Ihr meint, er sagt den Menschen ihre Zukunft voraus?«

»Wer weiß das schon. Sicher ist nur, dass Suumal ihn getroffen hat, denn er trug ein Medaillon, das nur Daarob herstellen konnte.«

»Glaubt Ihr, er hat Euch verraten?«, fragte Pachiro atemlos, als ihm die Tragweite des Gehörten bewusst wurde.

Myzlats Gesicht war unergründlich. »Wer weiß das schon. Sicher ist nur, Suumal hat Sylat hierher gebracht. Niemand sonst hätte die Fahrt zu der Insel gewagt.«

Das war nicht von der Hand zu weisen. Es versetzte Pachiro einen Stich, als er an den Kapitän dachte. Ja, Suumal hatte ihn verraten, trotzdem trauerte er um ihn. Myzlat hatte vorhin davon gesprochen, dass jede Sache mehrere Seiten habe und es nicht nur eine Wahrheit gäbe. Das konnte er auch auf Suumal anwenden. Der Kapitän hatte ihm mit seiner Lust an Streitgesprächen etwas gegeben, das er bislang bei niemandem sonst gefunden hatte.

Myzlat unterbrach seine Überlegungen. »Ich muss dich jetzt für eine Weile allein lassen. Warte dort drüben im Hain auf mich. Es gibt da eine Bank mit einer sehr schönen Aussicht.« Ohne Pachiros Einverständnis abzuwarten, eilte er davon. Dieser schaute ihm verdutzt hinterher und fühlte sich wie ein abgelegtes Bündel. Hatte er etwas Falsches gesagt? Aber es war müßig, ein schlechtes Gewissen zu haben, ohne den Grund zu kennen. Dann würde er sich eben dieses Wäldchen ansehen.

Es waren in der Mehrzahl Obstbäume und Pachiro genoss die Vorstellung, Maylas würde Myzlat Früchte in den Mund stopfen. Er ging den Weg entlang, der sich zwischen den Bäumen hindurchwand, und kam an einem Bächlein vorbei, das über rund geschliffene Steine sprudelte. Das Plätschern vermischte sich mit dem Zwitschern der Vögel und dem Rauschen des Windes zu einem Lied. Pachiro lauschte gebannt und sehnte sich nach seiner Harfe. Über all den Ereignissen hatte er ganz seine Musik vergessen. Er setzte sich ins Gras, schloss die Augen und ließ die Bilder aus seinem Inneren aufsteigen, ganz wie sie sich in sein Bewusstsein drängten. Er sah ein Muster in diesem Reigen und begann es in Worte zu fassen. Bald darauf fielen ihm Bruchstücke einer Melodie dazu ein. Er summte und versuchte, sie in einer wohlklingenden Reihenfolge zusammenzusetzen, bis sich ein vollständiges Lied geformt hatte. Weil er kein Papier hatte, sang er es mehrmals vor sich hin, um es sich besser merken zu können.

»Deine Stimme ist ein Geschenk«, sagte jemand neben ihm und Pachiro schaute auf. Es war Jerish. Pachiro rührte sich nicht, um ihn nicht zu vertreiben. Wie gern hätte er mit ihm gesprochen, aber er wagte es nicht.

Jerish betrachtete ihn eingehend und sagte schließlich: »Sing wie der Wind, dessen Namen du trägst, und man wird dich hören. Deine Geschichten werden in die Welt hinausgehen und die Herzen der Menschen berühren wie eine freundliche Brise, Pachiro.«

Jerishs Haare wehten in einem plötzlichen Luftzug. Seine Augen waren von einem so blassen Gelb, dass sie beinahe farblos wirkten, seine helle Haut tat ein Übriges dazu, dass der ganze Mann nahezu weiß war. Ein Licht schien von ihm auszugehen, ein Licht, das Pachiro kannte.

»Ihr wart dort, im Tempel, nicht wahr?«, fragte er ehrfürchtig.

»Ich bin überall und nirgends. Folge dem Wind«, wisperte Jerish und löste sich vor Pachiros Augen auf.

Lange saß er reglos da und ließ das Wunder dieser Begegnung auf sich wirken. Jerish war ein Gott für ihn, sein Gott, ganz gleich, was Myzlat dazu sagte! Sein ganzes Leben lang hatte er sich ersehnt, dass Jerish zu ihm sprechen würde – jetzt war es geschehen. Und der Windgott hatte nicht durch einen gefiederten Boten, sondern selbst gesprochen. Pachiro fühlte sich gesegnet und schwor sich, Jerishs Worten den Stellenwert zu geben, der ihnen gebührte. Er dachte an seinen Vater und dessen Vorstellungen. Er wollte ihnen so gern entsprechen, um ihn nicht zu enttäuschen. Doch er hatte immer gespürt, dass das gegen sein innerstes Wesen war. Er durfte die Gabe nicht verkümmern lassen, die ihm in die Wiege gelegt worden war! So hatte er auch Jerish verstanden und er musste eine Möglichkeit finden, es seinem Vater begreiflich zu machen. Er musste seinen eigenen Weg gehen. Selbst auf das Risiko hin, mit ihm zu brechen. Das machte ihm Angst, aber er tröstete sich mit der Hoffnung, dass es vielleicht sogar eine Lösung gab, die sie beide gleichermaßen zufriedenstellte. Und falls nicht, dann würde er trotzdem fahrender Sänger werden!

Pachiro wusste nicht, wie lange Myzlat fort gewesen war. Er wurde auch nicht ungeduldig, denn ein innerer Frieden erfüllte ihn. Als er den Drachenmann kommen sah, ging er ihm entgegen und sie setzten ihren Spaziergang fort. Myzlat bedachte ihn wieder mit einem seiner durchdringenden Blicke, sagte aber nichts über Jerish, obwohl Pachiro wetten konnte, dass er davon wusste.

»Sylat ist wirklich ein widerborstiges kleines Ding! Ich war gerade bei ihr«, sagte Myzlat stattdessen. »Sie will einfach nicht einsehen, dass sie ein Drache ist. Tychs Geduld ist bewundernswert!«

»Hat sie nach mir gefragt?«

»Fragen würde ich das nicht nennen. Sie hat gefaucht, gekratzt und gebissen, als Tych sie nicht weglassen wollte. Sie kommt wirklich sehr nach ihrer Mutter. Yannah war der neugierigste und rabiateste Drache, der mir je begegnet ist – bis jetzt!«

Pachiro musste lächeln. Ja, rabiat und neugierig, diese Beschreibung traf auf Sylat zu! Eine Welle der Zuneigung überflutete ihn. Eigentlich sollte er weniger für sie empfinden, nach allem, was er inzwischen von ihr wusste. Aber seine Gefühle waren nur noch tiefer geworden. Er fragte sich nicht zum ersten Mal in den letzten Wochen, ob das mehr als Geschwisterliebe war. Möglich, dass es sich im Lauf der Zeit gewandelt hatte.

»Du siehst aus, als ob du eine Frage auf dem Herzen hast«, sagte Myzlat.

»Nein, langsam gehen mir die Fragen aus. Ich hätte nie geglaubt, dass das einmal passieren könnte«, sagte Pachiro leichthin. Über sein Verhältnis zu Sylat wollte er mit ihrem Onkel auf keinen Fall reden! »Das heißt, eines wundert mich doch: Sylat hat so gut wie nie gesprochen, aber Ihr seid ungewöhnlich gesprächig. Meine Eltern würden das vielleicht sogar geschwätzig nennen.«

Myzlat nahm ihm das Wort »geschwätzig« offensichtlich nicht übel, obgleich er ihn wieder prüfend ansah. »Sylat liebt dich, du bist für sie der wertvollste Schatz«, sagte er schließlich. »Deshalb will ich, dass du verstehst. Ich nehme meine Aufgabe ernst.«

»Welche Aufgabe?«, fragte Pachiro verwundert.

»Die Aufgabe, euch zu trennen.«

Ein eisiger Schreck fuhr Pachiro in die Glieder. Fassungslos starrte er Myzlat an. »Warum?«, flüsterte er.

»Die Liebe zwischen einem Drachen und einem Menschen ist eine ganz eigene Verbindung. Sie geht tiefer als jede andere Liebe.«

Pachiro nickte ungeduldig. »Das weiß ich, denn ich kann es spüren. Und mein Vater hat gesagt, dass zwischen ihm und Sylat von Anfang an eine besondere Beziehung bestand.«

»Du darfst aber nicht übersehen, dass es nicht dasselbe ist wie die Liebe zwischen einem Mann und einer Frau.«

Pachiro runzelte die Stirn und wollte widersprechen, doch Myzlat fuhr fort: »Wäre es vergleichbar, wäre nicht dein Vater dein Nebenbuhler?«

Diese Frage erschütterte Pachiro. »Sie ist doch viel zu jung für ihn!«

»Nun, vielleicht hätte er gewartet. Es ist nichts Ungewöhnliches, dass ältere Männer junge Mädchen zur Frau nehmen. Im Übrigen ist sie nach eurer Rechnung vierunddreißig Jahre alt – für uns noch ein Kind!«

»Aber Sylat ist ... sie ist ...«, stotterte Pachiro und verstummte.

»Drachen und Menschen können nicht zusammenleben wie Mann und Frau«, sagte Myzlat ruhig. »Es ist sogar besser, wenn sie nicht dieselbe Welt teilen.«

»Warum, Sylat hat bei uns gelebt und wir waren glücklich!« Pachiro fühlte seine Hilflosigkeit in Zorn umschlagen.

»Du warst glücklich! Aber viele in eurer Stadt haben sie gefürchtet – obwohl sie noch nicht einmal Zugang zu ihrer gesamten Macht besaß.«

»Sie hätte nie jemandem etwas zuleide getan!«

»Dich und deine Familie hat sie beschützt. Aber frage Sylat, was sie über den Feuerdämon weiß.«

»Nichts weiß sie, sonst hätte sie es mir gesagt! Wir haben jahrelang zusammen nach dem Dämon gesucht.«

Myzlat sah ihn nachdenklich an. »Manchmal will man nicht wahrhaben, welche Kräfte man entfesseln kann.«

In Pachiros Gesicht war deutlich abzulesen, dass es in ihm arbeitete. »Wollt Ihr damit andeuten, sie sei der Dämon?«, fragte er schließlich ungläubig.

»Dämon, Drache, das sind willkürlich gewählte Begriffe, die wie jedes andere Wort dazu dienen, etwas zu benennen.«

»Aber Dämonen sind böse, grausame Wesen! Und Drachen sind ...« Pachiro brach ab, als er das Glühen in Myzlats Augen sah.

»Ja, Junge, sage mir, was sind Drachen?« Myzlats Konturen verschoben sich in schillernden Lichtfunken und setzten sich neu zusammen. Pachiros Haut brannte unerträglich. Vor ihm erschien die Gestalt eines gewaltigen schwarzen Drachen. Das stumpfe Schwarz seiner Schuppen schien alles Licht zu schlucken und Dunkelheit breitete sich aus. Er spürte die Macht der Kreatur bis in die kleinste Zelle seines Körpers. Sie umwehte ihn wie eine Windböe, schnürte ihm die Luft ab. In den Augen des Ungeheuers glomm ein rotes Licht wie die Glut eines Feuers in tiefster Nacht. Es öffnete ein riesiges Maul und Pachiro sah entsetzt die langen, spitzen Zähne. Der Drache beugte den Hals herunter und Pachiro sank auf die Knie.

»Meine Gabe ist die Finsternis! Was sind wir?«, schallte es durch Pachiros Kopf. »Wir sind fähig, dich auszulöschen. Wir haben die Macht, die Welt, die du kennst, zu vernichten. Und vielleicht gelüstet es uns eines Tages, genau das zu tun!«

»Nein, Ihr seid kein Dämon!«, schrie Pachiro.

Der Drache verschwamm vor seinen Augen und verwandelte sich zurück in die vertrautere Gestalt Myzlats. »Sylat und du, ihr seid in der Tat Geschwister im Geiste. Einer störrischer als der andere! Aber lass dir eines gesagt sein, Drachen leben nach anderen Regeln als ihr Menschen. Wir schützen das, was wir lieben, und vernichten das Böse.«

»Aber wie wollt ihr das Böse erkennen?«

»Wir tun es und das ist einer der Unterschiede. Doch wir mögen andere Maßstäbe haben als ihr, denn wir sehen immer das Ganze.«

»Ich verstehe«, sagte Pachiro.

»Das bezweifle ich«, sagte Myzlat trocken. »Sylat und du, ihr steht euch zweifellos sehr nahe, aber du wirst sie nie wirklich verstehen. Es gibt Seiten in uns, die jagen Menschen Furcht ein, oder sie verfluchen uns deswegen, weil sie sie aus ihrem Blickwinkel nicht nachvollziehen können.«

»Ich liebe Sylat, so wie sie ist!«

»Und den Feuerdämon?« Myzlat sah ihn scharf an. Pachiro wurde rot und schaute weg. »Ja, jetzt zweifelst du, mein Junge. Es würde nicht deinem Wesen entsprechen, das gutzuheißen.«

»Bedeutet das, ich habe mir meine Gefühle nur eingebildet?«, fragte Pachiro leise.

»Nein, die Bindung zwischen euch ist sehr stark. Aber Liebe überwindet nicht alle Grenzen. Ihr werdet euch trennen müssen, Pachiro, daran führt kein Weg vorbei.«

»Warum kann ich nicht hierbleiben?«

»Du gehörst in die Welt der Menschen, das weißt du selbst, wenn du ehrlich bist.«

Pachiro nickte und schaute niedergeschlagen auf den Pfad zu seinen Füßen. »Werde ich sie wenigstens besuchen können?«, fragte er hoffnungsvoll.

»Die Trennung ist endgültig!«

»Aber warum? Wollt ihr uns bestrafen?«, begehrte Pachiro auf.

»Nein, ich muss uns beschützen. Yannahs Tod hat eine Lücke gerissen, die bis ans Ende der Welt bestehen wird. Das hat uns wieder einmal gelehrt, dass wir verwundbar sind, trotz unserer Unsterblichkeit.«

»Aber ich würde euch doch nichts tun!«, wandte Pachiro ein.

»Jede Tat hat Folgen. Sollte es dir jemals gelingen, ein Schiff zu finden, das dich hierher bringt, welche Männer werden darauf sein?« Myzlats Blick schien ihn zu durchbohren. »Bereits einmal hast du Drachenjäger zu uns geführt!«

»Ich konnte es doch nicht wissen!«

»Jetzt hast du verstanden!«

»Was …«, begann Pachiro verwirrt, dann begriff er. Eine schwere Last schien sich auf ihn zu legen und ihn niederzudrücken. Er wusste nichts mehr zu sagen. Schweigend drehte er sich um und ging davon, er musste jetzt allein sein. Myzlat folgte ihm nicht.

Pachiro konnte sich nicht mehr erinnern, wo er gewesen und wie viel Zeit verstrichen war, als er sich oben in Myzlats Turm wiederfand. Die Nacht war hereingebrochen und er betrachtete den Sternenhimmel durch eines der Fenster. Er hatte Myzlats Kommen nicht gehört und bemerkte seine Anwesenheit erst, als dieser ihn ansprach:

»Tych hat es geschafft! Er hat sie tatsächlich dazu gebracht, ihre Drachengestalt anzuerkennen und nicht schreiend zu flüchten.«

»Sie will kein Feuerdämon sein«, sagte Pachiro müde.

»Ja, sie wollte unbedingt ein Mensch sein, so wie die Familie, die ihr für sie wart, und hat sich dabei selbst verleugnet. Sogar als sie den Feuerdämon kurz sah, erkannte sie nicht, dass sie es war, die sich in einer Fensterscheibe spiegelte. Aber sie hat gespürt, dass er etwas mit ihr zu tun hatte, und das verstörte sie.«

»Trotzdem hat sie sich in einen Drachen verwandelt, sonst wäre sie nicht der Feuerdämon.«

»Das ist richtig, doch es geschah nicht mit Absicht, sie war nicht bei sich. Was mit Sylat geschehen ist, kannst du mit Schlafwandeln vergleichen. Es ist nicht genau dasselbe, aber sehr ähnlich und hatte auch ein wenig mit ihrem Alter zu tun. Sylat war noch viel zu jung und Yannah hatte ihr bis dahin nicht beigebracht, ihre Form zu verändern. Dazu braucht es die geistige Kraft und Konzentration eines Erwachsenen. Es ist ein Wunder, dass sie es allein fertiggebracht hat, wenn auch unbewusst.«

»Heißt das, jetzt ist sie erwachsen?«

»Nein, aber Tych ist ein guter Lehrer.«

»Und ihr Seelengefährte«, sagte Pachiro bitter und lehnte seine Stirn gegen den kühlen Stein.

»Die bewusste Verwandlung ist wichtig für Sylats Seele. Nur als Drache kann sie sich in die Luft erheben und das Fliegen ist unerlässlich, damit sie ihre wahre Natur erkennen kann.«

»Ja, das wird wohl so sein«, sagte Pachiro resigniert. Er wollte nichts mehr wissen und nichts mehr hören. Er würde Sylat verlieren, dieser Schmerz füllte sein ganzes Dasein aus.

»Hab Geduld, Pachiro, in Sturm und Dunkelheit sollst du sie erkennen.« Pachiro zeigte keine Regung. Das Letzte, was er wollte, war ein weiteres Rätsel!

Myzlat schien seine Stimmung wahrzunehmen, denn er erklärte ruhig: »Kizrah und Jerish werden einen ordentlichen Sturm zusammenbrauen, damit wir uns in die Lüfte wagen können. Nur dann sind wir vor den Augen der Menschen verborgen. Geh durch die Falltür nach oben auf die Plattform und halte nach Sylat Ausschau!«

Pachiro hatte nicht mehr die Kraft zu nicken. Schritte entfernten sich und sagten ihm, dass Myzlat ihn allein ließ, und das war gut so.

Irgendwie hatte er sich die Wendeltreppe hinaufgeschleppt und stand auf dem flachen Dach des Turmes. Die Sterne waren von dichten Wolken verdeckt, Blitze zuckten. Der Donner ließ das Gebäude vibrieren. Der Wind nahm an Stärke zu und Pachiro zog sich in die Mitte des Daches zurück, um nicht weggeweht zu werden. Nicht weit von ihm erhob sich der Turm, der zu Tychs Saphirpalast gehörte. Drei Gestalten erschienen auf ihm: Myzlat, Tych und Sylat. Wind wurde zu Orkan. Pachiro kauerte sich auf den Boden, zog die schwere Falltür hoch und hielt sich daran fest.

Myzlat verwandelte sich als Erster. Seine mächtige schwarze Gestalt schwang sich in die Lüfte und war vor der Finsternis der Wolken kaum noch auszumachen. Tych dagegen war gut zu sehen. Seine Schwärze enthielt ein gleißendes blaues Schimmern, das dem seines Haares entsprach und sich von der Dunkelheit abhob. Pachiro hielt den Atem an, als er beobachtete, wie Sylat sich verwandelte. Sie war groß, aber im Vergleich zu ihrem Onkel und sogar Tych eher klein. Ihr schwarzbrauner Leib wies dasselbe Schimmern auf wie Tychs, aber ihres war rot. Pachiro verfolgte mit klopfendem Herzen, wie ihr Flug zuerst unstet war und dann zunehmend an Sicherheit gewann. Hoch und höher in den Himmel schraubte sie sich. Tych kam ihr entgegen, umkreiste sie spielerisch. Sylat griff seine Bewegungen auf und flog ihre eigenen Variationen. Ihre schillernden Gestalten malten ein leuchtendes Muster auf den Wolkengrund, umrahmt von Kizrahs Blitzen. Pachiro nahm ihre Kraft und ihre Wildheit wahr, die sich niemals zähmen lassen würde. In geschmeidig eleganten Bewegungen segelten ihre riesigen Körper wie schwerelos auf den Flügeln des Sturms. Mehr und mehr dieser Kreaturen gesellten sich dazu. Ihre Fremdartigkeit war erschreckend und doch erfüllte sie ihn mit einer nie gespürten Sehnsucht. Pachiro sah Drachen in allen Farben ihre Kreise ziehen. Miteinander, umeinander, es war ein schrecklichschöner Tanz, den sie vollführten. Tiefe Ehrfurcht erfasste ihn, denn erst jetzt erkannte er ihr wahres Wesen. Das also hatte Myzlat gemeint!

Sylat hatte sich von der Erde gelöst und der Luft anvertraut. Hier, in der Leichtigkeit des Seins, begann sie zu begreifen. Die blinden Flecken in dem Geflecht, welches die Welt war, nahmen Konturen an und fügten sich in das Gewebe ein, das das Universum bildete. Sie konnte sehen, wie sich die Wahrheit entfaltete und ihre tausend Köpfe hob. Sie züngelten und leckten den Nebel auf, der das Netz trübte. Khandir wurde sichtbar, in seiner Brust blinzelte ein Ungeheuer mit hungrigen Augen, schläfrig, doch stets wachsam, bereit aufzuspringen und die Krallen der Schuld in sein Fleisch zu schlagen. Schuld, die auch sie in sich trug. Khandirs Schwester, ihre Mutter – das Ungeheuer fletschte die Zähne und wisperte: »Du bist schuld ... schuld ... schuld ...« Sylat schrie auf. Die Wahrheit, die ganze Wahrheit! Khandirs Seele zu heilen hatte sie sich als Aufgabe gestellt und nicht gesehen, dass sie sich selbst heilen wollte. Doch das Ungeheuer ließ sich nicht auslöschen, es war Teil des Musters, das seit Anbeginn der Zeit gewoben wurde, und unauflösbar mit ihrem Schicksal verbunden. So wie das Leid und die Einsamkeit, die in diesem Augenblick bereits in das Bild eingefügt wurden, das Pachiros Namen trug. Er würde immer da sein, doch unerreichbar. Sie sah, wie sich ihre Fäden trennten und neue Muster woben, die sich nicht mehr berührten. Ihr Schrei hallte durch das Universum, erschütterte das Netz, doch es hielt.

Pachiro hörte durch den Orkan Sylats letzten Aufschrei und spürte, sie hatte in diesem Augenblick die Zukunft, die sie unerbittlich auseinanderreißen würde, erkannt und angenommen. Schon jetzt fühlte er, wie sie einander entglitten.

Ein weißer Drache tauchte aus den Wolken auf und fuhr

auf ihn nieder. Als Pachiro schon glaubte, er würde ihn ergreifen, wirbelte er an ihm vorbei. Der Luftstrom nahm Pachiro beinahe mit sich. Das konnte nur Jerish sein, der ihn auf seine Art grüßte!

»Kinder des Sturms, Kinder der Dunkelheit«, ertönte ein Lied in Pachiro und er weinte. Regen wusch seine Tränen ab, Wind zerzauste mit sanfter Hand sein Haar.

Der kleine Drache löste sich aus dem innigen Tanz mit seinem Gefährten und landete auf der Plattform. Sorgsam faltete er seine Flügel. Schimmern und Glitzern ließen ihn zu Sylat werden. Vor Pachiros Augen erschien ihr vertrautes Gesicht und ihre Augen leuchteten. Sie kam auf ihn zu und blieb dicht vor ihm stehen. Er sah, dass sie etwas sagen wollte, und hob die Hand. Langsam schüttelte er den Kopf. Sie wussten beide, was sie füreinander empfanden und dass ihre Trennung Leid und Einsamkeit mit sich bringen würde, sie brauchten es nicht auszusprechen. Es würde sich sowieso niemals in Worte fassen lassen. Sylat nickte, sie hielten sich an den Händen und schauten sich an, das Toben der Elemente ein schwaches Echo ihrer Seelen.

Und dann war ihre Zeit gekommen. Myzlat trat auf Pachiro zu. »Es ist so weit. Ihr müsst aufbrechen, es ist ein langer Weg. Sylat wird dich zurückbringen und Tych wird sie begleiten. Sie werden dich in den Bergen oberhalb deiner Heimatstadt absetzen, um ungesehen zu bleiben. Aber von dort wirst du nach Hause finden.«

»Ja«, sagte Pachiro nur, sein Inneres war taub und leer.

Sie gingen zum Rand des Turmes. Dort warteten der Drache, der Sylat war, und Tych. Vor ihnen lag die prächtige Heimat dieser machtvollen Wesen ausgebreitet und funkelte in der Dunkelheit. Pachiro sah Myzlat an. »Sagt mir noch eines, warum verwandelt ihr Drachen euch ausgerechnet in Menschen und gaukelt uns eine Nähe vor, die es nicht gibt?«

Myzlat zuckte mit den Schultern. »Nun, ich könnte mich auch in eine Maus verwandeln, aber die menschliche Form hat sich als die zweckmäßigste erwiesen. Im Lauf der Jahrhunderte ist sie uns zur Gewohnheit geworden. Es ist sehr reizvoll, zwischen zwei Welten hin- und herzuwandern.«

Der letzte Satz spülte in Pachiro eine neue Welle von Bitterkeit hoch. »Das kann ich leider nicht nachvollziehen, denn mir ist dies verwehrt. Lebt wohl, Myzlat, und gebt mir auf Sylat acht, dass sie sich dabei nicht wieder verliert!«

Er wartete nicht ab, ob Myzlat noch etwas antworten wollte, und drehte sich um. Ohne zurückzublicken kletterte er auf Sylats Rücken und hielt sich an ihrem Hals fest. Als sie sich in die Luft schwang, war er drauf und dran abzuspringen und unterdrückte nur mühsam seine Angst.

Der Flug nach Yannah war entsetzlich. Regen und Sturm konnten Sylat und Tych nichts anhaben – ihm schon. Er war nass bis auf die Knochen und glaubte zu erfrieren. Die Höhe verursachte ihm Schwindel und ihm wurde übel. Nein, fliegen war nichts für ihn und er konnte die Begeisterung der Drachen nicht teilen.

Plötzlich erinnerte er sich wehmütig an sein Zuhause und seine Familie, die Sylat nie wieder sehen würde. Pachiro wurde schwer ums Herz, als er daran dachte, wie er es seinem Vater beibringen sollte. Dieser hatte keine Gelegenheit gehabt, sich von Sylat zu verabschieden. Der Verlust würde sie beide verbinden. Um sich von dieser grässlichen Art zu reisen abzulenken, dachte er über sein künftiges Leben ohne Sylat nach und ihm fiel noch etwas vollkommen anderes ein. Jetzt konnte er eine Freundschaft mit Monli pflegen, ohne dass Sylat dazwischenging. Es gab also vielleicht auch etwas Gutes an ihrer Trennung. Pachiro klammerte sich an dieses winzige Fünkchen Hoffnung.

*

Kizrah der Goldene und Nanish die Milde umschlangen ihren Wolkenthron und beobachteten das Spiel der Elemente. Die Inseln gehörten wieder allein den Drachen. Damit dies in Zukunft auch so blieb, hatten sie Doros ausgesandt. Er drückte die Gebirge auf dem Meeresgrund nach oben, bis ein Ring aus turmhohen Felsen die Inseln umgab. Kunstvoll lenkte er das Wasser in unberechenbare Strömungen und verlieh ihnen einen tödlichen Sog. Jerish eilte ihm zu Hilfe und schuf tückische Winde, die er zwischen die neu geschaffenen Berge sperrte. Sie würden jedes Schiff an den Felsen zerschellen lassen, das sich an ihnen vorbeiwagen wollte. Die Drachen waren zufrieden. Doch sie wussten alle, irgendwann würden die Menschen auch diese Grenzen überwinden und sie jagen, bis die Letzten ihrer Art verschwunden waren. Der Wind würde weiter wehen, Blitz und Regen wie immer auf die Erde niedergehen, doch die Welt würde ärmer sein ohne Jerish, Kizrah und Nanish.

Inhalt